ちぎれた鎖と光の切れ端

荒木あかね

KODANSHA

ちぎれた鎖と光の切れ端

徒《あだ》島《しま》

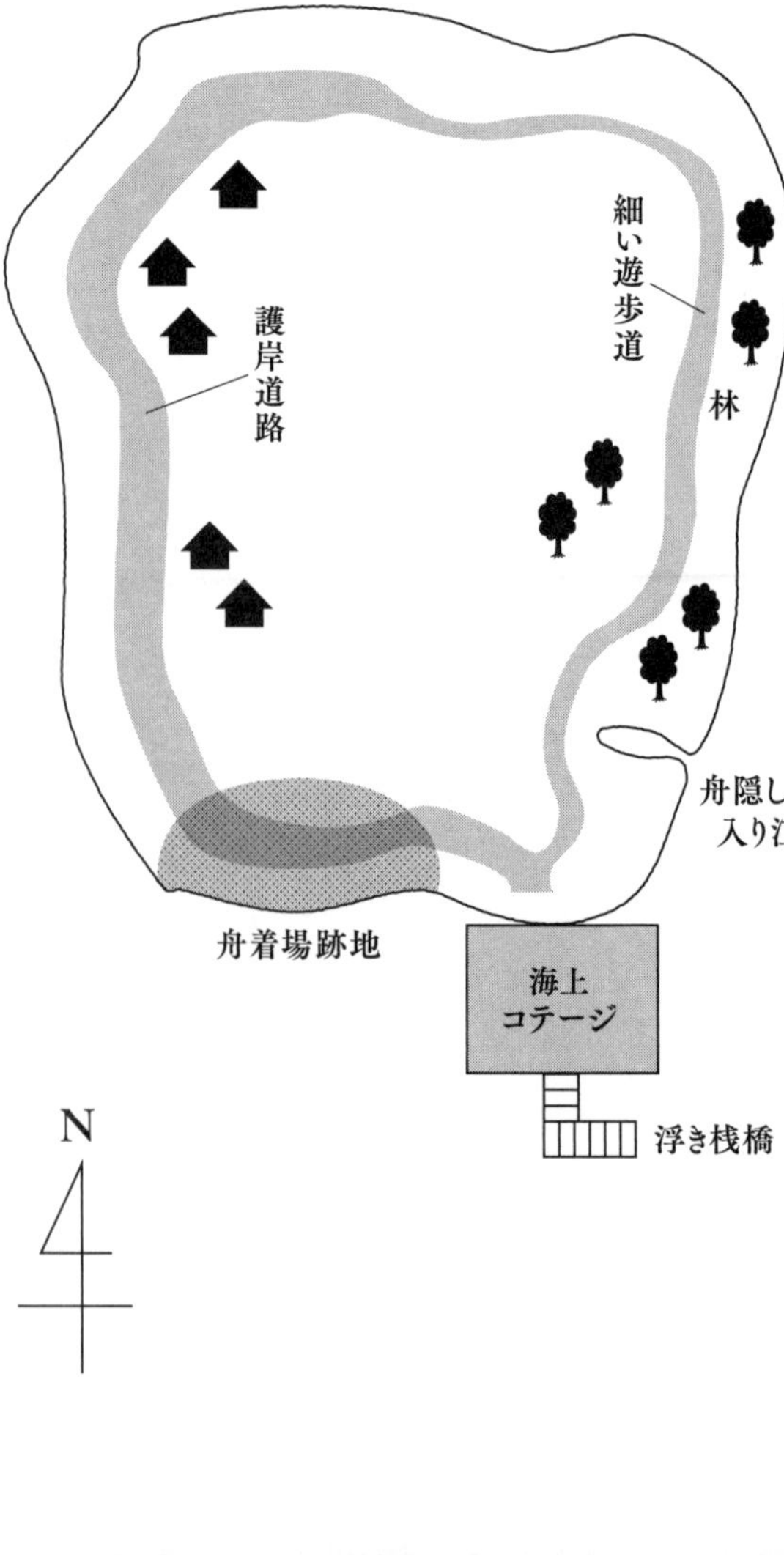

第一部

海上コテージ見取り図

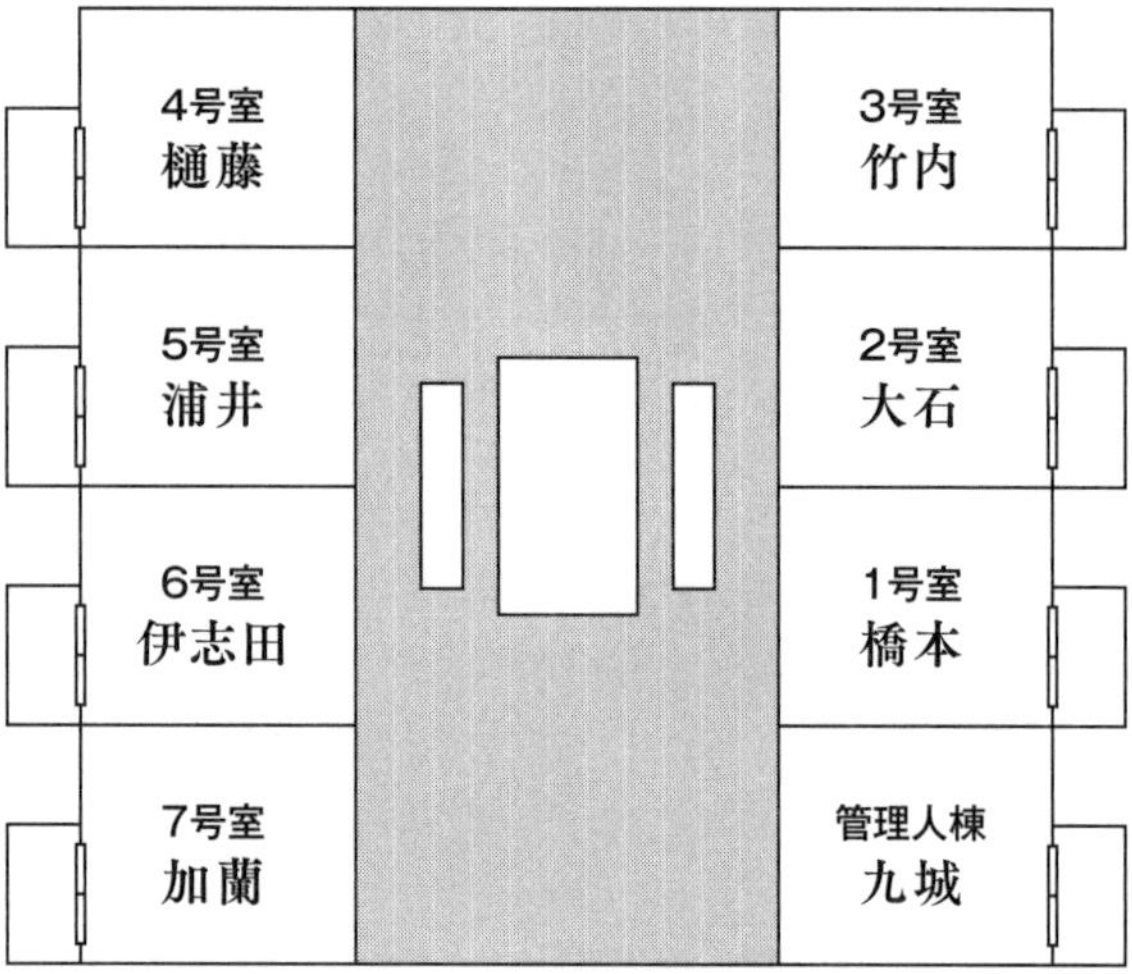

第一部　登場人物一覧

樋《ひ》藤《とう》清《きよ》嗣《つぐ》

伊《い》志《し》田《だ》千《ち》晶《あき》

浦《うら》井《い》啓《けい》司《じ》

加《か》蘭《らん》結《ゆい》子《こ》

竹《たけ》内《うち》隼《しゅん》介《すけ》

大《おお》石《いし》 有《ゆう》

橋《はし》本《もと》亮《りょう》馬《ま》

九《く》城《じょう》健《けん》太《た》郎《ろう》…………徒島《あだしま》海上コテージの管理人

二〇二〇年八月四日　十三時三分

乾いた電子音が、心臓の鼓動のように規則的に繰り返されている。しばらく耳を澄ましているうちに、それが電話のコールであることに気づいた。

私は焦っていた。もう三回はかけ直しているのに、相手が応じる気配はない。二十コール目で一度切ったが、三秒と耐えられずにまた発信ボタンをタップした。

暗い部屋だった。黒い塗料をべったりと塗りつけたように、濃い闇が狭い室内を埋め尽くしている。スマートフォンの液晶画面だけが唯一の光源だった。

耳元で響いていた呼び出し音は、やがて何の前触れもなく途切れた。ようやく繋《つな》がったのだ。「聞こえますか」と急《せ》いて尋ねる。しかし答えは返ってこなかった。電話口の向こうは完全な静寂だ。周囲のざわめきや衣擦《きぬず》れの音、相手の息遣いさえ聞こえない。

手に力が入って、スマホがみしみしと嫌な音を立てた。自分自身の荒い呼吸が相手の声を掻《か》き消《け》してしまっているような気がして息を止めてみたが、やはり何も聞こえない。

「返事をしてください！」

電話が切れた。すぐにリダイヤルをしても、それ以降繋がることはなかった。

スマートフォンを投げ捨て頭を抱え、真っ暗な部屋に蹲《うずくま》る。言葉にならない叫び声を上げたとき、唐突に眩《まぶ》しい光が差し込んだ。

視界が小刻みに揺れている。私は明るい場所にいた。

通路を挟んで両側に座席が並び、左右には大きな窓があった。窓の外に広がる景色は、一定の速さで移動している。私は、ここがバスの中であることを思い出した。

夢を見ていたようだ。慣れ親しんだ悪夢だった。

「ねえ、生きてる？」

すぐ近くから声が降ってきた。息のかかるくらいの距離に、いたずらっぽく笑う伊志田千晶《いしだちあき》の顔がある。私は背筋を正した。

「何の夢見てたん？　眉間に皺《しわ》寄ってたけど」

「覚えてない」

伊志田の長い髪が黒々と艶《つや》めいていた。そういえば、昨日美容院に行ったばかりだと言っていたような気がする。

「みんなぐっすりよ。朝が早かったから疲れてたんやろうね」

首をぐるりと回し、車内を見渡す。伊志田の言う通り、全員だらしなく眠りこけていた。元より利用客の少ない路線なのだろう、客は私たち七人だけだった。

道路は林を横断するように延びていた。眠りに落ちる前、バスは海に架かる橋を渡っていたが、今は島の中を通っているのだろう。

熊本県宇土《うと》半島と天草上島《あまくさかみしま》は、島原《しまばら》湾に浮かぶ四つの離島を経由して一本の観光道路で繋がっていた。天草五橋とは、これらの島々の間に架かる五つの橋のことを指す。バスは既に四つの橋を渡っていた。

伊志田が無邪気な声を上げた。

「ほら見て、最後の橋。赤い橋よ！」

視界を広く覆《おお》っていた木々が開けて、海の青が目に飛び込んできた。波打つ海面は、一切《いっさい》の淀《よど》みなく冴《さ》えわたっている。伊志田が「赤い橋」というのでその色を探そうとしたが、橋の欄干は白い。

「何も赤くないじゃないか」

「渡ってるときは見えへんけど、外から見た景色が綺麗《きれい》なの。ほら、これ見て」

伊志田はスマホの検索バーに「松島橋」と入力して、一枚の画像を画面に表示させる。確かに橋梁《きょうりょう》の基礎部分——弓なりになった上路アーチは目の覚めるような赤だった。

車内からその赤さが見えないのなら、「赤い橋」とは言えないんじゃないかとも思ったが、黙っておいた。天草上島へと上陸したバスは、右手に現れた有料道路を無視して国道三二四号線を進む。

通路を挟んで隣から、得意げな声が聞こえてきた。

「有明海《ありあけかい》は潮位《ちょうい》差が日本一なんやって」

声の主は浦井啓司《うらいけいじ》だった。いつのまにか目を覚ましていたようで、横に座る橋本亮馬《はしもとりょうま》に向かってしきりに話しかけている。窓から差し込んだ光を受け、浦井の眼鏡がきらりと反射した。

「潮の満ち引きってあるやろ？　満潮と干潮の差を潮位差って言うんやけど、有明海ではそれが最大で六メートルくらいになるらしい。これから行く島だと、大体四メートルくらいかな」

浦井が蘊蓄《うんちく》をひけらかすのはいつものことだった。潮位云々《うんぬん》の話も、どうせ新幹線の中で仕入れたばかりの情報だろう。橋本も慣れた様子で、「へえ」と調子を合わせている。鼻にかかった高い声で喋《しゃべ》る浦井に対し、橋本の声は喫煙によって慢性的に嗄《か》れていた。

「潮の満ち引きを起こすのは、月の引力なんやって。月が真上に昇ったときと真下に来たときに海面を引っ張る力が強くなって、反対に月の出と入りのときにその力が弱くなるから、干潮と満潮が一日に二回ずつ起こるらしい」

「はあ。月の力ね」

相槌《あいづち》は無愛想だが、橋本は案外楽しそうな顔をしていた。彼が小さく頷《うなず》く度、短い金髪が光る。自分でブリーチしているせいか、毛先がひどく傷んでいるように見えた。

旅の行先《いきさき》が有明海の離島に決まってから、私も潮汐について多少は調べていた。厳密に言えば潮汐を引き起こすのは月の引力だけでなく、公転運動による遠心力や太陽の引力も関係している。太陽、月、地球が一直線に並ぶとき、すなわち新月と満月のときにそれぞれの起潮力が重なって潮位の差が最も大きくなるのだが、今夜は奇《く》しくも満月である。スマホの潮汐アプリで調べたところによると、この辺りの海は今日の二十二時頃に満潮を迎えるらしい。

『次は威ケ崎《いがさき》、威ケ崎。ご利用の方はお知らせください』

車内アナウンスが目的地への到着を知らせるのとほぼ同時に、伊志田が降車ボタンを押した。松島町の停留所を通り過ぎてしばらく、代わり映えのしない田園風景が続いていたが、いつのまにか港に近づいていたようだ。

「おーい、そろそろ起きろ」

浦井はパンパンと手を打ち鳴らしながら、寝息を立てていた者たちを起こしていった。

バスのステップを下りると不快な熱気が押し寄せてきて、どっと汗が噴き出る。肌を刺すような日差しを浴びた者から順に、「暑い！」と悲鳴を上げた。潮の匂いを含んだ風がときおり額を撫《な》でるが、気休めにしかならない。

新大阪を出たのは朝八時前だった。鹿児島中央行のみずほ六〇三号に乗車し、熊本駅で降車したのが十一時前。昼食を取ってからさらにバスを乗り継ぐこと二時間、既に日が高く昇っていた。

私は目を細めながらバス停の周囲を見回した。民家と民家との狭い隙間を無理やり埋めるように田畑が連なっている。山が近く、港町にしては緑が多いようだ。

長時間の移動から解放されたばかりだが、ここから海岸までさらに二十分ほど歩かなければならない。スマートフォンで地図アプリを開きつつ歩を進めていると、伊志田に呼び止められた。

「樋藤《ひとう》、せっかくやしゆっくり行こ」

「船を待たせてるんだぞ」

伊志田は黙って後ろを振り返る。加蘭結子《からんゆいこ》が青い顔をして、口元を押さえていた。車酔いか。いつもは針金を一本入れたようにぴんと背筋を伸ばしているのに、今は背中を丸めて小さくなっている。

傍らの大石有《おおいしゆう》が「大丈夫ですか」と眉を下げた。

「荷物持ちますよ」

大石は加蘭のボストンバッグに手をかけようとするが、加蘭は「このくらい平気」と固辞する。

大石が加蘭に憧れていることは、ここにいる皆の知るところである。案の定、竹内《たけうち》隼介《しゅんすけ》が二人に近寄って茶々を入れた。

「優しいなぁ、大石は。俺のバッグも持ってや」

「竹内さんはピンピンしとるやろ」

大石が軽く拳を振り上げる真似《まね》をすると、竹内はケタケタ笑う。竹内の頭に被《かぶ》さったキャップの隙間からは、タワシのような坊主頭と汗の粒が覗《のぞ》いていた。普段は竹内の方が乗り物酔いしやすく、一、二時間もバスに揺られると吐く体質なのに、今日は随分と調子がよさそうだ。旅の前に買った新しい酔い止めがよく効いているらしい。

大石はなおも心配そうに加蘭に話しかける。

「これから船やけど、いけそうですか？」

「バスの匂いが無理なだけ。船はまだマシ」

「ならいいですけど」

「大丈夫。バーベキューまでには意地でも治すから」

加蘭は大真面目な顔をして言った。彼女は小柄だが、この中で一番の大食いである。

これから向かう島には電気が通っていないので、もちろん冷蔵庫も置いていない。インスタント食品や菓子など各自で保存の利く食料品を用意しているが、初日は豪勢に、コテージのウッドテラスでバーベキューをしようと決めていた。道中スーパーで購入した生鮮食品はクーラーボックスに入れ、私が肩から下げて運んでいた。

国道から逸《そ》れて住宅地へ足を踏み入れる。十五分も歩くと護岸が見えてきた。港は近い。

竹内は嬉《うれ》しそうに言った。

「嬉しいなぁ、こうやって久々に集まれて。全員が揃《そろ》ったのはいつぶりやろ。半年？」

浦井が答える。

「半年前に会ったときは蘭子《らんこ》がおらんかったから、たぶん九ヵ月ぶり」

蘭子というのは加蘭の綽名《あだな》である。

「それまでは毎週会ってたのに、蘭子が東京に行ったあたりからみんな忙しくなったもんな。樋藤が働き始めたら、もっと集まりにくくなるんやろうな」

私たちの関係性を端的に説明するのは難しい。要は学生時代の友人同士が大人になってからも定期的に集まっているだけなのだが、グループの成り立ちが少し複雑なのだ。

伊志田、浦井、加蘭、竹内、大石、橋本――つまり私を除いた六人は、高校からの仲良しグループである。大石だけが一学年下で、それ以外は全員同級生。卒業後、進学や就職などで進路を違えたが、疎遠になることもなく友人関係を続けてきたという。そして一人だけ別の高校の出身である私が、割かし最近になってからそこに加わった。

きっかけは大石と知り合ったことだった。大学一年の秋に始めた引っ越しのアルバイト先に、大石が勤めていたのだ。不慣れな学生バイトは社員とペアを組まされるため、正社員である大石とは頻繁に顔を合わせるようになり、同い年ということもあってすぐに打ち解けた。そのうち大人数での遊びにも誘われるようになって、大石の高校時代の先輩たちともつるむようになった、というわけだ。

五分ほど海岸に沿って歩くと、小規模な港に辿《たど》り着《つ》いた。小型の漁船が二十艘《そう》ほど係留されているが、中には錆《さび》の浮いた放置艇も混ざっている。かつては多くの貨客船を受け入れていたこの港も、天草五橋の開通以降は人の出入りがめっきり減ったそうだ。

浦井の叔母は民宿で雇っている従業員の一人にコテージの管理を任せているらしく、私たちは彼——九城健太郎《くじょうけんたろう》というそのスタッフと港で待ち合わせをしていた。九城は七日間一緒にコテージに宿泊して、私たちの世話を焼いてくれると聞いている。目的の島へ向かう定期便などはないので、九城が手配した漁船で送ってもらうことになっているのだが。

港をうろついているのは、漁師らしき男ただ一人だけだった。出港の準備をしているようだ。船尾には、〈清白《せいはく》丸〉と船の名が大きく記されている。

浦井が代表して話しかける。

「あの、徒島《あだしま》に行きたいんですけど。九城さんですか?」

漁師は猛暑日にもかかわらずオーバーサイズの長袖のスウェットシャツを着ており、ぼさぼさの長髪と大きなマスクのせいで年齢を判別することさえできなかった。酷《ひど》く陰気そうな男だ。彼は息を漏らすように、「例のお客か」と小さく言った。

「九城は後から来ますよ。こんボロじゃ乗組員含めて八人までしか運べんけん、さしよりあんた方だけ島に送るよう言われとります」

「え、じゃあ九城さんはどうするんですか?」

「あんた方を送り届けた後、引き返して拾うてきますよ」

約束していた船だとわかったので、挨拶もそこそこに乗船する。無愛想な漁師は、「荷物は操舵《そうだ》室の床に適当に置くように」と私たちに言いつけた。

操舵室の中は段ボール箱に閉じ込められたかのように窮屈で、生活用品やバケツ、クーラーボックスなどが所狭しと積み上げられている。皆は次々に、出入口近くの床へと荷物を置いていった。

最後まで操舵室に残っていた私は、床に並べられた荷物を見て、こんなところでも性格が出るんだなとぼんやり思った。浦井のリュックは歪《いびつ》な形に膨らみ、横ポケットからは「熊本スイカサイダー」とかいう瓶入りの清涼飲料水がはみ出している。彼はリーダーを気取るくせに子どもっぽいところがあって、「荷物になるから旅行初日はやめとけ」と皆が散々注意したのに駅で土産物を買い込んでいた。

次に目に留まったのはレジ袋いっぱいに詰め込まれた飲料。あれは竹内のものだ。皆で飲む酒やジュースを彼が代表して購入したのだが、雑に扱うせいでレジ袋が今にも裂けそうになっていた。

加蘭は必要最低限の荷物を詰めたボストンバッグ、橋本は用途の分からない金具がたくさんついたメッセンジャーバッグ。伊志田と大石は最近グランピングにハマっているとかで、大容量のリュックを背負ってきていた。

私のリュックとクーラーボックスは、他の荷物に紛れぬよう少し奥に押しやる。甲板に出ると、船はすぐに動き出した。

＊

船体に勢いよくぶつかった波はたちまち砕け、白く緩やかな航跡を残していく。舌に塩辛さを感じ取った途端、唾液がじゅわりと湧き出てきた。波の飛沫《ひまつ》が口の中に入ったようだ。

今のところ天気は悪くないが、予報では夕方から曇り、場合によっては雷雲が発生して激しい雨が降る。大石は雨具の用意がないことを心配していたが、楽天家の竹内は「台風が来るわけでもないんやから」と笑っていた。

バスから降車したばかりのときと比べると、加蘭は幾分かしゃっきりしていた。船べりから身を乗り出し、風に当たっているうちに気分がよくなったようだ。

上島北部の港から北西約八キロの沖合に浮かぶ離島、徒島が今回の旅の目的地だった。周囲は三キロ弱、徒歩一時間程度で一周できるほどの小さな島である。一九八〇年代には約七十世帯が居住し、島民の数は二百名を超えていたそうだが、その後衰退して現在は無人島となっている。その南岸には全国的にもかなり珍しい、海に浮かぶ高床式のコテージが建っていた。

二〇〇〇年代の初め頃、島民の流出と高齢化が深刻となった徒島は打開策として観光産業に目をつけ、「徒島海上コテージ」なる宿泊施設を建設した。しかし竣工《しゅんこう》直後、台風の高潮で島のエビ養殖施設が大打撃を受けたことで人口減少に歯止めが利かなくなり、結局コテージの営業は頓挫してしまったという。

廃墟《はいきょ》となったコテージを買い取ったのは、島の釣り場に目を留めた浦井の叔母である。不動産関連事業で成功を収めた後、海釣りの趣味が高じて天草上島に移住した彼女は、民宿を経営しながら、徒島海上コテージを別荘として管理している。「コテージで友人とキャンプしたい」と頼めば、浦井に甘い叔母は快く許してくれたそうだ。

「樋藤、吸いたくならん？」

白いワンピースと長い髪を風に靡《なび》かせながら、伊志田が小声で言った。

「空気が美味《おい》しすぎて、肺汚したくなってきた」

人差し指と中指を口元に当て、彼女は古臭い煙草《たばこ》のジェスチャーをしてみせた。私は首を横に振る。

「ここじゃ駄目だろう」

「訊《き》いてみればええやん。あ、すみませーん」

操舵室の窓を覗いて尋ねれば、漁師は勝手にしろとでも言いたげにひらひらと軽く手を振った。伊志田は携帯用の吸い殻入れを取り出しながら、他の喫煙者にも声を掛ける。

「大石、煙草いいってよ。亮馬も吸うやろ？」

吸うのは伊志田と大石、橋本、私の四人だった。大石は「いいんすか」と頬を弛《ゆる》ませたが、橋本は首を竦《すく》めてみせる。

「禁煙中や」

「ええ、亮馬さんが？　絶対続かんでしょ」

大石が大袈裟《おおげさ》に目を剝《む》くと、橋本は「うるせえ」と薄く笑った。

橋本を除く三人で皆の輪から外れ、風下へと移動する。加熱式煙草を咥《くわ》える私に対し、紙煙草を好む伊志田たちは潮風からライターを庇《かば》うのに苦労している。最後には上背のある私が風よけにされた。

私の手元を横目で窺《うかが》いつつ、大石が言った。

「清嗣《きよつぐ》、そろそろ禁煙した方がええんちゃう？」

この面子《メンツ》では基本的に敬語を使う大石も、同じ歳《とし》の私にだけは気安い口調で話す。

「自分のことを棚に上げるな」

「それはそうなんやけどさ。就職する前に禁煙せんと、まじでやめるタイミングなくなるで」

伊志田がカプセルを噛《か》んだのか、隣から爽やかな甘い香りが流れてきた。最近お気に入りだとかいう、オレンジフレーバーのメンソールだ。

「あら、皆さん禁煙するん？　じゃあわたしもやめようかしら」

「二本目咥えながら言わんでくださいよ」

「こんなんほぼスイーツやからね」

「そんなわけないでしょ」

船首に取り付けられたアンカーウィンチ——係留ロープなどを巻き取るための道具——の傍《そば》でスマートフォンを弄《いじ》っていた浦井が、艫《とも》の方でたむろしている私たちへと近づいてきた。彼に煙が行かないように、手をずらす。

「心の準備はできたか？　船を降りたら文明社会ともしばらくお別れやぞ」

「大袈裟やな」と伊志田。

「そうでもないって。管理人さんが月一で島に渡ってコテージの掃除とかしてくれとるらしいけど、元廃墟やからな。まだまだ人が長期間生活できる水準ではないよ」

海風で飛ばされないよう片手でキャップを押さえつけながら、竹内もこちらに寄ってくる。お気に入りのバンドのライブグッズとかで、最近ずっとそれを被っていた。

「電気とガスが通ってないんやったっけ？」

「そう」浦井はなぜだか得意げに頷く。「かろうじて水道は海底送水でまかなわれてるけどな」

「そういえば俺、いつもの旅行のときの感覚で携帯の充電器持ってきてもうたわ。電気が通ってないことを途中で思い出して、駅で慌ててモバイルバッテリー買った」

竹内がリュックから取り出してみせたのは乾電池式のモバイルバッテリーで、内部には単三電池が三本挿し込まれていた。浦井はそれを一瞥《いちべつ》し、

「そういうタイプのモバイルバッテリーって全然充電できんよなぁ。スマホを半分くらい充電したら、あっという間に電池三本とも使えなくなる」

「まじか。でも俺の機種が使えるのこれだけやったからな」

「無線基地局も近くにないからどうせ携帯は使えんし、別にええやろ。俺はバッテリーの類は何も持ってきてないで。いい機会やから、みんなでデジタルデトックスしようや」

スマホの画面上の赤い残量表示を指差し、浦井は歯を見せて笑った。浦井のスマホはあと十五パーセントで使い物にならなくなるようだった。

喋り好きの竹内と浦井がそのままペラペラ話し始めたので、仕方なく煙草を仕舞う。大石は短くなった煙草を吸い殻入れに放り込み、衣服を軽く叩《たた》いて風上へと向かった。ひょろりと痩せた大石の影が、加蘭の小さな影に近づいていく。少し離れたところに佇《たたず》む橋本が、そんな二

人へ静かに視線を注いでいた。普段の橋本の、人を食ったような態度からは想像がつかないほど、穏やかな表情だった。

これから何が起こるかも知らないで、船の上には和やかな空気が流れている。伊志田は目を細めた。

「ねえ、樋藤。めっちゃ楽しいね」

「……楽しいな。来てよかった」

無難な返答をして上手《うま》くやり過ごしたつもりが、息が詰まるような心地がした。

この期に及んで、まさか私は緊張しているのだろうか。

「なんか変な顔しとるけど、大丈夫？　樋藤も酔った？」

「潮風が目に染みたみたいだ」

「そう。ならいいけど」

逃げるようにその場から離れ、操舵室へと足を踏み入れる。引戸を開けて、思わず「あっ」と声を上げた。

先ほどまで舵《かじ》を取っていたはずの漁師が床にしゃがみ込んでいる。その手元を見て冷や汗がどっと噴き出した。どういうわけか、漁師は私のクーラーボックスを勝手に開けていた。

「触らないでください！」

大股で近づき勢いよく蓋を閉めると、漁師はさっと手を引っ込めた。漁師はひどく荒れた手をしていた。ささくれやあかぎれが目立ち、爪の先はひび割れて捲《まく》れあがっている。長い髪とマスクに隠れた表情は窺い知れないが、彼は私の大声に面食らったようだった。

「あ、すみません。お客さんのやったんですね。取り違えました」

室内に積み上げられた他のクーラーボックスを指差し、「自分が道具入れにしとるやつと色が似とったもんで」などと言い訳を続けるが、彼の声は耳に入ってこなかった。

——油断していた。でもまさか、客の荷物を勝手に触る奴《やつ》がいるなんて思わないだろう。

幸運なことに、気付かれてはいないようだった。それもそうか。アルミの平板を重ねて二重底にしてあるため、クーラーボックスの蓋を開けたときに見えるのは肉や野菜、菓子などバーベキュー用に購入した食材と、一二〇〇ミリリットルのペットボトルに入ったオレンジジュースが二本だけ。見られて困るものはその下にあった。

ここで過剰に腹を立てる方が怪しまれるだろう。頭を冷やせ、と自分自身に言い聞かせる。

「こちらこそ、急に大声を出してすみません」

荷物を置きにきたときは気づかなかったが、改めて見てみると操舵室はまるでワンルームアパートの一室のようだった。仮眠スペースも、簡易的な台所もある。私は流し台の上の包丁に目を奪われた。

無造作に置かれた出刃包丁は、随分と使い込まれているように見えた。あれで魚でも捌《さば》いているのだろうか。まるで私の行末を暗示するかのように、刃の切っ先は鈍い光を放っている。

次第に気分が落ち着いて、私はふと、この漁師に話しかけてみたくなった。

「地元の方ですよね？」

「……ああ、はい」

「徒島に行く機会は？」

「いや。月に一回、九城の送り迎えばしてやるくらいですかね」

「泳げますか」

ひっそりとした私の問いかけに、「はい？」と怪訝《けげん》そうな声が返ってくる。

「船で三十分くらいですよね。あそこから泳いで港に帰ることはできると思いますか？」

「質問の意図がわからんのですが、泳ぎたいってことですかね」

「ええ。長い距離を」

「うーん。有明海は干満差が激しいでしょう。潮流というのは潮の満ち引きで起こる流れやけん、特にここらはすごい流速なんですよ。泳ぐんはやめなっせ」

遊泳が禁止されていると聞いてはいたが、地元の漁師が止めるならよっぽどだ。満足のいく答えを得られて、私は甲板に戻ることにした。胡乱《うろん》げな視線が背中に刺さるが、そうだ、彼に怪しまれても別に構わない。

　有明海のように干満差が大きく比較的狭い海域では、潮汐に伴う流れ、すなわち潮流が激しくなる。やはり徒島から対岸へ泳いで渡ることは不可能なのだ。迎えの船が来るまでの間、徒島は外界から隔絶される。

　唯一の問題といえば電話くらいだった。電気もガスもない、おまけに携帯の電波も通じないというのに、徒島には電話ボックスが一台設置されている。徒島から住民がいなくなって十五年以上経《た》つが、島の遊歩道の途中にぽつんと立っているというその古びた電話ボックスは、近くで船が難破したときの緊急連絡用として残されたままだった。しかし、それについても既に策は考えてある。

操舵室から出ると、すぐに大きな笑い声が聞こえた。竹内がいつもの如《ごと》く大仰な身振り手振りを交えて喋っているようだった。彼を囲むようにして、皆ぎゃあぎゃあと騒いでいる。

「あ、樋藤！　ちょっとこっち来て。もう竹内がさぁ……」

弾《はじ》けんばかりの笑顔の伊志田が、私を手招きした。

少年少女のようにはしゃぐ六人に、順番に目をやる。橋本亮馬、大石有、竹内隼介、加蘭結子、浦井啓司、伊志田千晶——私が心の底から求めていたのは、やはりこれだったのだ。元より人間は、敵《かたき》と同じ空の下で生きることなどできない生き物なのだから。

逃がしはしないと、胸の内でそっと呟《つぶや》く。

一人残らず殺してやる。これは復讐《ふくしゅう》だ。

八月四日　十四時四十五分

船の前方に見えていた小さな黒い影は、やがてくっきりとした輪郭を得た。——徒島だ。常緑の森林に覆われたその島は、紺碧《こんぺき》の有明海にぽつんと浮かんでいた。

上空から捉えると、徒島は台形のような形をしている。北側を上辺、南側を下辺とすると上辺の海岸線の方が少し長い。南岸は標高が低く比較的なだらかな地形をしているが、それ以外の三辺は切り立った崖になっているため、コテージの建設場所は必然的に南岸に決まったという。

ほどなくして海上コテージが眼前に姿を現した。

海から突き出た柱の上に、白壁の美しいコテージが建っていた。宿泊する部屋は何棟かに分かれているようで、深く鮮やかな朱色をした切妻《きりづま》屋根が複数見える。まるで童話の世界を切り取ったかのような建物だった。

　コテージは南東の岩場を土台にしているため島とは陸続きになっているはずだが、引き潮の今でも基礎が海面下に隠れているので、ここから眺めると独立して海の上に建っているように見える。満潮を迎えれば、より幻想的な景色になるのだろう。潮位が高いときには海側へと張り出したバルコニーの真下あたりまで、船で近づくこともできそうだ。

「熊本には平家落人《おちゅうど》伝説がたくさん伝わってるんやって。八代《やつしろ》市の泉町《いずみまち》に残る、玉虫御前《たまむしごぜん》の伝説なんかが有名どころやな」

　眼鏡を押し上げながら、またしても浦井が蘊蓄を語り始めた。伊志田が合の手を入れる。

「玉虫御前って、屋島《やしま》の合戦で那須与一《なすのよいち》が弓で扇の的を射たとき、扇を持ってた平家の女官のこと？」

「そうそう。玉虫御前は名前を変えて泉町の岩奥っちゅう場所に隠れてたんやけど、平家の残党狩りにやってきた那須与一の息子と出会って恋仲になったそうや。熊本の中でも特に天草諸島はそういう話が多く残ってる地域で、なんでも五十くらい伝承があるらしい。この徒島にもあるんやで」

「こんなちっちゃな無人島に？」

「ああ。島の南側には小さな入り江があってな、そこは〝舟隠《ふなかく》しの入り江〟って呼ばれてる」

　それまで口数の少なかった加蘭が反応した。「舟隠し？」

「奥深いところにあるうえ、静かで波が立たないから、舟を隠すにはちょうどよかったんやろうな。追手から逃れた平家の落人が潜んでたとも言われるし、逆に平家を追ってきた源氏方が奇襲のために舟をこっそり隠してたとも言われる。こんなふうに源平伝説が入り混じって残ってるのはなかなか珍しいんやって」

島との距離が縮まるにつれ、岸壁がはっきりと見えてくる。コテージのすぐ傍――南東の断崖に、小さな切れ目のようなものがあった。森林に囲まれた入り江だ。狭いが奥行きが深く、内側に食い込むように入り組んだ形をしている。

大石が岸壁を指差した。

「あれが舟隠しの入り江ですか？　なんだか狭そうですね」

「狭いからこそ隠れるのにちょうどいいんやろ。まあ真偽のほどは定かではないけどな」

浦井がそう笑い飛ばすと、加蘭がぼそりと呟く。

「徒島なんておどろおどろしい名前が付いてるくらいやから、落ち武者が逃れてきてたとしてもおかしくないね」

私は入り江を眺めながら、そこに船を隠し、息を潜める武士の姿を想像した。親兄弟や主君の敵の首を取ろうと、意気込んでやってきた者もいたのだろうか。

復讐行為の例は、古今東西枚挙にいとまがない。日本古代の事例としては、四五六年頃、眉《まよ》輪王《わのおおきみ》による父の敵への復讐が『日本書紀』に記載されている。その後、武家政治が成立したことにより、私人による復讐は武士同士の間に発生する「敵討ち」へと展開し、平貞盛《たいらのさだもり》の平《たいらの》将門《まさかど》討ちや源頼朝《みなもとのよりとも》の長田忠致《おさだただむね》討ち、曽我《そが》兄弟の復讐など、多くの敵討ちが行われるようになった。江戸時代には幕府が敵討ちを推奨するようになり、また、敵討ちをテーマに据えた文芸作品が絶大な人気を博した。

一般に広く知られる復讐の事例は「忠臣蔵」など、主に江戸時代に行われたものだろう。しかし私は、近世のそれにあまり魅力を感じない。江戸幕府が復讐を賛美したのは封建体制を強化するためであり、儒家思想を下敷きにした価値観との相性がよかったからだ。「家」を守ること、「家」の面目を保つことこそが復讐の動機であったため、父兄や主君の敵を討つ場合は「孝行」「忠義」として賞賛されても、弟や子ども、つまり目下の血族が殺害されてもその恨みを晴らすことは許されなかったという。

型に嵌《は》まった武士道よりも、中世期の復讐の方が私の好みだ。儒教道徳や武士道の倫理観に結び付けられる以前の時代の復讐行為は、内から湧いてくる憎しみを抑えられずに道を突き進んでいった結果生まれた現象のように思えた。

「九城という管理人はどんな人なんだ？」

ふと気になって浦井に尋ねてみると、「さあ」と心許《こころもと》ない返事が返ってくる。

「俺も会ったことないからよく知らんけど、叔母さんと同じく、都会から天草に移住してきた人だって聞いてる。確か歳はちょうど三十やったかな。叔母さんは、『見た目は恐《こわ》いけど優しい人やから大丈夫よ』って言ってた」

「写真はないのか」

「俺が持っとるわけないやん。そんなに気になるのか？」

興味はない。ただ、この惨劇に巻き込んでしまう可哀想《かわいそう》な男がどんな顔をしているのか知りたかっただけだ。

船がコテージの正面に回り込むと、そこには浮き桟橋があった。浮体の上に作られた、潮位の差が激しい場所でも利用することのできる桟橋である。浮き桟橋の先には連絡橋が続いており、コテージの入口と連結していた。

船が桟橋に接岸すると、漁師は操舵室の荷を次々と運び出していく。荷物の扱いが荒っぽいのが気に障ったのか、橋本は漁師の手元をじっと睨《にら》みつけていた。

全員が桟橋に渡ったことを確認すると、漁師は係留設備に結び付けていた舫《もや》い綱《づな》を素早く解き、「それじゃあ、九城を迎えに行ってきます」と言った。私たち一人ひとりの顔を順番に見回して、どこか物憂げな表情を作る。

「どうか気いばつけて」

陰気な漁師は最後までにこりとも笑わず、再び船を出した。

連絡橋の可変階段を上ったところには、玄関前広場と廊下の役割を兼ねたウッドテラスがあった。風通しがよく、不思議と空気が冷涼に感じられる。関西で過ごす灼熱《しゃくねつ》の夏に比べれば、避暑地と言ってもいいくらいだ。

コテージは八つの棟に分かれており、各棟はウッドテラスを挟むようにして東西に四つずつ並んでいた。テラス中央には、バーベキューコンロの付いた立派なアウトドアテーブルと二つのベンチがどっしりと鎮座していたが、それでも悠々と通路を行き来できるほどの広さがある。

宿泊棟の鍵は浦井が持っていた。適当に部屋を割り振って、とりあえずは荷物を中に運び込むことにする。

　階段を上って右手、すなわち東側の一番手前の棟は管理人の九城が利用するため、私たちはそれ以外の棟を使うことになった。東側は手前から橋本、大石、竹内。西側は手前から加蘭、伊志田、浦井。私は西側の一番奥の宿泊棟を割り当てられた。

　管理人棟以外の全ての棟には東側手前から反時計回りに「1号室」から「7号室」と番号がついていて、入口の扉に取り付けられたプレートにその番号が刻まれていた。各々に配られたピンシリンダーの鍵にも、似たような木製のプレートがキーホルダーとしてくっついている。部屋番号の数字部分を浮き彫り彫刻にした、なかなか凝った作りのプレートだ。

　私に与えられた部屋は「4号室」だった。

　部屋は広々としたログハウス風の洋室。シンプルな木製家具で統一されており、部屋の中央にはテーブルと椅子、北側の壁際にぴったりとくっつけられたベッドの横にはサイドテーブルが置かれていた。ユニットバス、トイレ、ミニキッチンも各棟に付いていて、全ての場所において掃除が行き届いている。調度品もいちいち洒落《しゃれ》ていて——北東の角の天井付近に取り付けられたコーナーラックの上には、重量感のあるシルバーの置時計が載っていた——ここが最近まで廃墟だったとは到底信じられなかった。

　私はリュックをベッドに投げ置くと、入口の反対側に位置する大きな掃き出し窓を開けた。肩に下げていたクーラーボックスを静かに置き、恭しくその蓋を開く。

　二重底の下に隠していたのは小型のケーブルカッターと、二つの茶色の小瓶だった。小瓶を一本手に取る。一つ目の瓶の中身は三酸化二ヒ素——いわゆるヒ素の粉末だった。

クーラーボックスからオレンジジュースのペットボトルを二本取り出すと、一本目のジュースを開封し、ヒ素を慎重に混入する。少し乱暴にペットボトルを振れば、白い粉末はあっという間にオレンジ色の液体に溶けて見えなくなった。

三酸化二ヒ素は冷水にはあまり溶けないというが、夏のキャンプで熱い紅茶やコーヒーを出すわけにもいかないので、溶媒はオレンジジュースで妥協した。コップ一杯を二〇〇ミリリットルとして、六人に毒を振舞うために必要なジュースは一二〇〇ミリリットル。二リットルのペットボトル飲料では計算が面倒なので、ちょうど一二〇〇ミリリットル入りのこの柑橘《かんきつ》系炭酸飲料は毒殺に持ってこいの品だった。

私はこのコテージで、奴らに毒入りのジュースを飲ませる。

二〇グラム程度のヒ素が溶解したこのオレンジジュースならば、失敗はあり得ない。恐らく奴らはジュースを飲んで約三十分後に激しい吐き気と腹痛を訴え始めるだろう。それから数時間のうちに臓器機能不全や循環機能不全を起こし、死に至る。運よく毒の多くを吐き出すことができたとしても、無人島では治療などできない。どのみち死ぬのだ。

次の作業に移ろうとしたそのとき、開いた窓の方から声がした。

「おーい、樋藤！」

私は慌ててジュースを手放す。声の主は浦井だった。どうやら隣のバルコニーから呼びかけているらしい。

「樋藤、荷ほどきは終わったか？　ちょっとこっち来てみろよ」

ケーブルカッターをズボンのジッパーポケットに隠し、二つの小瓶はベッドサイドテーブルに設《しつら》えられた小型の金庫へと移した。ダイヤル式の古い金庫だが、クーラーボックスに入れっぱなしにするよりはましだろう。

動揺を悟られぬよう、バルコニーに出る。五号室のバルコニーには浦井の姿があった。スチールの格子組手すりに寄りかかってこちらに手を振っている。四号室の方が風上にあったので、取り出しかけた加熱式煙草はポケットに戻した。

「気持ちいいな」と話しかけられるが、返事が遅れた。

「なんか今日の樋藤、ぼけっとしてんな。体調悪いんか？」

「いや。ただ少し、考え事をしてたんだ」

隣のバルコニーとの間には三メートルほどの距離があり、会話をするためには少々声を張らなければならなかった。

「何や、考え事って」

「ええと……このコテージに家具を運び入れるのは大変そうだと考えてたんだ。まず入口が狭いから大型の冷蔵庫やベッドだと厳しいだろ。入口が無理となるとバルコニーから搬入したいところだが、下は海だ。クレーン車はもちろん使えないし、手吊《てつ》りでも難しそうだな、と」

足元を見る。張り出したバルコニーの真下は海だった。七、八メートルくらい下で海面が揺れている。

引っ越し業者では、大型家具を入口から搬入できない場合、人力でベランダに引き上げることがある。階上から吊り上げる役と下から荷を支える役に分かれて運び入れる、手吊り搬入という作業である。マンションの四階までなら手吊りで引き上げたことはあるが、このコテージの場合、下に地面がないので支える役がいない。船でもあればあるいはバルコニーからの搬入も可能なのかもしれないが。

「何やそれ。職業病っていうかバイト病やな」

「大石でも同じようなことを考えるんじゃないか。あっちの方がベテランだぞ」

「いやお前だけや」と浦井は笑った。

腕時計に目を落とすと、時刻は十五時を回っていた。これから二十二時の満潮に向けて、潮位がどんどん増していくのだろう。潮汐アプリの予測によれば、今は遥《はる》か下方に見える海面も、さらに四メートルほどせり上がってくるらしい。

浦井は北の方を指差し、「島を探索しに行こうぜ」と言う。すぐ傍には徒島の岸壁と、鬱蒼《うっそう》と生い茂る照葉樹林が見えた。

ウッドテラスを北に進むと岩場に下りるための階段があり、そこから島へ上陸できるようになっていた。私たちは荷ほどきを終えた面々に声をかけ、管理人の到着を待つ間に島を一周することにした。

道は左右二手に分かれていた。左手に続く道は、かつて島民が利用していた船着場跡が残る南岸側へと通じており、護岸道路も整備されているように見える。一方、右手の道はまるで獣道のように林を突っ切って延びていた。一見すると全く異なるルートだが、遊歩道は海岸線に沿って島を一周しているらしく、二つの道もどこかで一本に繫がっているのだという。

私たちは舗装された左手の道へと進む。海岸には築堤式の養殖施設跡地が多く残っていた。

「今更やけど、この面子でキャンプって大丈夫かなぁ」

伊志田が揶揄《からか》い混じりに言うと、竹内も声のトーンを上げる。

「心配なのは亮馬やな。スマホ依存症やし虫も嫌いやし、一週間も耐えられるんやろか。な、亮馬」

竹内が橋本の肩に手を回す。橋本はにやりと笑った。

「部屋に虫が出たら帰る」

「だから帰られへんのやって」

今日の橋本はえらく落ち着いていた。普段の彼はもっと不安定で、気分の上がり下がりが激しい。以前、竹内に肩を叩かれただけで「触んな！」と激昂《げきこう》したこともあったというのに。

不意に橋本と視線がかち合って、私は反射的に目を逸らした。

島民の住居は主に島の西側に寄っていたようで、西岸の遊歩道を歩いていると廃集落を二つほど見かけた。私たちはくだらないことを喋りながら、ゆっくり四十分ほどかけて徒島を半周した。

島の東側に差しかかると、海岸に沿って設置されていたガードレールが途切れた。遊歩道は深い茂みの中へと続いていた。

シイ、カシ、ミミズバイなどの照葉樹林が覆い被さるように枝を伸ばし、途端に海が見えなくなる。生い茂るシダ植物に足を取られながらさらに三十分ほど歩き続けると、突然見慣れぬ直方体が目の前に現れ、私たちは足を止めた。

それは緊急連絡用に残されたという、島唯一の電話ボックスだった。ガラス張りの古びた電話ボックスは暗緑色の林に馴染《なじ》まず、不自然なほどの存在感を放っている。

しばらく無言でそれを見つめた後、橋本が呟いた。

「船から見えたあの入り江、この辺にあるのか？」

南東の岸壁に見えた〝舟隠しの入り江〟のことを言っているようだ。

「近そうやな。ちょっと覗いてみるか？」と浦井。

「断崖絶壁やったやん。危ないよ」

加蘭は少し不安そうにしていたが、竹内が「ちょっとぐらい大丈夫やろ」と無責任に煽《あお》った。

浦井を先頭に、林を掻き分けながら海岸に向かって進んでいく。ほんの少し探検気分を味わうつもりが案外険しく、やっと視界が開けたと思ったら、足元に急斜面の岩肌が現れた。

大石が苦笑いを浮かべる。「思ってた以上に野性味溢《あふ》れる場所ですね」

岩場を下ったところに入り江があるようだが、斜面の角度がきついせいで入り組んだ湾の最奥は見えない。遠くを見渡せば、角のように出っ張った二つの岬と、湾の入口で穏やかに揺れる波があった。湾口の幅は約十五メートル。その名の通り、船を隠すにはちょうど良《い》い場所だった。

「ねえ、そろそろ管理人さんが来る頃やない？　帰ろうよ」

そう言って元の道に帰ろうとした伊志田の身体《からだ》が、大きく傾いた。灌木《かんぼく》に足を引っ掛けバランスを崩したのだ。私たちが気づいたときには既に遅く、伊志田は悲鳴も上げずに斜面を滑っていく。

誰かが叫んだ。

「危ない！」

伊志田の傍に素早く駆け寄っていったのは、見知らぬ青年だった。彼は伊志田の腕を取ると、斜面にうずくまる彼女を支え起こす。

肝を冷やして何も喋れなくなった伊志田に、青年は「大丈夫？」と笑いかけた。遅れて状況を把握した私たちを振り返って、

「浦井さんのご親戚の方たちだよね」

穏やかな声だった。パステルカラーのカジュアルな柄シャツに、すっきりと清潔感のある短髪。細身の身体には似合わぬほど大きなリュックを背負っている。

「この入り江にはあまり近づかないでね。ここからはよく見えないけど、入り江の奥から岩を削って天然の階段が作られてるんだ。それが結構脆《もろ》くなってるみたいで、うっかりすると落下しかねない」

彼がコテージの管理を任されている九城なのだろう。歳は三十と聞いていたのに私たちと同年代に見える。目尻にぎゅっと寄る笑い皺が親切な人柄を表しているようで、浦井の叔母の「見た目は恐い」との評は的外れに思えた。

私たちが島を散策しているうちに、先ほど徒島を出発した漁船が上島の港で九城を拾って、とんぼ返りしてきたらしい。あの漁師はなかなか陰気な人物だったが、九城ならば彼とでも上手くやれそうだ。

「すみません、勝手に動き回ってしまって」

「こちらこそ、お待たせしました。コテージに戻ろう」

明るい声に導かれるように、私たちは入り江からまた五分ほど歩いて、コテージへと続く階

段を上っていく。伊志田と加蘭が「いい人そうでよかった」「ほんまやね」と囁《ささや》き合っているのが聞こえた。

九城の背中を見つめながら、何度も自分に言い聞かせる。

――彼に悟られてはいけない。

巻き込んでしまうのは不本意ではあるが、しかし九城まで殺すつもりはなかった。私が狙うのは六人だけだ。

ウッドテラスに皆が揃うと、九城はにこやかに微笑《ほほえ》んだ。

「挨拶が遅れちゃったな。お互いに、自己紹介でもしようか。僕の名前は九城健太郎。趣味はマラソン、特技はどこででも寝られることです」

島に持ち込んだ二つの瓶のうち、もう一方の瓶の中には、睡眠薬が入っている。睡眠薬と二本目のオレンジジュースは、九城のために急遽《きゅうきょ》用意したものだった。

私が六人を殺し終えるまで、九城には眠っていてもらう算段である。目を覚ませば遺体が転がっているのだから、どのみち計り知れない混乱と恐怖を味わうだろうが、あいつらがもがき苦しみながら死ぬところを見せるよりはましだろう。

心の内だけで九城に願った。――何の疑念も抱かず、ただしばらく眠っていてくれ。

*

十七時半過ぎ、日が翳《かげ》って俄《にわ》かに気温が下がった。広く厚い雲が空全体を覆い、有明の海は灰色に蠢《うごめ》いていたが、徒島海上コテージは賑々《にぎにぎ》しい雰囲気で満ちていた。アウトドアテーブルを囲んで食事の準備をしながら、皆ぺちゃくちゃとお喋りに興じている。

九城は初対面の印象と違わず頼りがいのある人物で、皆はすぐ彼に好感を持った。

普段、九城は浦井の叔母が経営する民宿で働いている。徒島海上コテージの管理も民宿業務の一環として任されているそうで、月に一度だけ徒島に渡り、コテージの掃除や修繕をしているのだという。今回は浦井の叔母から「甥《おい》とそのお友だちの面倒をみてきてね」と軽く頼まれた、もとい投げっぱなしにされていたようで、私たちがどういう集まりなのかすら把握していなかった。

「みんなが普段、何の仕事をしてるか訊いてもいいかな」

しきりに私たちの話を聞きたがる九城に、竹内が調子よく説明する。

「俺は普通にサラリーマンです。浦井は区役所職員、伊志田は医療事務、大石は引っ越し屋で、橋本はほぼニートみたいなフリーターですね。あ、樋藤はまだ大学生ですよ。就活が終わったばっかりなんです」

徒島への旅行が計画されたのは、六月に私の内定が決まったためだった。伊志田たちは私よりも一学年上なので既に就職しているし、グループ内で唯一同じ歳の大石も高卒就職組でとっくに働いていたため、私と同時期に大学を卒業する者は一人もいない。

「みんなそれっぽい仕事に就いてるでしょ？　でもね、一人だけ意外なのがいるんですよ。こう見えて加蘭は……」

「ちょっと、やめてよ」

加蘭が口を差し挟むと、竹内は「すまん、すまん」と口先だけで謝る。

「まあ、加蘭は人気商売をやっとるんですよ。身バレしたら困るから、プライベートではあんまり仕事の話をしたがらなくて」

「そっか。よくわからないけど、大変なんだな」

バーベキューコンロにカセットガスを挿し込みながら、九城は質問を重ねる。

「みんな、高校からの付き合い？」

浦井が答える。「いいえ、樋藤だけ出身高校は別のところなんです」

「じゃあ、樋藤くんは大学の同級生とか？」

「それも違います。大石の職場にバイトしに来てて、それがきっかけで俺たちとも仲良くなったんです」

「へぇ、樋藤くんは勇気があるんだな。できあがってる仲良しグループに混ざるのって、結構難しいのに」

「樋藤は神経が太いんですよ。一個下なのに、初《しょ》っ端《ぱな》からタメ口やったし。でも全く遠慮せえへんから付き合いやすいですね」

「そうなんだ。みんな仲がいいんだな」

九城と目が合って微笑みかけられるが、どんなリアクションを返せばいいかわからず、小さく会釈した。どうにも調子が狂う。

トングや軍手、ゴミ袋など、必要な道具はほとんど九城が用意してくれていた。世話焼きの大石と、アウトドアレジャーに慣れている九城の二人が自然と中心になって、着々と準備が進んでいく。手持ち無沙汰になった者たちが遊んだりサボったりし始めた頃、私は大石に呼び止められた。

「清嗣、悪いけどこのタッパーとか、俺の部屋の流しに置いてきてくれへん？　鍵は開いてるから」

　頷いて、細々とした調理器具を受け取る。

「ありがとな。全く、ウチの先輩たちにはサボり魔が多すぎて困るわ」

　大石の部屋に道具を運んでからテラスに戻ったとき、いよいよ大石と九城以外の面々は好き勝手に遊びだしていた。――今なら誰も私を見ていない。

　私は黙ってテラスを通り抜け、島へと足を踏み入れた。湿気を帯びた空気が全身にまとわりつく。照葉樹林に覆われた細い遊歩道へと進むと、五分とかからず目的のものが見えてきた。人の消えた徒島に残された、ただ一つの電話ボックスだ。

　ポケットからケーブルカッターを取り出すと、心臓が喉元までせり上がってくるような心地がした。冷や汗で手が滑りそうになるが、このタイミングを逃すわけにはいかない。

　あの六人はどうしようもない屑《くず》だが、そんな奴らを愛する奇特な人間もいる。私が六人を殺せば、きっと彼らの友人や親は私を恨み、私の死を望むだろう。

　だから私は、奴らの最期をこの目で見届けた後、死ぬ。加害者が死ねば、不毛とも言うべき復讐の連鎖が続くこともないだろう。ハッピーエンドだ。しかし、ただで死んでやるつもりもなかった。

　私は徒島に渡る直前、遺書という名の犯行声明を残してきた。そこには犯行の動機も、あの六人が過去に犯した罪のことも、全て詳細に記してある。

犯行声明は八月九日の午前八時、国内外の掲示板サイトとＳＮＳにアップロードされる予定だった。あれが世に出回れば、奴らの名誉は大いに傷つくだろう。

迎えの船は六日後――八月十日の朝に手配しているが、恐らくは迎えの船よりも一日早く、通報を受けた警察が死体の海と化したコテージに踏み込んでくるだろう。警察側の削除依頼を見越して、事件から一週間後に別のＩＰアドレスから再度投稿されるようにも設定していた。

残された時間は、約四日と十四時間。まずは連絡手段を断つことから始めよう。

私は電話ボックスの扉を力任せに押した。受話器を耳に当てると、ツーと発信音が鳴る。

電話のスピーカーから発せられる電子音はおしなべて嫌いだった。無機質な音は頭の中で反復され、忌まわしい幻聴を引き起こすのだ。今も目を瞑《つぶ》れば、私はあの部屋に引き戻される。電話の呼び出し音だけが鳴り響く、あの暗い部屋に。

震える手でケーブルカッターを構え、刃でコードを挟む。

「敵は討ちます」

右手に力を込めれば、ブツンと嫌な感触が全身に伝わった。発信音がやむ。コードはあっけなく切断された。

切り離された受話器をフックに戻して電話ボックスを出る。そのとき、枯れ枝を踏みしめるような、微《かす》かな音がすぐ傍から聞こえた。

「誰だ！」

裏返った声が林の中で響く。頭の中でたっぷり五秒数えたが返事はなかった。人の気配も、風が木々を揺らす音さえ存在しない、完璧な静寂だった。

　私は深呼吸を繰り返し、全身から噴き出る汗を手の甲で拭った。

　来た道を走って戻ると、ウッドテラスには数分前と寸分変わらぬ光景があった。大石はてきぱきと準備を進め、伊志田は手よりも口を動かしている。加蘭は素直に手伝っているようだが、時々ベンチに腰を下ろしてぼーっとしている。竹内はアウトドアテーブルから離れた場所でふざけていて、浦井はそれを見て馬鹿笑いしていた。橋本はサボっているのだろう、姿が見えない。

「あ、樋藤くん」

　背後から声を掛けられ、思わず息を呑《の》む。振り返れば、九城が立っていた。

「さっき、どこ行ってた?」

　右手の親指の爪を噛みながら、九城は無邪気に問う。私は内心焦りつつ「何のことですか?」ととぼけた。

「十分くらい外してたよね?　どこに行ってたのかなと思って」

「島を探索していたときにハンカチを落としたようで、探しに行っていました。何か用ですか?」

「急にいなくなったから気になってただけだよ。ついでだけど、みんなの皿とコップ洗うの手伝ってくれないかな。各棟に食器が置いてあるから、自分の分も取ってきてほしい」

　宿泊棟のキッチンには皿が二枚、コップが一個、包丁とフライパンが一つずつ揃っていた。九城は皆の部屋から食器を集めて、管理人棟の流しでまとめて洗おうとしているらしい。とりあえず怪しまれていないことに胸を撫で下ろしつつ、九城の後に続いて管理人棟へ入った。

管理人棟の構造は宿泊棟と共通しており、家具は西側の部屋とちょうど鏡映しに配置されている。絶妙に高い位置に設えられたコーナーラックやその上にある高級そうな置時計も、私の部屋のものと全く一緒だ。背の低い人間だと、あのコーナーラックに積もった埃《ほこり》を掃《はら》うのは難しそうだが、九城はそこそこ背が高いのでコテージの隅々まで掃除できるのだろう。

九城が洗い終わった食器を受け取って、布巾で水気を拭っていく。キッチンのカウンターには下拵《したごしら》えを済ませた生肉が所狭しと並べられていた。

なぜ九城は私に声を掛けたのだろう、と不思議に思う。皆が仲良く喋っていた間も私はむっつり黙っていて、ほとんど言葉を交わさなかったのに。もしや気を遣わせているのだろうか。

コップを水にさらしながら、九城は色々と話しかけてきた。

「友だちと大人数で旅行なんて羨ましいな。この歳になると、学生時代の友だちとは疎遠になっちゃってさ」

「はあ」

愛想よく会話を弾ませることなどできないが、九城は特に気にしていないようだった。

「他のみんなは関西出身みたいだけど、樋藤くんは違うのかい？」

「よく気づきましたね」

「そりゃわかるよ。一人だけ標準語じゃないか」

「生まれは東京なんです。大阪に来たのは大学から」

本当は生まれも育ちも大阪なのだが、この設定は奴らの前で何度も繰り返し披露していたので、口からすらすらと出てきた。

「九城さんも熊本の方言を使わないですよね」

「そう、僕も大人になってから熊本に来たんだ。生まれ育った場所から離れて一人で知らない土地に来るのって恐いよな。樋藤くんは大阪でいいお友だちに恵まれて、本当によかったな」

「まあ、そうですね」

衝動的に、九城に六人の本性を教えてやりたくなった。

伊志田は人当たりが良さそうに見えるが、最も自覚的に悪事を働く。浦井は傲慢でグループの指導者を気取っている。加蘭は大人しそうなふりをして短気で攻撃的。竹内は軽薄かつ善悪の区別がついていない。大石はお人好《ひとよ》しなんかじゃなく流されやすいだけ。橋本は感情の起伏が激しく、気に食わないことがあれば簡単に暴力に訴える。——全てぶちまけたくなるのをすんでのところで堪えた。

私は九城という異分子の扱いに困っていた。奇妙なことに、この人を前にすると私は緊張し、冷静さを欠いてしまう。

皿を重ねながら、九城の横顔をこっそり覗き見る。九城は皿を洗い終えて、他の調理器具を流しに放り込んでいるところだった。

骨っぽく尖《とが》った輪郭と、吊り上がった目。一見すると冷たそうな印象を受けるのに、笑うと目尻に皺が寄って途端に親しみやすくなる。そしてどこか懐かしい。

「はい、これ」

目の前に包丁があった。九城が包丁の刃を持ち、私に柄を向けていた。

一瞬言葉を失った。九城は何も言っていないのに、「今すぐこの包丁で奴らを刺してこい」と命令されたかのように錯覚していた。毒なんかじゃ生温《なまぬる》い、全身を切り刻んでやれ、と。

「大石くんが野菜切りたいって言ってたから、包丁持っていってあげてほしいんだけど。どうかした？」

はっと我に返って包丁を受け取ると、彼は心配そうに眉を顰《ひそ》める。

「もしかして気分悪い？」

なぜ彼に心をかき乱されるのか、やっとわかった。九城の顔の造形があの人に少し似ているのだ。しかし、これはいい偶然と言えるのではないか。

「いいえ、大丈夫です。むしろ調子がいいくらいですよ」

九城と顔を合わせる度、私は身を裂かれるような怒りを新鮮に思い出すことができる。殺意の炎に、また一滴油が注がれたような気がした。

*

幾度目かの乾杯の後、大石が静かに言った。

「なんか、修学旅行みたいですね」

「お前は修学旅行、行ったことないやろ」

竹内は酒臭い息を吐きながら笑う。

「仮病使って休んだんやったっけ。大石、同学年の友だち一人もおらんかったもんな」

「はは。確かにほんまの修学旅行は知らんけど、なんか雰囲気がそれっぽい感じしません？　この真っ暗な中で話す感じとか」

空を見上げる。満月は分厚い雲に覆われ、どこにも見えなかった。

「先輩たちとなら修学旅行、行ってみたかったっすわ。清嗣も一緒にな。てか、そろそろライト点《つ》けません？」

コテージには電気が通ってないため、日没後はそれぞれが持ち込んだ懐中電灯を頼りにしなければならない。

キャンプグッズの用意は人によってまちまちだった。私のはごく普通のＬＥＤハンドライトで、加蘭、伊志田、九城の三人が持ち込んでいたのはランタン式の懐中電灯。ランタン式はテーブルの周辺を明るくする分には勝手がいいが、光が分散されるので遠くを照らすには少々心許ない。竹内と橋本に至っては懐中電灯自体の準備がなかった。

「お前のそれ、何だ。気合入れすぎやろ」

浦井の顔をまじまじと見つめていた橋本が、我慢ならないというふうに肩を震わせて笑いだした。浦井が取り出したのはゴムバンドの付いたヘッドライトだった。いそいそと頭に装着してライトを点灯する。暗闇の中に浦井の顔が浮かび上がるのが何ともシュールで、爆笑が起こった。

「笑うなや。単三電池三本で十二時間長持ち、最高一〇〇〇ルーメンのハイパワーやぞ」

「浦井さんも笑ってるやないですか」

「そう言う大石だってふざけたキャンプグッズ持ってきとったやろ、俺知っとるんやからな」

「僕のは普通のハンドライトですって」

「違う違う。最近キャンプにハマっとるとかで、イキって斧《おの》を持ち込んでんねやろ」

「あ、キャンピングアックスのことですか」

「ほらイキってる。そういやお前、水筒もデカいねん」

アウトドア好きの大石は、張り切ってキャンプ用品を沢山持ってきているようだったが、そのほとんどが必要のない物だった。部屋にベッドがあるのだから寝袋は邪魔なだけだし、焚火《たきび》もしないので薪を割るための小型の斧も要らない。唯一役に立っているのは、一・二リットル容量のステンレス製水筒くらいだった。

九城はおもむろに立ち上がり、「ちょっとトイレ」と管理人棟へと歩き出した。伊志田が「いってらっしゃーい」と手を振る。

九城の後ろ姿が見えなくなると、竹内が言った。

「島の周りは遊泳禁止って聞いてたけどさ、明日九城さんにこっそり頼んで泳がせてもらえんかなぁ。あの入り江の中やったら波も来《こ》ぉへんやろうし」

「やめてよ。九城さん、危ないって言うてたやろ」

加蘭が唇を歪《ゆが》める。伊志田も同調した。

「わたしは絶対泳がんからね」

基本的には無鉄砲に何でもやりたがる伊志田だが、水遊びとなると途端に消極的になる。

「千晶は泳げないもんな」と浦井が揶揄った。

「今どきクロールもできひんって、溺れたときどうすんねん」

「水に近づかんから平気やもん」

「今まさに海の上のコテージにいてるくせに」

「流石《さすが》にこのコテージくらいなら恐くないよ。建物やん」

「でもどうする、帰りの船が難破したら」

お前らは帰りの船に乗れないけどな。私が内心でそう皮肉ったとき、それまで聞き役に徹していた橋本が口を開いた。

「浮力があるんやから、千晶は溺れても無理に泳ごうとすんなよ」

「へえ、亮馬詳しいの？」

「別に。前ニュースでそういうのちらっと見ただけや」

伊志田が続きを促すと、橋本は気恥ずかしそうに鼻を擦《こす》る。

「水に浸《つ》かるとき、身体の二パーセントは浮力で水面に出るようになってるんやって。バチャバチャ暴れたら手や足は水面に出るやろうけど、鼻と口は沈むから死んでしまう。仰向けになって大人しくしておけば顔がその二パーセントになるから、下手に動かん方がいいらしい」

「亮馬にしては賢そうなこと言うやん」

「失礼やな」

「でもさ、溺れたらパニックになって、思わず両手振って『助けて！』って叫びたくならんかな。仰向けで大人しくしてれば息はできるかもしれんけど、それじゃ誰にも気づいてもらえんやん」

橋本は「我慢しろ」と苦笑した。

「溺れた本人じゃなく、周りの人間が叫べばええやろ。伊志田が溺れるときはたぶん俺らも一緒におるやろうから、助けを呼ぶのは他に任せとけ。竹内とか声デカいし」

「なーるほど」

私は密《ひそ》かに狼狽《ろうばい》していた。橋本はこんなことを言う奴だっただろうか。テーブルの上のランタンによってぼんやり照らされた橋本の横顔を見つめていると、また目が合う。

彼のＴシャツには笑顔をイメージしたいわゆるニコちゃんマークがプリントされていた。その笑顔は橋本の頭と同じような金色をしていたが、可愛《かわい》らしくて楽しげなマークは、橋本にはちっとも似合っていなかった。

視線を受けて居心地を悪くしたのか、橋本は咳払《せきばら》いを一つする。

「喉渇いた。なんか飲みたいな」

「亮馬さんは飲みすぎなんですよ」

「いや、アルコール入ってないやつがいい」

「こっちに出したのは全部飲んじゃいましたよ。あ、そういえば清嗣が持ってたクーラーボックスの中にオレンジジュース入ってへんかったっけ？」

大石が私を見ていた。

「なあ、清嗣。あれ飲んでもいい？」

瞬《まばた》きするだけのごく短い間に、様々な映像が脳裏に過《よぎ》った。二つの小瓶。薄いオレンジ色をした毒入りのジュース。それを振舞う自分の姿。何度もシミュレーションしていたはずなのに、絶好の機会に遭遇すると全身の筋肉が強張《こわば》って動けなくなった。

結局タイミングを逃したまま、九城のための睡眠薬入りジュースは作れていない。準備が整っていないのだ。でも。今ここでヒ素の入ったジュースを持ってくれば自然な流れで全員に振る舞えるんじゃないか。

やるのか。やれるのか、俺は。

「もしかしてあれ、飲んだら駄目なやつやった？」

「あ、あれは……」

頰が引《ひ》き攣《つ》る。言葉が喉元でつっかえたまま出てこない。そのとき、真後ろから朗らかな声がした。

「何の話をしてるんだい？」

ぽん、と誰かの手が私の肩に乗る。トイレに行っていた九城が管理人棟から戻ってきていた。

「千晶が泳ぎたいって言い出したんですぅ」

竹内がおどけ、伊志田が「違うってば！　九城さん、真に受けないでくださいね」と念を押す。私の動悸《どうき》がやまぬうちに、皆の興味は九城へと移っていった。

「せっかく海に囲まれてるんだから僕も泳がせてあげたいけど、この島の周りは潮の流れが速くて危ないし、やめといた方がいい。入り江には一瞬砂浜が現れることもあるけど、干満差が激しいから遊べるのはたかだか数時間だよ」

それにね、と九城は声を低く落とす。

「ちょっと恐い話もあるんだ。——どうしてこの島から人がいなくなったか知ってるかい？」

浦井が小首を傾《かし》げる。

「高齢化が原因じゃないんですか？　あと、台風でエビの養殖施設がやられたって聞きましたけど」

「勿論《もちろん》それもある。でも一番の理由じゃない。――あの入り江の近くで、海に身を投げて死んだ人がいたんだ」

瞬間的に空気が凍った。九城は笑っているが、話が妙な方向に逸れているような気がする。

「二十年ほど前までは、まだ二十世帯くらいここに残ってたらしくてさ。僕も人づてに聞いた話だからよく知らない部分もあるんだけど」

臆病な大石は俯《うつむ》き加減に問いかける。

「それって怪談ですか？」

「怪談だよ、しかも実話の」

もっと近くに寄れ、というように九城が手招きしてみせる。私たちはテーブルに身を乗り出し、額を突き合わせた。

「二十年前、ある家族がこの徒島に暮らしていた。兄と妹、それから両親の四人家族だった。家族は海産物の養殖事業を営んでいて、兄妹《きょうだい》は船で上島の学校へ通ってたんだ。やがて兄は中学を卒業して、東京の高校に通うため島を出ることになった。兄妹はとても仲が良かったから、妹は泣きながら見送った」

ここで皆の反応を窺うように、九城は一旦息を切った。

「夏休みに帰省すると約束していたのに、兄が島に帰ってくることはなかった。集団リンチに遭って死んだから。ある暴走族のグループが報復の相手を勘違いして、彼に襲いかかったらしい。妹は泣きに泣いて、兄を殺した連中を呪いながら島の海へ身を投げた」

「……死んじゃったんですか」

伊志田が蚊の鳴くような声で呟く。九城は親指の爪を噛みながら深く頷いた。

「彼らの親は悲しい過去を断ち切るべく、徒島を去ることにした。引きずられるようにして何世帯かが島を出て、その次の年に例の台風がやってきて完全に無人島化したんだ。

兄を殺した暴走族の少年たちは少年院に送致されたけど、すぐに出てきてまた悪さを始めた。ところが事件から五年が経った夏、少年たちは大規模な玉突き事故に巻き込まれ、そのほとんどが死んでしまったんだ。彼らの遺体はどういうわけか海水でびしょ濡《ぬ》れになっていた。近くに海はなかったのに。しかもその日は、自殺した妹の命日だった」

加蘭が息を呑む音がする。一座はシンと静まり返っていた。

私に限って言えば、特段の恐怖は感じなかった。怪談といえば怪談だが、遺体が濡れていたとかいうくだりはよくある脚色だろう。それに、仮にも「実際に起こった出来事」を恐がってみせるなど、不謹慎だと思った。

九城には案外加虐的な一面でもあるのだろうか、彼の瞳はランタンの明かりを呑み込んで爛々《らんらん》と光っている。

「怪談にはまだ続きがある。実はこのコテージでも幽霊の目撃情報があって……」

九城がもう一段階声を低く落とした瞬間、「ぎゃあ！」と情けない悲鳴が上がった。全員がびくりと肩を震わせ、一斉に声の方を向く。

山場が語られる前に悲鳴を上げたのは、橋本だった。真っ白な顔をして椅子から飛び上がったかと思うと、足元を指差して口をぱくぱくさせている。

「どうした？」

浦井が焦燥の滲《にじ》んだ声で問うと、橋本は「虫、虫がいる」と何度も繰り返した。

「なんや虫か。恐がらせるなって……はは」

足の長い大きな蜘蛛《くも》がベンチをゆっくりと這《は》っていた。アシダカグモだろうか。隣にいた加蘭が蜘蛛の足を一本抓《つま》んでひょいと持ち上げ、島の方へ逃がしてやった。

白けた空気が急速に伝染していくのがわかった。伊志田と浦井は、何か言いたげな顔をして互いに視線を送りあっている。彼らの顔色が優れないのは幽霊の復讐譚《たん》が恐かったせいではないし、ましてやアシダカグモのせいでもない。

九城が場を盛り上げようと語った怪談が、たまたま彼らの嫌な思い出に——消し去りたい過去の罪に触れてしまったのだ。

八月四日　二十二時

予報通り、南の空遠くに積乱雲が発生して、雷が鳴り始めた。

私は四号室に戻ると、一番に金庫の中身を確認した。行儀よく並んだ二つの小瓶の隣に、ポケットから取り出したケーブルカッターを押し込む。どっと疲れが押し寄せてきた。

九城の怪談によって興を削《そ》がれたためか、はたまた午前中の長距離移動のせいで疲労が蓄積していたためか、バーベキューは二十一時半頃にお開きとなった。

私は靴を履いたままベッドに横たわり、枕に顔を埋める。埃っぽくて少し噎《む》せた。

つい先ほど、橋本と交わした会話を頭の中で反芻《はんすう》していた。部屋に戻ろうとしたとき、橋本から「樋藤、ちょっといいか」と呼び止められたのだ。

橋本はテーブルから離れたところまで私を引っ張ると、九城に目を向けながら言った。

「樋藤はあいつのこと、どう思う?」

「質問の意図がわからないんだが」

わずかに言《い》い淀《よど》んだ後、橋本は深刻そうな表情を作った。

「俺は変な奴やと思う。爪を噛む癖がある」

口元に親指の爪を持っていき、九城の真似をしてみせる。その態度が癇《かん》に障ったので、「お前だって奇癖の一つや二つあるだろ」と言い捨てて橋本と別れた。

今のところ、九城はまるで古くからの友人のように輪に溶け込んでいる――というよりも、伊志田たちが積極的に九城を受け入れたがっているように見える。だが橋本だけは、値踏みするような視線を隠そうともしなかった。

「まずいな」と独り言ちる。橋本は六人の中で最も排他的で、猜疑《さいぎ》心が強い。リラックスしているように見えていたが、九城が怪談を語ってからというもの、ピリピリした雰囲気を纏《まと》うようになった。

またとない機会を逸した。大石から催促されたときに素直にジュースを渡していれば、今頃全員殺せていたはずなのに。まだ時間は残されているとはいえ、ぐずぐずしているうちに電話が使えなくなっていることに気づかれでもしたら、奴らの警戒心が強まる可能性がある。

すぐにでもあれを飲ませよう。決行は明日の朝だ。

覚悟はできているのか。目を瞑って自分自身に問いかけてみれば、取るに足りない煩慮の念は消《き》え失《う》せ、喉の奥から笑いが漏れた。

――五年も前から殺すつもりでいたのに、今更何を恐がる必要がある？

突然、すぐ傍で固い音が鳴って、私はベッドから身を起こした。誰かが四号室の扉をノックしている。

「ねえ、樋藤。起きてる？」

それを伊志田の声だと認識すると同時に大きな雨音に気づいた。窓の方を見やると、激しい雨がバルコニーに降り込んでいる。

ドアを開けると、土砂降りの雨の中、伊志田と加蘭が身を寄せ合っていた。二人が手にしたランタン式の懐中電灯が頼りない光で雨粒を照らしている。

「どうした？」

「なんか大石が騒いどるんよ。ほら、あそこ」

伊志田が指し示す先を懐中電灯で照らしてみると、確かにそこには雨に降られる大石の後ろ姿があった。どこかの部屋のドアを叩いたり、ノブを引っ張ってみたりしているようだ。中にいる誰かに呼びかけているのか、大声で何か叫んでいる。

あれは管理人棟のすぐ隣の部屋――一号室だ。確か、橋本に割り当てられた部屋だったはず。

不穏な気配を感じ取り、伊志田、加蘭とともに一号室に近づいていく。私たちに雨具の準備はなく、あっという間にバケツの水を被ったようにずぶ濡れになった。

「何をやってるんだ」

声を掛けると、大石は勢いよく振り返った。不安で堪《たま》らないといった顔をしている。

「なあ清嗣、どうしよう。何回呼んでも亮馬さんが出て来《こ》ぉへん」

「順を追って説明してくれ」

この場にいないのは浦井、竹内、九城、橋本の四人だ。浦井と竹内は酔いが回ると眠りが深くなるタイプなので恐らく自室で熟睡しているのだろうが、これだけ扉の前でうるさくしているというのに一号室から橋本が出てこないのは妙だった。

空はいよいよどす黒くなり、大粒の雨をコテージに叩きつけていた。雷鳴も先刻より近く聞こえる。

宿泊棟に遮られているせいでコテージ周辺の海はよく見えないが、南側——浮き桟橋の方向の視界は開けていた。満潮を迎えた有明の海は膨張し、コテージのすぐ下まで海面が迫っていた。

雨音に掻き消されまいと、大石は大声で捲《まく》し立《た》てる。

「バーベキューがお開きになって、みんなが部屋に帰り始めた頃、亮馬さんから話しかけられたんや。『二人きりで話したい。大切な話やから、二十二時にお前の部屋に行く』って」

腕時計を確認すると、既に二十二時を十分ほど過ぎていた。

「大切な話というのは何だ」

「その場では何も教えてくれんかった。とにかく、ついさっきまで俺は部屋で待ってたけど、亮馬さんは来なかった。せやからここに呼びに来たのに、鍵が閉まってて。さっきからずっとノックしてんのに全然出てこん。もしかしたら……」

私の顔をまじまじと見つめた後、大石は口を噤《つぐ》む。

加蘭が言った。「扉を破ろう」

呼びかけても友人が部屋から出てこない。普通なら、たったそれだけのことでドアを壊そうとはしないだろう。その辺りの事情は何となく察していたが、私は無知を装った。

「約束を忘れて寝こけてるだけじゃないのか。それとも橋本には持病でもあるのか？」

私の質問には答えず、大石は自室へと足早に歩いていった。扉を破るための道具を取りに行ったのだろう。一応、私もドアノブを引っ張って確認してみたが、しっかり施錠されている。

「あのね、樋藤」

伊志田が硬い声で私を呼んだ。

加蘭は伊志田の腕に触れながら、「……言うの？」と彼女に問いかける。伊志田は決意を固めるように小さく息を吐いた。

「昔、亮馬が荒れてたのは何となく知っとるよね？」

「ああ。浦井がそんなことを言っていたな」

大石がウッドテラスに戻ってきた。手にしているのはキャンプ用の小型の斧。一号室の扉の正面に立ち、両手でしかとその斧を構えると一気に振り下ろす。ガツン、耳を塞ぎたくなるような音が響き、ドアの木片が飛び散った。

空が光り、間髪入れず雷が鳴る。

「亮馬は高校のとき、シンナーや幻覚剤を使ってた。樋藤に出会うちょっと前まで薬物依存症やったんよ。入院してちゃんと治療プログラムも受けて、今はもうやってないって聞いてるけど、もしかしたら……」

何らかの中毒を起こしている可能性があると、伊志田は暗に示す。

「ごめんな、黙ってて。樋藤には言いづらくて」

本当は何もかも——伊志田たち六人が私に隠したいと思っている過去も、樋藤清嗣が知るはずのない情報も全て把握していたが、一応驚いたふりをしておいた。

「わたしたちのこと、軽蔑しないで」

「するわけないだろ。とにかく、今は橋本が心配だ」

一撃ではドアの表面を削ることしかできず、大石はもう一度斧を振るった。加蘭は「他のみんなを呼んでくる」と部屋の前から離れていった。

想定外のトラブルだった。もしも部屋の中で橋本が意識を失っていたら、他の連中はすぐにでも迎えの船を呼んで医者に連れていこうとするはずだ。電話ボックスのコードが切断されていることが発覚すれば、芋蔓《いもづる》式に私の計画がばれてしまうだろう。

大石が斧を持ち出してきてから十五分ほど経過したがコテージの扉は重厚で、まだ刃は貫通していなかった。私は祈るような思いで、絶え間なく雷鳴を轟《とどろ》かせる南の空を睨む。

背後から肩を叩かれ振り向くと、九城が戸惑いの表情を露《あら》わに突っ立っていた。

「何事？」

状況を理解できず、九城は酷く狼狽しているようだった。突如として大石が斧を振り回し始めたのだから、当然の反応だろう。橋本の薬物使用疑惑も含めた諸々《もろもろ》の事情を説明しているうちに、加蘭の知らせを受けた浦井と竹内もやってくる。雨脚はますます強まり、浦井の眼鏡のレンズには雨粒が飛び散っていた。

「大丈夫か、亮馬！　返事しろ！」

浦井は血相を変えてドアへと駆け寄るが、大石がすぐさま怒鳴った。

「浦井さん危ない！　近づかないでください！」

扉に穴を開けることができたのは、大石が騒ぎ始めてから約三十分後、二十二時四十分のことだった。

ドアノブの横に開いた穴に手首を差し入れて内側から鍵を開錠すると、大石は一番に部屋へと踏み入った。私たちはひと塊になってその後に続く。

私は部屋の中で鍵を拾った。窓際に落ちていたそれは、「1号室」という部屋番号が浮き彫りにされた、木製のプレートの付いた鍵——紛れもなく一号室のルームキーだった。ひとまずそれをテーブルの上に置いて、ベッドの方を振り返る。

浦井が呟いた。「亮馬お前、寝てたんか……？」

ベッドのすぐ傍の床で、誰かが仰向けになって寝そべっている。私は懐中電灯をその人物に向けた。

暗闇の中に、明るい金色の頭が浮かび上がる。グループの中で派手な髪色をしているのは橋本だけだったが、彼を橋本と断定するのに躊躇《ちゅうちょ》した。顔がぐちゃぐちゃに潰され、血に塗《まみ》れていたのだ。

夥《おびただ》しい赤。顔面の裂傷を数えることはできなかった。頬は抉《えぐ》れ、眼球は破裂し、鼻の骨が剥《む》き出《だ》しになっている。一度や二度殴打しただけではこんな容貌にはならない。

耳障りな悲鳴を上げながら、大石が後退《あとずさ》った。足をもつれさせ、床に倒れ込む。加蘭は両手で口を覆ったまま棒立ちになっていた。

竹内は突然駆け出したかと思うと、部屋の隅の壁に手をついて嘔吐《おうと》した。血と嘔吐物の臭いに耐えられず伊志田が窓を開ける。窓のクレセント錠は掛かっておらず、強い風が室内に吹き込んだ。

「亮馬！」

浦井は悲痛な叫び声を上げ、横たわる死体にしがみつこうとした。私は咄嗟《とっさ》にその背中に組み付き、「触るな！」と怒鳴った。浦井は呻《うめ》きながら、じたばたと藻掻《もが》く。

九城が言った。

「樋藤くんの言う通り、触らない方がいいよ」

「そんな、なんで」

「殺されているから」

嚙んで含めるような、優しい声色だった。

「故意に傷つけようとする意志がなければ、こんなふうに顔を潰すことなんかできないよ。橋本くんは殺されたんだ。致命傷は右側頭部に食らった一撃だと思う。犯人は橋本くんの頭を強打した後、執拗《しつよう》に顔を殴り続けたんだな」

潰れた顔面にばかり注目していたが、言われてみれば側頭部にもぱっくりと割れた傷が見える。傷口の血液は既に凝固していた。

「凶器はあれだろうな」

九城の視線はベッドの傍の床へと注がれていた。そこに転がっていたのは、見覚えのあるシルバーの置時計だった。角の部分には血と肉片がこびりついている。

「犯人は一号室のコーナーラックからあの置時計を取って、凶器にしたんだ」

九城はやけにしっかりとした足取りで死体に近づいていった。ほとんどの者が腰を抜かして床にへばりついていたが、私は意を決して九城の後に続く。重い煙草の臭いがした。大石や伊志田の吸うメンソール煙草ではなく、橋本の銘柄の臭いだ。

近づいて初めて、遺体の口が大きく開いていることに気づいた。恐怖の叫びを上げているというよりも、無理やりこじ開けられたかのように顎が変形している。口腔《こうこう》内にはあるはずのものが無く、黒い穴がぽっかりと覗いていた。

「舌が、切断されてる……」

私がそう呟いた途端、竹内がまた嘔吐した。大石と浦井は大袈裟に息を呑む。加蘭は皆の陰に隠れるように縮こまる。伊志田は平静を装っていたものの、彼女の持つランタン式懐中電灯の明かりはカタカタと震えていた。

動揺と怯《おび》えが伝播《でんぱ》する。激しくショックを受けたのは私も同じだが、何も知らないはずの樋藤清嗣が必要以上に狼狽《うろた》えるわけにはいかなかった。

舌が切断されているという事実は彼らにとって、そして私にとっても重要な意味を持っていた。

　がちゃん。伊志田がランタンを取り落とした。床に転がって、部屋の隅の壁がオレンジ色の光に照らされる。天然木の壁板の上を、一匹のアシダカグモが這っていた。

＊

　九城は頬に右手を添わせ、音を立てて小指の爪を噛む。

「舌の切断面の組織は綺麗だな。刃物か何かを使って切断したみたいだ」

　凶器の置時計は現場に捨て置かれているが、切断された舌と、舌を切断するための鋭利な刃物は傍に見当たらない。各棟のキッチンに置かれていた包丁がふと頭に思い浮かんだ。

「この中に犯人がいるってことだよな」

　誰もが口にするのを躊躇《ためら》っていたことを、九城は事もなげに言った。

　四方を海に隔てられた徒島において外部からの侵入は考えられない。殺人犯がこのコテージの中にいるのは明白だった。

「取《と》り敢《あ》えず、警察に通報してくるよ。みんなはここで待ってて」

　放心し、誰も返事をできずにいた。どういうわけか九城は私に目配せする。「樋藤くん、一緒に来てくれるかな」

　言われるがまま、九城とともに一号室を出る。雷はいくらか遠ざかったようだが雨風は猛烈に勢いを増し、島の木々をなぎ倒さんばかりに激しく揺らしている。私たちは再び雨に打たれながらウッドテラスを通り過ぎ、島へと下りていった。

九城のランタンが放つ頼りない光に続いて、ぬかるんだ林の中を早足で進んでいく。防水機能が付いていない私の懐中電灯には、テラスのテーブルに置きっぱなしにしてあったビニール袋を適当に被せていた。

――橋本がいなくなって嬉しいか？

答えは否だ。ちっとも嬉しくない。私が殺したかった、私が殺すべきだったのだから。

途方もなく混乱していた。確かに彼らを毒殺する腹づもりではあったが、今回のことに関して言えば、断じて私は殺《や》っていない。犯人は誰だ。

橋本は六人の中で最も問題行動の多い人物だった。星の数ほど他人から恨みを買っているだろうが、しかし殺すほどの動機となるとそうそう思いつかない。伊志田、浦井、加蘭、竹内、大石――あの中に橋本を殺したいほどに憎んでいる人間が潜んでいるとは到底思えなかった。例の事件絡みで何かトラブルが生じていた可能性はあるが、奴らは橋本と罪を共有しているのだから、橋本を恨む筋合いもないはずだ。

「樋藤くん」

前を歩いていた九城の足が止まった。

「さっきから何回も呼んでるんだけど。大丈夫かい？」

振り返り、心配そうにこちらを覗き込んでいる。その青白い顔を見た瞬間、たちまち頭が冷えた。今日一日の様々な場面が脳内のスクリーンに浮かんでは消え、やがて私は口を開いた。

「九城さんはあのとき、何をしていたんですか」

「あのときって？　いつ？」

「大石が橋本の部屋のドアを破ろうとしていたときです」

二十二時十分過ぎ。最初に大石が一号室の前で騒ぎ出し、それに気づいた伊志田と加蘭が私を呼んだ。しばらくして、その場にいない者を集めるため加蘭が一時そこから離れる。二十二時二十五分頃に九城がやってきて、その後、加蘭に起こされた浦井と竹内が合流した。

あのとき——九城がウッドテラスに現れる少し前、私は空を睨んでいた。雷雲が広がっていた南の空を見上げていたということはつまり、南側を向いていたのだ。一号室の前に立って南を向けば、必ず管理人棟の扉が目に入る。

「俺は確かに管理人棟を視界に捉えていたのに、九城さんが管理人棟の扉から出てくる様子は見えなかった。あなたはあのとき『何事？』と、俺の肩を叩きながら話しかけてきましたよね。俺の背後から現れたということは、徒島の方からやってきていたんだ。九城さん、あなたは一体、島で何をしてたんですか？」

「もしかして僕、疑われてるのかな」

濡れて額に張りついた髪を掻き上げ、九城は弱々しく肩を竦《すく》めてみせた。

「さっきは僕の怪談のせいで空気が悪くなっただろう。それで落ち込んじゃって、一人で島の中をとぼとぼ歩いていたんだよ。やましいことは何もしてないさ」

「雷の鳴る中、歩き回っていたんですか」

「そのときはまだ小雨《こさめ》だったから気にならなかった。とにかく、びっくりさせたのならごめんよ。でも、僕は橋本くんの部屋から血塗《ちまみ》れで出てきたわけじゃないんだからさ、そんなに警戒しなくてもいいんじゃないかな」

九城の話は一応筋が通っていた。「すみません。神経質になっていました」と引き下がる。

「いいんだ。それよりも、樋藤くんに見せたいものがある」

いつのまにか、眼前には問題の電話ボックスがあった。大量の雨粒を跳ね返しながらひっそりと緑に紛れて立つそれは、まるで異質な生命体のように見える。小枝を踏みしめる音がやけに大きく感じられた。

九城は電話ボックスの扉を押し開くと、小さく頷いてみせた。

「こっちへ来て。中を確認してくれないか」

受話器のコードが切断され、だらりと地面に向かって垂れ下がっている。――当たり前だ、私が数時間前に切ったばかりなのだから。

「酷いだろ。刃物でスパッとやられてる」

「九城さんは、これを知ってたんですか？」

「ああ。遊歩道を歩いていたとき、確か二十一時五十分頃だったかな。何気なく中を覗いてみたらこの有様《ありさま》だよ。バーベキューの準備の間はめいめい好き勝手に動いていたから、あのときに誰かがやったんだと思う。橋本くんの殺害と関係していると見て間違いない」

目が合って、内心ひやりとした。

「九城さんは、どうして俺をわざわざここへ連れてきたんですか」

「君と二人きりで話してみたかったんだ」

「なんで」

「だって、樋藤くんって不思議じゃないか。他の子たちはグループでつるむのが気に入っているのに、君だけ冷めてる。一歩引いてる感じがするんだ。そういう人とならこの殺人事件について語り合えるんじゃないかなと思った」

私は探りを入れるように九城の瞳の動きを注視した。全てを見透かされているような気がして、この人を前にすると恐ろしくなる。

本当は何もかも知ってるんじゃないか？　私が六人を殺そうとしていたことも、毒入りジュースを作ったことも、そして電話コードを切断したことも。

しかし、今この徒島の中で最も信用の置ける人物が九城であるということもまた確固たる事実だった。九城は私たちと初対面だ。橋本を恨む動機も、殺して得られるメリットも持ち合わせていない。

「迎えの船が来るのは六日後の朝だ。警察への通報はそれまでお預けで、その間にも遺体の腐敗が進んでいくし、犯人の痕跡もどんどん薄まっていく。それを狙って島で犯行に及んだのだとしたら、犯人は相当計画的な人物だよ。率直に訊くけど、樋藤くんは誰が殺ったと思う？」

「わかりません」

「告げ口はしないよ」

「本当にわからないんです。俺が知る限り、あんなことができるほど度胸のある奴はいません」

九城は軽く溜息《ためいき》を吐いた。

「友だちに疑いの目を向けるのは難しいか。変なこと訊いて悪かったね。戻ろう。電話が使えないことをみんなに知らせなくちゃ」

九城はコードの切断を殺人犯の仕業だと思い込んでいるようだ。まずいことになった。

九日の朝に例の文書がアップロードされれば、迎えの船よりも先に警察が島に乗り込んでくるだろう。そして警察は、犯行声明で赤裸々に大量殺戮《さつりく》を告白した樋藤清嗣なる人物を一番に疑う。実際、ケーブルカッターを島に持ち込んで電話コードを切断したのは私に違いないのだから、その点に関しては言い逃れできない。

止まっていた思考がようやく動き出し、事態の深刻さが浮き彫りになっていく。――あの犯行声明が公開されるまでに犯人を見つけなければ、私はやってもいない殺人の罪を被らなければならなくなる。

一号室に戻った私たちは部屋で待機していた伊志田たちを集め、簡潔に状況を説明した。先ほどまではパニックに陥っていた面々だが、意外なことに、連絡手段を断たれたと聞かされても誰一人として取り乱さなかった。

「犯人探しはやめとこう」

感情を押し殺したような平坦《へいたん》な声で、浦井が言った。

「何を言ってるんだ」

意味を測りかね、思わず訊き返す。

「電話を使えなくするくらいや。亮馬を殺した奴は、警察に捕まりたくないんやろ。せやったら俺は、そいつが捕まらんよう協力してやりたい」

俄かには信じがたい言葉だった。よりによって、橋本亮馬と最も親しかったはずの浦井がそれを言うのか。

五年前――あの事件が発覚した後、主犯の橋本だけが家裁で保護処分を下され、少年院に送致されていた。浦井たちが大学へ進学したり就職したりしている間も、橋本だけは世間から取り残されたままだったのだ。少年院から出てきた橋本と頻繁に連絡を取り合って再び仲良しグループに迎え入れ、縁を切らないように努力していたのは浦井だった。

我にもなく浦井の肩を摑《つか》んでいた。

「殺人犯を庇ってやるっていうのか。正気か？　友人を殺した奴を見逃すのか？」

「樋藤も薄々気づいてたと思うけど、亮馬はお世辞にも清廉潔白とは言えん人間やったから」

「清廉潔白じゃなければ、殺されて構わないのか？」

「そんなこと言ってない。あいつは暗闇から抜け出そうと必死で頑張ってたよ。友だちとして応援してたし、俺は亮馬のことが大好きや。でも亮馬がこの中の誰かに死ぬほど恨まれとったんやとしても不思議やない。きっと亮馬は、殺されるだけのことをしたんやと思う。俺はみんなのことが好きやから、もしこの中に犯人がおるんなら捕まってほしくない」

「もし、じゃなくて確実に犯人がいるんだよ。警察は何が何でも犯人を挙げようとするだろう。今明らかにしなければ、犯人ではない他の誰かが冤罪《えんざい》で捕まるかもしれないんだぞ」

何としてでも犯人を見つけなければならない。濡《ぬ》れ衣《ぎぬ》を着せられるのは、間違いなく私だ。

キャップを深く被りなおしながら、竹内が不自然に明るい声を出す。

「樋藤、気持ちはわかるけど、一旦落ち着こうや。浦井はさ、警察が来るまで大人しくしとこうって言いたいんやろ」

竹内の言葉を引き継ぐように、加蘭は「そうよ」と言った。

「わたしたちで勝手に犯人探しして、いがみ合ったり疑い合ったりするのはよくないと思う。もうやめよう。どうせ一週間後には警察がちゃんと調べてくれるんやから」

大石も同調する。

「俺も、蘭子さんの言う通りやと思う。ギスギスしたくないよ」

「……お前たちは気楽でいいな。自棄《やけ》になった犯人が暴れて、別の人間を殺そうとしたらどうするんだよ。なあ、野放しにするのは危険だろ?」

援護を求めて伊志田に視線を向けたが、彼女は俯いて口を噤んだままだった。犯人探しはやめておこうという浦井のスタンスに、皆賛同しているのだ。

私が言葉に窮して押し黙ると、九城が口を開いた。

「これ、密室殺人だよ」

「……は?」大石が気の抜けた声を出す。「密室? た、確かに亮馬さんの部屋は施錠されてましたけど」

「ルームキーが部屋の中にあったんだ。一号室に踏み込んだとき、床に落ちてるのを樋藤くんが見つけてくれた。ほら、あれ」

中央のテーブルを指差す。指摘されてようやく思い出したが、大石の後に続いて部屋に入った際、私は窓際で鍵を発見し、それをテーブルの上に移していた。「1号室」と刻まれたプレートの付いた、正真正銘この部屋の鍵だ。

「ルームキーは部屋の中に落ちていたのに、犯人はどうやって外から施錠したんだろうな」

「中から鍵を閉めた後、バルコニーから出入りしたんやないですか。バルコニーに通じる掃き出し窓には鍵が掛かっていませんでした」

「ここは海の上に浮かぶコテージだよ。バルコニーの下は当然海だ。隣の棟のバルコニーとの距離も三メートルは離れているから、飛び移ることもできなかった」

「海に飛び込んで泳いだってことは？」

「無理だ。泳いだら間に合わない」

九城は腕を組み、「いいかい？」と皆に呼びかける。

「橋本くんを殺害した後、一号室の、つまり東側のバルコニーから海に飛び込んで逃げるとしたら、犯人は南に向かって泳ぎ、浮き桟橋からコテージに上陸しようとするはずだ。すぐ近くの浮き桟橋を無視して島の方へ回る理由がないし、徒島の東岸は上陸するには危険だから。

犯人は、二十二時十分頃まではコテージに上陸していなければならなかった。二十二時十分以降に浮き桟橋からのこのこ上がってくれば、一号室の前に立っていた大石くんに目撃されてしまうからな。バーベキューがお開きになった時刻を二十一時三十分とすると、犯人は四十分以内に全てを済まさなきゃならない計算になる。橋本くんの部屋を訪ねたのが二十一時半以降、殺したり、顔を潰したり後始末をしたりするのに二十分を要して二十一時五十分。さらに激しい潮流の中泳いで浮き桟橋に辿り着くまで十五分か、多めに見積もって二十分はかかるだろうな」

竹内が口を挟む。

「その計算やったら二十二時十分ちょうどに浮き桟橋に辿り着く。急げばギリギリ間に合うかもしれません」

「今のは犯人が裸で泳いだ場合のタイムだよ。着衣水泳だとさらに時間がかかる。実際、犯人は一号室に服を脱ぎ散らかすわけにはいかなかったはずだ。ほら、間に合わない」

　喋り疲れたのか、九城は下顎のあたりをさすった。

「殺人と後始末と着衣水泳のトライアスロン世界記録保持者がこの中にいるとしたらお手上げだけど、そもそも犯人が密室を作ろうとしたこと自体が不可解だ。わざわざ鍵なんか掛けず、普通に扉から出入りしても不自由しなかっただろうに」

　九城の主張はもっともだった。大石が島にキャンプ用の斧を持ち込んでいることはここにいる皆が知っていたのだ。当然犯人も。鍵を掛けてもいずれ扉が破られることは確実なのに、どうして犯人は一号室を密室にしたのだろう。

「密室を作った特別な理由があるってことですよね？」

　私が同意を求めると、九城はゆっくりと頷く。

「犯人は、殺人に途轍《とてつ》もなく手間暇をかけている。犯人探しをしたくないという気持ちも理解できるけど、このまま放っておくのは危険だと思う」

　九城が真剣な面持ちで訴えても、浦井たちは黙りこくったままだった。

　私と九城を除いた六人――今となっては五人か――は、強い絆《きずな》で結ばれている。どれだけ仲良くなったふりをしても私には決してあのことを語ろうとはしないのだから、恐らくは秘密と罪の共有が仲間意識を強固にしているのだろう。これは厄介だ。

　私はベッドに歩み寄り、もう一度問題の死体にライトを翳《かざ》した。何か犯人に繋がる証拠はないかと目を走らせる。

一見すると、顔と頭部以外に目立った傷はなかった。両腕は胴体にぴったりとくっついて、行儀よく仰向けで寝ているような姿勢を取っている。室内も荒らされていないので、ここで犯人と大立ち回りを演じたわけではないのだろう。

しかし距離を詰めて目を凝らせば、腕に線状のかすり傷がわずかに残っているのが見て取れた。ロープか何かで拘束されたような痕だ。犯人はもしや橋本を縛り、身動きを封じてから殴り殺したのか。

そこでふと違和感に気づき、私は誰に言うともなく呟いた。

「橋本はこんな服を着てたか……?」

夜にバーベキューをしている間、橋本がニコちゃんマークの付いた服を着ていたのを覚えている。しかし冷たくなった彼が今着用しているのは、別のTシャツだった。あの後自分で着替えたのだろうか、生地の色味は似ているが、プリントされているデザインが違う。

デフォルメされた人の横顔か何かをモチーフにした、シンプルなデザイン。どことなく見覚えがあったが、どこで目にしたのか思い出せなかった。

着替えといえば、そうだ。部屋の中にあれがない。

私が部屋をぐるりと見回したとき、浦井が言った。

「もういいやろ、出よう」

浦井の鶴の一声で皆ぞろぞろと一号室を後にする。「待ってくれ」と呼びかけてみたものの、私の声は無視された。伊志田は何か言いたげな顔でこちらを見つめていたが、黙って私の手を取り、部屋の外へと引っ張っていった。

八月四日　二十三時五十七分

ウッドテラスを叩く雨の音はいくらか弱まっている。自室に戻ろうとする者は一人としていなかった。

全員がウッドテラスに揃っているのを確認すると、浦井は静かに言った。

「俺はお前らを信じてるけど、樋藤や九城さんが不安になるのももっともやと思う。――武器を捨てよう」

私は浦井を睨みつける。「何を企《たくら》んでる？」

「武器になりそうなものは全部海に捨てよう。これ以上誰も殺されないように」

「武器の定義は？　タオルで首を絞めたって人は死ぬだろう」

「何もかも捨てろとは言うてへん。例えば刃物とか、誰が見ても明らかに危険やとわかるものだけでいい」

「人殺しがすぐ近くにいるっていうのに、自分の身を守ることも許されないのか」

「樋藤が恐いのなら自衛のための道具を持ったままでもいいよ。俺は提案しとるだけやから」

大石が真っ先に例の斧を持ち出してきて、テラスの床に置いた。それを皮切りに、皆テラスと自室を行き来して、宿泊棟の各キッチンに置いてあった包丁を持ってきたり、自分の荷物の中から見つかった危険そうなもの――バーベキューで使ったトングとか、ペンケースに入っていた鋏《はさみ》とか――を抜き出したりしはじめた。武器が積み上がり山を作る。

「ガスボンベはどうする？」

「……一応捨てとこ」

浦井と竹内が小声でそんなやり取りを交わしながら、予備のガスボンベとガスマッチを山に追加する。

「陶器の皿とか、コップも捨てよう。破片が刃物の代わりになる」

いつしか九城までもが浦井の指示に従っていた。既に包丁は橋本の部屋のものも含め七本集まっている。私以外の全員が部屋の包丁を手放していた。

私ばかり落ち着きを失って輪を乱しているのに、誰からも責められなかった。それどころか情に満ちた目を向けられているのだ。お前の気持ちはわかるよ、大丈夫だよ、と。どうにもむしゃくしゃする。私は仕方なく、四号室から包丁と食器類だけ持ち出して投げ置いた。ヒ素を入れていた小瓶やケーブルカッターは、もちろん金庫に保管したままだ。

「これで全部やな？」

浦井が一座を眺め回すと、「これもお願い」加蘭がポケットから何か取り出し、武器の山の頂上にちょこんと載せる。ピンク色をした小型のスタンガンだった。以前加蘭が厄介な付《つ》き纏《まと》い被害に遭ったときから携帯しているものだ。

伊志田が尋ねる。「蘭子、いいの？」

「うん。わたしたちの信頼関係のためなら捨ててもいい。みんなを安心させるためやから」

加蘭の解釈はなかなか的を射ている。これは安全を確保するためでなく信頼を修復するために行われる儀式のようなものだ。

顔面を破壊する際に使われたあの置時計すら集められていないのだから、武器の選定基準は生温い。この武器狩りの目的は、友人を傷つける意志がないことを互いに確かめ合うことだった。

鋭利な刃物にはタオルを巻き、全ての武器を一つのゴミ袋にまとめると、徒島に渡って船着場跡の護岸からそれを海に投げた。

これからどうすべきだろう。雨に濡れそぼったシャツの裾を絞りながら思考を巡らす。この手で橋本を葬ることこそできなかったものの、徒島は依然として孤立したままだ。千載一遇のチャンスを逃す手はない。計画を続行して残りの五人を殺すべきだろう。

無理だ、と頭の中でもう一つの声が響く。

連絡手段を奪って救助を望めぬ状況に追い込んだとしても、六人もの人間を殺すのは骨の折れる作業になるだろうと元より覚悟していた。推理小説のように一人ずつ嬲《なぶ》り殺していくのが理想だが、悠長にしていたら生き残っている者たちの警戒心が徐々に強まっていき、激しい抵抗に遭う。だから一気に殺すつもりだった。一時は爆弾でも作って全員吹き飛ばしてしまおうかとも考えたが、毒殺の方が確実に思えてヒ素を用意した。

しかし、この状況では誰も毒入りジュースに口をつけようとはしないだろう。「相手が自分に危害を与えるはずがない」という絶対的な信頼がなければ、他人が用意した物を飲み食いするはずがないのだ。その信頼は今、たった一人の死によって失われてしまった。

指を咥えて警察の到着を待つしかないのだろうか。しかし五日後の朝八時、あの犯行声明がアップロードされる。人殺しの計画を一から十まで記したあの文書は、世間にどう受け止められるだろう。

瞬間、家族の顔が頭に浮かんだ。あれを公開するわけにはいかない。両親を、まだ高校生の弟を、殺人犯の肉親にするわけにはいかないと思った。

どうしてだろう。殺害の計画を立てている段階では親兄弟の人生を考えたことなど一度もなかったのに、自分以外の殺人犯が現れた途端、恐ろしい可能性が次々と頭に浮かんだ。

腕時計にハンドライトを当てると、時刻は零時十五分。いつのまにか日付を跨《また》いでいた。

「助けを呼んでくる」

宣言すると、大石が訝《いぶか》しげな目を向けてくる。

「電話もないのにどうするつもりや」

「泳ぐ」

「泳ぐって、まさか岸まで？」

「ああ。対岸に渡って警察に通報する」

「アホか、危ないやろ。しかもこんな夜中に」

大石が私の手首を摑んだ。九城も慌てふためいた様子で割って入る。

「泳いで帰れる距離じゃないよ」

「十キロもないでしょう。遠泳とでも思えばいい」

「潮の流れが激しくて危険だって何度も言っただろ。死ぬよ」

忠告は一切無視した。懐中電灯に二重にビニール袋を被せ、きつく縛る。

陸に向かって泳ぐのだ。大丈夫だ。夏の温かい海水ならばそれほど低体温症を恐れなくていいし、時間はたっぷりある。体力にも自信がある。

「おい、まじやめろって。冗談じゃすまんって」

「殺人犯のいるコテージで眠れと？　それこそ冗談だろ」

追いすがる大石の手を振《ふ》り解《ほど》き、コテージ南の可変階段を下りていく。これが賢明な判断でないということは、自分でもよくわかっていた。

視界を覆い尽くす真っ黒な海は、全てを呑み下そうと大口を開けた怪物だった。満潮時の海面と比較すると、随分と潮が引いているように見える。下げ潮だ。流れが速い。

浮き桟橋の上に立ち、雨に濡れて重くなったシャツとズボンを脱ぐ。ポケットの加熱式煙草が勢い余って海に落ちたが、どうでもよかった。パンツ一枚になって足から海水に飛び込む。

「樋藤、やめろ！」

「戻れ！」

背後で喧《やかま》しい悲鳴が上がるが振り返らず、目の前の海波に集中する。うるさい、お前らの命令なんか聞かない。私は身体を水平に伸ばし無心で水を掻いた。右手に持った懐中電灯がどうにも邪魔だった。

泳ぐのは高校以来だと、馬鹿みたいに暢気《のんき》な考えが過る。部活動の夏合宿では水中トレーニングと称して、水泳部でもないのに日に五、六キロは泳がされていた。一セット泳ぎ終えてプールサイドを歩いていると「走れ！」とコーチから怒鳴られ、「走ったら滑って危ないですよ」などと口答えした日には平手打ちが飛んでくる。

泳ぎが不得手だったあの人は徹底的にしごかれていた。プールに突き飛ばされているのを見たときにはぎょっとしたが、あのときの私たちには体罰という概念がなかった。

　潮の流れは想像の域を遥かに超えた激しさで、自発的に泳いでいるというよりも沖へ沖へと押し出されている感覚に近い。海の底は墨汁を垂らしたように真っ暗だ。懐中電灯の明かりを最大にしても周囲の岩礁を完全に捉えることはできない。

　高い波に横っ面を殴られながら、私は人の声を聞いた。

「頼む、清嗣。戻ってくれ」

　息継ぎの瞬間、大石の姿が視界の端に映った。十五メートルほど後方の波間を漂っている。臆病者のくせに、私の後を追ってきたらしい。

　振り向きざまに叫ぶ。

「ついて来るな！」

　僅かに体勢を崩したそのときひときわ大きな波が押し寄せてきて、私は近くに潜んでいた暗礁へと叩きつけられた。

　左脚に激痛を感じる。ライトを足元に向ければ、ふくらはぎに二十センチほどの傷が走っていた。ぱっくり割れた傷口から大量の血液が流れ出し、まるで赤いリボンのように水中で揺らめいている。

　崩れていくのは一瞬だった。

　懐中電灯に被せていたビニール袋が裂け、みるみる水が流入していく。防水加工の施されていないライトは海水にさらされ、二、三度瞬《またた》いた後に壊れてしまった。痛みと焦りで錯乱した私は、息継ぎのタイミングを間違えた。

海水が鼻から一気に入ってくる。吐き出そうと咳込《せきこ》んでまた水を呑んで、鼻腔《びこう》と耳の奥に痛みを感じたと思うと、今度は天地がひっくり返るような眩暈《めまい》がした。波の音がくぐもって聞こえる。ぐにゃりと視界が歪み、平衡感覚を失った。

気がつけば頭が海面の下にあった。嘘《うそ》だろう、まだ浮き桟橋から百メートルも離れていないのに。死の恐怖が間近に迫り、私は無意識のうちに上へ上へと腕を伸ばしていた。

——水に浸かるとき、身体の二パーセントは浮力で水面に出るようになってるんやって。

腹立たしいことに、苦しみの最中思い出したのは、数時間前に橋本から聞いた言葉だった。

浮力を利用して海面に顔を出すためには、もがかず、仰向けにならなければ。私は懸命に身体の力を抜こうとした。

「清嗣、清嗣！　どこや！」

大石の叫びと、水を跳ね返す音がすぐ近くまで迫ってきていたが、私は未だ海の中にあった。大石の足が見える。後先考えずに海に飛び込んだのだろう、ズボンを穿いたままだった。

私はここで死ぬのだ。憎しみから解放されて生きることも、復讐を果たすこともできずに死んでいく。ならば、あの足を摑んで海の底へ引きずり込んでやろう。こいつだけでも——私を助けにきた馬鹿な男だけでも道連れに。

大石の翳したライトが、沈みゆく私の身体を捉えた。

「今助けるからな！」

助けるな。助けないでくれ。お前に助けられるくらいなら死んだ方がましなんだ。

私の懐中電灯が壊れたときのように大石のそれもカチカチと瞬いて、今にも消えていきそうだった。

「清嗣、上がってこい！」

水中にいるのに、その声だけは明瞭に聞こえた気がした。

大石は潜水し、めいっぱい手を伸ばして私の腕を掴んだ。引き上げようと身を捩《よじ》るがかなわず、私たちは徐々に海の底へと近づいていく。

私は咄嗟にその手を振り払った。

*

光の差さない場所にいた。右手にはスマートフォンがある。狭く暗い部屋の中で、私はまたあの人に電話を掛けていた。

呼び出し音を何十回も聞いた後で、自分が夢の中にいることをはっきりと自覚した。いつもの悪夢だ。さあ、そろそろ起きなければ。

瞼《まぶた》をうっすらと開けると、板張りの天井が遠くに見えた。テーブルの上のランタンが優しい暖色の光を部屋にもたらしている。私はベッドに横になっていた。

すぐ傍に人影があった。誰かがベッドの脇に椅子を寄せ、そこに座っている。私は思わず息を呑んだ。

「紀田《きだ》さん」

呼びかけると彼は顔を上げ、こちらに視線を寄越す。スポーツ選手とは思えないほどの青白い顔、冷たい目。最後に会ったときからちっとも変わっていない。

「紀田さん。本当に、すみません」

本当に、何と謝罪すればいいのかわからない。あなたの敵を討つと誓ったのに、ヘマをした。殺せなかった。

瞬きをすると涙が一粒こぼれ落ちて、視界がクリアになった。紀田さんの表情がはっきりと見える。彼は苦虫を嚙み潰したような顔をしていた。

「お前がぼさっとしとるからこんなことになったんやぞ。さっさとあのジュースを飲ませておけば、今頃全員殺せてた」

期待外れだと言わんばかりに、紀田さんは鼻に皺を寄せた。

彼の長い指が伸びてくる。鈍い痛みが走る。紀田さんは私の髪を鷲摑《わしづか》みにし、力任せに頭を押さえつけようとしていた。

「責任取ってお前が死ね、愚図」

――跳ね起きると同時に激しい眩暈に襲われた。私は頭を抱え、呻き声を上げる。

「あー、駄目だよ。まだ寝てて」

ベッドの脇の椅子に腰を下ろしていた九城が、慌てて近寄ってくる。肩を支えられながら、私はまたベッドに身を横たえた。

見覚えのあるリュックやクーラーボックスが床に転がっている。ここは徒島海上コテージの一室――私に割り当てられた四号室だ。

「魘《うな》されてたけど、何か悪い夢でも見てたのかい？」

　黙って首を横に振った。酷く懐かしく、悲しい夢だった。

「頭、まだグラグラしてる？」

「はい、少し」

「眩暈は一、二週間もすればよくなるよ。致命的な傷じゃないから安心していい」

　布団の柔らかい感触を素肌に受ける。濡れたパンツが肌に張りついていて、それ以外には何も身に着けていなかった。

「錐体《すいたい》内出血って言ってね。息継ぎのタイミングをミスったりして鼻から水を吸うと、耳管に水の栓ができて耳の中の圧力が変化して、錐体っていう部分の毛細血管が破れる。錐体には三半規管があるから平衡感覚を失って溺れるんだ。いくら丈夫で健康で、泳ぎが得意な人でも溺死するんだよ」

「物知りですね」

「叱ってるつもりなんだけどな」

「それは、すみませんでした」

　今度は目を回さないよう、ゆっくりと時間をかけて上体を起こす。浮き桟橋に引き上げられ、水を吐かされたのは何となく覚えていたが、溺れてからの記憶は全て靄《もや》がかかったように曖昧だった。

「大石くんが桟橋の近くまで樋藤くんを引っ張ってきてくれたんだけど、あと少しのところで彼まで溺れそうになったんだ。そうしたら伊志田さんが機転を利かせてくれた。人間の鎖《ヒューマンチェーン》って知ってるかい？　数人で手首を握り合って溺れてる人と岸とを繋ぐ救助方法なんだけど、それを伊志田さんが提案してくれたおかげで二人を引き上げることができたんだよ」

覚えがないので、「はあ」とあやふやな相槌を打つことしかできない。

「それから樋藤くんの足の怪我《けが》は、竹内くんがタオルで巻いて固定してくれてた。あくまでも応急処置だから、帰ったらすぐに病院で診てもらった方がいい」

布団をはいで足元を見ると、左脚の患部にタオルが巻きついている。その柄には見覚えがあった。布地が重なり合って見えない部分もあるが、半分隠れたシンボルマークと、その下にプリントされたアルファベットの文字列から鑑みるに、竹内が好きなバンドのツアーグッズのタオルだろう。「ライブで買ったけどもったいなくてなかなか下ろせない」などと言っていたのを記憶しているが、包帯代わりに使ってくれたのか。

ベッドサイドテーブルには四号室のルームキーと、畳まれた私の衣服が置かれていた。桟橋に脱ぎ捨ててあった服から鍵を抜き取って四号室を開錠し、皆で協力してぐったりした私を部屋まで運んでくれたらしい。九城は「すごく重たかったよ」と苦言を呈した。

「大石は？」

「無事だよ。今は部屋にいる。みんなに相当叱られてたよ、お前まで飛び込むなアホって」

「そうですか」

ほっと安堵《あんど》の息を吐きそうになって、自分自身に怒りと嫌悪を覚えた。違う、大石のことなんか心配していない。死にかけたせいで頭の働きが鈍っているのだ。

「樋藤くんのことも心配してた。声掛けてこようか？」

そう言って九城は椅子から立ち上がりかける。思わず引き留めた。

「今はあいつらの顔を見たくないです」

心の底から憎い奴らに助けられてしまった。

助けなんか要らなかった。助けられたくなかった。助けられたくらいで許しはしないし、私が逆の立場だったら見殺しにするに決まっているのに。

九城は目を細めてしばらく私を見下ろしていたが、やがてそっと溜息を吐いた。椅子に深く座り直し、足をぶらぶらと揺らす。

「樋藤くんって、実はみんなのことそんなに好きじゃないんだな」

わざと軽い調子で言ってくれているのがわかった。

「あるよね、そういうの。思春期だもの」

「とっくに過ぎてます」

「僕も若い頃は人間関係苦しかったから、まあちょっとは気持ちわかるさ。でもみんな、本気で心配してたよ。落ち着いたらお礼言った方がいいんじゃないかな」

決まりが悪くなって、布団を頭からかぶる。それからたっぷり十分ほど、九城は私を放っておいてくれた。

やがて足音がして、五人が部屋に雪崩《なだ》れ込《こ》んできた。竹内に思い切り抱き着かれ、また軽い眩暈を覚える。竹内は大袈裟に鼻を啜《すす》り上《あ》げた。

「何しとんねん、死ぬとこやったやろ！」

「まあまあ」大石が宥《なだ》めようとすると、竹内は「お前もやアホ！」と大石にも噛みついた。加蘭は胸に手を当て「無事でよかった」と呟く。

口をへの字に曲げ暗い表情で俯いていた浦井が、突然深く頭を下げた。

「ごめんな、樋藤」

「お前が謝る必要ないだろ」

「いや、俺のせいや。俺が犯人を庇ってやりたいとか言い出したから。不安にさせてごめん」

伊志田は目に浮かんだ涙をシャツの袖でそっと拭っている。彼女はいつのまにか、ワンピースからTシャツに着替えていた。カナヅチの伊志田でさえ、手を繋ぎ合って人間の鎖に加わっていたのだ。

「竹内、タオルをありがとう。大事なものだったんだろ」

嫌々ながらも礼を述べると、「気にすんな」と竹内は力強く胸を叩いた。

「大石も、済まなかった。俺なんかを助けたせいでお前も死にかけたんだろ」

「そういう言い方すんなよ。友だちなんやから助けるのは当たり前やろ」

「そうか。友だちだから助けてくれたのか」

俺の本性を知ったら、お前もきっと助けたことを後悔するよ。心の中でそう呟いたとき、大石が困惑したように首を捻《ひね》った。

「えっと、そう言いきられるのはちょっと違うというか。たとえ溺れたのが九城さんでも、俺らみんな同じように助けたと思うよ。目の前に死にかけてる奴がいたら助けるやろ」

「誰でも助けるのか？　どんな人間でも？」

「なんか清嗣、変なスイッチ入ってんな。とにかく気にすんなってこと」

大石の言葉は、今の私には受け入れがたいものだった。重い頭を抱え、長く息を吐く。眩暈はまだおさまらない。

伊志田がベッドの傍に膝をつき、私の手を握った。

「樋藤はこれからどうしたい？」

私は一体、何をしたいのだろうか。自分でもさっぱりわからなかった。何もかも八方塞がりだ。殺せない、そのくせ殺意も手放せない私は、何をすればいい。

「橋本を殺した奴を見つけたいだけなんだ。邪魔しないでくれ」

呻くように呟いた言葉が、四号室に響く。

浦井たちは唇をぎゅっと結んで互いの顔色を窺い合っていた。この期に及んで仲間に紛れた殺人犯を庇ってやりたいようだったが、しかし伊志田は私の手を強く握り直した。

「わかった。わたしは樋藤を手伝うよ」

「気を遣わなくていい。助けは要らない」

「違う、わたしがそうしたいの」

伊志田は私の目をまっすぐに見つめ、えくぼを作った。苛立《いらだ》ちを覚えるのと同時に、胸の奥で安堵に似た感情が湧く。

「僕も協力したいな」九城がひらりと手を挙げた。「みんなからしたら、大事な友だちの中から犯人を探すっていうのは気分のいいことではないだろうけど。僕は殺人犯に怯えながら眠るのは嫌だな。迎えの船が来るまで、みんなで平穏無事に過ごしたいんだ」

八月九日の午前八時、犯行声明が公開される。私が容疑者筆頭と見られるだろうが、もう止めることはできない。ならば警察がこの海上コテージへと乗り込んでくる前に、自力で犯人を見つけるしかないのだ。

残された時間は、あと四日と七時間。他人の手を借りるなんて本当は御免だが、今はそんな甘ったれたことは言ってられなかった。どんな手段を使っても解決しなければならない。

浦井、加蘭、竹内、大石の四人はやはり犯人探しには消極的な様子だが、調査を止《と》めるつもりもないらしい。一言か二言言葉を交わした後、彼らは自室へと帰っていった。大石は振り返りざま、「清嗣、あんまり無理すんなよ」と言った。

九城と伊志田は床に胡坐《あぐら》を掻き、私はベッドに腰かけたまま捜査会議が始まった。今更ながら裸でいるのが気恥ずかしくなって、乾いた服に着替えた。

伊志田が口を切る。

「実は九城さんが樋藤を介抱している間、みんなに聴き取りをしてみたんです。バーベキューを解散してから大石が亮馬の不在に気づくまでの間、みんなが何をしてたか」

「おお、アリバイの調査か」と九城が感心してみせる。私も少なからず驚いた。浦井たちとは違い、伊志田には本気で犯人を探そうとする意欲があるようだ。

「まずウッドテラスから部屋に帰っていった順番をはっきりさせたくて思い返してみたんですけど、最初にテラスを離れたのは浦井でした。あいつは元から早寝なんです。蘭子に呼び出されるまでスヤスヤやったらしいのでアリバイはありません。次に亮馬と樋藤と、九城さんがテーブルを離れました。それがたぶん、二十一時二十分くらいです」

伊志田は無意識のうちにポケットの百円ライターに手をやろうとしていたようだが、非喫煙者の九城が混じっていることに気づくとその手を引っ込める。一連の動作を見ているだけで私も煙草が吸いたくなった。

「樋藤は大石が騒ぎ出すまでずっと部屋に一人でいたんよね？　九城さんはどうですか？」

九城は一人で島を散歩していたはずだが、説明するのが面倒なようで「部屋で一人だったよ」と嘯《うそぶ》く。

「それから十分くらい、わたしと蘭子、大石、竹内で喋ってたんですけど、すぐに話題が尽きてそれぞれ帰っていきました」

「テラスで別れてから、誰かと一緒に行動していた人はいなかったんだ？」

「はい。各々部屋で過ごしてたみたいです」

橋本の死亡推定時刻は、テラスのテーブルから人が消えた二十一時半から、大石が橋本の部屋を訪ねる二十二時十分までの間。約四十分間と幅は非常に狭いが、はっきりとしたアリバイのある者は一人としていない。つまり、誰にでも犯行の機会があったということだ。

「樋藤くんと伊志田さんは、橋本くんを恨んでいた人物に心当たりはない？」

「動機より、アリバイや物証から絞り込んだ方が確実に犯人に近づけるのでは？」

私が疑問を呈すると、九城は首を横に振る。

「そりゃ証拠は大切だけど、僕らは指紋やらＤＮＡやらを検出できるわけじゃない。素人がまず考えるべきは『誰が橋本くんを殺したがってたか』だろう」

理に適《かな》った主張だ。ただ、私以上に橋本に恨みを抱いていた人物に心当たりはない。

「単刀直入に訊くけど、トラブルはなかった？」

「ありません。少なくとも俺は知らない」

「惚《ほ》れた腫れたとかも？」

冷ややかな視線を送る。九城は「ごめんごめん」と口先だけで謝った。

「でも実際、仲良しグループの中でカップルができたり、別れたりしてトラブルになるっていうのはよくある話だと思うけど」

伊志田が応じる。

「わたしたちの間には、ほんまにそういうのないですよ。大石がちょっと蘭子のこと好きなくらいかなぁ」

「じゃあ樋藤くんと伊志田さん、付き合ってるわけじゃないんだ？」

ふざけるなよ。私が唇を歪めると、伊志田は苦笑した。

「男女が仲良くしてるからってイコール恋愛とは限らないですよ。確かによう喋る方ではあるけど、樋藤とわたしはまじで何もないです。そもそもわたし、恋人いますし。浦井の弟と長く付き合ってるんです」

「なるほど」と九城は引き下がる。

「じゃあ、金銭関係のトラブルはどうかな。そういえば橋本くんは殺される前に、大石くんとこっそり落ち合う約束を取り付けていたんだろう。『二人きりで話したい。大切な話だから、二十二時にお前の部屋に行く』って。あれが借金の相談だったという可能性はないだろうか。あの場では大石くんは『大切な話』に心当たりはないと言ってたそうだけど、とぼけてたのかもしれない」

「確かに亮馬は全然お金持ってへんけど、無心されたことは一度もないですよ。大石も人に貸すほど持ってないです」

「伊志田さんには頼まなくても、大石くんには先輩という立場を利用してせびってた、なんてこともない？」

「先輩後輩って言うてもわたしたちには上下関係とかなくて、普通の友だちですから。亮馬が大石を脅す姿なんか、想像できません」

「そうなんだ、意外だな。みんなの話を総合すると、高校時代の橋本くんは随分と素行不良だったようだけど」

　伊志田は少し声のボリュームを落とした。

「誰にでもありませんか、そういう時期」

「程度によるんじゃないかな。少なくとも僕の知ってる不良の同級生は、シンナーを吸ってはいなかった」

「亮馬のそういう面は高校のときからみんな知ってました。知った上で付《つ》き合《お》うてたんです。今更わたしたちの関係にヒビが入る原因にはなりません」

「でも樋藤くんには今日まで言えなかったんだろう？」

　痛いところを突かれ、伊志田は押し黙る。九城の指摘通り、橋本がシンナーや幻覚剤を使用していたという情報は今夜騒ぎが起きるまで、樋藤清嗣に対しては一切伏せられていた。

「言ったら幻滅されるかもしれないと思ってたんだろう？　仲間内で後ろめたい気持ちを共有している状態で、全くトラブルがなかったとは到底思えないけどな」

九城が爪を噛む音がいやに響く。彼には、他人の領分に土足で踏み込むようなところがあるようだった。事件を調査するうえではその辛辣さが頼りになるかもしれないが、秘密を抱えた者からすれば生きた心地がしないだろう。

「まあ、動機については一旦脇に置いておこうか」

九城が話題を転換すると、伊志田はあからさまにほっとしたような表情を作った。

「一番の謎はやっぱり密室だよ。室内に鍵を置いたままドアを施錠する方法については想像もつかないけど、恐らく面倒な仕掛けだと思う。わざわざ密室を作った理由があるはずだ」

「推理小説に出てくる犯人って、『被害者以外は誰も部屋に入れなかったんだから、きっと自殺に違いない』って周囲に思い込ませるために密室を作ったりしますよね。でも亮馬の場合は明らかに他殺やったから……あんな酷いこと、自殺でできるわけない」

　遺体発見時の光景を思い出してしまったのか、伊志田は言葉を途切れさせた。代わりに私が口を開く。

「犯人は時間稼ぎをしたかったんじゃないか？　部屋を密室にすることによって発見を遅らせれば、遺体の状況を変化させることができる。死亡推定時刻の幅を少しでも広げようとしたのかもしれない」

「でも、わたしたちの中に検死ができる人なんかおらんやん。医者や看護師が混ざってるなら何か推理できるのかもしれんけど」

　しかしあの一号室を見た限りでは、犯人の意志とは関係なしに偶然ドアが閉まる可能性は低いと思う。入口付近に扉の開閉を邪魔するような物は置かれていなかったし、そもそも扉が確実に施錠されていたのは大石と私で確認している。犯人は何らかの目的を持って密室を構築したはずなのだ。

「九城さんはどう思いますか」

尋ねると、九城は小さく首を傾げる。

「実利はなかったのかもしれない」

「何のメリットもないのに、密室を作りますか？」

「証拠を隠蔽するためだとか、自らを容疑者から外すためだとか、そういうわかりやすい利益を求めていたようには見えないんだ。儀式的な意味合いの方が強いんじゃないかな。遊びか見立てか、はたまた僕たちに恐怖心を植え付けるため、とか。儀式的なのは密室だけじゃない。顔を潰すだけでは飽き足らず舌を切り取っているというのも、まるで決まった筋書きに沿っているように思える。執念すら感じるな」

「執念……」

五年前の忌まわしい記憶が鮮やかに甦《よみがえ》る。

通報を受けた警察が駆けつけたとき、あの人——紀田さんはシャッター街の空き店舗の一つに閉じ込められていたと聞く。助けを呼ぶこともできず、閉ざされた暗い店内で蹲っているしかなかったのだ。

橋本たちが過去に犯した罪をそのまま再現しようとしているのなら、密室も舌の切断も見立ての要素と捉えることができるだろう。ふつふつと腹の奥で怒りが滾《たぎ》る。あの日の犯行現場になぞらえて密室殺人を行うなんて、橋本を断罪したつもりか？　その役目を担うべきは、私だ。

九城は膝を一つ叩くと勢いをつけて立ち上がった。

「現場検証に行こうか」

私は反射的に顔を上げた。「一号室を調べるんですか」

「ああ。実際に密室殺人が起きた部屋に行けば、何かヒントが摑めるかもしれない。橋本くんの遺体も、もう少しちゃんと調べておきたいし」

九城の後に続いて立ち上がる。平衡感覚の失調は続いていて、床に足を着くとまた立《た》ち眩《くら》みのような症状が現れたが、伊志田が咄嗟に身体を支えてくれたお陰で倒れ込むことはなかった。九城と伊志田に肩を借り、タオルの巻かれた左脚を引きずりながら四号室を出た。

「一号室を密室に仕立てるための手品にはいくつかパターンがあると思うんだ。このコテージで起きた殺人の場合、可能性は大きく分けて三つ」

ランタンの明かりを揺らしながら、九城は言う。

「第一に、犯人が何らかの方法で、ルームキーを室内に置いたまま扉を施錠できるような仕掛けを作った可能性が挙げられる。ドア自体に細工が施してあって、ルームキーなしで、あるいはルームキーの代替品で施錠できるようになっていた、というパターンだ。

第二に、部屋のどこかにルームキーを出し入れできるような隙間があって、外から施錠した後にルームキーだけを室内に入れた、という可能性。人が出入りするのは難しくても、鍵だけならば外から内へ移動させる手段があったのかもしれない。

第三に、一号室には秘密の抜け道があった。この可能性については、何度もここに足を運んでいるコテージの管理人としては否定したいものだけどね」

「第四の可能性もありますよ。犯人は密室の外から橋本を殺したのかもしれない」

「扉越しに顔面を破壊し、舌まで切り取る全自動の仕掛けを使ったってことかい？　樋藤くんは発想力が豊かだな」

　一号室の前に到着した私たちは、まず扉を調べた。鍵穴に傷がついてはいないか、ドアと床との間に不自然な隙間はないか。しばらく眺めまわしたものの、大石が斧を振るったときにできたドアノブ横の穴以外に目立った傷跡などはなかった。

　伊志田がいかにも残念そうに眉を顰めた。

「ドア自体への細工は見当たりませんね。第一の可能性が潰《つい》えました。ドアを施錠した後にルームキーだけを中に入れるっていう第二のパターンは？」

「どうだろう。ウッドテラス側に窓でもあればそこから放り込むこともできただろうけど、このコテージには、海側にしか窓がない」

　一号室の前を歩きながら、なんとか鍵を室内に投げ込むことができそうな場所はないかと探してみたが、屋外から室内に通じる穴は換気扇くらいしかなく、それにもフードが付いているためルームキーを押し込むことなどできそうにない。

　ふと気づいたことがあり、伊志田を呼び止める。

「そういえば掃き出し窓の鍵は開いてただろ。あそこから鍵を入れることはできないだろうか」

「バルコニーから鍵を入れるってこと？　でもバルコニーには手すりが巡らせてあるんやか

ら、ウッドテラス側からは侵入できないよ」

「テラス側から屋根によじ上って移動してバルコニーに侵入し、鍵を放り込んだ後またバルコニーから屋根を伝ってテラスに戻るんだ」

ルームキーは窓際の床に落ちていた。屋根からバルコニーに下りた犯人が窓際に捨てていったのだとしたら辻褄《つじつま》が合うと思ったのだが、伊志田は難色を示した。

「屋根に上るの、無理やない？　このコテージ平屋の割に結構高さあるし。テラス側には窓枠がないから、クライミングするための足場が少なすぎるよ。樋藤みたいな、運動神経に自信のある人やったらできるかもしれんけど」

「おい、やめろよ。何か踏み台があればいけるんじゃないか？」

「えー、使える踏み台っていったら部屋の中の椅子くらいやろ。高さ足りんのやないかな。それに踏み台使って屋根に上れても、帰りにバルコニーから屋根に上れんのやったら駄目やん」

　一理ある。九城が苦笑いを浮かべた。

「一旦部屋に入ろうか。中で何かに気づくかもしれない」

　入ってすぐの、部屋の隅の床が濡れていた。確かその辺りで竹内が嘔吐していたが、誰かが掃除したらしい。そして、床に倒れていたはずの遺体はなぜかベッドの上に横たわっていた。

「誰が橋本を動かしたんだ？」

　視線をやると、伊志田はバツが悪そうに応じる。

「さっき樋藤が寝てる間、みんなで移動させた」

「勝手に殺害現場を弄るなよ」

「だってあのままにしとくの、可哀想やん」

ベッドに近づくと、やはり橋本の煙草と血が入り混じったような臭いがして、何とも不快な気分になった。既に腐敗臭のような臭いも漂っているような気がする。空調のないコテージに放置していれば、遺体はあっという間に腐れていくだろう。

九城は管理人棟から持ち出した使い捨てのビニール手袋を装着し、手袋越しで遺体に触れていった。顎の先を持ってこじ開けられた口の中を観察していると、伊志田が横から口を出す。

「確か死後硬直って、顎関節から始まるんですよね。今のうちに亮馬の口を直してあげられませんか？　口を開けたままじゃ可哀想です」

殺害現場を弄るなと言ってるだろ。横目で睨むが、伊志田には反省の色がない。九城も彼女の要望を聞き入れなかった。

「もう無理だ。死んでから三時間は経過してるよ」

凶器となった置時計の文字盤を確認すれば、時刻は一時半を過ぎていた。

「橋本くんを見て何か気づいたことは？」

九城に尋ねられ、私はベッドに投げ出された腕を指差した。

「ここ。両腕に線状のかすり傷が残ってます」

半袖のTシャツを身に着けているため、肘の少し上に残る擦過傷がはっきりと見て取れた。腕の内側に傷はないので、まるでロープか何かを身体に巻き付けられ、腕の外側だけが擦《こす》れたように見える。

「言われてみれば確かに、ロープで上半身を拘束されたような痕だな」

九城は数度頷いてみせた。

「犯人はバーベキューが終わった後に橋本くんを訪ね、部屋に招き入れられるとすぐさま殴りかかったんだろう。それで側頭部に致命傷を与えることができた。その後、橋本くんが息を吹き返すのを恐れたのか、あるいは激しい恨みを晴らすためか、身体をロープで縛って身動きが取れないようにして、置時計で顔面を執拗に殴ったんだ」

「凶器の時計はそのままにしておいたのに、どうして橋本を縛ったロープは現場から持ち去ったんでしょうか」

「拘束具として再利用するため、とか？」

犯人は複数人を手にかけようとしているということか。なんとも不穏な可能性だが、ないとは言い切れない。

「伊志田さん、他に何か気づいたことはない？」

「そうですね……あの、九城さんは亮馬がバーベキューのときに着てた服覚えてます？　ニコちゃんマークの」

「ああ、そういえばそんな服着てたな。橋本くん、意外と可愛い服が好みなんだなと思ったのを覚えてる。あれ、じゃあ今着てるのは？」

違うTシャツだ。色味はよく似ているが、ど真ん中にプリントされているデザインが違う。下はありふれたジーパンだった。

「亮馬、わたしたちと別れてから着替えたみたいなんです。寝る前に今日一日着てた服を脱いでラフな格好に着替えたかっただけなのかもしれんけど、その割に下はジーパンで、なんだか寝苦しそうでしょう？」

　私も先刻彼のTシャツを目にしたときそれを疑問に思った。バーベキューの後に大石と会う約束をしていたというが、そのためだけにTシャツを替えるとは思えない。服を着替えなければならない事情でもあったのだろうか。

　そしてもう一つ、腑《ふ》に落ちない点がある。

「橋本の荷物がない」

　一号室には橋本の荷物が何もなかった。正確にいえば、空になったペットボトルや封の開いたスティックガムがベッドの脇に置かれていたりはするが、橋本が島に持ち込んでいたメッセンジャーバッグなど、大きな荷物が消えているのだ。

「犯人が捨てたのかな」と九城。

「一体どこへ？」

「海だよ」

　掃き出し窓からバルコニーに出ると、九城は手すりに顔を近づけた。「ここ。傷がついてる」

　笠木《かさぎ》――手すりの最上部に水平に取り付けられる、カバーのような仕上げ材の部分に、引っ掻いたような跡が残っている。

「犯人は橋本くんのバッグをバルコニーから捨てたんだ。手すりの上で引きずったときに、バッグについてた金具が引っ掛かって傷がついたのかもしれない」

　なるほど確かに、橋本のメッセンジャーバッグには用途の分からない金具が沢山ついていた。

「何か犯人にとって不都合なものを、橋本が持っていたということですか？」

「その可能性はある。でも、バッグごと海に投げた理由がわからないな。捨てたいものだけ捨てればいいものを」

雨風は止み、午前四時の干潮に向けて潮位がまた一段と下がっている。

海上コテージの中央部に位置する一号室からは、海側を正面とすると左隣に大石の二号室が、右隣に管理人棟が見えた。両隣のバルコニーを交互に見渡し距離を目測するが、やはり三メートルは離れている。

「隣の部屋から侵入できないか、考えてるのかい？」

「ええ。ドアに細工ができそうになかったので、海側からの侵入経路について考えていたんですが。隣のバルコニーから飛び移るのも不可能ですね」

「じゃあルームキーはどうだろう。あれに仕掛けが施されていたとしたら？」

「私が一号室の窓際で拾ったルームキーのことですよね。あれを発見したとき、特に異変は感じませんでしたが」

「宿泊棟の鍵にはそれぞれ、部屋番号を彫刻した木のプレートが付いてるだろ。僕たちは鍵そのものじゃなく、プレートを見てどの部屋の鍵か判断している。犯人がプレートをすり替えていたのだとしたら、『1号室』というプレートが付いているだけの別の部屋の鍵を、僕たちが一号室の鍵と誤認した可能性があるよ。その場合、本物の一号室の鍵は犯人の手元にあるから、犯人は普通に外から扉を施錠するだけで密室を作れたはずだ」

早速バルコニーから部屋に戻って、机の上のルームキーを検《あらた》める。伊志田がプレートをつまんで手に取ってみたが、プレートはリングでしっかりと鍵に固定されていた。

「このリング、すっごく固いですよ。金切鋏《かなきりばさみ》でもあれば切断できるのかもしれないけど、リングがちぎれてしまったら他の鍵に付け替えることはできないですよね」

一応、鍵穴にルームキーを差して確かめてみたが、開錠も施錠も問題なく行える。密室の内部に落ちていたのは一号室の鍵で間違いないのだ。

ああでもないこうでもないと論じ合っていると、後ろから声がかかった。

「ちょっといいか」

暗闇の中からぬっと現れたのは浦井だ。

「捜査中に悪いな。中に入らせてもらうのは駄目か？」

「別に構わないが。何の用だ？」

「用なんてないけど、亮馬に手ぇ合わせてへんかったから。花くらい供えさせてくれ」

浦井は右手に徒島の遊歩道で摘んできたような野の花を、左手には透明なガラス瓶を抱えていた。両手が塞がっているので、手の甲で眼鏡を押し上げている。よく見れば左手のガラス瓶は、浦井が熊本駅で購入した熊本スイカサイダーの空き瓶だった。

私は駅での一幕を思い出していた。遠い昔のように感じるが、私たちが新幹線に乗って熊本にやってきたのはつい昨日である。

ＪＲ熊本駅に到着し、バス乗り場に向かって歩き始めたときのこと。新幹線改札口を出てすぐにお土産売り場へと吸い寄せられていった浦井が、ご当地サイダーを見つけて「絶対買いたい！」と言い出した。荷物になるからやめろ、と止めたのは橋本だ。いつもは橋本の方が無茶を言う側なのに、昨日は逆だった。

——やめとけって。飲み終わった後の瓶はどうするんや。捨てるとこないやろ。

——いちいちうるさいなぁ、ちゃんと持って帰るって。

真っ赤なサイダーを手に笑い合う二人の輪郭が、次第にぼやけていく。

野の花を生けた熊本スイカサイダーの瓶がベッドサイドテーブルに置かれた。浦井は床に跪《ひざまず》くと、ベッドに横たわった遺体の前で長い間手を合わせていた。

「他のみんなはどうしてる？」

尋ねると、浦井は涙を拭って立ち上がる。

「寝てると思う。一応、ちゃんと戸締りして寝るように言うといた」

「そうか」

「うん。ごめんな」

「何に対する謝罪だ？」

「わからん。……ごめん」

浦井はもう一度ベッドに目をやった後、まっすぐに扉に向かう。振り返って言った。

「もう二時やで。樋藤も、続きは明日にしたらどうや」

八月五日　十時八分

左脚の傷が熱を持ち始め、ほぼ一晩中ベッドの中で唸《うな》っていた。寝つきが悪いのはいつものことだが、痛みで眠れないのは初めてだった。完全に日が昇ってしまってからようやくうとうとし始め、三時間と経たずにまた目が覚めた。

　時刻は十時を回っている。取り敢えず外の状況を確認しようと私は部屋を出た。

　四号室の扉を開けた瞬間から、そこには肌をぴりぴりと焦がすような嫌な空気が張り詰めていて、妙な胸騒ぎを覚えた。ウッドテラスがなんだか騒々しい。四号室から見てちょうど斜め前に位置する、大石の宿泊棟の前に皆が集まっていた。

　左脚を庇いながら二号室へと近づいていく。

「何があった？」

　加蘭の小さな肩を抱きながら、伊志田が唇を震わせていた。皆、沈痛な面持ちをしていたが、九城だけが探るような目つきでじっくりと周囲を観察している。人の波を掻き分け先頭に出ると、竹内がへたり込んで泣いていた。

　二号室に入ってまず、部屋が荒れていることに気づいた。ベッドの位置が大きく手前にずれ、テーブルと椅子も入口近くの壁際でひっくり返っている。——その奥に大石がいた。

　大石は右半身をぴたりと床につけ、横向きになっていた。引っ越し業者で働いてるわりに細身な身体。まるで部屋の真ん中で寝転んでいるかのように見える。

「おい、有。起きろ」

　返答がない。寝ぼけているのなら起こしてやろうと肩に手を伸ばしかけたが、途中でやめた。後頭部がぱっくりと割れ、毛髪の間に白い骨組織が見え隠れしている。恐る恐る正面から顔を覗き込むと、そこには夥しい量の挫滅創と打撲の痕があった。大石は既に事切れていた。

　傍らにはステンレス製の大きな水筒が転がっている。持ち主は確か大石だったはずだが、水筒の底には赤いペンキを塗りつけたように大量の血液が付着している。これが凶器であることは間違いない。

　他殺だ。大石も殺された。

悲鳴どころか言葉の一つも発せられなかった。思考が渦を巻く。頭の中の映写機が、大石と出会った頃の記憶を勝手に映し出していた。

　三年前、大石が引越センターに就職したことを知った私は、すぐさまそのアルバイトに応募した。面接では「職場では通称として母方の苗字《みょうじ》を使わせてほしい」と頼み込んだ。引っ越しバイトは短期で辞めていく学生がほとんどなので、長期でシフトに入ると言えば有難《ありがた》がられ、ちょっとした要望には融通が利く。偽名を使うのは驚くほど簡単だった。

　そうだ。大石は職場で知り合った同じ歳の学生バイトと偶然仲良くなったと思い込んでいただろうが、私は連中との接点を作るつもりで彼に近づいたのだ。

　現場に同行するメンバーは基本的に日替わりであるため、大石とのペアを引き当てるまでに二ヵ月を要したが、距離が縮まるのは早かった。素性がばれると計画に気づかれる可能性があったので、彼には嘘ばかり教えた。東京出身、大阪にやってきたばかりで環境の変化に馴染めていない大学生という設定は容易《たやす》く受け入れられた。

　どうしても忘れられない思い出がある。思い出などという、生暖かい名前を与えるべきではないのかもしれないが。

　九月上旬、その日は繁忙期特有の緊張感を帯びていて、営業所に入ったときから社員たちの機嫌が悪かった。割り当てられた現場は外国人向けのシェアハウス、作業員は三名。四十代のベテラン社員をリーダーに、若手の大石とバイトの私が付き従う形のメンバー割りだった。

若い女性四名のルームシェアだった。ベテラン社員は依頼人たちが日本語に不慣れであることを知ると、彼女らの前で下品な発言を繰り返した。聞くに堪えなかったが、その営業所では体育会系の空気が醸成されており上下関係も厳しかったので、私は余計なトラブルを避けるため不干渉の立場を取った。そうしたら大石が昼の休憩中に言ったのだ。

――先輩、もうそういうのやめましょう。

大石はトラックの陰に引きずり込まれ、殴り飛ばされた。ベテラン社員は何度も「謝れ」と叫んだが大石は決して頭を下げず、ただ無言でその場に立っていた。

同情などしていない。私は大石のことが嫌いだった。憎くて堪らなかった。犯行声明をしたため、毒薬を準備するほどに殺したいと思っていた。

あの犯行声明が公開されれば、橋本だけでなく大石の死の責任も私に降りかかるだろう。しかしその罪は、その罪だけは肩代わりするわけにはいかないのだ。

私は大石有を殺していない。

「どうして有が殺されたんだ」

誰とはなしに問いかけても返事はなかった。二号室のドア付近に固まって身を寄せ合い、皆悲しみに暮れていた。

「何もかもわからないんだ。頼むから、何か隠してることがあるのなら言ってほしい」

皆の口から直接聞きたい。そう乞えば伊志田が口を開きかけたが、彼女が言葉を発する直前、浦井が割って入った。

「隠し事なんてない。何もない！」

何もないわけがないだろう。問い詰めたくなるのをぐっと堪えて、大石の遺体を見下ろす。改めて注視してみると、大石の顔は無数の裂傷と痣《あざ》が刻まれ腫れあがっていたが、容貌を判別できぬほどの損壊を受けているわけではなかった。面影が認められる分、余計に悲しい。

遺体を動かさない方がいいとわかっていても、「床に寝かせっぱなしは気の毒だ」と加蘭が言う。後頭部に深い傷を負っていたので、ベッドに横向きに寝かせてやることにする。大石と犯人とが揉《も》み合《あ》った痕跡なのか、壁際にぴったりとくっつけてあったはずのベッドの位置は大きくずれ、部屋の中で斜めになっていた。

「大石くんが殺されたのはこの部屋の中で間違いない。椅子やテーブルだけじゃなくベッドまで動くなんて、よっぽど激しく争ったんだろうな」

九城はビニール手袋を装着し、遺体の口元に触れた。やはり顎は力ずくで大きく開かれ、舌は切り取られていた。絡まり合った思考の糸を解くように、九城は滔々《とうとう》と喋り続ける。

「後頭部の挫傷が直接の死因だと思う。凶器は大石くんのステンレスボトルだな。陥没骨折を起こすほどの大打撃を真後ろから食らったみたいだ。後頭部の傷だけで十分致命傷になっただろうに、遺体はさらに損壊されている。頭を殴ってダメージを与えて、その後顔面を何度も殴りつけ舌を切り離す――橋本くんのときと概《おおむ》ね同じパターンだけど、舌の断面の様子は少し違うな」

九城に促されて遺体の口の中を覗いてみると、花弁のようにびらびらと広がった傷口が見えた。刃物で一息に切断したというよりもまるで手で引きちぎったような、不規則に破壊された断面だ。

「昨夜、浦井くんの提案によって包丁が全部捨てられてしまったから、犯人は舌を切断するための器具を用意できなかったんだろう」

いつもの癖で爪を噛もうとしたのか、九城は手を口元に持っていったが、ビニール手袋を嵌めていることに気づくと腕を下ろした。

しばらく遺体を観察した後、私たちは二号室を出る。皆がテラスのベンチに着席すると、九城の主導により、大石の遺体を発見した経緯についての聴き取り調査が行われていった。

「第一発見者は竹内くんだよな？」

竹内は神妙な顔をして頷いた。普段の饒舌《じょうぜつ》さはどこへやら、すっかり気落ちしている。

竹内が起床したのは八時半過ぎだったという。昨日遅くまで起きていた割に早く目覚めてしまって、部屋で一人、時間を潰していた。皆と顔を合わせてしまえば橋本の死について話さなければいけなくなるような気がして、宿泊棟の外には足が向かなかった。

しかし、物音一つしない部屋で長時間過ごしていれば気が滅《め》入《い》る。九時半頃、とにかく誰かの声が聞きたくなって部屋を出た竹内は、隣の二号室――大石の部屋の扉のノブを回してみた。昨夜、「今夜は用心しよう」、「きちんと戸締りをして寝よう」と互いに呼びかけ合って寝たはずなのに、なぜか鍵が掛かっていなかった。不安を覚えて部屋に飛び込んだところ、大石の遺体を発見したそうだ。

「急いでみんなを呼びに行かんと、と思ったんやけど腰を抜かしてしまって。床に這いつくばっとったら加蘭が来てくれたんです」

加蘭が説明を引き継ぐ。

「わたしも、みんなの様子を確認したくて外に出たところでした。二号室の扉が開いてたので不審に思って中を覗いてみたら、竹内は床にへたり込んでるし、大石はあんな状態になっていて……。パニックに陥っていたら九城さんが来てくれたので九城さんに竹内を頼んで、まず千晶を呼びにいったんです。千晶をつれて二号室に戻ったら、浦井も起きてテラスに出てきていました。最後に樋藤を呼びにいこうとしたところで、樋藤も部屋から出てきたんです」

ドアが施錠されていなかったということは、一号室のような密室状態ではなかったようだ。

遺体発見時の状況がわかったところで、話題は各々のアリバイへと移っていく。

「樋藤くん、伊志田さん、僕の三人は深夜二時過ぎまで橋本くんの事件を調査していた。二時頃、橋本くんの部屋に花を供えにきた浦井くんとは顔を合わせたけど、他のみんなは何時頃に寝たんだい？」

これには浦井が答える。

「樋藤の見舞いに行った後ちょっとテラスで喋ったりしたけど、一時半になる前にはみんな部屋に帰っていきました。もちろん大石も。それからは各々部屋で過ごしていました」

大石が昨夜皆と別れて自室に戻った時刻を一時半、竹内が遺体を発見した時刻を九時半とすると、死亡推定時刻の幅が広すぎる。一時半以降の行動を確認しても、完全なアリバイを証明できる人間は一人としていなかった。

「昨夜亮馬が殺されて、わたしたちは戸締りに気をつけるようお互い注意し合って別れました。犯人はどうやって大石の部屋に侵入したんやろう」

　加蘭が心底不思議そうに言うと、九城が応じる。

「あくまで僕個人の見解だけれど、犯人は大石くんの部屋に押し入ったんじゃなく、普通に訪ねていったんだと思う」

「大石が犯人を迎え入れたってことですか？」

「そう。大石くんは殺人が続くとは思ってなかったんじゃないかな。夜中に訪ねてきた友人を犯人扱いして追い返すのは心苦しかったんだろう」

　犯人は君たちの信頼関係を利用したんだね。九城が微笑みながらそんなことを言うので、一層気が重くなる。特に伊志田は、今にも死にそうな顔をしていた。

「遺体の傍に転がってた大石の水筒が凶器なんですよね？」

「たぶんね。それがどうかした？」

「昨日、バーベキューが終わってみんなが部屋に帰っていったとき——あのとき大石、水筒をこのテーブルに置き忘れていった気がするんです」

　アウトドアテーブルの天板を擦《さす》り、伊志田は湿っぽく嘆息した。

「犯人はもしかすると、『水筒忘れてたから届けにきたで』って大石に呼びかけて部屋に入ったのかもしれません」

　二号室の前で、ステンレスの大きな水筒を抱えて佇む犯人の姿を想像してみる。「大石、忘れ物」と笑顔で扉をノックする犯人は、伊志田の顔をしているようにも思えたし、浦井のようにも、加蘭や竹内、そして私のようにも見えた。

＊

アリバイなどの聴き取りは一通り終わったが、午後からも九城、伊志田と共に調査を続けることになった。血塗れになった二つの遺体が網膜に焼きついているせいで、昼食を取ろうかという提案は誰からも出てこなかった。

部屋に戻って一人きりになるのも心細いらしく、竹内、加蘭、浦井の三人はテラスに残り無言でトランプをしていた。昨夜とは打って変わって晴天で、眩しい夏の日差しがウッドテラスをからりと照らしているが、これほどまでに楽しくなさそうなトランプは見たことがない。熊本までの新幹線の中で白熱した大富豪は、今や夢か幻だった。

私たちは再び二号室へと足を踏み入れた。部屋に充満した湿気と熱と血の臭気を少しでも逃がそうと、扉は半開きのままにする。

九城は這いつくばるようにして床や壁の木目を隅々まで眺め、「血痕が少ないな……」と呟いた。大石が倒れていた辺りの床に血溜《ちだ》まりが残っているくらいで、それ以外に目立った血痕は見当たらない。

「大石くんの後頭部の挫傷はとりわけ酷いものだった。頭蓋骨が陥没するくらいだったから、きっと殴った瞬間に大量の血が飛び散ったはずだ。その割には、壁や床に残る血痕が少ない気がするんだよな。まるでこの部屋が犯行現場じゃないみたいだ」

「さっきは、大石と犯人が争った痕跡が残っているから犯行現場は二号室で間違いないと言っていたじゃないですか」

「そう思ってたんだけど……うーん」

九城はしばしの間頭を悩ませていたが、血痕に関する疑問は差し当たり保留して、他の調査を進めることにした。彼が次に関心を寄せたのは、二号室に放置されていた大石のリュックである。橋本のメッセンジャーバッグは一号室から忽然《こつぜん》と消えていたのに、犯人は大石の私物には手をつけなかったようだ。

九城は新しいビニール手袋を装着し、大石の荷物を漁《あさ》り始める。着替えやタオル、洗面具など日用品ばかりだったが、リュックの外ポケットにスマートフォンを発見した。

「ああやっぱり、ロックしてるな。大石くんのパスワードに心当たりは？」

大石の誕生日、電話番号の下四桁、その他思い当たる数字を手当たり次第に入力してみたものの、どれも正解ではなかった。スマホの充電はあと十五パーセント。電源は今日中に切れてしまうだろう。スマホを傍らに置いて再びリュックの中身を引っぱり出していくと、底の方から充電済みのモバイルバッテリーが見つかった。

伊志田が「あっ」と声を漏らす。

「そのバッテリー、わたしが貰《もら》ってもいいですか？」

九城からモバイルバッテリーを受け取った伊志田は、自分のスマホを繋いでカメラアプリを起動した。

「殺害現場の写真を撮っておきたかったんです。わたしたちが勝手に色々弄っちゃってるから、あとで警察の人たちにちゃんとした情報を渡せるように記録を残しておきたくって」

機転が利いている。「いいアイデアだ」と九城も親指を立てた。

「一週間も経てば遺体の状態も変わってしまうからな。カメラは電池の消耗が激しいだろうから、今のうちに撮っておこう」

傷だらけになった大石の顔面、後頭部の挫傷、荒らされた部屋。伊志田は室内のあらゆる場所にスマホを向ける。九城は写真に写り込まないよう部屋の隅で小さくなっていた。

一通りカメラに収め、「次は亮馬の部屋を撮ろう」と二号室から退出しかけたそのとき、半開きになった扉の向こうから何か言い争うような声がする。急いでウッドテラスに出ると、竹内が音を立ててベンチから立ち上がったところだった。唇をわななかせて真正面に座る加蘭を睨みつけている。

「どうした？」

尋ねると、加蘭は「どうもしてない」と機械的に答える。

「わたしが竹内を疑ってるって言ったら、竹内が怒り出しただけ」

「怒るに決まっとるやろ！」

竹内がテーブルに拳を叩きつけた拍子に、天板に載っていたトランプが舞い上がり、風にあおられ海へと飛んでいく。大きな身振り手振りで怒りを表明する竹内とは対照的に、加蘭は腕を組んで遠くを見据えていた。加蘭の隣に座る浦井は、硬い表情で口を挟む。

「竹内、落ち着いてくれ。蘭子も、不安なのはわかるけどそれ以上はやめろ」

「浦井だって竹内のこと怪しいと思うてるくせに」

加蘭は淡々と言葉を継いだ。

「昨日亮馬の遺体を見つけたときのこと、みんな覚えてるやろ。大石が亮馬の部屋の前で騒ぎ始めて、わたしや千晶はその物音に気づいたからテラスに出た。つまり、このコテージの防音性はそれほど高くない。大石が部屋で犯人と揉み合ったのなら激しい音が周囲に聞こえてたはずなのに、近くにいたはずの竹内が何も言わへん。おかしいやろ」

大石の二号室はコテージ中央部に位置するため、その両隣に宿泊棟がある。テラスから見て右には橋本の一号室、左には竹内の三号室。既に死んでいる橋本は除外するとして、隣室の竹内には悲鳴や物音が聞こえたはずだと加蘭は主張した。

竹内が叫んだ。

「ほんまに何も聞こえんかったって、なんべんも言うてるやろ！」

「周りの音が聞こえんほど熟睡してたってこと？　亮馬が殺された夜に、ようスヤスヤ眠れるな。わたしたちの中に殺人犯がおるのに」

「頼むから二人とも、喧嘩《けんか》だけはやめてくれ」

浦井が割って入るが竹内の怒りは収まらない。足を踏み鳴らしながら加蘭に近づいていく。

「蘭子、そうやって人に疑いを向けるのは、自分に後ろ暗いところがあるからとちゃうか」

「わたしが大石を殺したって言いたいの？　わたしと大石が揉み合ったら、部屋がめちゃくちゃになる前に決着がつくと思うけど」

加蘭は挑発的な笑みを浮かべると、突然竹内のキャップを奪い、それを叩きつけるように床へ放った。つばの裏に刺繡《ししゅう》されたロゴマークがちらりと見える。竹内の顔がみるみるうちに赤く染まっていった。

私は咄嗟に竹内と加蘭の間に割り込んだ。九城も竹内の肩を摑んで、二人の距離を物理的に引き離す。伊志田は加蘭を後ろから抱き締め、悲しそうに言った。「蘭子、どうしちゃったの」

加蘭は伊志田の問いかけを無視し、声を荒らげた。

「ちゃんと言い返せ！」

竹内をまっすぐにねめつけ、鋭く言い放つ。

「証明してよ、あんたが亮馬や大石を殺してないって。わたしだってこの中に犯人がおるなんて思いたくない！」

*

加蘭と竹内の言い争いは、各々が必死に覆い隠してきた猜疑心を浮き彫りにした。結局、この日の調査は有耶無耶《うやむや》に終わった。

徒島に上陸してから丸一日が経過していた。島の外での生活の感覚を忘れかけるほど、精神的な疲労が蓄積されている。

二十時過ぎ、伊志田が訪ねてくるまで私は部屋で一人だった。遠慮がちなノックの音がしたときは少なからず驚いた。

「樋藤、起きてる？」

「何の用だ」

「ドア開けてよ。事件について話し足りなくて」

扉を前に逡巡《しゅんじゅん》した。夜間、部屋で休む際は必ず施錠し、たとえ友人が訪ねてきても迎え入れてはならないという暗黙の了解があった。

「悪いが部屋には入れられない。帰ってくれ」

扉越しに伊志田の不満げな声が聞こえてくる。

「襲わないってば。大体わたしが樋藤に敵《かな》いっこないやろ」

ドアを小さく開けると、伊志田は両手を軽く上げてその場でくるりと回ってみせた。武器などを隠し持っている様子はない。私は溜息とともに彼女を部屋に入れた。

持参していた懐中電灯が昨夜水没してしまったため、私の部屋に明かりはない。伊志田のランタン式懐中電灯がテーブルに置かれ、ようやく身の回りの物が闇の中から輪郭を取り戻していった。私たちはベッドに並んで腰かけた。

「眠れないのか」

「まだ眠れるわけないやん、二十一時にもなってないのに」

「用件は？」

「徒島に渡ってからこれまでに起こった出来事とか、気づいたことをメモに起こしてみた。樋藤もちょっと確認してよ」

伊志田はズボンの尻ポケットから小さな手帳を取り出す。いつも持ち歩いている、合皮のシステム手帳だ。手帳の間に挟まれた万年筆に視線を落とすと、「万年筆くらいええやろ。刺さへんって」と言い訳じみたことを口にする。

「写真と合わせて文章も残しておけば、後で警察に筋道立てて説明できるやろ」

伊志田はページをペラペラと捲《めく》ってみせる。島に上陸する際に交わした会話や海上コテージの様子、そして殺害現場の状況まで、時系列に沿って上手くまとめてあるようだ。メモの最後には、『わからないこと』という項目があり、事件の疑問点が箇条書きで記されていた。

わからないこと
一、犯人はどうやって亮馬の部屋を密室にしたのか。
二、なぜ犯人は密室を作ったのか。
三、なぜ犯人は亮馬の荷物を処分したのか。
四、なぜ亮馬は服を着替えていたのか。
五、なぜ竹内には、大石と犯人が揉み合った際の音が聞こえなかったのか。

私がメモを熟読しているうちに、伊志田は煙草を吸い始めていた。薄暗い部屋の中、煙草に灯《とも》った赤く小さな火が伊志田の横顔をぼんやりと照らしていた。

「樋藤も要る？」

「甘いのはいい」

「甘くないのもあるけど」

「気分じゃないんだ」

肺はニコチンを求めているのに、気分じゃない。伊志田はオレンジ風味の甘い息を吐きながら、ぼそりと言った。

「そういえば昨日樋藤が部屋で気を失ってる間、大石にライター貸したんよね。大石、樋藤を助けるためにズボン穿いたまま海に飛び込んだから、ライター水没して使えんくなったって言うてた」

「……そうか」

「亮馬と大石の口、閉じてあげたかったな。あのままじゃ可哀想」

「祖母の葬式のときに聞いたんだが、夏場だと死後の硬直は二日程度で解けるらしい。ここにはエアコンもないから、きっともっと早く緩解し始めるだろ。そのうち顎も直してやれる」

「そんならよかったわ」

「まあ、迎えの船を待ってる間に二人とも腐れるとは思うが」

「最悪や」

伊志田の声は湿度を含んではいたが、鬱々と沈み込んでいるわけではなかった。故人をほどほどに偲《しの》びつつ、私たちは事件の謎について意見を交える。

「何か『わからないこと』に付け加えたいこと、ある？」

「付け加えたいというよりも、この最後の一文だが。訂正すべきなんじゃないか？」

なぜ竹内には、大石と犯人が揉み合った際の音が聞こえなかったのか。

「竹内は『聞こえなかった』と証言しただけであって、それが事実であるかどうかはわからないだろう。実際、加蘭が言っていることはもっともだと思ってる。本当は竹内と大石が二号室で争っていたんじゃないのか」

「なんか、小骨が引っ掛かったような感じがするんよね」

伊志田は口を尖らせる。

「竹内だけやなくて、まあまあ二号室に近い部屋にいたはずの浦井にも微かな物音すら聞こえんかったのが変やと思う。だって大きな音って『こっからここまでが絶対に聞こえる範囲で、こっから先は絶対に聞こえない範囲です』なんて言い切れるものではないやん。そもそも本当に二号室で乱闘が行われていたのか、というところをわたしは疑《うたご》うてる」

「なるほど。確かに俺も昨夜《ゆうべ》はほとんど起きていたが、物音は聞かなかったな。——試してみるか？」

ベッドを軽く叩いてみせると、伊志田は「何を？」と訝しげな目を向ける。

「荒れ果てた二号室の状態を再現するんだ。どれほどの騒音が伝わるか、検証できるかもしれない」

「いいね、やろう」

壁際にぴったりとくっつけられたベッドは存外重い。二人で息を合わせてベッドの脚を手前に引っ張ると、摩擦が起きてずず、と鈍い音が立った。

「おかしいな」

伊志田は「やろ？」と得意げに顎を突き出した。

どの棟も家具や調度品の配置は同じ。つまり大石の部屋のベッドも、壁際に設置されていたはずだ。ベッドを動かそうとするのなら、意識して脚を手前に引っ張る必要がある。

「椅子やテーブルがひっくり返るのはまだ理解できるけど、乱闘の最中にベッドが斜めに移動するイメージが湧かない。大きな音がするしない以前の問題やと思う」

「すると大石と犯人は、実際には二号室で揉み合っていたわけじゃないのか。犯人は大石殺害後、わざと部屋を荒らしたということか？　何のために？」

「そういえば九城さん、二号室には血痕が少なすぎるって言うてたよね？　もしかすると本当の犯行現場は別にあって、二号室を犯行現場に見せかけようとしていたのかも」

伊志田は口を動かしながら、新たに発見した事実を次々とメモに付け加えていった。

一、犯人はどうやって亮馬の部屋を密室にしたのか。
二、なぜ犯人は密室を作ったのか。
三、なぜ犯人は亮馬の荷物を処分したのか。
四、なぜ亮馬は服を着替えていたのか。
~~五、なぜ竹内には、大石と犯人が揉み合った際の音が聞こえなかったのか。~~
　二号室は本当の犯行現場ではなかった？

頭の回転が速く、洞察力や判断力にも優れている彼女は、復讐を計画する上ではもっとも警戒すべき存在だった。私の下手くそな演技がばれはしないだろうかと、いつも気が気でなかったのに、共に殺人事件の調査に乗り出すとなるとめっぽう心強い。口惜《くや》しいことに、空回りしてばかりの私より伊志田の方がよほど冷静だ。

出し抜けに伊志田の腹の虫が鳴いた。伊志田は「今のは聞かなかったことにして」と背中を丸めて俯く。

「何を今更恥ずかしがってるんだ」

「恥ずかしいよ。亮馬も大石も死んじゃったのに、わたしだけ食欲旺盛で薄情やん」

「生きてるんだから仕方ないだろう」

思い返してみれば、昨日の夜から何も口にしていない。ビスケットなどの携行食糧などを出してやると、伊志田は無言でそれらを口に突っ込んでいった。見ているうちに食欲が刺激され、私も一日ぶりに固形物を胃に収めた。

「喉渇いた。なんか飲みたい」

「図々《ずうずう》しいな」

私は部屋の隅へと押しやっていたクーラーボックスを引き寄せ、二本のペットボトルのうち未開封のものを選び取った。伊志田は「わたしそのジュース好き」とはしゃぐ。

「なんか微妙なサイズやね。二リットル？　一リットル？」

「一・二リットルだ。飲んでいいぞ」

「ありがと。口つけていい？」

何の迷いもなく、私が差し出したそれをごくごくらっぱ飲みする。もう一本のジュースには致死量の数十倍ものヒ素が混入していたというのに、暢気なものだ。

「毒入りだったらどうするんだ」

皮肉っぽく尋ねると、伊志田は戸惑いを露わにする。

「毒？　なんで？　わたしは樋藤のこと、別に疑ってないよ」

「この島の中に確実に殺人犯がいるんだぞ」

「わかっとるって。でも、樋藤はなんか違うと思うんよ」

「何を根拠に」

「別に根拠なんかないけどさ。樋藤はどれだけ追い詰められても、人を傷つけたりしないよ」

まっすぐに見つめられ、どうにも居たたまれない心地がした。わざとらしく腕時計に目を向ければ、時刻は二十二時を回っている。

「ねえ、ちゃんと寝てる？」

伊志田はふいと私の顔に手を伸ばし、下瞼に張りついた隈《くま》をなぞった。私は身を固くする。

「前から思ってたんやけどさ、樋藤ってもしかして不眠症？」

「全く眠れないわけじゃない。寝つきは悪いが、いつも朝方に二、三時間は眠ってる」

ここ数年、暗いうちに眠れたことは一度もなかった。昼間に突然、意識を失うように眠りに落ちることはあるが、そういうときは大抵悪夢を見る。

「そういうのを不眠症って言うんよ」

「寝なきゃいけないと思うと眠れないんだ」

目を強く瞑るほど、脳が覚醒していく。そうすると煙草が吸いたくなってベッドから出る。ニコチンが睡眠を妨げるのは知っているが、最近は眠れなくとも構わないとさえ思うようになっていた。

「じゃあ、今夜はずっと喋ろう」伊志田はごく軽い調子で言った。「樋藤が眠くなるまで、わたしに付き合ってよ」

黙って頷く。緊張して強《こわ》ばっていた身体が、わずかばかり和らいだような感じがした。

「犯人の動機についてなんだが」

「うん」

「橋本は有と密会の約束を取り付けていたんだろう。橋本に続いて有まで殺されたのは、『大切な話』とやらの内容が関係してるんじゃないか？」

「それって犯人は亮馬に何か弱みを握られていて、亮馬がそれを大石に漏らそうとしたから殺人に踏み切った、とかいうイメージやろ。でも、大石に情報が渡る前に亮馬を殺してるんやから、大石まで手にかける必要がないと思うけど」

「念には念を入れたのかもしれないだろ。橋本がどんな話を持ちかけようとしていたのか、伊志田には心当たりないのか？」

「全く。本当に何も知らんよ。でも……」

「でも、なんだ？」

「煙草をねだろうとしてただけかもしれないよ」

伊志田は思い出したように新しい煙草を咥えた。

「亮馬、船の中で禁煙してるって言うてたやろ？　でもあいつが禁煙成功しとるの見たことないやん。皆の前で禁煙宣言した手前きまり悪くって、大石にこっそり何本か分けてもらおうとしてたんやない？　大石は優しいから、みんなに黙っといてくれるって思ったんちゃうかな」

ただの推測やけどね、と伊志田は自信なげに言うが、ヘビースモーカーの橋本なら十分あり得る話だ。

「それじゃあ、有はなんで殺されたんだ……？」

橋本は度々トラブルを起こしていたし、あの事件の首謀者としてグループ内の誰かに逆恨みを受けていたとしてもおかしくはない。しかし大石は、人間関係のバランス感覚に関して言えば比較的優れていたはずだ。

紫煙を吐き出しながら、伊志田は言った。

「大石は亮馬の遺体の第一発見者よね。ひょっとして、何かを見てしまったのかも」

新たな可能性を提示され、胸の内にさざ波が立つ。一号室に押し入った際は橋本以外の全員が揃っていたが、いの一番に踏み込んだという意味では大石が第一発見者だ。

「遺体を発見したとき、大石はその場で何かに勘付いた――あるいは、後から違和感を覚えたのかもしれん」

大石は橋本の不在にいち早く気づいた人物だった。斧を振るって一号室のドアに穴を空け、手を突っ込んで内側の鍵に触れ、真っ先に遺体を目にした。

彼はあの密室の秘密に触れてしまったのだろうか。

八月六日　三時三十分

一連の事件について意見を交わしたり、気を紛らわせるようにたわいもない世間話をしてみたり、私たちは一睡もせずに語らっていた。午前三時半、再び四号室の扉がノックされるまでは。

「樋藤、いる？」

ドア越しに加蘭の切迫した声が聞こえ、嫌な予感が胸の内にじわじわと広がっていく。

急いで立ち上がろうとしてまた眩暈に襲われ、伊志田が飲みかけのまま放置していたペットボトルを蹴り飛ばしてしまった。リュックから取り出したタオルでざっと拭くと、こぼれたオレンジジュースよりも床の黒ずみが付着して、タオル全体が真っ黒になる。つい昨日までは掃除が行き届いているように見えていたのに、コテージのフローリングには目立たない汚れがこびりついていた。

加蘭は薄闇の中、亡霊のように突っ立っていた。ドアが開いて伊志田の姿に気づくと目を丸くする。

「なんで千晶が樋藤の部屋におるん？」

「少し話してただけだ。それより、何があった？」

手を何度も擦《す》り合わせ、不規則に身体を揺らす加蘭。何かただならぬことが起こったのだと直感した。

「誰が死んだ？」

「竹内が……」

私と伊志田は思わず顔を見合わせた。橋本の不在に気づき、あの遺体を真っ先に見つけたのは大石だった。昨日の朝、大石の遺体を発見したのは竹内だった。そして、その竹内が殺されたのだ。

浦井を起こしに行っている間に、不穏な気配を察知した九城がテラスに姿を現したため、すぐに全員が東側最奥の三号室——竹内の部屋の前に集まった。三号室は蒸していた。凄惨な遺体を目にしても、もはや誰も取り乱さなかった。

竹内は部屋の中央で横向きになって転がっていた。トレードマークのキャップを被っていないため、後頭部の傷がよく見える。やはり顎関節がこじ開けられていた。

足元には竹内のキャップと、血の付いた拳大の石が転がっていた。徒島の遊歩道にいくらでも転がっていそうな石だ。恐らくこれが凶器なのだろう。

これで三人目だ。殺人犯と認められれば、まず死刑は免れないだろう。犯行声明公開までのタイムリミットは迫っているが、感覚が麻痺《まひ》し始めているのか、むしろ焦燥感は薄まりつつあった。

「竹内は殺してなかったんや」

加蘭が切なげに言った。

「犯人やなかったのに竹内のこと、あんなに疑ってしまった」

「蘭子は悪くない」

伊志田が背中を擦《さす》ってやると、加蘭は伊志田の肩に寄りかかって涙を溢《こぼ》す。

「次はわたしが殺される」

「なんでそう思うの？」

「亮馬の遺体を見つけた大石が殺されて、大石の遺体を見つけた竹内が殺された。次は竹内の遺体を見つけたわたしの番や」

「そんなの、たまたまやって」

偶然だと言い張る割に、伊志田の声には動揺の色が滲んでいた。

大石、竹内と遺体の第一発見者が連続して殺されているからと言って、犯人がもう一度第一発見者を狙うとは限らない。そんなの、「一号室の橋本、二号室の大石、三号室の竹内が殺されたから、次は四号室の樋藤が殺される」と主張するのと同じくらい馬鹿げている。頭ではそう理解しているはずなのに、言いようのない不安がこみ上げる。

加蘭が竹内の遺体を発見したのは午前三時二十五分。腕時計を咄嗟に確認したために正確な時刻を覚えているという。なぜ日の出も迎えないうちに出歩いていたのか、わけを尋ねると、「目が覚めてしまったから」とのこと。テラスをうろついている際に竹内の部屋の前を通りがかり、ドアが微かに開いていることに気づいたそうだ。

「伊志田さん、写真撮って。みんなは写り込まないよう下がって」

ドラマに出てくる刑事のように、九城が指示を飛ばす。伊志田は言われる通りに室内の状況をスマホに収めていった。

撮影が終わると、遺体はベッドに移動させられた。顔面には裂傷と痣が多く残っているが、容貌が判別できないほどではない。最初の遺体の状態と比べれば、大石と竹内の顔面の傷はまだましな部類だった。犯人の作業がどんどん雑になっていると見るべきか、橋本への憎しみが最も大きかったために執拗に顔面が破壊されたのだと解釈すべきか。

九城はビニール手袋に覆われた手で遺体の上顎を支え、てきぱきと舌の様子を観察し始めた。頼もしさを通り越して恐怖すら感じる。前二つの遺体と同じく竹内も舌を切断されており、その断面は不規則にちぎれていた。恐らく犯人はこれまでと同様に、被害者の頭部に打撃を与えた後、舌を切り取ったのだろう。

大石の殺害時と異なる点を挙げるとすれば、まず部屋が荒らされていないこと。さらに、今回用いられた凶器は石である。

島のどこでも拾えそうな石。凶器のグレードがどんどん下がっているような気がする。九城も同じようなことを考えていたようで、「もっといい武器がありそうなもんだけどな」と独り言ちた。

それにしても、どうして竹内はドアを開けてしまったのだろう。昨夜伊志田を招き入れた私が言えたことではないが、二人も殺されている状況で夜中に訪ねてくる者を部屋に入れるなんて不用心にも程がある。

「生きてる竹内くんの姿を最後に見た人は？」

九城が一人ひとりに視線を配りつつ尋ねると、浦井がおずおずと前に進み出た。

「昨日の夜、竹内と会いました」

浦井が語るところによると、二十時半頃、竹内が浦井を訪ねてきたのだという。

「正確に言えば直接顔を合わせたわけやなくて。竹内が俺の部屋の前までやってきて、扉越しに声を掛けられたんです」

「竹内くんは何て言ってた？」

「一人は心細いから一緒に過ごそう、浦井のことは信用してるから部屋に入れてくれって。でも俺は……恐くなって追い返してしまった」

「確かに竹内くんの声だったんだよな？」

「はい。聞き間違えるはずがありません」

「そうか。じゃあ彼は昨夜の二十時半以降に殺されたんだな」

伊志田が小さく息を吞む。私は彼女の肘にさりげなく触れ、それ以上は何も言わないよう暗に伝えた。

浦井の証言を真とするならば、竹内は昨日の二十時半まで生きていたことになる。昨夜二十時頃からずっと一緒に過ごしていた私と伊志田にはアリバイが生まれたわけだが、安易にそれを口に出すのは憚《はばか》られた。

今、生きているのは加蘭、浦井、伊志田、九城そして私の五人。確固たるアリバイを得た私と伊志田、動機を持たない九城を除けば、容疑者はたったの二人だ。

候補が絞られていることを犯人に悟られれば、事態がさらにエスカレートする可能性がある。昨夜のアリバイについては、私たち二人の秘密にしておいた方がいい。

「みんな、体調は大丈夫かい？」

九城は心配そうに一座を見回す。浦井も加蘭も、青ざめた顔をしていた。

「僕は例によって樋藤くんや伊志田さんと一緒に調査を続けるつもりだけど、二人は一度ちゃんと休んだ方がいいよ」

「あの、九城さん。そのことなんですけど」

おずおずと切り出したのは伊志田だった。

「わたしを事件の調査から外してもらえませんか」

九城が返答する前に、つい口を挟んでしまう。「なぜだ。手伝うと言ったじゃないか」

伊志田は「ごめん」と顔を伏せた。

「今日はずっと蘭子と過ごそうと思う。みんな気づいてると思うけど、次に狙われるのは蘭子やから」

次第に薄明るくなってきたが、空はどんよりと鈍色の雲に覆われていた。バルコニーに目を向けると、水滴がぽつぽつと窓を叩くのが見える。小雨が降り出したようだ。

「なんで蘭子が狙われるんや？」

浦井は内心の怯えを隠すように腕を組む。伊志田は浦井に向き直った。

「昨日、樋藤と二人で色々と話し合ってみたんよ。どうして亮馬だけじゃなく、大石まで殺されたんやろうって考えたとき、大石が第一発見者だったからじゃないかっていう可能性に思い至った。最初に遺体を見つけた大石にしかわからない、犯人に繋がる痕跡が残されていたのかもしれない。そしてまた、大石の遺体の第一発見者である竹内が殺された」

「つまり、第一発見者ばかり殺されてるから、次に狙われるんは竹内の遺体を見つけた蘭子やって言いたいわけか？」

伊志田は重々しく頷く。蘭子が怯えを見せたときは「そんなの偶然だ」と言っていたが、第一発見者が狙われているのではないかという仮説は、彼女の中で確信に変わりつつあるようだった。

「そんなん、全部推測やろ」

「じゃあ浦井は、犯人が最初から大石や竹内を狙ってたんやと思う？　最初からターゲットにされていた二人が、偶然連続で遺体を発見したの？　連絡手段が断たれた無人島で三人も殺されてるってだけで偶然なんて言葉、似つかわしくないのに」

浦井はぐっと言葉に詰まる。加蘭は荒れた唇を指でなぞりながら、息を潜めて伊志田たちのやり取りを見守っていた。

「二度あることは三度あるって言うやん。被害者に『第一発見者』っていう共通する要素があるのなら、用心するに越したことはないと思う」

伊志田は加蘭の肩を抱き寄せる。小柄な加蘭と並ぶとまるで親子のようだった。

犯人が何人殺したがっているのか想像もつかないが、さらに罪を重ねる可能性は十二分にあった。コテージに滞在する者すべてを殺害するつもりなのかもしれない。九城は言う。「伊志田さんがそうしたいのなら僕は止めないよ」

結局伊志田は調査を離脱し、加蘭と連れ立って三号室を出て行った。

浦井も自室に帰るかと思いきや、一点をじっと見つめたまま深刻な顔をしている。視線の先を追うと、竹内のリュックが無造作に床に放られていた。ナイロン製の、黄色いスポーツリュックだ。

九城が尋ねる。「竹内くんの荷物がどうかした?」

「別に。ただ、思い出してただけです。竹内があのリュックを買いに行くとき、一緒に付《つ》き合《お》うたなって。一週間分の荷物を入れられるようなバッグを持ってないってあいつが言うから、先月の末、亮馬と俺で買い物について行ったんです」

「ほんとに仲が良いんだな」

「竹内は俺のことを信頼してくれてたんです。それなのに俺が追い返したから、こんなことに……」

浦井の話を神妙に聞いていた九城は、何を思ったか竹内のリュックに歩み寄ると一気にジッパーを開いた。遺品を検めるのかと尋ねると、かぶりを振る。

「浦井くんに、何か形見分けでもしてあげられないかなと」

柔和な微笑みをたたえているのを見て、私は唇を強く噛み締めた。冷静すぎて薄情に思えることもあるのに、こうやってふとしたときに九城の優しさは垣間見《かいまみ》える。

形見分けとは大袈裟だが、何か役立つものがあれば生きている者で分け合った方がいいだろう。携行食糧は皆で分けるとして、他に使えるものはないかとまさぐっていると、コンビニのレジ袋が出てきた。中に入っていたのは乾電池式のモバイルバッテリーだ。

浦井も近づいてきて、九城の手元を覗き込んだ。

「伊志田さんは大石くんのバッテリーを使って充電してたよ。浦井くんもこれ、貰ったらどうだい？」

バッテリーに浦井のスマホを繋いでみたが、反応はなかった。そういえば行きの船の中で、「乾電池式のモバイルバッテリーはあっという間に電池を消費するのですぐに充電できなくなる」というような話を聞いた気がする。

「残念。竹内くん、もう電池を使いきってしまっていたみたいだな」

「いや、いいんです。これ貰います」

使えなくなったモバイルバッテリーを、まるで懐かしい思い出の品であるかのように胸の前で抱き締める。浦井は九城の手をじっと見つめていた。

「凄《すご》いですよね、それ」

どうやらビニール手袋のことを言っているらしい。

「指紋をつけないようにしてるんですよね。俺はそういうことにちっとも頭が回らんかった。九城さんは落ち着いていて、本当にすごいです」

「どうもありがとう。調査の進捗は芳しくないけど」

「九城さんならきっと、犯人を見つけてくれると信じてます」

浦井は床に落ちていた竹内のキャップを拾い上げると、ベッドに寝そべった彼の遺体に近づく。キャップを胸元にそっと載せ、三号室を出て行った。

*

耳を澄まさなければ聞き逃してしまいそうなほど、ひそやかな雨音がする。

「昨夜はみんな、戸締りの徹底と周囲への警戒を心がけていたはずなのに、犯人はどうやって竹内くんの部屋に侵入したんだろう。昨夜二十時半、浦井くんを訪ねるために竹内くん自らふらふら出歩いていたくらいだから、竹内くんの危機意識は比較的薄かったのかな」

浦井たちが退室した後もしばらく、九城は何やらぶつぶつと呟きながら竹内のリュックを引っ掻き回していた。着替えや下着などの嵩張《かさば》る荷物を全て取り出すと、底の方にはタオルが沢山詰め込まれている。中から一枚を取り出し、九城は眉を顰めた。

彼が手に取ったタオルには、赤褐色の染みが点々と付いていた。

「まさか血ですか?」

「恐らく」とタオルを掲げてみせる。付着した血液は既に乾いていた。

「誰の血でしょうか」

「わからない。橋本くん、大石くん、竹内くんの中の誰かの血なんだろうけど。誰の血にせよ、どうして竹内くんのリュックの中にこんなものがあるんだろう？」

九城はタオルを顔に近づけて鼻をすんすん鳴らすが、臭いで血液型やらＤＮＡやらがわかるはずもない。

「血が付いてるということはつまり、どういう用途であれ犯人が使用したってことだよな。犯人が処分し忘れた、あるいは処分する時間がなくて竹内くんの荷物の中に入れたんだ。このタオルには犯人のＤＮＡも付着してるかもしれない」

「重要な証拠品ですね」

「僕が預かっておくから、これは僕と樋藤くんの——二人だけの秘密にしておこう。誰にも言っちゃ駄目だ」

「伊志田にも、ですか」

「もちろん」

一瞬、私と伊志田は互いのアリバイを証明できると、九城に伝えてしまおうかと考えた。両名とも犯人たり得ないと知れば九城もいくらか安心できるだろうし、伊志田に情報を共有しやすくなる。しかし直感的に、この情報は彼にも伏せておいた方がいいと判断した。

「犯人は第一発見者ばかり狙っていると伊志田は言っていましたが、九城さんは率直にどう思いますか？」

「偶然と言ってしまえばそれまでだけど、無視はできない意見だと思う。犯人が本当に第一発見者ばかりを選んで殺しているとして、その目的は一体何だろうな」

　血の付いたタオルを丁寧に畳みながら、凪《な》いだ海のようにゆったりとした口調で言う。

「犯人は殺害現場から立ち去る際、第一発見者である大石くんや竹内くんに顔や姿を見られてしまったために口封じしようとしたんだろうか。――いや、その可能性は低いな。犯人を目撃していたのなら、流石に皆に犯人の正体を知らせただろう。犯人を庇うために黙っていたのかもしれないけど、大石くんと竹内くんの両方ともが同じ人物を庇うというのは稀《まれ》なケースだ。そもそも大石くんが現場に踏み込んだとき、橋本くん以外の全員がそこに居合わせていたんだから、現場から立ち去る犯人の姿を目撃できるはずがない」

　伊志田の手帳を預かるべきだったと後悔した。ここに紙とペンがあれば、九城の思考の過程をメモにまとめられるのに。

「犯人を目撃したわけではないとすると、現場に残っていた視覚情報以外の痕跡を見つけてしまったのかもしれないな。第一発見者だけが見つけうる犯人の痕跡を」

「時間経過で消滅する痕跡ということですか？」

「鋭い意見だ。そうだな……たとえば匂いとか」

　九城は自分の鼻を指差してみせる。

「香水やシャンプー、柔軟剤の匂い、汗の臭い、生まれ持った体臭。人が纏う匂いはその人が立ち去った後も残留し続けるけれど、永遠に消えないものでもない。一番に踏み込んだ人間だけが、殺害現場に残った犯人の匂いを嗅いだんだ。ところが嗅覚情報の識別が難しいために記憶と結び付くのが遅れて、みんなに犯人の正体を告げる前に殺されてしまった」

「私たちの中に特徴的な匂いの人間はいません」

橋本が少しヤニ臭いくらいで、個人を識別できるほどの強い匂いを纏った者などいない。

「たとえばの話だよ。仮に僕らの中に特徴的な体臭の人物が紛れていたとしても、犯行後によく換気すればいいだけだ。他の可能性を考えてみようか。犯人はまずいものを見られたために第一発見者を殺したわけじゃなくて、第一発見者を連続して殺していくことで何か別の影響を与えようとしているのかもしれないよ」

「別の影響？」

「次のターゲットに途轍もない恐怖を与えることができるんじゃないかな。第一発見者ばかり殺されていたら、次の第一発見者は『死体を見つけてしまったから、自分はこれから殺されてしまうんだ』と恐怖するだろう。現に加蘭さんは大いに怯えてる。予告状でも出せば同じような混乱を与えられるだろうけど、連続殺人自体に意味を付与すれば、紙切れにちまちまと殺害予告を書かなくとも『次はお前だ』と訴えかけることができるんだ」

「恐怖を与えて、楽しんでるということですか？」

「全部僕の憶測だから、本当の目的はわからない。何にせよ、大石くんと竹内くん、第一発見者が二人殺されただけの段階ではまだ偶発的事象の範囲内だ。竹内くんの遺体の第一発見者である加蘭さんまで殺されれば犯人が狙ってやっている可能性は高まるけれど、もしかしたらその加蘭さんが犯人で、僕たちが深読みして泥沼にはまるよう仕向けているのかもしれない」

そうか、と私は膝を打つ。加蘭のことを次のターゲットとばかり思い込んで、彼女が犯人である可能性に思い至らなかった。知らず知らずのうちに視野を狭めていたらしい。

「加蘭が犯人の場合、一緒に行動している伊志田が危ないですよね？」

「みんなの前で『今日はずっと二人で一緒に過ごす』って宣言してるから大丈夫なんじゃないかな。伊志田さんが死んだら加蘭さんが真っ先に疑われる。そんな状況じゃ手を出せない」

言いながら九城は口元を覆って、くつくつと忍び笑いを漏らす。

「樋藤くんってば、本当に伊志田さんのことが大好きだな」

否定しようとしたが、むきになる方が間抜けに思えてやめた。

匂いについて話したせいか、部屋に漂う血の臭気が嗅覚を刺激し始めていた。三号室を出てどこか別の部屋で捜査会議でもしようと提案すると、九城は一も二もなく賛成する。

「樋藤くんの四号室にお邪魔してもいいかな。僕の部屋、汚くてさ」

「別に構いませんが。管理人棟、それほど散らかってましたっけ」

ドアを開けた途端目に飛び込んできたのは、ウッドテラスに降り注ぐ細かな霧雨《きりさめ》と、立ち尽くす二つの人影だった。伊志田と加蘭だ。二人とも髪からスニーカーまで、全身水に浸かったようにぐっしょりと濡れていた。

雨の中、外で何をしているんだ。

「どうした？」

振り返った伊志田は、「どうもしてない」とすげない口調で言った。呼吸が荒く、眼《め》は薄《う》っすらと充血している。伊志田も加蘭も、心なしか具合が悪そうだった。

「中に入ったらどうだ。風邪を引くぞ」

近寄ると、加蘭の腕に赤い線のようなものが見えた。右肘の少し下あたりから手首にかけて、引っ掻き傷が三本走っている。まるで誰かに腕を摑まれたように。

「加蘭、その怪我は？」

問いかければ、なぜか伊志田が「何でもないよ」と遮る。

「二人で島に下りてた。林の中を歩いてたら木で引っ掻いちゃっただけ」

「そうか。あまり出歩くなよ」

「わかってる」

島の林道を散歩している途中で雨に降られ、濡れてしまったのだと伊志田は言った。

加蘭のジャージは色が変わるほど濡れているが、雨が降り始めたのはいつだっただろう。土砂降りならばまだしも細かな霧雨の中、全身びしょ濡れになるにはそれなりに時間を要するはずだ。本当に、二人が濡れた要因は雨だけだったのだろうか。

釈然としないものを抱えているうちに、小雨はやんだ。

*

人数が減ったせいで、元から広々としていたテラスのテーブルがさらに一回り大きくなったように感じる。東側のベンチには伊志田と加蘭が、西側には私と九城が並んで座り、浦井だけが皆から距離を取って隅の方で小さくなっていた。

テーブルの上にはランタン式の懐中電灯が三つ、等間隔に置かれている。雨は上がったものの、低くたれこめた雲が空一面を覆って月明かりを遮っていた。

みんなで一緒に夕飯を食べようと提案したのは九城だった。

「迎えの船が来るまで持ちこたえるためにも、一度全員で顔を合わせてしっかりご飯を食べよう。こんなときこそ」

パウチに入ったチキンスープと乾パンが人数分テーブルに並んでいた。初日の武器狩りでガスボンベを捨ててしまったので、スープは冷えたままだ。

「それじゃ、いただきます」

場違いに明朗な九城の声は、闇に吸い込まれて消えた。向かいに座る伊志田は無言でスプーンを手に取ると、緩慢な動作でチキンスープを掬《すく》った。

最初に死体を見たときは、ショックのあまりこのまま一生食事ができなくなるような気さえしていたが、スープはきちんと喉を通っていく。すぐ近くに死体が転がっていても、平気で生活できるようになってしまった。

九城が言った。

「伊志田さんと加蘭さんは今日、何してた？」

加蘭は黙ったままだった。伊志田が「ほとんど部屋にいました」と素っ気なく返答する。

「そっか。夜はどうするの？」

「蘭子と一緒に寝ます。わたしの部屋で」

「凄いな、信頼し合ってるんだ。どうしてお互いが犯人じゃないという確信を持てるんだい？」

「友だちだからです」

「樋藤くんや浦井くんは信じ切れないのに、加蘭さんは大丈夫なんだ。それは男友達と女友達の違いってやつなのかな」

無言で鋭い視線を向ける伊志田。昨日までとは違い、伊志田と九城の間には緊張が張り詰めていた。九城は誤魔化すように咳払いをして、「ごめん。何か楽しい話をしよう」。

無理だろ。誰もが心の中でそうぼやいたはずだが、わざわざ口に出すことはなかった。九城は私に話を振った。

「樋藤くんは就活が終わったばかりだって言ってたよな。どんな仕事に就くの？」

「普通の会社員です」

「何の会社？」

あまり覚えていない。復讐を遂げた後は死ぬつもりだったし、自分の将来に興味など湧かなかった。

思えば私は過去ばかり見つめ、未来に目を向けたことがなかった。

「九城さんは、この辺りの出身ではないんですよね」

「そうだよ」

「どうして熊本に移り住もうと思ったんですか」

「うーん、なんでだったかなぁ。都会に疲れちゃったからじゃない？」

まるで他人事《ひとごと》みたいな言い方をする。九城は血が滲むほどに爪を噛んでいた。

「でも田舎も大変だよ。プライバシーなんか一ミリもないし、適応したらしたで文句を言われる。樋藤くんは東京出身で、今は大阪だっけ。都会で生まれ育った人にはわからないだろうな」

「何か目的があってこっちにやってきたわけじゃないんですか？」

「やりたいことなんかないよ。何にも」

自分から音頭を取ったくせに、九城は楽しい会話とやらを早々に諦めてしまった。沈黙が長く続く。

乾パンを噛み砕く音に混じって、嗚咽《おえつ》を聞いた。

伊志田は大粒の涙をぽたぽたとテーブルに落とし、加蘭はスプーンを置いて顔を覆っている。浦井は涙を誤魔化そうと空を見上げているせいで、眼鏡がずり落ちそうになっていた。

「やっぱりこれが目的だったのかな」

九城が呟く。誰の返事も期待していないような、小さな声だった。

「一人ずつ殺して、生き残ったみんなを精神的に追い詰めていくのが」

私はこの状況を喜んでいるのだろうか。自分でもよくわからない。

六人の苦しむ顔が見たかった。悶《もだ》え、涙を流し、赦《ゆる》しを乞いながら死に向かっていく彼らの姿を目に焼き付けることさえできれば、ひとかけらの後悔もなく死ねると思っていた。

犯人は今、当初の私の計画よりもよっぽど手酷《てひど》く彼らを痛めつけている。もしも一連の事件の犯人が私だったとしたら、嘆き悲しむ伊志田たちを目の前に手放しで喜べていただろうか。

伊志田のアリバイは証明できるのだから、加蘭と浦井のどちらかが犯人で間違いないはずだ。しかしどちらも疲弊し、悲しみに打ちひしがれていて、到底殺人犯には見えなかった。まるで「犯人」という名前の非現実的な存在がこの海上コテージに跋扈《ばっこ》していて、全員が被害者なんじゃないかと思えるくらいに。

伊志田のしゃくり上げる声が一際大きく響いたとき、何の前触れもなくメロディックなアコースティックギターの音がテラスにこだまして、皆が反射的に頭を仰《の》け反《ぞ》らせた。

視線を彷徨《さまよ》わせて音の出処を探していると、テーブルにそっと置かれた浦井のスマートフォンが目に留まる。スマホのスピーカーから耳馴染みのあるイントロが流れ出していた。

「電波は届いていないんじゃなかったのか？」

尋ねると、浦井が応じる。

「もちろんオフラインや。これは俺が適当にダウンロードして聴いてたやつ」

浦井が唐突に流し始めたのは、竹内が好きなスリーピースバンドの曲だった。以前大石と一緒に竹内の家に泊まったとき「ぜひ聴いてくれ」と頼まれて、動画サイトでミュージックビデオを観《み》た。音楽には疎いが、明るくていい曲だなと思ったのを朧《おぼろ》げに覚えている。

「なんで今？」と伊志田。

「気分転換っていうか……みんなが嫌なら切るけど」

停止ボタンをタップしようとする浦井を、加蘭が止める。

「いい。そのままにしといて」

浦井なりの気遣いだろう。無理に会話を試みるよりは、黙って流行《はや》りの曲を聴いていた方が気も紛れるかもしれない。明るいポップロックに身を委ねるようにして目を瞑っていると、すすり泣きの声は次第に引いていった。

四曲ほど流してから、浦井はスマホをテーブルに置いたまま席を立った。

「どこに行くんだ」

「部屋に戻る」

「なんで」

「なんでもなにも、船が来るまであと四日もある。それまで全員部屋に籠るべきやと思う。みんなで顔を突き合わせるのはこれで最後にして、後は誰がドアをノックしても開けないようにすればいい」

私は浦井の行く手に立ち塞がった。左脚がずきりと痛み、視界がぐらりと揺れる。足元をふらつかせると、浦井は咄嗟に私を支えた。

「船が来るまで皆で固まって過ごそう。頼む」

「殺人犯と一緒に過ごすのは嫌やって言うて、最初に海に飛び込んだのはお前やろ。今更固まって過ごそうなんて言われてもな。大石と竹内が遺体を見つけたせいで殺されたんなら、遺体を発見せんように部屋に閉じこもればいいだけやろ」

「そうやって俺たちをバラバラにすることこそが犯人の真の目的なんだ」

浦井は胡乱な目つきをこちらに向ける。皆の視線が痛いほど肌に刺さっていた。

「気づいてないのか？　第一発見者が連続して殺されているという単なる事実が、『遺体を発見さえしなければ殺されずに済む』という願望にすり替わってるぞ。部屋で大人しくしておけば襲われないなんて、誰が決めた？　犯人は俺たちを恐怖で支配することによって、遺体の発見や情報の共有が遅れるよう仕向けているんだ」

根拠など何もないが、言葉にするうちに確信した。私たちのコミュニケーションを阻害し、遺体の発見を防ぐことを目的として、犯人は第一発見者ばかりを狙うのだ。対処するには一晩中、否、ひと時も離れずに互いを監視するしかない。今、私たちが必要としているのは話し合いの場だ。

「じゃあ次の遺体は、お前が見つけてくれ」

浦井は私の肩を押《お》し退《の》けた。左脚の怪我を気にしてか、随分と手加減して。

持ち主が去り、浦井のスマートフォンだけが音楽を鳴らし続けている。バッテリー残量を示す右上のアイコンには、残り二十パーセントと表示されていた。

八月七日　七時十五分

「僕はいつも二択を外すんだ」

忙《せわ》しなく視線を周囲に走らせつつ、九城が言った。

「試験の話ですか」

「試験もそうだし、人生の岐路に立たされたときも。だからきっと、こっちの道はハズレだ」

よくもこんなときにぺらぺらと口を動かせるな。抗議の意を込めて見つめると、

「軽口くらい叩かせてくれよ。僕だって大分参ってるんだ」

夏の朝日が地面に濃い影を作っていた。昨夜はずっと曇っていたが、ようやく分厚い雲の隙間から陽の光が差すようになった。

今朝六時五十分頃、いつものごとく眠れず天井を見つめていると、浦井が私の部屋を訪ねてきた。昨晩の口論を忘れたわけでもないだろうに、どういう風の吹き回しだろうかと困惑した。浦井は「加蘭が……」と言ったきり、陸に打ち揚げられた魚のようにしばらく口を開け閉めしていた。

――加蘭がいなくなったらしい。一緒に探してくれ。

伊志田の部屋で一緒に寝ていたはずの加蘭は、伊志田がほんの少し眠っている間に姿を消していた。加蘭に割り当てられていた七号室は施錠もされておらず、空っぽ。橋本、大石、竹内の部屋までくまなく調べてみたが、遺体がベッドに寝ているだけで人影はなかった。

コテージに姿が見当たらないとなれば、行先は徒島しかない。二手に分かれて島の遊歩道を捜索することとなり、伊志田と浦井が右手の林道を、私と九城が左手の護岸道路を選んだ。

「加蘭は死んでるんでしょうか」

尋ねると、九城は抑揚のない口調で言った。

「さあ。樋藤くんは生きててほしい？」

「どういう意味ですか」

「それは君が……」

言いかけて、九城は突然大きくバランスを崩した。アスファルトのひび割れに躓《つまず》いたようだ。咄嗟に支えようとするも間に合わず、上半身から地面に倒れ込む。腹を打ちつけた九城は「痛《い》ってぇ！」と叫び、忌々しそうに舌打ちをした。それほど激しい転び方をしたわけでもないのに、大袈裟だ。

「大丈夫ですか？」

九城に手を差し伸べたところで、背後から慌ただしい足音が聞こえてきた。振り返れば、浦井とともに林道に向かっていたはずの伊志田が一直線に走ってくる。苦痛と悲哀に満ちたその面差しが全てを物語っていた。

「見つかったか？」

伊志田は頭を垂れるようにして頷く。「浦井が見つけてくれた」

九城は痛めた脇腹に手を当てながら、伊志田に聞こえぬよう小声で囁いた。

「ほら、ハズレだった」

第一発見者にならずに済んだのだから、ある意味当たりだろう。

私たちは伊志田の後に続いて護岸道路を引き返していった。林道を進んでいくと、ものの数分で例の電話ボックスが見えてくる。さらにその十メートルほど先に浦井の後ろ姿があった。

「こっちや」浦井は私たちを手招く。

遺体は人目を避けるように遊歩道脇の林に隠されていたという。危うく通り過ぎるところだったが、木々の隙間から突き出た足を浦井が発見した。

木漏れ日が降り注ぐ茂みに、加蘭が使っていたランタンが落ちている。それに向かって手を伸ばすような姿勢で、下草に埋もれた人影があった。——加蘭だ。息をしていない。

加蘭は横向きに倒れ伏し、左半身を土で汚していた。右側頭部から流れ出た血液が頬にまで滴っているが、頭の傷自体はそれほど深くない。加蘭を死に至らしめたのは恐らく、首筋に残る切創だ。右耳の下から鎖骨にかけて鋭い刃物で切りつけられている。頸動脈《けいどうみゃく》が裂けたのだろう、噴出した血でブラウスが真っ赤に染まっていた。

コテージの包丁は——包丁はおろか皿やコップの類まで、刃物として使用できそうなものは全て捨てたはずだった。私が未だ毒入りジュースを手放していないように、犯人はずっと凶器を隠し持っていたのだろうか。しかし大石と竹内の舌の断面は、まるで無理やり引きちぎったかのように不規則に破壊されていて、刃物を使用して切断されたようには見えなかった。どうして加蘭を殺害するときだけ、刃物を持ち出したのだろう。

加蘭の遺体の状態は、これまでの三人とかけ離れていた。血塗れであることに目を瞑れば、割と穏やかな死に顔をしているのだ。顔面は潰されていない。口腔内を確認してみれば、舌は綺麗に切り離されている。やはり鋭利な刃物が使われたのだ。

遺体の傍らにしゃがみ込んでいた九城が、ふいと顔を上げた。

「加蘭さんを発見したのは浦井くんなんだよな？」

浦井は乾いた笑みを浮かべる。

「次は俺ってことですね」

橋本の部屋に一番に踏み込んだ大石が死に、次に大石の遺体を見つけた竹内が、そして竹内の遺体を見つけた加蘭が死んだ。二度あることは三度ある。偶発的事象の域を超え、もはや第一発見者が標的であることは明白だった。

「伊志田さん、写真を」

九城が言い終わる前に、伊志田が言葉を被せた。

「そんなことより、蘭子をコテージに連れて帰ります」

「落ち着きなよ。加蘭さんのためにも、まずは証拠を残さないと」

「充電がもうなくなったんですよ！」

ほとんど悲鳴のような声を浴びせ、スマホを足元に投げつける。加蘭の死を受け入れられないようで、伊志田はかつてないほど取り乱していた。

浦井と私とで加蘭を担ぎ上げ、コテージへと運ぶ。小柄だが筋肉質な加蘭の遺体は、ずっしりと重い。遺体をベッドに下ろしたときには、私たちは血と泥に塗れていた。昨日の雨で島の地面がぬかるんでいたらしく、加蘭の靴が汚れていたのだ。

伊志田の哀哭《あいこく》の声が七号室に響き渡る。

「蘭子、蘭子。ごめんね、結ちゃん」

加蘭結子を縮めて、蘭子。最近になって大石が「蘭子先輩」と呼び始め、以降そのニックネームが定着したが、そういえば出会った当初、伊志田は加蘭のことを「結ちゃん」と呼んでいた。

「ごめんね、結ちゃん」

頼むから、今すぐ泣くのをやめてくれ。私は耳を塞いだまま、足に根が生えたかのようにその場から動けなくなった。

七号室の壁の木目は細かくひび割れ、埃が詰まっている。今まで気づかずにいられたのが不思議なくらい、このコテージは薄汚れていた。

九城は遺体に縋《すが》りつく伊志田に歩み寄ると、彼女の肩に手を置いた。

「昨夜、伊志田さんは加蘭さんとずっと一緒にいたんだよな？　それなのに殺されてるってことは、加蘭さんは君の目を盗んで部屋を出て行った、もしくは犯人によって外におびき出されたんだ。違う？」

口を噤んだままの彼女に、なおも問う。

「眠っている間、何か物音はしなかった？　本当に、何にも気づかなかったのかい？」

「やめてくれませんか」

気づけば私は九城の手首を摑んでいた。

「伊志田だって混乱してるんですよ。そんなことを訊くのは酷です」

「訊かなきゃ犯人はわからないよ」

「今はやめてやってください」

「そうか。それもそうだな」

敵意がないことを示すかのように、九城はぱっと手を顔の横に広げて笑う。

「僕の配慮が足りなかったよ。ごめんね、伊志田さん」

彼はやはり紀田さんによく似ている。特に今の笑顔は、嫌味や皮肉を織り交ぜて相手の反応を楽しむときのあの人にそっくりだった。

＊

加蘭をベッドに安置した私たちはテラスに出ると、テーブルを囲んで遺体発見までの出来事を整理することにした。ウッドテラスには腐敗臭が漂っている。一日目から放置され続けていた遺体が腐り始めていた。

伊志田の証言によると、昨晩彼女は、見張り役を立てようと加蘭に持ちかけた。加蘭がそれを了承したので、二時間ずつ交替で眠ることになったという。二十二時から二十四時の間は加蘭がベッドを使った。二十四時から午前二時の間は伊志田が、午前二時から午前四時の間は加蘭が、午前四時から午前六時の間は伊志田が睡眠を取る予定だった。

加蘭は午前四時まで、確かに伊志田の部屋——六号室で眠っていて、見張り役の伊志田は傍でそれを見守っていたらしい。伊志田はそれから加蘭と交替でベッドに入ったが、次に起きたのは六時半だった。六時には加蘭が起こしてくれる約束だったのに、伊志田の目を覚ましたのは誰かが六号室の扉を叩く音だった。

——蘭子、伊志田、生きてるか？

聞こえてきたのは浦井の声だ。安否確認のためかモーニングコールのつもりか、浦井がドアの向こうで喚《わめ》いている。飛び起きると、部屋に加蘭の姿がなかった。慌ててテラスに出た伊志田は浦井に状況を伝え、捜索が始まった。

「なるほどね。じゃあ加蘭さんの死亡推定時刻は、大体今朝の四時から六時半の間か。伊志田さんの証言を信じるならね」

九城の意味深長な発言に、伊志田は不安を掻き立てられたようだった。

「わたしを疑ってるんですか？」

「一晩中べったりだったんだから、状況的には伊志田さんが一番クロに近いと思う。でも僕は、だからこそ伊志田さんを容疑者から外したい」

「なんで」

「加蘭さんの靴は泥で汚れていた。犯人から逃れようとして、島の中を必死で走ったからだ。もしも伊志田さんが犯人なら逃げられるようなヘマはしないさ。島へと追い込むまでもなく、不意を突いて殺せるタイミングがいくらでもあったはずだ」

「それなら犯人は、どうやってわたしの目を掻い潜《くぐ》って蘭子を部屋の外へと連れ出したんでしょうか」

「そこが問題なんだよな」

一緒にいる伊志田が目を覚ましてしまうので、テラスから「加蘭、出てきてくれ」などと呼びかけるわけにもいかないだろう。

「加蘭が自分の意志で外に出た可能性は？」と口を出すと、九城は頭を掻きむしりながら唸る。

「危険を冒して出歩く理由がない。でも、そうだな……加蘭さんが自分の意志で抜け出すように仕向けることはできたかもしれない。部屋の中にいることに対して恐怖感を抱かせればいいんだ。たとえば加蘭さんが重度の虫嫌いだったと仮定して、蜘蛛かゴキブリでも仕込めば六号室から追い出すことができる」

浦井が力なく首を振った。

「蘭子が苦手とするものが思いつきません。少なくとも、千晶の元を離れたくなるほどの異常な恐怖を抱くことはないと思います」

私は向かいのベンチに座る浦井を正視する。リーダー気取りの高飛車な男は、この四日間ですっかり憔悴《しょうすい》しきっていた。

大石、竹内、加蘭と第一発見者が連続して殺害されている状況で浦井が新たな遺体を発見したのだから、素直に考えれば次のターゲットは浦井だろう。しかし消去法的には、犯人は彼でしかあり得ないのだ。伊志田と私にはアリバイがあるし、九城には動機がない。浦井は自らの容疑の濃度を薄めるため、あえて第一発見者のふりをしているのではないだろうか。

「どうして浦井は今朝、伊志田の部屋に行ったんだ？」

問いかけると、浦井は顎を引いてこちらに視線を返す。

「昨夜は皆でまとまって過ごすことに抵抗していたのに自分からテラスに出てくるなんて、どんな心境の変化があったんだ」

「千晶と蘭子のことが心配になって、ちょっと声を掛けようと思っただけや」

「本当に？　――第一発見者が殺されるのなら、遺体を発見しなくて済むよう部屋に籠っていればいい。確かそのようなことを言っていたよな。迎えの船が来るまで部屋から出ないとまで宣言していたのに」

「そりゃあ、本心から部屋の外に出たくなかったよ。でも今朝、起きて一番に自分が息をしとることを確認してほっとして、そうしたら今度はお前らのうち誰かがまた殺されてるんやないかって不安で堪らんくなったんや。友だちを心配するのがそんなにあかんことか？」

浦井は淡然と言ってのける。引き下がるしかなかった。

「樋藤は昨日、犯人が第一発見者ばかり狙うのは、みんなをバラバラにさせるためやって言うてたよな」

「ああ」

「あながち間違いでもないのかもしれん。でも、今度こそ固まって過ごすのは危ないと思う。加蘭の首を切り裂いた刃物を、犯人はまだ隠し持ってるはずやからな」

浦井の言う通り、凶器を所持した犯人の近くに留まるのは命を捨てるに等しい行為だろう。全員が一ヵ所に固まっているときに刃物を持って暴れられでもしたら、束になっても取り押さえられないかもしれない。

伊志田もか細い声で言う。

「蘭子もきっと、犯人が武器を持っていることに気づいてたんやろうね。コテージにいた方が他の皆に助けを求められるのに、それをせずに林の中へと一直線に走って距離を離すことを優先させたのは、集団でも敵わないと悟ったからなんやと思う」

話しているうちに気持ちの整理がついたのか、やがて顔を上げた伊志田は、やけに晴れ晴れとした顔つきをしていた。

「ねえ、みんなの荷物をチェックしたい」

真夏の日差しが瞬時に凍り、肋骨《ろっこつ》の間を冷たい風が通り抜けたような心地がした。動揺を悟られぬよう唾液を静かに飲み込む。明るいウッドテラスには緊張の糸が張り巡らされていた。

「犯人はずっと刃物を隠し持ってたんやろ？　一人ひとり部屋の中と荷物の中身を見せ合って、ついでにボディチェックもしよう。それで刃物や危険物が出てきたら、その人を殺そう」

目が据わっている。伊志田は本気だった。

「いいよ。それが一番手っ取り早そうだ」と軽々に了承する九城。浦井も無言で頷いた。

心臓が早鐘を打ち鳴らす。私は全身にうっすらと汗を掻いていた。

「待ってくれ。犯人は加蘭を殺した後、凶器を海に捨てているかもしれないだろう」

「でも、捨ててないかもしれない」

伊志田は極めて冷静に答える。

「後ろめたいことがないなら別にええやん。それとも樋藤、人に見せたら困るものでも持ってる？」

脳裏に過るのは、毒を混ぜたオレンジジュース。金庫の中に入れっぱなしの小瓶、ケーブルカッター。——皆殺しにするつもりだった。計画を中断せざるを得ない状況に追いやられても、捨てる気にならなかった。

「やっぱり、樋藤が犯人やったんやね」

その一言で頭の中が真っ白になって、一瞬口を噤んでしまったのがまずかった。気づけば針のように鋭い視線が私一人に注がれていた。

「ふざけてるのか」

「こんなときに笑えない冗談言うと思う？」

一座を見回すが助け舟は出ない。

「ね、隠し事はなしにしよう。お互いに。わたしたちずっと樋藤に隠し事しとったんよ。今から打ち明けるから、樋藤も教えてよ」

「待て千晶、言うな！」

浦井が焦って腰を浮かすが、伊志田はそれを黙殺した。

「わたしたち、人を殴ったり蹴ったりしたことがある」

一瞬の静寂の後、浦井は「ああ……」と喉から変な息を漏らす。

ぎゅっと握り締めていた拳から、急速に力が抜けていった。

*

「亮馬から勧められて高校のとき一度だけ、みんなでＬＳＤ、いわゆる幻覚剤っていうやつをやったことがある」

そう言う彼女の口調は、存外朗らかなものだった。

「罪の重さを順番に並べるとしたら、亮馬の次に悪いのはわたしやと思う。浦井や蘭子は躊躇してたのに、わたしが『やってみよう』って言ったんやもん。放課後の教室で錠剤を飲んでハイになって、わたしたちは近所の商店街のシャッター通りに行き着いた。竹内が花火をやりたいって言い出したから、みんなで店に火をつけて。わたしはそのあたりで頭が冷え始めてたけど、みんなゲラゲラ笑ってるからつられて騒ぎ続けた」

伊志田は息継ぎをするかのように、短い深呼吸をする。私は今にも口から溢れ出そうな言葉をぐっと飲み込んだ。

「ああいう薬やっとるときって、妙に周囲の音が響いて聞こえるんよ。それで蘭子が、後ろの路地で何か物音がしたことに気づいた。振り返ると、別の高校のブレザー着た男の子が携帯でわたしたちを隠し撮りしてた。亮馬がその子を路地から引っ張り出して、殴った」

加害者本人の口から語られるあの日の出来事は生々しい実感を伴っていて、怒りよりも先に、当時の記憶が幻影となって瞼の上に浮かび上がってきた。

紀田陽平は高校時代の一つ上の先輩で、学生寮のルームメイトだった。

二〇一五年七月十六日、その日は部の活動日誌の記録係と掃除当番が重なっていたため、私は部室に居残って雑務を片付けることにした。「先に帰寮してください」と告げると、紀田さんは「好きな漫画の新刊が発売されたから本屋に行く」とか言っていた。

私が学生寮に着いても紀田さんはまだ帰っていなかった。どこかで道草を食っているのだろうと、最初のうちは気にも留めなかったが、消灯時間間近になっても送信したメッセージに既読が付かず、寮長に報告した。

電話をかけたが、呼び出し音が鳴るばかりで紀田さんが応じる気配はなかった。事故に巻き込まれたのではないだろうかと心配だった。暗い部屋で何度も何度も電話をかけ直した。

二十三時を過ぎて、病院と警察から連絡があった。

事件から二週間が経って、部の友人たちと見舞いに行った。痣と切り傷だらけの顔を一目見れば、誰も何も喋れなくなった。紀田さんも、一言も喋らなかった。

発見時、紀田さんは舌可動部の三分の二を完全に切断されていたと聞いている。病院に運ばれてすぐに断端吻合《ふんごう》が行われたが、術後壊死《えし》が広がったため、舌尖《ぜっせん》部を切除されて構音障害が残った——言葉をはっきりと発音するのが難しくなったのだ。強い精神的ショックを受けたせいか紀田さんはリハビリに消極的で、家族や友人の前でも決して話そうとはしなかった。

きっと恐くて苦しくて、心細くて堪らなかっただろう。彼が受けた壮絶な痛みを、私は想像することすらできない。

うるさいくらいよく喋る人だった。厳しいメニューを課されるとマシンガンのように不平不満を並べ立てるから、監督から「誰かあいつの口を縫い付けろ」と言われていたくらいだったのに。

彼は書店に寄った帰り道で放火の現場に遭遇し、通報しようとスマートフォンを構えたところを襲われたのだ。事件について知れば知るほど、私は猛烈な憎悪を募らせていった。

伊志田は言った。

「恐くなって逃げたけど、次の日にみんなで自首したよ。亮馬が『俺が一人でやったことにしろ』って言うから、ほとんどの罪を亮馬一人に被せた。警察には『亮馬に脅されてついていっただけで、わたしたちはほとんど手を出してません』って言った。薬物を使ったことは黙ってたからバレんかった。亮馬は少年院に送致されたけど、幇助《ほうじょ》犯で済んだわたしたちは、退学もせずに普通の学生生活を送ったの」

知っているさ、と心の中で応える。記録に残っていなくとも、私はお前らがやったことを知っている。

紀田さんが負った傷はあまりにも重く、橋本一人でやったとは到底思えなかった。橋本が保護観察中に麻薬及び向精神薬取締《とりしまり》法違反で現行犯逮捕されたときには妙に納得した。お前らが薬を使って、紀田さんを集団で囲んだことはわかりきっていた。

「罪悪感のせいかな、事件を経て仲が悪くなるどころか、わたしたちはますます絆を深めた。クラスの友だちとは別の種類の人間になってしまったような気がして、本当の自分をありのままに受け入れてくれるのはこいつらだけやって思い込むようになったの。卒業しても、別々の大学に行ったり就職したりしても、最終的につるむのはいつも同じ面子。みんなと一緒じゃないと心の底から笑えなかった。最低やろ」

正面に座る浦井の一挙手一投足が、嫌でも目に入ってくる。浦井は頭を抱えてテーブルに突っ伏していた。鼻を啜る音が聞こえるが、まさか泣いているのか。泣きたいのはこっちだ。今すぐその首根っこを摑んで、テーブルの角に目玉を打ちつけてやりたくなった。

その点伊志田は堂々としていた。人形のように澄ました顔で、腸が煮えくり返るような話を滔々と続ける。

「大学生になって、大石が樋藤をわたしたちに引き合わせたときは緊張した。正直最初は、住む世界が違う人やと思ってた。でもまっさらな新しい友だちができたのが嬉しくて、樋藤を仲間に入れたくなった。せやからみんなで約束したんよ。絶対樋藤には事件のことは黙っていようねって。この新しい友だちにはバレないようにしようねって」

伊志田の冴え冴えとした瞳がようやく私を捉える。

「でも樋藤のその顔、知ってたみたいやね」

「何の話かさっぱりわからない」

今更とぼける必要性も感じないが、長い間嘘を吐き続けた口は意思に反して勝手に動いた。

「蘭子が昔っから言うてた。樋藤はうちらに心開いてくれへんって。自分の話は全然してくれんやん。親兄弟の話とか、好きなものの話とか、趣味とか」

「話してただろ」

「じゃあ訊くけど、樋藤はサッカー好き？」

もう全てばれているのだろう。

サッカーを好きかどうかは、自分でもよくわからなくなっていた。フットサルが趣味だった父親の影響で幼少の頃からボールを蹴っていただけ、人より得意だったから何となく続けていただけ。心の底から競技に熱中していたかと訊かれれば、自信を持って応と答えることなどできない。実際、私は復讐のためにあっさりとその道を切り捨てることができた。

「昨日の夜ね、二人っきりのとき蘭子がこっそり教えてくれたんよ。井上清嗣《いのうえきよつぐ》って名前で検索かけてみたら、景公《けいこう》学園のユニフォーム着てる樋藤の画像がたくさん出てきたって。結構な強豪校でサッカーやってたんやね。しかもプロ目指せるくらい上手やったらしいやん。なんで辞めちゃったの？」

「景公学園って、あの被害者の人と一緒の……？」

私よりも先に浦井の方が驚きを露わにする。把握している情報の量には伊志田たちのグループ内でも差があるらしく、浦井は何も知らされていないようだった。

「わたしたちを殺しにきた？」

伊志田は歯を食いしばり、無理に笑顔を作ってみせる。私は覚悟を決めた。

「殺そうと思っていた。そのために大石の仕事先に潜り込んで、お前たちに近づいた」

「やっぱりそうなんや」

「だがこの島で起きた殺人は俺じゃないんだ。本当だ。荷物を見せることを渋ったのは、電話のコードを切断したケーブルカッターと、お前たちを殺すための薬を隠し持っていたからだ」

「電話のコードを切ったことは認めるんやね？」

「ああ」

「それで蘭子の首も切ったの？」

「違う！」

もどかしさに唇を噛む。科学捜査が行われればあのケーブルカッターが凶器でないことは簡単にわかるだろうが、今は証明のしようがなかった。

ずっと聞き役に徹していた九城が、初めて口を開いた。

「よくわからないけど、伊志田さんたちが昔リンチした相手が樋藤くんの身内だったってことで合ってる？」

「部活の先輩でした」

九城は呆《あき》れるほど軽い調子で、伊志田にも尋ねる。

「伊志田さんはいつそれを知った？」

「……わたしは昨日蘭子に聞いたばかりです。蘭子は、徒島に渡る前——旅行が始まる数日前に亮馬から教えてもらったと言ってました」

「はあ？」浦井が額に青筋を立てる。「亮馬はいつから知ってたんや」

「わたしに言われたって知らん。ただ、亮馬は随分前から気づいてたみたい」

「それをどうして蘭子にだけ教えた？」

「蘭子も突然そんなこと聞かされて驚いたって言うてた。ただ亮馬は、樋藤がわたしたちを殺そうとしとるなんて微塵《みじん》も疑ってなかったって。別の苗字を名乗っとるのも、東京から越してきたって嘘吐いたのも、もしかしたら特別な事情があるかもしれんから他の誰にも言うなって念を押されたんやって」

　橋本のことも加蘭のこともわからなくなった。身分を詐称した怪しい男を前に、橋本はどういうつもりで友だちごっこを続けていたのだろう。友人が次々と殺されていく中、なぜ加蘭は私の正体を暴露しなかったのだろう。

　私の内心の混乱を読み取るように、伊志田が言った。

「昨夜蘭子から樋藤の秘密を聞いたとき、わたしはそんなの嘘やと思った。わたしたちに報復するために何年も友だちのふりしてたなんて、そんなアホなことあるわけない。絶対亮馬と蘭子の勘違いやって何度も言った。でも朝起きたら蘭子まで殺されてて……わたしたちみんな、樋藤のことを信じてた。信じてたのに」

「信じるも何も、俺が毒を盛る前に橋本が殺されたんだぞ」

「そんなの証明できん。嘘吐いて電話壊したけど誰も殺してません、なんて言われたって、はいそうですかと引き下がるわけないやろ」

　伊志田はシャツの胸元をぎゅっと握りしめていた。浦井にいたっては怯えの色を隠そうともしない。九城が何を考えているのかはいまいちわからないが、今ここで各々が疑わしい人物に投票するとしたら、私が最も票を集めるのは確実だった。

　このままではきっと、私が犯人になる。

　浦井が言った。

「俺が悪かった。亮馬を止められなかった俺が全部悪かったから、樋藤、もうこれ以上人を殺すのはやめてくれ」

私が殺った前提で話が進められているが、逐一否定する気力も湧かない。

正体を暴かれ、私は焦っていた。しかし同時に、奇妙な高揚感が沸き上がってくるのを感じていた。ああ、と嘆息する。私は知ってほしかったのだ。私の恨みを、燃え盛る復讐心を、ずっとこいつらに見てほしかった。

「なあ、浦井。一度訊いてみたかったんだが、どうしてお前らは紀田さんの舌を切った？　どうしてそんな惨《むご》いことができたんだ」

「ち、違う。俺たちがあの人の舌を切ったわけやない。事故だった。わざとじゃない」

殊勝な顔をして『俺が悪かった』と言ってみたかと思えば、舌の根も乾かないうちに『事故だった』だと？　二度とふざけた口を利けないように、今すぐその舌を切り裂いてやろうか。

紀田さんが連れ込まれた空き店舗は、当時商店街の資材倉庫として利用されていた。紀田さんは激しい暴行を受け、頭部からひどく出血していた。額を流れた血が目に入ってほとんど視界が塞がった状態で、それでも彼は自分の足で逃げようとした。

紀田さんが走った先には、スチール製の大型の脚立が立てかけられていた。不運にも脚立は紀田さんの頭上に倒れてきて、彼はその衝撃で自分の舌を噛み切った。――しかし、私はそれを事故とは呼ばない。

浦井は喉から絞り出したような掠《かす》れた声で続ける。

「遺体から舌を切り取ったのは同じ目に遭わせるためか？」

「さあ、どうだろうな」

「目には目を、歯には歯をとはよく言うけどさ。なあ、やりすぎやって。何も殺すことないやろ。だって俺らはあの人を殺してないやん」

頭の中で何かがちぎれる音がした。電話コードを切断したときに聞いた音とよく似ていた。紀田さんは重傷を負ったが死にはしなかった。今も生きている。でもそうか、やっぱりその程度の認識なんだな。浦井は慌てて「そりゃ俺らが悪かったけど」と付け足すが、もう遅い。よかった、お前たちが反省の素振りすらできない馬鹿で。お陰でずっと憎み続けられる。

「目には目を、歯には歯を、か。ハムラビ法典や旧約聖書に出てくる同害報復《タリオ》というやつだな」

「え……？」浦井はそわそわと身体を前後に揺らす。

「タリオはよく復讐のスローガンみたく扱われるが、被害に対応する刑罰を規定しているだけの、ただの刑罰思想だ。加害者への報復が被害者の受けた損害と同程度に収まるよう――報復が過剰にならぬよう制限する効果もあったとも言われている。シンプルで野蛮な応報刑は嫌いじゃないが、俺は刑罰を求めているわけじゃない。お前らに個人的な復讐がしたいだけだ」

「な、何を言ってるんだよ」

「個人的な復讐ならば、罪の重さに応じて量刑に制限がかかることもない。浦井、お前の言う通りだよ。俺はやられた以上のことをやりたいんだ。自分の手で」

勢いをつけて身を乗り出し、泥のついた靴でテーブルを踏み越える。向かいのベンチに降り立つと、浦井の胸倉を摑んだ。

「口の利き方には気をつけろよ。計画を邪魔されて俺も苛《いら》ついてるんだ」

頭が沸騰し、視界が揺れる。背後から腕を掴まれた。伊志田と九城が二人がかりで私を押さえつけようとしていたが、構わず浦井の首を絞める。伊志田が悲鳴を上げた。

「もうやめよう。樋藤がわたしたちを殺したら、今度はわたしたちの家族や友だちが樋藤のこと恨む。樋藤も復讐されるんだよ。こんなことやめよう、お願いやから」

復讐行為を際限なく続けていけば、大量の人命が犠牲になる。一度手を染めてしまえば、もう二度と社会生活に回帰することはできなくなる。憎しみを増幅させるより、自分の人生を見つめ直した方が幸せになれる。そもそもあの人は、復讐など望んでいないかもしれない。——そんなことはわかっている。この行為を道徳的に正当化することなどできないと、最初からわかっている。わかっていても殺したい。私はもう、合理的な判断を下すことができない状態にあるのだ。

復讐を望むのは、人間の本能なのだから。

「お前たちの身内にそんな覚悟があるなら、別に殺されても構わないさ。血で血を洗う復讐の連鎖が始まるんだろう。本望だよ。どうせなら仲良く地獄に堕《お》ちよう」

紀田さんは死ななかった。切り落とされた舌も一部は手術でくっついた。

でも——次季のJリーグクラブへの加入が内定していたのにサッカーを辞め、高校を中退し、一言も喋らなくなった。

「なあ、一生消えない傷が残るほど殴られたことはあるか？　生きたまま舌を切られたことは？　人生を棒に振ったことはあるか？」

うるさいルームメイトが退寮して、やけに静かになった部屋でひとり、長い夜を過ごしたことはあるか。

伊志田は私の背に額を擦《こす》りつけ、「わたしたちが悪かったから」と啜り泣く。本当に、何もわかってないじゃないか。

「悪いと思っているのなら、せめて黙って死んでくれ」

*

浦井と伊志田は何やら小声で話し合った後、そそくさと逃げるようにしてそれぞれの部屋に戻っていった。きっともう部屋から出てくるつもりはないのだろう。ウッドテラスには九城と私だけが取り残された。

長い沈黙が続き、微かな呼吸の音が潮騒《しおさい》に混じって聞こえる。太陽がじりじりと首元を焦がしていたが何時間も無言で、ただベンチに座っていた。睡魔に襲われ、腹の虫が鳴き続けても座っていた。

疲れた。最初こそ犯人を見つけ出してやると意気込んでいたものの、そんな気力は失われてしまった。煙草が吸いたい。

日が傾きかけた頃、西日に目を細めた九城が数時間ぶりに口を開いた。

「どんな人だった？」

それが誰のことを指しているのかは、すぐに理解できた。

「いいＦＷでした。九城さんは、サッカーはわかりますか？」

「わりと好きな方だよ」

「彼は状況判断能力やボールテクニックに優れていて。ＣＦの陰から飛び出して攻撃する、いわゆるシャドーストライカーとして活躍していました。ラフプレーが多いのが玉に瑕《きず》でしたが」

「プレイヤーとしての評価じゃなくてさ、性格は？」

「性格は悪かった、と思います」

　遠い記憶の中のあの人を思い浮かべてみる。決して優しい先輩ではなかった。

「減らず口のせいで、部内でも部外でもよく揉め事を起こしていました。仲裁の役目がいつも俺に回ってくるので、とにかく面倒だったんです」

「やばい先輩だ。そんな人だったのに、敵を討ってあげたいんだ」

「別に紀田さんに限らず、部活の先輩ってそういうものですよね」

「おお。樋藤くんの先輩後輩観、前時代的だな」

「前時代的な環境だったのは否めませんね。監督やコーチから体罰を受けるのは当たり前でしたし、ふんぞり返った先輩たちにいびられるのにも慣れていました。今思い返せば、ブラック部活というやつだったのかもしれません。でも性格が悪いからといって、傷つけられてもいい人間なんていないでしょう」

「そっか」九城はにこりと笑った。「仲良かったんだな」

　気性が荒く横暴だったため、チームメイトからの評判はすこぶる悪かった。学生寮で相部屋になったときは正直ハズレだと思ったが、彼の一方的なお喋りを聞くのは少し楽しかった。

　仲が良かった。

「九城さんは俺が皆を殺したと思っていますか」

「タイミング的に電話を使えなくしたのは樋藤くんじゃないかなと思ってたから、妙にすっきりした感じはするけど。いやぁ、正直わからないよ」

「これだけ立派な動機を抱えていても？」

「今は動機よりも、ロジックで謎解きしたい気分なんだ」

随分と方向性が変わったものだ。当初は犯人の動機を知りたがり、グループの人間関係について根掘り葉掘り尋ねてきていたのに。

「まるで霧の中で舵を取っているみたいに、一連の事件には謎が多すぎる。なぜ橋本くんの部屋は密室だったのか。被害者たちはなぜ犯人を部屋に招き入れてしまったのか、あるいは外におびき出されてしまったのか。そして、なぜ遺体の第一発見者ばかり狙われるのか。樋藤くんの秘密がそこに加わったところで、魔法のように謎が解明されるわけじゃないだろ」

私は九城をまっすぐに見据えた。やはり三十路《みそじ》とは思えぬほど幼さの残る顔つきで、本当によく紀田さんに似ている。顔の造形も喋り方も、たぶん性格も。

「九城さんとは気が合いそうです」

「そうかい。嬉しいな」

「俺も今、論理で謎解きしたい気分なので。犯人の動機なんかどうでもいいんです」

九城は意味ありげに「へえ」と頷いてみせた。

「九城さんは俺たち全員にとって初対面の相手でした。殺人の動機という観点から鑑みれば、九城さんは絶対に犯人たり得ない。あなたを一番信頼していました」

「今は信頼してくれてないのか」

「あなたが怪しいと思っています」

九城は黙って見つめ返してくる。茫洋《ぼうよう》とした眼差《まなざ》しからは、一切の感情が読み取れなかった。

「俺と伊志田は互いの無実を知っている。だから浦井が犯人なのだと思っていました。でもよくよく考えてみれば浦井にそんな度胸はないんです。浦井の精神性は言うなれば『赤信号、みんなで渡れば怖くない』ですから」

「面白い考察だな。浦井くんが自ら進んで悪事に手を染める姿が想像できないってことか」

「ええ。だからあいつはもうじき殺されます。犯人にとって第一発見者を殺すという法則は絶対だ。浦井の遺体が発見された時点で、俺はあなたを犯人と見なします」

「じゃあ、遺体から舌が切り取られていたことについてはどう説明する？　あれは樋藤くんの先輩の事件の見立てじゃないか。仮に僕が犯人だとして、どうしてわざわざ遺体の口をこじ開けて舌を切断したんだ。君たちの過去なんて知るわけないのに」

「それは……」返す言葉がない。

「樋藤くんはさ、伊志田さんたちより僕を疑ってるのかい？　君の大好きな先輩をリンチしてのうのうと生きてる彼らより、僕の方が人殺しに相応《ふさわ》しいって本気で思ってる？」

九城の口調は変わらず穏やかだったが、奥底には明確な怒気を含んでいた。

「樋藤くんがそのつもりなら、僕はとっても傷つくな」

広漠とした海が夕陽《ゆうひ》を呑み込んでいく。上げ潮に乗じて、海上コテージにさらなる死の香りが忍び寄りつつあった。

八月八日　八時六分

　ポケットの中のスマートフォンが震える。着信相手を確認すると、画面には「大石有」と表示されていた。そして電話口の向こうから聞こえてくる声は、間違いなく大石のものだ。

『もしもし。清嗣、今大丈夫か？』

「ああ。どうした」

『明日大学休みやろ。俺も仕事休みなんやけど、よかったらちょっと買い物に付き合ってくれんかな』

「何を買うんだ？」

『今度、みんなで蘭子先輩の試合観に行くやろ？　そんときに着ていく服がない。俺、一人で服屋に入られへんからさぁ、頼むわ』

　蘭子先輩と口にするときの大石は、いつもわかりやすく弾んだ声をしている。私は呆れて言った。

「何を着たっていいだろ。どうせ加蘭からは何も見えないじゃないか」

　大石は心外だと言わんばかりに声を張り上げる。

『清嗣お前、何にもわかってへんな。蘭子先輩に見てほしいとかじゃなくて、とにかく俺が気合を入れたいんや』

「それが人にものを頼むときの態度か」

『ごめんって！　一生のお願いやから！』

堪えきれずに笑い声を上げると、突然通話が途切れた。掛け直すが一向に繋がらず、呼び出し音が延々と鳴り響く。私はいつのまにか、またあの暗い部屋の中にいた。

そうして朝八時過ぎ、絹を裂くような悲鳴を聞いて目を覚ました。女の叫び声だった。伊志田の声だ。

四号室を飛び出し、腐敗臭の漂うウッドテラスへと向かうと、ちょうど九城も管理人棟から顔を出したところだった。伊志田はすぐ隣の五号室――浦井の部屋の前で泣き崩れていた。

扉が開いている。部屋の奥には、床に倒れ込んだ浦井の姿が見えた。手足をだらんと弛緩《しかん》させ、目を薄く開いたままぴくりとも動かない。遠目から見てもわかるほど、頭部に惨たらしい傷を負っている。呼吸の有無を確認するまでもなかった。

扉を閉め、伊志田の隣に膝をつく。喘《あえ》ぐように荒い息を繰り返す彼女の背中を擦《さす》りながら、私は漠然とした違和感を覚えた。変な臭いが――何かが焼け焦げたような臭いが鼻をつく。足元に目を向けると、五号室の玄関ポーチに黒い煤《すす》のような汚れが付着していた。何かの燃えかすだろうか。

五号室の扉の前で、紙だか木だかが燃やされたのだ。恐らく犯人の仕業だろうが、疑問は残る。一日目の夜、私たちはコテージから武器を排除した。ガスボンベもガスマッチも危険物と見なして捨てたのに、どうやって火を点けたのだろう。

遅れて九城も傍に寄ってきた。「伊志田さん、怪我はない？」

優しい顔をして手を差し伸べる。私は伊志田の前に立ち塞がり、その手を振り払った。

「こいつに近づくな」

精一杯ねめつければ、九城は両手を軽く上げてひらひらと振ってみせる。敵意がないことをアピールしているつもりだろうが、小馬鹿にされているようにしか感じなかった。

油断してはいけない。浦井が死んだ。伊志田と私は犯人ではない。ならば答えは自《おの》ずと決まる。

——こいつが犯人だ。

九城を取り押さえようと一歩足を踏み出したとき、つんのめるような感覚を覚えた。床に蹲った伊志田がズボンの裾を引っ張っていた。

「ごめんなさい。殺さないでください」

伊志田は私の右脚に縋りつくようにして、涙ながらに深く頭を下げた。私は泡を食って彼女を引き剝がそうとする。

「違う、俺は犯人じゃない。よく考えてくれ。俺たちにはアリバイがあっただろう」

伊志田は返事をしなかった。代わりに九城が不思議そうな顔をする。「アリバイ？」

「ああ。あなたには黙っていたが、竹内が殺された夜、俺たちにはアリバイがあった」

竹内は五日の二十時半頃、浦井の部屋を訪ねていた。生きている竹内の姿が目撃——ドア越しに会話しただけなので正確には目撃とまでは言えないだろうが——されてから遺体が発見されるまで、私はずっと伊志田と共に過ごしていたのだから、互いに無実を証明できる。

ところが九城の表情には余裕があった。

「それ何かの間違いじゃない？　なあ、伊志田さん」

伊志田と目線を合わせるようにしゃがみ込む。彼女は土下座したまま、譫言《うわごと》のように何度も呟いていた。「謝るよ、謝るから殺さないで……」

「ほら。伊志田さんは君のこと、あまり信頼できてないみたいだよ」

「しっかりしてくれ。俺に謝って何になる？　頭を上げろ！」

伊志田は私が皆を殺したと思い込み、恐慌状態に陥っていた。三日前のアリバイ証明の価値を判断できなくなっている。かく言う私も恐怖のあまり叫びだしてしまいそうだった。

「樋藤くんは僕が犯人だと言う。でも伊志田さんは樋藤くんを犯人だと思ってる。僕には犯人の見当がつかない。どうすればいいだろうな」

九城だけが落ち着き払った声をしていた。何人死んでも、この人だけは平常通りだった。

主導権を握られてはいけない、このままでは皆殺しだ。

私は深く息を吸った。

「三人で一緒に過ごそう」

服のポケットや袖、裾にさっと目を走らせる。伊志田も九城も、刃物などの凶器を隠し持っている様子はない。手を伸ばし、二人の掌《てのひら》を力強く握った。

「この状態のまま、ずっと一緒に過ごそう。一睡もせず、迎えの船が来るのを待とう」

*

三人でテーブルについてから、十一時間が経過しようとしている。暑い昼が終わって、黒く重い夜の闇が下りてきた。

東側のベンチには、伊志田と九城が隣り合って並んでいた。伊志田は私を信用せず、少しでも距離を取ろうと私の正面の位置に座りたがったのだ。

食事も睡眠も碌《ろく》に取っていない。排泄《はいせつ》欲には抗《あらが》えず、何度か交替で自室のトイレに行くことはあったが、今のところ一人が席を外している隙に残る二人の間で殺し合いが始まる、などというような事態は起こっていない。トイレに行っていた者が戻ってくる際は、何か武器になりそうなものを持ち出してはいないか、残りの二人で慎重にボディチェックした。

緊張状態は続いていたが、私たちは時折会話を交わした。主に喋るのは九城である。事件とは関係のない、とりとめのない話ばかりしていた。

「僕ね、妹が一人いるんだ」

私と伊志田は特に相槌を打たなかったが、構わず喋り続ける。

「どうしようもなくだらしのない奴で、僕とは途轍もなく相性が悪い。……でもさあ、今はすごく会いたい。家に帰りたいよ」

哀れっぽい声で嘆き、爪をガリガリと嚙む。私は自分自身に、油断するなと何度も言い聞かせていた。

アウトドアテーブルの天板には、伊志田と九城の懐中電灯が置いてあった。ランタン式のライトは周辺を明るくする分には便利だが、光の範囲が狭いため、まるでこのテーブルだけが海に浮かんでいるかのように錯覚させられる。

私の懐中電灯が水没して使えなくなったあの日——遺体を発見した直後、焦燥のあまり激流を泳ごうとした日のことが、遥か遠くに感じられる。無意識のうちに、私はコテージに打ち寄せる濤声《とうせい》に耳を澄ましていた。

頭の片隅に引っかかっていたことを一つ、思い出した。

「事件について話し合いたい。伊志田の意見を聞かせてくれないか」

話しかけると、伊志田は恐る恐るといった様子で顔を上げる。

「あの手帳は持っているか？　伊志田が記録した事件のメモを見せてほしいんだ」

伊志田は小さく頭を振った。

「持ってない」

「どこにある？」

「わからない。昨日の夜、浦井に渡したから」

聞けば、昨夜私が暴れた後、伊志田と浦井はテラスで少し話を交わしたらしい。そのとき伊志田が「事件についてメモを取っている」と明かしたら、浦井が興味を持ったのだという。

「浦井に預けたままにしてたから、手帳の在処《ありか》はわからない。……探してこようか？」

浦井の部屋の方向を指差す。気遣うような、怯えるような目で私を窺っている。「自分で探す」と私が腰を浮かしかけると、伊志田はベンチから立ち上がった。

「樋藤は待ってて。わたしが取ってくる」

テーブルをぐるりと迂回《うかい》して、伊志田は五号室へと向かった。

扉が閉まり、私は九城と二人きりになった。じっとりと冷たい汗が背筋を伝う。私は心の中で何度も伊志田の名前を呼んだ。頼むから、一刻も早く戻ってきてくれ。

「伊志田さんが何を取りに行ったか、わかるかい？」

目が合うと九城は、歌うような調子で言った。

「手帳に決まってるだろう」

「賭けようか。僕は、君を殺すための道具を取りに行ったんだと思う」

少し目を離している間に、月が東の空に昇っていた。腕時計に目を落とすと日付が変わっている。

犯行声明が公開されるのは九日の午前八時。通報を受けた警察が徒島に上陸するまで、どれほどの時間がかかるだろうか。あれほど恐れていた犯行声明の公開が、今は待ち遠しくて仕方なかった。

あと八時間、何としてでも生き延びなければならない。そう胸の内で決意して、ふと疑問に思う。生き延びたとして、私は何がしたいのだろう。

どこからか湧いた雲が月を覆い隠し、コテージの明度がぐっと下がる。テーブルの上のランタンだけが光り輝き、ライトの範囲外に存在するものの全てが暗い影に呑み込まれた。

九城は頬杖をついている。薄く笑いながら私を——私の真後ろの、五号室のドアを眺めていた。

重苦しい静寂は、蝶番《ちょうつがい》の軋《きし》む音によって破られた。勢いよく振り向けば、五号室の前には伊志田が凝然と立っていた。

彼女の手に例の手帳はなく、万年筆だけがしっかりと握られている。手帳に挟んであった、あの万年筆。蓋は外され、鋭いペン先が私に向けられていた。

制止する猶予さえ与えてはくれなかった。私をしかと見据え、伊志田は走り出した。

身体が硬直して動けなくなった。否、私は動くことを放棄し、彼女の一挙一動を見つめ続けていた。握りしめた万年筆を突き出し、私の首元を狙って一直線に駆けてくる。鈍く光るペン先が眼前に迫る。しかし、想像していた痛みはいつまで経っても訪れなかった。

ベンチに座っていたはずの九城が、テーブルに乗り上がって大きく跳んだ。ランタン式懐中電灯が、知らぬ間に九城の手の中にある。彼はそれを大きく振りかぶり、天板から飛び降りると同時に伊志田の額に激しくぶつけた。

伊志田は頭を仰け反らせ、ゆっくりと仰向けに倒れていく。噴き出した血がウッドテラスに飛び散る。九城は伊志田の上に馬乗りになるとさらに数度、ランタンで彼女の頭を殴りつけた。

「やめろ！」

ようやく九城を羽交い締めにしたとき、既に彼女の額はざっくりと切れて、傷口から白い骨が覗いていた。数回変な咳《せき》をして、伊志田は死んだ。

八月九日　零時十二分

九城を押しのけ、伊志田の肩を揺さぶる。

「おい、しっかりしろ。聞こえるか。伊志田、伊志田」

返事がない。両脇の下に手を差し入れて背中を浮かせ、上半身を抱きかかえた。

額の挫傷に手を当てて溢れ出る血を抑えようとしたが、何の意味もなさなかった。息をしていない。細い首筋を撫《な》で擦《さす》っても、脈拍を確かめることはできなかった。伊志田の頭を膝に乗せたまま、私は身体から力が抜けていくのを感じていた。

九城はランタンを床に置くと、手の甲で目の周りを乱暴に拭う。派手に返り血を浴びており、擦《こす》ったせいでかえって顔全体に深紅の血が広がっていた。

九城のランタン式懐中電灯は、伊志田の頭へと叩きつけた衝撃で壊れ、光が点かなくなっていた。コテージに残った光源は、もはや伊志田のランタンだけだった。ウッドテラスを埋め尽くす暗闇の中で、たった一つの微かな明かりが九城の輪郭を妖しく照らしていた。

「どうしてこんなことができるんだ」

荒い呼吸の間でそう問うと、九城は呆れたように苦笑いを浮かべてみせる。

「そりゃあ殺すさ。今のは正当防衛だろう。というより、君が僕に殺させたんじゃないか」

「何を言ってるんだ。この、人殺し」

「人殺しに言われたくないな」

何か重大な聞き違いをしたのかと思った。今、九城は私のことを人殺しと言ったか。

「よくすっとぼけられるな。樋藤くんが犯人じゃないか」

「俺は殺してない！　俺と伊志田にはアリバイがあったんだ」

「竹内くんが殺された夜のアリバイ証明のことか。そんなの何の意味もなさない。だって樋藤くんは、竹内くんの殺害に関しては無実だからな」

「何だって？」

「全員は殺してないんだよ。樋藤くんが殺したのはたった一人、橋本くんだけだよな。橋本くんを殺せば、まるでドミノが倒れるみたいに殺しの連鎖反応が起きる。君はそれをわかってて彼を殺したんだ」

九城は足音を響かせながら、私たちに歩み寄る。

「橋本くんが死ねば、大石くんが竹内くんによって殺される。大石くんが死ねば、竹内くんが加蘭さんによって殺される。竹内くんが死ねば、加蘭さんが浦井くんによって殺される。加蘭さんが死ねば、浦井くんが伊志田さんによって殺される。そして浦井くんが死ねば、僕が伊志田さんを殺すしかない状況に追い込まれる。一連の事件の犯人は全て別人だったんだよ。しかもそれぞれの犯人は、罪を犯した直後に因果応報的に殺される仕組みになってる。よくできたシステムだ」

凄《すさ》まじい衝撃が走り、心と身体がいっぺんに打ち砕かれた気がした。「犯人が、全部別人？」

「そう。みんな一人ずつしか殺してない。殺人に触発されて、新たな殺人者が増えていっただけだ」

「違う、そんなわけない」

「しらばっくれるなぁ。じゃあ説明してあげようか。大石くんを殺した犯人が竹内くんでしかありえない理由、竹内くんを殺した犯人が加蘭さんでしかありえない理由、加蘭さんを殺した犯人が浦井くんでしかありえない理由、浦井くんを殺した犯人が伊志田さんでしかありえない理由を」

宿泊棟から漏れ出した腐敗臭と、伊志田の血の臭いが混じって淀んだ空気を醸成している。

九城は血溜まりに膝をつくと、伊志田の髪を弄ぼうとした。これ以上彼女の遺体に触れられたくない。私は九城の手を撥《は》ね退《の》け、覆い被さるようにして伊志田を抱き締めた。

「本来は時系列に沿って、君が橋本くんを殺したときの話から始めた方が簡明なんだろうけど。まずは二人目の被害者——大石くんの遺体が発見された日のことから思い出してみようか。大石くんを殺したのは、竹内くんでしかありえない」

後頭部を叩き割られ、見るも無残な最期を遂げた大石の姿が頭を掠める。

大石の遺体が二号室で発見されたのは四日前、八月五日の午前九時半頃のことだった。遺体の第一発見者は竹内で、死亡推定時刻の幅は五日一時半から九時半までと非常に広く、アリバイを証明できた者は一人もいない。凶器は大石自身がテラスのアウトドアテーブルに置き忘れていたと見られる、ステンレス製の水筒だった。

「大石くんの部屋は、まるで犯人と揉み合ったかのように酷く荒らされていた。そのせいで僕たちは、『きっと大石くんは、夜中に訪ねてきた犯人を自ら部屋に招き入れてしまったんだろう』と思い込んでいた」

何を思ったか、九城はいきなり目の前のベンチを蹴り飛ばす。ベンチは凄まじい音を立てながら横倒しになり、私は脊髄反射で頭を庇った。

「もし本当に犯人と大石くんとが乱闘を繰り広げていたのなら、大石くんの部屋からは相当大きな音がしたはずだ。こんなふうに、コテージ中に響き渡ったっておかしくない。しかし、誰も何も聞こえなかったと言う。おかしな話だ。

大石くんの後頭部には大きな挫傷があった。背後から見事な一撃を食らわされたようで、やはり取っ組み合いを演じたような印象は受けない。頭蓋骨が陥没するほどの挫傷を負ったわりに、壁や床にあまり血痕が残っていなかったというのも不思議だ。つまるところ、二号室は殺害現場ではなかったんだ。

　大石くんは犯人を二号室に招き入れたんじゃなく、自ら犯人の部屋まで出向いていたんだよ。殺人事件が発生した夜、心細くなった大石くんが友人の部屋を訪ねたとしても全く不自然じゃない、とでも言っておこうか。犯人は大石くんを殺した後、自室が殺害現場であることを隠すために遺体を二号室へと運び、わざと室内を荒らしてさもそこが現場であるかのように見せかけた。では、本当の殺害現場はどこか。皮肉なことにも、その事実は犯人が殺害されることによって明るみに出た。

　大石くんの遺体が発見された翌日、三号室で竹内くんの遺体が見つかった。僕と樋藤くんの二人で遺品を調べたとき、竹内くんのリュックから血の付いたタオルが出てきたよな。思えばあれは大石くんの血だったんだ。竹内くんは自室に残ってしまった血痕を拭きとる際にあのタオルを使ったんだよ。――大石くんの死を一番に知らせた竹内くんは、実際には何食わぬ顔して第一発見者のふりをした犯人だった」

　九城は口をへの字に曲げ、わざとらしく悲しみの表情を作る。私の狼狽ぶりを面白がっているのだ。

「次は三人目の被害者――竹内くんの殺害について。竹内くんを殺したのは、加蘭さんでしかありえない」

　竹内の遺体が発見されたのは三日前、八月六日の午前三時二十五分のことだった。第一発見者は加蘭。竹内は前日の二十時半頃に浦井のもとを訪れていたため、五日の二十時半から翌三時二十五分までの間に殺害されたと見られている。それゆえ、五日の二十時から片時も離れずにいた私と伊志田は互いのアリバイを証明できたのだ。

「竹内くん殺害事件において犯人が選んだ凶器は、島で簡単に拾えそうな石だった。コテージ中の危険物が処分されていたとはいえ、人殺しの道具に石ころを選ぶなんて、あまりにもお粗末じゃないか？　僕が犯人だとしたら、各部屋のコーナーラックに備わっていた置時計を使うだろうな。ラックの位置が高いせいで僕でも背伸びをしなきゃ手に取れないが、あれは武器狩りの憂き目に遭わなかった。――普通の背丈の人間なら、少し背伸びをすれば簡単に届く位置に置かれていた置時計が使われず、ただの石ころが凶器に選ばれた。つまり竹内くんを殺した犯人は背が低かったんだ。ここまで言えば、加蘭さんだとわかるだろ？」

　絶妙に高い位置に設えられたコーナーラックを見て、背の低い人間だと埃を掃うのも難しそうだ、などと考えたことを思い出す。比較的長身の者が多い私たちの中では、背伸びをしてもあのコーナーラックに手が届かないのは加蘭くらいだろう。

「待て。竹内の遺体が発見される前日、あいつは加蘭と激しく言い争っていた。犯人が加蘭だと仮定すると、竹内は口論の直後に自ら加蘭を部屋に招き入れたことになる。無理があるだろう」

「そもそも竹内くんが大石くんを殺してるんだ。二件の殺人のうち一件は自分でやってるんだから、彼の警戒心は僕らの想像よりずっと薄かったのかもしれない。大方、か弱い女性一人に殺られっこないと見くびっていたんだろうな。それか、加蘭さんが色仕掛けでもしたか」

「いちいち人を侮辱しないと喋れないのか？」

「そんなに怖い顔しないでくれよ。とにかく、竹内くんの死を一番に知らせた加蘭さんは、実際には何食わぬ顔して第一発見者のふりをした犯人だったというわけさ。次に四人目の被害者――その加蘭さんの殺害について。加蘭さんを殺したのは、浦井くんでしかありえない」

　加蘭の遺体が発見されたのは二日前、八月七日の午前七時二十分頃のことだった。第一発見者は浦井で、死亡推定時刻は七日四時から六時半までの間。加蘭は一晩中伊志田と同じ部屋で過ごしていたため、外から加蘭のみに呼びかけることは困難であり、犯人はどうやって加蘭を部屋の外へとおびき出したのか、という疑問が付き纏っていた。

「樋藤くんは、加蘭さんの腕の傷に気づいてたかい？」

「右腕の引っ掻き傷のことか？」

　六日の午前中のこと。竹内の遺品の調査を終えて三号室を出ると、霧雨の中、伊志田と加蘭がずぶ濡れになってテラスに立っていた。そのとき加蘭の腕に、三本の引っ掻き傷のような痕が残っているのが目に留まった。

「あれは竹内くんに引っ掻かれたために負った傷だ。前日の夜、加蘭さんは竹内くんを殺害する際に抵抗を受けたんだよ。すなわちあの時点で竹内くんの遺体の爪の間には、加蘭さんの皮膚が残っていたんだ。これは彼女にとって非常にまずい事態だった。警察による科学捜査が始まって竹内くんの遺体が調査されれば、加蘭さんの皮膚片が検出される。疑いの目は避けられなくなるだろう。だから皆が寝静まった後、遺体の指を切断する必要があった」

　はっと息を呑んだ。九城の推理が正しければ、犯人が苦心して加蘭をおびき出そうとする必要などない。皆が寝静まった頃、竹内の指を切断するために外へと出てくるであろう加蘭を、テラスで待ち伏せするだけでよかったのだ。

「ドアの陰に隠れていた犯人は暗闇の中、部屋から出てきた加蘭さんの側頭部を何らかの鈍器で殴りつけた。けれど致命傷を与えることができず、取り逃がしてしまう。島の方向へと逃げていった加蘭さんを慌てて追いかけて、林の中でとどめを刺した。加蘭さんの死因は恐らく、鋭利な刃物で頸部《けいぶ》を切りつけられたことによる失血死だ。

さて、コテージに置いてあった包丁は全て捨てたはずだったのに、犯人はどうやって刃物を用意したんだろう。陶器やガラスの破片を使えば刃物に似た切れ味になりそうなものだけど、コテージに置かれていた皿やコップはどれも捨てられてしまっていた。でも一つだけ、僕たちが確認しなかったガラス製品が存在するんだ。何だと思う？」

野の花を抱えた浦井の姿が頭に浮かんだ。

――花くらい供えさせてくれ。

あいつは友人想いの奴だった。竹内が死んだときには使えなくなったモバイルバッテリーを形見と称して貰《もら》い受《う》け、橋本には花を供えたがっていた。

浦井が駅で買った、赤いジュースの入った瓶。

「……熊本スイカサイダー」

「正解。浦井くんは島にサイダーの瓶を持ち込んでいたよな。橋本くんが死んだ夜、花を供えたいと言ってあれを花瓶代わりにしていた。僕たちはあの瓶の存在をすっかり忘れていたんだ」

私の短絡的な想像の中で浦井は、花を床に投げ捨ててサイダー瓶を叩き割り、それを鋭利な刃物の代わりに構えていた。私は激しく頭を振る。

「あれが凶器に使われていたとしても、浦井が犯人である証明にはならない。俺だって一号室に瓶が置かれていることを知っていた」

「もちろん、犯人を絞り込む決め手は別にある。明かりだよ。八月六日がどんな天気だったか覚えてるかい？　昼間は小雨が降っていて、夜もずっと曇っていた。月明かりのない林の中、逃げ回る加蘭さんを瓶の破片で一撃で仕留めるなんて、至難の業だと思わないか？

　遺体の傍に懐中電灯が落ちていたことから、加蘭さんが自室からテラスに出る際に自分のライトを手にしていたことがわかる。彼女は自分の足元を照らしながら転ばずに逃げることができたんだ。犯人も懐中電灯を――それも使い勝手のいいやつを持っていなければ、暗闇の中彼女に追いつくことなんてできなかったはずだ」

　九城はテラスのテーブルを指し示す。伊志田のランタン式懐中電灯が茫《ぼう》とした光を放っていた。すぐ目の前の床には九城の――伊志田の額を殴りつけるために使われたランタンも置いてある。私は伊志田を抱き締める手にまた少し力を込めた。

「見ての通り、僕と伊志田さんのはランタン式で明かりが及ぶ範囲が狭いから、遠くを走る加蘭さんを照らすのは難しい。橋本くんと竹内くんは元から懐中電灯を持参していなかったから、考慮すべきは樋藤くん、大石くん、浦井くんの懐中電灯。樋藤くんのは海に飛び込んだときに水没して使えなくなっていたし、樋藤くんを救助するために海水に浸かった大石くんにも同じことが言える。となると、残るは浦井くんだけだな」

浦井は一人だけ、ヘッドライトを持ち込んでいた。ゴムバンドの付いたそれをいそいそと頭に装着する姿を見て、橋本が噴き出していたのを覚えている。

――単三電池三本で十二時間長持ち、最高一〇〇〇ルーメンのハイパワーやぞ。

「割れたサイダー瓶の切っ先というのは心許ない凶器だけど、ヘッドライトなら両手が空くからそれなりに動けたんじゃないかな。加蘭さんの死を一番に知らせた浦井くんは、実際には何食わぬ顔して第一発見者のふりをした犯人だったんだよ」

「……そんなの、嘘だ」

「心苦しいけど、これが現実なんだよ。最後に五人目の被害者――浦井くんの殺害について。浦井くんを殺したのは、伊志田さんでしかありえない」

浦井の遺体が発見されたのは昨日、八月八日の午前八時過ぎのことだった。第一発見者は伊志田。先の四件と比較すると詳しい調査はできていないが、記憶に新しい。五号室の扉の前で何かが焼け焦げたような臭いに気づき、足元に目をやれば、玄関ポーチには何かの燃えかすのような黒い汚れが付着していた。

「浦井くんは加蘭さんを殺した張本人ではあったけれど、それ以外の殺人に関して言えば無実だ。自分以外に殺人者がいることを知っていたためか、浦井くんの周囲への警戒心は強かった。五日の二十時半頃、竹内くんが部屋を訪ねてきたときも追い返したと証言していたくらいだから、相当なものだよ。浦井くんの命を狙う犯人にとって、一番の難点は浦井くんの部屋に侵入することだった。だから犯人は、炙《あぶ》りだそうとしたんだ」

「宿泊棟を燃やしたのか」

「本当に火をつける必要はない。火災が発生したと勘違いさせるか、一酸化炭素中毒死の可能性に怯えさせることができればいい。犯人は五号室の扉の前で火を起こして煙を室内に送り込み、浦井くんが外に出てくるのを待ったんだ。

さあ、火をつけることができたのは誰だろう。アウトドア用のガスマッチは捨ててしまっていたんだから、着火装置は喫煙者のライターくらいしかない。樋藤くんが愛飲するのは加熱式煙草、つまり元よりライターを持っていない。大石くんのライターは懐中電灯と同じく救助の折に水没し、着火機能を失っていた。元ヘビースモーカーの橋本くんは禁煙中で島にライターを持ち込んでいなかった。島の中に存在する着火装置は伊志田さんのライターだけだ」

そう言うと九城は人差し指と中指を唇に押し当て、ふーっと息を吐く真似をする。煙草のジェスチャー。私は船の上での会話を、いたずらっぽく笑う伊志田を思い出していた。

――吸いたくならん？　空気が美味しすぎて、肺汚したくなってきた。

彼女は長い髪と白いワンピースを潮風に靡かせながら、ちょうど今の九城みたいなポーズを取っていた。

「浦井くんの死を一番に知らせた伊志田さんは、実際には何食わぬ顔して第一発見者のふりをした犯人だったんだよ」

九城は決然とした語調で断じた。

「一連の事件の最も大きな謎は、第一発見者ばかりが狙われ、殺されていく点だった。でも蓋を開けてみれば、複数の犯人がそれぞれ、自分の起こした事件において第一発見者のふりをしていただけだったんだ。よく『犯人は現場に戻る』って言うだろ」

大石を殺した竹内が大石の遺体を見つけ、竹内を殺した加蘭が竹内の遺体を見つけ、加蘭を殺した浦井が加蘭の遺体を見つけ、浦井を殺した伊志田が浦井の遺体を見つける。不安のあまり殺害現場に戻るのは、きっと殺人犯の習性なのだと九城は語った。傲慢な犯人は、自分が次の犠牲者になるとも知らず、不幸な第一発見者を装う。自業自得とでも言うべきなのだろうか。

　ほんの一瞬彼の推理に納得しかけてしまったが、しかし私は噛みつくように言った。

「橋本が死ねば大石が殺され、大石が死ねば竹内が殺される。まるで風が吹けば桶屋《おけや》が儲《もう》かるみたいな、そんな都合のいい話があってたまるか。各々の動機は何だ」

「動機は全部僕の推測でしかないけど。――客観的に見て、君たちのグループにおける橋本くんの影響力はなかなか大きいようだった。それは樋藤くんが一番よくわかってるだろう。五年前に彼らが起こした暴行事件の主犯は橋本くん。皆に一生消えないトラウマと後悔を植え付けたトラブルメーカーにもかかわらず、未だに仲良しグループの一員として受け入れられている。グループは彼に支配されていたと言っても過言じゃなく、そして、その支配者が死んだ。パワーバランスは劇的に変化しただろうさ。

　恐らく、元々は大石くんと竹内くんの間に何らかのトラブルがあったんじゃないかな。もしも二人が、今も橋本くんの手引きで大麻やら覚醒剤やらを摂取していたのだとしたら、ブツや情報の奪い合いで揉め事が発生していたかもしれない。橋本くんの死によってスイッチが入り、大石くんと竹内くんとで分け前の奪い合いが起こった可能性がある」

「あいつらが使ったのは幻覚剤だ。覚醒剤じゃない」

「一緒のようなもんだろ」

「橋本は依存症だったが、他の皆が薬に手を出したのは五年前の一度きりだった。邪推だ」

「そうかい？　みんな隠し事が上手だったみたいだし、樋藤くんをハブって薬物パーティーしてても納得しちゃうけどな。まあとにかく聞いてくれよ。橋本くんが死んだ夜、大石くんは竹内くんの部屋を訪ねた。さっきは『殺人事件のせいで心細くなった大石くんが自ら犯人の部屋に出向いた』というようなことを言ってみたけど、たぶん彼は竹内くんを殺しにいってたんじゃないか？　そうして、返り討ちにされたんだ。

　ところで竹内くんってお調子者というか、なんだか口が軽そうな印象を受けたんだけど、僕の分析は間違ってないだろ？　事件の捜査が始まれば、警察はグループの全員を徹底的に調べ上げる。そんなとき竹内くんは、保身のために色々と喋ってしまうかもしれない。五年前の事件のこととかね。そういうわけで橋本くんという支配者が死んだ今、抑えの利かなくなった竹内くんを黙らせる必要が出てきた。特に加蘭さんは、人気商売のお仕事をしていたんだっけ？　社会人として一定の地位を築いていた彼女にとって、口の軽い友だちは危険すぎる。だから殺した。自分の人生のためなら簡単に人を切り捨てられるタイプだったんだろう。

　浦井くんはそんな加蘭さんの冷酷さ、凶暴性に気づいていた。もしかしたらずっと前から亡き者にしたいと願っていたのかもしれないけれど、それまでの浦井くんにはわざわざリスクを背負って加蘭さんを殺すほどの度胸はなかった。樋藤くん言ってたよな、浦井くんの精神性は『赤信号、みんなで渡れば怖くない』って感じだって。既に何者かの手によって橋本・大石・竹内の三人が死んでいる。新たに遺体を作るなら——みんなで赤信号を渡るなら、このタイミングしかない。浦井くんは警察の捜査が難航することを予期して加蘭さんを殺した。

僕はちらっとしか聞いていないが、伊志田さんは浦井くんの弟と交際しているとか言ってたっけ。浦井くんの叔母さんは絶海の孤島のコテージを道楽で購入できるほどの資産家だ。叔母さんと親族になる可能性のある伊志田さんにとって、浦井くんは遺産の分配において邪魔な存在だったんじゃないか？　たくさんの友人が死んだうえ、自分でも殺人の罪を犯した浦井くんは、明らかに不安定になっていった。だから伊志田さんは殺すことにした。今殺せば浦井くんの遺体はその他多くの遺体に紛れ、連続殺人事件の被害者として扱われる。彼の弟と結婚するなら取り分は多い方がいいし、パニックに陥った浦井くんが自殺する前に殺しておかないと、死亡保険金が下りない可能性もあるだろう。

　伊志田さんが死んだ理由は……言うまでもないな。浦井くんを殺したはいいものの、今度は伊志田さん自身が恐怖に囚《とら》われてしまった。自暴自棄になって暴れ出したから、僕が殺すしかなかったんだ。正当防衛だよ。あのままじゃ樋藤くんだって無事じゃ済まなかったんだから、感謝してほしいくらいだ」

　用意された台本を読み上げるかのごとく平然と言い放つ。殺すしかなかった、だと。

「それ以上口を開くな。不愉快だ」

「もちろん今のは全部ただの憶測に過ぎない。僕はあくまで動機でなく、論理で複数犯の可能性に思い至っただけだ。彼らの殺人の動機については、樋藤くんの方が詳しいよな？　復讐のために長年彼らと友だちごっこをしていた君なら、もっと慎重にバランスを取りながらドミノを倒すことができたはずだ。橋本くんさえ殺してしまえば勝手に大崩壊してくれる、理想の連鎖殺人を作ったんだろ。だから樋藤くんは橋本くんを殺したんだ」

　九城は私の顔を覗き込むと、すぐさま言葉を繋ぐ。

「樋藤くんは、先輩が受けた仕打ちを許せなかったんだよな。ただ殺すだけじゃ足りない。彼らの偽りの友情ごと、めちゃくちゃに踏《ふ》み躙《にじ》りたかったんだ。特等席で殺し合いを見物した気分はどうだい？　少しは気が晴れたか？」

「お前の洞察力が優れてるのは認める。だが何を言ってるのかさっぱりだ。俺は橋本を殺してなんかいない」

「知ってるくせに、そこまでして僕の口から聞きたいのかい？　どうやって君が橋本くんを殺したのか」

　よいしょ、と間の抜けた掛け声とともに、先ほど蹴り飛ばしたベンチを元の位置に戻す。伊志田の亡骸《なきがら》を抱えたままの私を見下ろすようにして、九城はベンチに身を預けた。悠々と足を組むと目尻に笑い皺を作る。

「犯人はなぜ橋本くんの部屋をわざわざ密室にしたのか。犯人が樋藤くんだと仮定すると非常に楽な設問だ。みんなを恐怖に陥れるためだよ。樋藤くんの先輩は不幸にも橋本くんたちの放火現場を目撃し、暴行を受けた。殴られ蹴られ、おまけに舌を嚙み切るほどの大怪我をして、本当に酷い話じゃないか。犯人は鍵の掛かった部屋から魔法のように抜け出した——そう見せかけることによって、得体の知れない脅威が迫っているかのように錯覚させたかったんだ。みんな天罰か、怨霊の祟《たた》りのように感じたはずだ」

「方法がない」

「あるよ、密室を作る方法。樋藤くん、自分で言ってたじゃないか、『お前たちを殺すための薬を隠し持っていた』って」

「ヒ素でどうやって密室を作るんだ」

「ヒ素？　何の話だい？　あの瓶に入っていたのは濃硫酸だか水酸化ナトリウムだか知らないけど、皮膚に触れると酷いことになる危険な薬だろ？　だからわざわざクーラーボックスを持ってきたんだよな。ああいう液体は冷暗所で保管しなきゃいけないと聞いたことがある」

私は戦慄した。全く身に覚えがない。にもかかわらず、冷たいナイフを突きつけられたような、何とも薄気味の悪い感覚を喉元の辺りに覚えていた。

「橋本くんの遺体の傍にはこれみよがしに置時計が転がされていたから、僕らはてっきりあの置時計が凶器だとばかり思い込んでいた。橋本くんは容貌がわからなくなるほど顔面をぐちゃぐちゃに潰されていたけれど、あれは鈍器で何度も殴られてできた傷じゃない。薬品をかけられたせいで皮膚が爛《ただ》れていたんだ。

樋藤くんはあの夜、バーベキューを終えてみんなが解散した後、橋本くんの部屋を訪ねていった。そして橋本くんが素直にドアを開けたところで、濃硫酸をぶちまけたんだ。即時的に殺せはしないだろうが、連絡手段がなく救急搬送もできない状況下では、じわじわと死に追いやることができる。――なおも襲い掛かろうとする樋藤くんから逃れるため、橋本くんはドアを閉めて自ら鍵を掛けた。部屋に逃げ込んだ彼は苦しみのたうち回り、躓いて頭を打ち、その拍子に舌を噛み切った。

そういえば橋本くんの遺体が発見されたとき――ほら、浦井くんが遺体にしがみつこうとしたときのことだよ。樋藤くん『触るな!』って血相変えて怒ってたよな。遺体に付着したままの薬品に触れられ、殺害方法がバレるのを恐れていたんだろ」

違う、硫酸なんか持ち込んでない。そんな回りくどい手段は選ばない。私は六人にヒ素入りのジュースを振る舞い、一気に殺害するつもりだったのだ。

躍起になって頭を絞るうち、私は九城の論理に穴を見つけた。

「その推理の通りに密室が作られたのだとしたら、橋本が嚙み切った舌は口腔内に残っているはずだろう。でも殺害現場に舌の断片はなかった。俺は締め出された後、どうやってあいつの舌を持ち去ったんだ?」

九城が初めて言葉を濁した。「一号室に踏み込んだとき、君がこっそり回収したんじゃないのか?」

「じゃあ一号室で発見されたフェイクの凶器についても同じことを言うんだな? 置時計には血や肉片が付着していたが、あれも俺がこっそり現場に転がしたものだと? 衆人環視の中、血塗れの置時計を手にしたまま遺体に近づくことなんてできないだろ」

「それは……」

明らかな不機嫌さを滲ませながら、九城は顎をつんと上げる。ひとしきり頭を悩ませた後、苦し紛れに「じゃあ鍵だ」と呟いた。

「そうだ、鍵だよ!」

途端に顔を明るくする。

「一号室に踏み込んだとき、ルームキーが室内に置いてあったから僕らは密室だと疑わなかった。でも違う、あれは偽の鍵だったんだ。本物の一号室のルームキーは樋藤くんが持ち去っていたから、樋藤くんだけは一号室を自由に出入りすることができたんだ。

部屋の鍵には、それぞれの部屋番号をあしらった木製のプレートが付いていた。一号室のプレートには『1号室』、四号室のプレートには『4号室』という具合に。数字の部分は浮き彫りになっていたから、彫刻の一部を削り取れば数字を弄ることができる。橋本くんの部屋、つまり一号室の偽鍵を作るためには、『1』に変化し得る数字のプレートがあればよかったんだよ。『1』は直線が含まれる数字だから、『2』『3』『5』『6』は論外。『7』はかろうじて『1』にアレンジできなくもないけど、やっぱり厳しいだろうな。でも『4』なら、横棒と斜辺の一部を削れば『1』と読むことができる。四号室、つまり『4号室』のプレートを持つ樋藤くんにしか、偽の鍵を作ることはできなかった。ほらやっぱり、どっちにしろ君にしかできないじゃないか」

私はポケットから鍵を取り出す。プレートを弄っていないのだから、当然偽鍵なんて作れるはずがない。しかし、掌の上に載ったルームキーを目にして絶句した。数字の浮き彫りが一部欠けたそれは、ランタンの光の下で見ると確かに『1号室』とも読めた。

いつ欠けた？　海で溺れ、岩礁に激突したときか。浦井に摑みかかったときか。何かの拍子でポケットの中にあったプレートが傷つき、たまたま『1』の形に欠けてしまったのか。

それともまさか――私がやったのか？

「あの夜、樋藤くんは正面から一号室を訪ね、部屋に上がり込んだ。橋本くんの頭を殴って抵抗力を奪い、ロープで縛る。そうして顔面を置時計で何度も殴りつけ、最後に舌を切断したんだ。殺害後に自分のルームキーのプレートを弄って『1号室』の偽鍵を作り、後は本物の一号室の鍵で戸締りしておけば密室の完成だ！」

九城は口角沫《あわ》を飛ばす。言葉を重ねるうちに興奮し始めていた。

「ああそうだ、さっきは硫酸がどうのとか言ってみたけど、取り消すよ。だって、樋藤くんは絶対に自分の手で舌を切断してやりたかったはずだ。橋本くんの遺体から舌がなくなっていると知ったときのみんなの顔、きっと君を大いに満足させるものだったんじゃないか？」

「俺は殺してない！」

殺してない、殺してないはずなのに、どうしてこうも手の震えが止まらないのだ。

煙草が吸いたくて堪らなかったが、加熱式煙草は海の底にある。私は伊志田の遺体のポケットをまさぐり、百円ライターを取り出した。ところが肝心の紙煙草が、あのオレンジの匂いのする煙草が見つからない。どこだ。

苛立ち、ライターの着火レバーをカチカチと鳴らす。——火が点かなかった。

なぜだ。九城の推理によれば、この島にある火種は伊志田のライターだけではなかったのか。

はたと思い至った。どうして九城は伊志田や大石が喫煙者であること、橋本が禁煙していることを知っていたのだろう。初対面なのだから、私たちの趣味嗜好《しこう》について詳しく知るはずもない。そして記憶にある限り、誰も九城の目の前で煙草を取り出してはいない。私たちは暗黙のうちに、吸わない者の前では煙草を取り出さないよう決めていたのだ。

何か穴があるはずだ。特に硫酸のくだりは唐突で、矛盾だらけで、だからこそ言い返すことができた。密室構築に関する推理だけは、きっとその場しのぎの口から出まかせだったのだろう。

——あの瓶に入っていたのは濃硫酸だか水酸化ナトリウムだか知らないけど、皮膚に触れると酷いことになる危険な薬だろ？

何か肝心なことを思い出せそうで思い出せない。頭を抱え込んだとき、足に巻きつけられた包帯代わりのタオルが目に入った。竹内が好きなバンドのツアーグッズのタオル。結び目が緩み、隠れていたバンドのロゴが覗く。そこにプリントされていたのは、デフォルメされた人の横顔をモチーフにした、シンプルなシンボルマークだった。

たくさんの声が、記憶の中で重なり合って響いていた。路線バスの中での浦井と橋本の会話。徒島に渡る船で煙草を吸ったときの、喫煙者たちのお喋り。竹内と加蘭が言い争う声。夢の中で大石からかかってきた電話。

数々の光景が胸中に去来し、最後にぽっかりと浮かんだのは手帳をペラペラと捲る伊志田の姿だった。メモに記された伊志田の文字だけが、波立った心を鎮めてくれた。

わからないこと

一、犯人はどうやって亮馬の部屋を密室にしたのか。
二、なぜ犯人は密室を作ったのか。
三、なぜ犯人は亮馬の荷物を処分したのか。
四、なぜ亮馬は服を着替えていたのか。

環状の鉄がやがて一本の鎖を形作るように、そこら中に散らばっていた違和感が一つずつ繋がり合い、私は――俺は全てを思い出した。

「九城さん、あなたはあいつらのことを何も知らないんだったな」

付き合いだけは長いんだ。少なくともあなたよりは、あいつらのことを知っている。あなたの推理は全て間違っている。

「屁理屈《へりくつ》を捏《こ》ねるのはやめろ、俺は正気だ。俺の無実は俺自身が一番よく知ってる。連鎖殺人でもなければ壮大な復讐劇でもない。あいつらを殺した犯人はたった一人で、そしてもうここには二人の人間しか残っていない」

伊志田の遺体を腕の中から解放し、静かに床に寝かせた。立ち上がり九城を見下ろすと、自らを鼓舞するように言葉に力を込める。

「お前が犯人だ、九城。――いや、九城と呼ぶべきではないのかもしれないな」

彼の眼前に人差し指を突きつけ、「お前は一体、誰なんだ？」

問いかけた瞬間、敵意が濁流のように押し寄せてくるのを直感的に理解した。恐怖が足元から全身へと這《は》い上《あ》がってくる。九城が再びランタンに手を伸ばすと同時に、弾かれたように身体が動いた。

凄まじいスピードを伴って、何かが頬を掠める。それは背後の宿泊棟の外壁に激突し、ガチャンと激しい音を立てた。俺の頭めがけて九城がランタンを投げつけたのだ。

唯一残っていたランタンも壊れ、完全に明かりが消える。そのとき雲間から月が覗いて、コテージに僅かな明かりが差し込んだ。

死に物狂いで四号室へと逃げ込み、素早く鍵を掛ける。と、強くドアが叩かれた。重厚な扉を突き破らんばかりに、九城は何度も拳を叩きつけていた。まるでホラー映画のワンシーン。脳みそをスプーンで掻き回すような酷い眩暈に襲われながら、俺はぜえぜえと肩で息をした。

「樋藤くん」ドアの向こうで、くぐもった声が俺の名を呼ぶ。「話し合おうぜ、樋藤くん」

声色に焦りが滲んでいた。

「人殺し扱いなんて酷いじゃないか」

「たった今俺を殺そうとしたくせに、どの口が言う」

「なぁ、根拠を教えてくれよ」

「しらばっくれるなら説明してやるよ。どうやってお前が皆を殺したのか」

俺は拳を握り締め、深呼吸を繰り返す。掌中には伊志田の百円ライターがあった。

扉一枚を隔てた向こうに、殺人鬼がいる。

八月九日　二時十六分

「俺は橋本を殺していない。橋本の死によって連鎖的に他の殺人が起こったというのも嘘だ」

ドアから少し距離を取って声を張り上げる。時刻は二時十六分——犯行声明が公開されるまで、あと五時間と四十四分。時間を稼ぐのだ。救助か警察がやってくるまで、九城をこの場に引き留めておかなければならない。

「まず、大石を殺したのは竹内ではない。お前は、大石の本当の殺害現場は竹内の部屋で、竹内の荷物から発見された血のついたタオルは、彼が三号室に残った大石の血痕を拭きとるために使った証拠だと主張したな。でも違う、あのタオルについていた血は大石のものじゃなかった。俺の血だったんだ」

視線を落とし、自分の左脚を確かめる。傷口には包帯代わりのタオルが——竹内お気に入りのバンドのライブグッズであるタオルが巻き付けられている。目を覚ましたときには既にこの状態だった。

無謀にも海を渡ろうとして溺れた俺は、救助後しばらく意識を失っていたために知らなかったのだ。止血用のタオルは、恐らく今ふくらはぎに巻かれている一枚だけではなかった。リュックから出てきた血塗れのタオルもまた、竹内が応急処置の際に使ってくれたものだった。

「俺が気絶している間、竹内があのタオルを止血に使っているのを皆見ていたのだから、俺以外の全員が、あれは俺の血だと理解していたはずだ。だからお前はタオルを見つけたとき、『二人だけの秘密にしておこう』と言った。伊志田たちに確認を取った途端事実が判明してしまうから、俺が他の奴らに話を持ち掛けないようにしたんだ。

お前は最初から、最後に出《で》鱈《たら》目《め》な推理を披露するつもりだったんだろう？　だから『血の付いたタオル』という証拠品を残そうとした。俺以外の全員を殺す予定だったから、俺にしか通用しない嘘であっても構わなかったんだ」

扉の向こうで笑い声が上がった。

「血の色を見て誰のものか判断できるんだ。凄いな」

「ああ、色で判断した。あのタオルは、床についた血を拭きとったものだと主張するには綺麗すぎたからな」

伊志田と二人、部屋で過ごしていたとき、過《あやま》ってペットボトルを蹴り飛ばしたことがあった。床にこぼしたオレンジジュースを拭き取ると、ジュース自体の色よりも床の黒ずみが付着して、タオルが真っ黒になったのを覚えている。

「あのタオルには見事に血液しか付着していなかった。床に飛び散った大石の血を拭き取ったのだとしたら、床の汚れも一緒に付いているはずだろう。そんなことも理解できないと言うのなら、お前は掃除をしたことがないんだろうな」

九城は否定も肯定もしなかった。

「だが、本当の犯行現場は二号室ではなかったという推論に関しては賛同できる。宿泊棟の家具を動かすのは容易ではないし、取っ組み合いによってベッドの位置がずれるのはおかしい。あれを動かしたのは大石自身だ。

大石は臆病な奴だった。殺人鬼とともに絶海の孤島に滞在するという状況が恐ろしくて堪らなかったはずだ。あの夜、犯人の侵入を恐れた大石は、眠りにつく前に自ら椅子やテーブル、ベッドを移動させ、入口付近にバリケードを築いていたんだ。一夜明け、外の様子を見に行こうとした大石が、バリケードを中途半端に解除して部屋を出たところで殺されてしまったために、室内が荒らされているように見えたんだろう。本当の犯行現場は二号室ではなく、コテージのウッドテラスだった」

不服そうな声が返ってくる。

「せっかくバリケードを作ったのに、どうしてわざわざ外へ出た？」

「俺も似たような質問を浦井に投げかけたな。あいつは皆でまとまって過ごすことに抵抗していたくせに、自分からテラスに出てきたことがあっただろ。『どんな心境の変化があったんだ』と訊いたとき、浦井がこう答えたのを覚えているか」

——部屋の外に出たくなかったよ。でも今朝、起きて一番に自分が息をしとることを確認してほっとして、そうしたら今度はお前らのうち誰かがまた殺されてるんやないかって不安で堪らんくなったんや。友だちを心配するのがそんなにあかんことか？

「殺された奴は皆、友人のことを心配していただけだったんだ。目が覚め、自分が殺されていないことに気づき安堵する。安堵すると今度は、友人の安否が気がかりになる。だから一番に外に出る。犯人は急病人のふりでもして、テラスで倒れていたのかもしれないな。思惑通り、部屋から出てきたターゲットは犯人を心配して駆け寄ってくれた。——全ての殺人はウッドテラスで行われていたんだよ。宿泊棟が殺害現場になったことは一度もない」

　大石が後頭部に酷い挫傷を負った理由は容易に考えつく。大石は床に倒れた犯人を背負ってやろうとして、背中を見せたのだろう。そうして首尾よく殺しを終えた犯人は、大石の遺体を二号室に引きずり込んだ。

「お前は『殺人事件が続いている状況で、被害者たちが犯人を部屋に招き入れたり、のこのこと外に出て行ったりするのはおかしい』と考えたのか、様々な理由をつけようとした。竹内が加蘭を部屋に招き入れてしまったのは加蘭が色仕掛けをしたからだとか。加蘭が林の中で浦井に殺されたのは、証拠隠滅を図って部屋から出てくるところを待ち伏せされていたからだとか。浦井がコテージの外で伊志田に殺されたのは、部屋に火をつけられたからだとか。でも、そんな動機付けは必要なかった。

口では『恐いから部屋の外に出たくない』、『迎えが来るまで一人でいたい』と言っていたが、皆心の奥底では友人のことを心配していた。目が覚めて自分が死んでいないことに安堵したら、どうしたって他人が無事かどうか気になってしまう。

大石は友人を心配するあまりバリケードの外に出て、テラスで待ち構えていた犯人に殺された。その遺体の第一発見者となったのは、同じく友人を心配して外に出てきた竹内——つまり、大石の次に外に出てきた人物が第一発見者となった。その翌日、やはり目覚めてすぐに友人の安否を確認しようとした竹内は、テラスで待ち構えていた犯人に殺された。その遺体の第一発見者となったのは、同じく友人を心配して外に出てきた加蘭——つまり、竹内の次に外に出てきた人物が第一発見者となったんだ。

もう最後まで言わなくたってわかるだろう。友人想いの奴は皆の安否を確認するため、最初に部屋から出てくる。犯人はその日一番目に部屋から出てくる人間を殺していったんだ。当然、二番目に部屋から出てくる人間は、その日殺害された人物の第一発見者となる。翌日、一番目に部屋から出てきていた人間は既に殺されていなくなっているのだから、二番目に出てきていた人間すなわち前日の第一発見者が繰り上がってその日一番目に部屋から出てくる人間となり、殺される。

一連の殺人は、全て彼らが友人を想う心を利用していた。わざわざ訪ねなくともテラスに寝そべって待っているだけで、友人を心配したお人好しが勝手に部屋から出てきてくれるのだから、これを使わない手はない。要するに第一発見者というのは、お人好しがなるものなんだ」

　第一発見者を狙って殺していたわけではないのだろう。結果的に連続しただけ——犯人はただ毎日、その日一番にテラスに出てきたお人好しを殺していっただけだ。

　ごく短い静寂の後、九城は言った。

「今のは、『なぜ第一発見者ばかり殺されていったのか』という疑問に対する一つの答えでしかない。テラスで待ち構えていた人物が僕であるという証拠は？」

「おいおい説明してやるさ。まずは故人の名誉を回復する」

　大石を殺したのが竹内ではなかったように、他の奴らも殺人者ではないのだから。

「竹内を殺したのは加蘭ではない。コーナーラックの上にある置時計を無視して石ころを凶器にしたことから、犯人は背の低い人物、つまり加蘭だと主張していたが……お前は背の低い人間を何だと思っているんだ。身長が足りず棚に手が届かないのなら、椅子や机でも積み上げて踏み台にすればいいだろう。犯人が石ころを選んだのは、テラスで被害者を待ち伏せているときに、相手に違和感を抱かせないもの、かさばらないものを凶器にしたかったからだ」

　大石殺害時の凶器は水筒。大石自身がテラスのテーブルに忘れていたものであるため、テラスで待ち構えていた犯人の傍に置いてあっても不自然ではない。しかし仮に、犯人が置時計を握り締めていたらどうだろう。初日の事件を連想させる物は、被害者に警戒心を与えてしまう。凶器の選定には慎重にならざるを得なかった。

「それに、加蘭の色仕掛けは絶対に通じないんだよ。仮に加蘭が犯人だったとして、外から呼びかけても竹内は絶対に扉を開けない。加蘭が格闘技経験者——いや、現役だからな」

高校卒業を機にプロレスラー養成所に通い始めた加蘭は、二年前から東京都に本社を置く女子プロレス団体に所属していた。小柄ながら、俊敏な身のこなしと大胆かつ精巧な飛び技で人気を博す本格派レスラーで、得意技はジャンピング・ニーパッド、ミサイルキック。テコンドー経験者でもある彼女の本気の蹴りを食らえば失神する。もしくは死ぬ。運が良ければ骨折程度で済むかもしれないが。

「加蘭は竹内に疑いを向けられたとき、『わたしと大石が揉み合ったら、部屋がめちゃくちゃになる前に決着がつくと思うけど？』と応えていた。加蘭のことを何も知らないお前は『女性である加蘭が大石に敵うわけない』という意味で受け取ったんだろうが、実際は逆だ。加蘭と正面から一対一でやり合ったら誰も敵わない。驚いたか？　それともやっぱりと思ったか？」

武器狩りが行われた際、加蘭は「みんなを安心させるため」と言ってスタンガンを捨てた。その昔、厄介なファンに付き纏い被害を受けた加蘭は、路上で相手を返り討ちにして病院送りにしたことがある。警察から過剰防衛を注意されて以来、あのスタンガンを携帯していたのだ。

「そしてその加蘭を殺したのは浦井ではない。島へと逃げた加蘭を追うために、浦井が高性能のヘッドライトを使ったのだという主張だったか？　でも浦井のライトは、使える状態になかったんだ」

一気に疲れが押し寄せてきて軽く咳込んだ。こんなに口を動かしたのは久しぶりで、喉が渇いて仕方なかった。

「浦井は船の中でデジタルデトックスだとか言って、残量の少ないスマホを見せびらかしていた。モバイルバッテリーも持っていないと言っていたから、浦井のスマホは一日目の時点で充電切れになっていたはずだ。それなのに三日目の夜、皆でテラスのテーブルに座っていたとき、浦井はスマホを使って音楽を流していた。一体どうやって電気のない島でスマホを充電したのか。

　数時間遡って竹内の遺体が発見された直後、部屋に残った荷物を物色していたときのことは覚えているだろう。竹内が島に持ち込んでいた乾電池式のモバイルバッテリーを、浦井は形見分けと称して譲り受けていた。バッテリーの中の単三電池は竹内によって既に使い切られていたが、自分のヘッドライトの乾電池を代わりに挿入すれば再び充電することができる。浦井はヘッドライトの電池について、『単三電池三本で十二時間長持ち』だと言っていただろう？モバイルバッテリーに必要な型と一致する。

　浦井はヘッドライトを点けて加蘭を追いかけることなどできなかった。既にヘッドライトの乾電池はスマホの充電に置き換わっていて、その電気も皆に音楽を聴かせるために利用されていたからな」

　これだけじゃない。九城の推理には、事実を捻《ね》じ曲《ま》げるためのミスリードがまだまだあった。

「加蘭は竹内を手にかけたとき、抵抗を受けて腕を引っ掻かれたのだと言っていたな。浦井はその引っ掻き傷に気づいていたから、遺体の指を切断するために部屋から出てくるはずの彼女を待ち伏せしていたのだ、と。しかし加蘭は竹内を殺していない。あの傷は引っ掻き傷に違いないが、たぶん引っ掻いたのは竹内じゃなく伊志田だ」

九城が口を挟む。

「なんで伊志田さんが？　喧嘩でもしたのかい？」

「喧嘩じゃない。溺れそうになった伊志田が、加蘭の腕を摑んだだけだ」

「溺れたのは君じゃないか」

揶揄い混じりの言葉は無視する。

「竹内の遺体の第一発見者となった時点で、加蘭は次に狙われるのが自分であることを悟っていた。すると突然、伊志田が『加蘭のことが心配』だと言って行動を共にし始めただろう。さっきも説明したように加蘭は体力自慢だった。伊志田は、加蘭が海を渡ろうとするのを止めようとしたんだと思う」

次のターゲットが自分だと知れば、豪胆な彼女ならきっと、危険は承知のうえで海を渡ろうとする。助けを呼ぶため、友人を救うために。俺の正体に気づいていたにもかかわらず、加蘭は俺を殺そうとはせず、島から脱出する道を選ぼうとした。伊志田はそんな加蘭を止めたかったのだ。

「岸に向かって泳ぎ出してしまえば、カナヅチの伊志田には止める術がない。加蘭は伊志田の制止を振り切って海に飛び込んだ。ところが伊志田は後を追い、わざと溺れることによって加蘭をコテージへと引き返させたんだ。目論見《もくろみ》通り加蘭は伊志田を放っておけず、彼女を救出してコテージに戻った。

竹内の遺体を調べ終わって三号室を出ると雨が降っていて、伊志田と加蘭がテラスに立っていただろ。小雨だったのに、二人はまるで着衣水泳でもしたかのように全身ずぶ濡れだった。

俺が加蘭の傷について尋ねると伊志田が慌てて『木で引っ掻いた』と言い訳していたが、たぶん既に俺の秘密を加蘭から聞いていたんだろう。俺を疑っていたからこそ、加蘭が島から脱出しようとしていた事実を知られるわけにはいかないと誤魔化したんだ。——この辺りは全部俺の推測だが、お前の話よりは的を射ているはずだ」

「まあ、そんなストーリーがあってもおかしくはない。付き合いの長い樋藤くんにしかできない推理だな。ところで話を戻すけど、仮に浦井くんのライトが使えなかったのだとしても、僕のライトだって心許ないものだっただろ。ランタン式の懐中電灯では林へと逃げる加蘭さんに追いつけないよ」

「追いつく必要なんてない。お前は追われる側だったんだから」

「……は？」

「お前は大石や竹内を殺したときと同じように、テラスで倒れたふりをしていた。大石たちには『おぶってくれ』とか言っていたんだろ？　彼らが素直に背中を見せてくれたために一撃で仕留めることができたんだろうが、加蘭には違う台詞《せりふ》を使った。加蘭が怪力のプロレスラーということを知らなかったお前は、小柄な女性に『おぶってくれ』と頼むことは不自然だと判断し、『肩を貸してくれ』とでも言ったんだろう。

いくら加蘭でも真後ろから不意打ちで、しかも力一杯の打撃を食らっていたら一発でノックダウンされていたはずだ。だがお前は変な遠慮をしたせいで致命傷を与えることに失敗し、反撃に遭ったんだ」

姿を晦《くら》ました加蘭を探して護岸道路を歩いた際、九城はアスファルトの亀裂に足を引っ掛けて、腹から地面に倒れ込んだ。悲鳴を上げるほど痛がっていたが、恐らく加蘭にやられていたのだろう。

「たぶん肋骨が二、三本折れてるぞ。ここから生きて帰れたら病院に行った方がいい」

「僕が加蘭さんに蹴られて肋骨を折っていたのだとしたら、それからどうやって加蘭さんを殺したって言うんだ」

「誰も蹴られたとは言ってないが」

「ああもう、うるさいな」

「お前はランタンを頼りに、林道に向かって必死で逃げたんだ。それは林の中に起死回生の一手があったからだが——それは後で説明してやる」

　胸に強く手を当て、速まる鼓動を無理にでも抑えようとしたが、叶《かな》わなかった。今や全身が脈を打ち、耳の中では海鳴りのような轟音《ごうおん》が響いていた。

　淀んだ空気を逃がそうと、俺は四号室の窓を開ける。手元に明かりはなくとも、月明かりが海を照らしていた。

「最後に、浦井を殺したのは伊志田ではない。浦井を部屋から炙り出すために伊志田が火をつけたのだとお前は言ったが、さっき俺が伊志田のライターを弄ったとき火は点かなかった。もうなぜだかわかってるだろう。加蘭を引き止めようと海に飛び込んだことによって、ポケットの中のライターまで水没したからだ」

「伊志田さんのライターがいつ使えなくなったかなんてわからないだろ。五号室に火をつけた後、わざと自分で壊したのかもしれない。大体、加蘭さんのためにわざと溺れたっていうくだりは全部、樋藤くんの妄想じゃないか。あの焦げ跡はどう説明するんだよ」

「ライターを持ってたのは伊志田だけじゃなかった」

一拍置いて反応を待ったが、九城は口を固く閉ざしている。ドア越しでは彼の息遣いすら聞こえなかった。

「ガスマッチは捨てた。大石のライターは俺を救助する際に水没した。伊志田のライターも使えない。でもあと一人だけ、ライターを持っていたかもしれない奴がいた」

「……もしかして橋本くんのことを言ってるのかい？」

「いいや、橋本は禁煙中だった。それなのに、あの遺体からは煙草の臭いがした」

「禁煙、失敗したんじゃないのか？」

「違う」

確かに橋本は、煙草の臭いが服や身体に染みつくほどのヘビースモーカーだった。

同情するのが嫌で詳しくは調べなかったが、家庭環境が悪かったと聞いている。中学の頃からシンナーに手を出し、酒、煙草、ありとあらゆる依存症に悩まされていた。

あの頃の橋本は、親代わりになってくれていた祖母を失ったばかりで、随分と荒れていたのだという。そうして自棄《やけ》になった彼は、伊志田たちに薬物を勧めた。伊志田たちは他に慰める方法を知らず、その誘いに乗ってしまった。

しかし橋本は治療を受け、サポート団体に顔を出すようになり、友人と関わり合いながら少しずつ明るい方向へと進んでいた。亀の歩みに等しくても、進んでいる途中だった。

煙草もやめようとしていたんだよ。たぶん本気だった。

「あの遺体から煙草の臭いが漂ってきたとき、やっぱりやめられなくてこっそり吸っていたんだろうと、俺もそう思った。でも違う。あいつはちゃんと禁煙していた。一号室で発見されたあの遺体は、橋本じゃなかったんだ。——あれは徒島海上コテージの管理人、本物の九城健太郎の遺体だ。お前は本物の九城健太郎を殺した後、九城に成り代わって管理人のふりをしていたんだろ？　だから伊志田の手帳が邪魔だった。誰がどんな順番で殺されたか詳細に記述されているあのメモは、警察の捜査が始まれば偽物のお前にとって不利に働く。手帳は浦井の手に渡っていたから、浦井を殺すついでに燃やしたんだろう。本物の九城健太郎の遺体から拝借したライターを使って」

「黙って聞いてりゃ好き勝手言ってくれるなぁ。僕が九城だっつってんだろ」

「法螺《ほら》を吹くのは得意なんだろうが、その分お前は何度も口を滑らせている。なあ、なぜ伊志田たちが喫煙者だと知っているんだ？　吸わない奴らの前では煙草を出さないようにしていたのに。どうして『あの瓶』と言った？　俺は『薬を隠し持っていた』とは言ったが、それが瓶に入っているとまでは明かしていない」

　九城は——九城と呼ぶべきでないだろうが、便宜上——頑《かたく》なに認めようとしない。ならば俺が言ってやるしかないようだ。

「見てたんだろ、船の上で。お前はあのときの漁師だ」

　俺たちを徒島まで送ってくれた、漁船の持ち主。ぶかぶかの長袖のスウェットシャツを着ていて、乱れた長髪と大きなマスクのせいで年齢を判別することさえできない、酷く陰気な漁師だった。

その面影が今、九城のふりをした男とぴったり重なった。

八月九日　三時五十一分

「お前が九城健太郎を殺したのは四日の朝か、それよりも前だろう」

五日前、俺たちが船に乗せてもらうよりも前の出来事のはずだ。あの漁師と九城健太郎の関係についてはわからない。恐らくは衝動的に、彼は九城を殺してしまった。

扉を力なく叩く音と、彼の長い溜息が不明瞭に聞こえてくる。

「船での送り迎えを任されていたくらいだから、お前は九城健太郎のスケジュールを何となく知ってはいたんだろう。七人の客とともに徒島に渡り、一週間面倒を見なければならない予定だったのに、その管理人を後先考えず殺してしまった。待ちぼうけを食らった俺たちが九城の雇い主に連絡を取り、事件が発覚したらまずい。取り敢えずその場を凌《しの》ぐために、お前は『この船には人数制限があるから九城は後からくる』などと嘘を吐いて俺たちだけ先に島へ送り込むことにした。——船の上で俺たちの会話を盗み聞いていたんだろ。それで誰が喫煙者か、誰が禁煙していたのか知った。俺たちが九城の顔を知らないことも把握した。さらには、俺が島であいつらを皆殺しにしようとしていることも理解したんだ」

あのとき彼は、操舵室に預けていた俺の荷物を勝手に覗き見ていた。今後の対応について策を練るために俺たちの情報を得ようとしていたのだろう。そうしてあのクーラーボックスを調べるうちに二重底に気づき、ケーブルカッターと怪しげな小瓶が二つ、隠されているのを発見した。

クーラーボックスの中には一二〇〇ミリリットル——六人をコップ一杯で殺すために必要な分量のジュースまで入っていた。ご丁寧にも、他の飲料が入ったレジ袋とは分けてある。彼は不審に思ったはずだ。そのうえ「岸まで泳げるか」などと尋ねられたものだから、彼は樋藤清嗣という男を注意深く観察し始めた。

怪しげな小瓶、ケーブルカッター、中途半端な容量のジュース。彼は点と点を繋《つな》ぎ合《あ》わせ、樋藤清嗣がコテージで友人を殺害するつもりであることに勘付いたのだ。六人もの人間を計画的に殺すのだから極刑は免れない。俺が自殺する腹づもりであることも予想できたはずだ。

「九城健太郎を衝動的に殺してしまったお前は、その死体を持て余していた。最初は俺たちを島に送り届けた後、埋めるか海に沈めるつもりだったんだろうが、船の中で俺の計画を知って、こう考えるようになったんだ。この樋藤清嗣という男がここにいる全員を殺すつもりなら、ついでに九城殺しの罪も被ってはもらえないだろうか。一つくらい死体が増えても構わないんじゃないか。九城健太郎は不運にも樋藤の復讐に巻き込まれて死んだ——そういう理想的な筋書きに乗ってはもらえないだろうか、と。

俺たちをコテージまで送った後、お前は港にとんぼ返りして九城の遺体を船に乗せ、また島に戻ってきた。長い髪を切りマスクを外し、ぶかぶかの服を脱いでコテージの管理人らしい服装に着替える。そうやって九城健太郎に成り代わり、俺たちに近づいたんだよ。幸い船上での会話で、俺たちが九城の顔を知らないということを把握していたから、本物の九城に似せる必要はなかった。『さっきの陰気な漁師とは別人だ』とさえ思わせればよかったんだ。そしてお前は明るく親切に振る舞い、全く別の印象を演出することに成功した。すっかり騙《だま》された俺たちは、お前が九城健太郎であると信じて疑わなかった」

彼が決して熊本の方言を使わず、標準語を喋っていた理由も今はわかる。違う土地から越してきたと言っていたが、あれは彼の設定だったのだ。俺が身元を隠すために「生まれは東京で大学進学のために大阪にやってきた」という嘘の履歴を作り込んでいたのと同じ理屈である。

お国言葉というのは、それだけで一つの共通項になり得る。熊本弁を喋っていたあの漁師と、今目の前にいる九城という人物の間にある共通項を一つ消し去るため、彼は方言を封じていたのだ。

しばし沈黙を守っていた彼は、焦りに突き動かされたかのように喋り出す。

「僕が九城健太郎のふりをした漁師？　なかなか面白い発想だけど、じゃあ船はどこに泊めてあるんだよ。僕が死体を船に乗せて上陸したのだとしたら、まだ船は島の桟橋に泊まっているはずだ。でも浮き桟橋は空っぽ。コテージのウッドテラスからはいつだって浮き桟橋が見下ろせるだろ」

「船を隠すにはぴったりの場所があるじゃないか。舟隠しの入り江だよ。あの湾奥に泊めれば急な斜面のお陰で陸から船は見えない」

彼が「ハッ」と力なく笑うのが聞こえた。

「俺たちが最初に顔を合わせたのもあの入り江付近の林だっただろう。斜面から転げ落ちそうになった俺たちを助け、入り江に近づかないよう促す姿はなかなかの好印象だったが、思い返してみればお前が荷物を背負ったまま、まっすぐ入り江までやってきたのは不自然だった。浮き桟橋から上陸していたならば、真っ先に管理人棟に荷物を置こうとするはずだからな。入り江から直接上ってきたばかりだったんだろ？」

　彼は船を目撃されないよう、「あの入り江は危険だから近づくな」と何度もアピールしてみせた。初日のバーベキューで下手くそな怪談話を披露したのも、俺たちを入り江から遠ざけるためだったのだろう。

「九城のふりをしてコテージに紛れ込んだお前は、あとは俺が皆を殺すのを待つだけでよかった。全員の死亡を確認した後、被害者の中に九城の遺体を混ぜ、まるで大量殺戮の被害者の一人のように見せかける。そしてコテージから去り、八月十日の朝に予定通り迎えの船を出して何食わぬ顔で第一発見者になるつもりだったんだ。お前は船での送迎を頼まれていた漁師であって管理人でも何でもないのだから、徒島を出てしまえばただの部外者だ。たとえ警察の捜査が始まっても、あともう一人コテージで過ごした人間がいたということに気づかれる心配はほぼない。だが、そう上手く事は運ばなかった」

　彼の描いた絵図には、一つだけ重大な欠陥があったのだ。

「俺はヒ素入りのジュースで六人を殺害する予定だった。欲を言えばよくある推理小説のように一人ずつ手にかけていきたかったが、それだと被害者が増えていくうちに残りのターゲットの警戒心が強まって殺人の難易度が上がっていくし、何より効率が悪い。同じ手段で一気に殺すのがベストだ。お前もクーラーボックスを覗き見て何となく気づいていただろうが、その毒殺計画はお前にとってはこの上なく不都合なものだったんだ。

　もし計画が遂行されればコテージには毒で死んだ六人の男女と、自殺した俺の遺体が転がることになる。それに加えて毒以外で殺されている九城健太郎の遺体が捨て置かれていたら、島に踏み込んだ警察はどう判断するだろう。恐らくお前は九城を、鈍器か何かで殴って殺している。毒殺された六人と殴殺された一人——一つだけ殺害方法が全く異なる遺体が混ざっていたら不自然だ。その遺体は詳しく調査されてしまうかもしれない。一見すると俺の計画にタダ乗りするのが最善手に思えるだろうが、その実お前は俺に殺人を遂行させるわけにはいかなかったんだ。毒殺を防ぐためには他殺体が一つあればいい。コテージの中で殺人が起きれば互いへの信頼が失われ、皆自分の持ち込んだもの以外飲み食いできなくなるからな」

　他殺体が一つあればいいとは言ったものの、それは俺に代わって六人全員を殺害することを意味する。身に覚えのない殺人が起きれば、本来の実行犯である俺でさえ警戒して行動を起こさなくなるのだから。たった一人の遺体を隠すため、九城健太郎の殺害というただ一つの罪を消すために無関係な人間を六人も殺すなんて、普通はできない。しかし彼の場合、置かれている状況が特殊だった。

　彼が手出ししなくともどうせ俺が皆を殺す。被害者たちはいずれ毒殺される予定だったのだ、という言い訳が殺人への心理的ハードルを下げてしまったのだ。

「六人を自分の手で殺したうえで九城の遺体を混ぜ、俺に全ての罪を着せる。それがお前の目的だったんだ。お前は最初から、警察による捜査が開始した後のことだけを見据えていた」

　ドアの向こうの彼から反論が返ってくることはなかった。犯行を認めているようなものだが、気にせず喋り続ける。時間を稼ぐためでもあり、複雑に絡み合った想いに踏ん切りをつけるためでもあった。

「電話は俺が壊したから手間が省けただろ。手始めにお前は、本物の九城の遺体を管理人棟に運び込むことにした。九城の遺体は他の六人の遺体と同様、コテージの各宿泊棟に長時間放置されていたように見せかけなければならない、すなわち船に積んだ遺体をいつまでもそのままにしておくわけにはいかなかったんだ。誰の目にも触れずに遺体を安置できる場所は、他人が出入りすることのない管理人棟だけ。夜、人目を避けて運び込もうとしたが、その前に一つトラブルが起こった。隣の部屋の橋本に、部屋の交換を持ち掛けられただろ？」

　橋本は虫が大の苦手だった。ウッドテラスのベンチの上を蜘蛛が這っていただけで、大仰に悲鳴を上げて飛《と》び退《の》いたこともあった。

　それを踏まえると、一つの仮説が生まれる。ドアを破壊して皆で一号室に踏み込んだとき、伊志田はあまりにも酷い遺体の状態にショックを受け、ランタンを取り落とした。そのとき部屋の隅に光が当たって、一匹のアシダカグモがうろちょろしているのが見えていたが。

「あの大きな蜘蛛の這う一号室で、橋本が平気で過ごせたとは到底思えない。『虫が出た、部屋を代わってくれ』と橋本に頼み込まれ、お前はそれを了承したんだ。部屋を入れ替えるだけなら、新たに割り当てられた一号室に九城の遺体を運び込めばいいと思って。問題は、それが橋本とお前の間にだけ通じる了解事項だったことだ」

　一号室から橋本の荷物が消えていることに気づいた俺たちは、犯人が何らかの目的で海に投げたのだと思い込んでいたが、恐らくは部屋の交換が成立して、管理人棟へと移動していただけだったのだろう。

「二十二時、満潮を迎える頃が遺体を運び込むチャンスだった。お前は橋本と交換した一号室の窓の鍵だけを開けると、邪魔が入らないように扉を施錠して外に出た。島に入ると舟隠しの入り江に泊めていた船を発進させ、一号室のバルコニーの真下へと一直線に向かった。満潮ならば岩場で船の底を削る心配もないし、海面からバルコニーまでの距離も近づく。潮位の上昇を利用して、遺体を一号室のバルコニーへと吊り上げようとしたんだ。ワイヤーの一端に遺体を括《くく》りつけ、もう一端は手すりに向かって投げ上げる。笠木に引っ掛かったワイヤーを手元に手繰り寄せれば、遺体は一号室のバルコニーへと上昇していくという寸法だ。力が足りないだって？　お前の船にはアンカーウィンチが付いてたじゃないか。あれを利用してワイヤーを巻き取ればいい。もう一本ロープを引っ掛けて自らもバルコニーに侵入し、最後はバルコニーの内側から遺体を引き上げたんだろう。手すりの笠木に引っ搔いたような傷が残っていたが、あれは犯人が橋本の荷物を捨てたために付いた傷じゃなく、遺体を吊り上げていたワイヤーが擦《こす》れることによってできた傷なんだな。遺体の腕の辺りに残っていた擦過傷も、ワイヤーで身体を固定されていた痕跡だ。引っ越し作業で冷蔵庫なんかを二階に吊り上げるときは、二階から引き上げる役と下から荷を支える役に分かれるが、お前は一人でやりきったんだから大したものだ。

　苦労して遺体を一号室の床に転がしたそのとき、再びトラブルに見舞われた。部屋の外から大石の声がする。橋本の名前を呼ぶ声だ。お前と橋本とが部屋を交換したことを知らない大石は一号室がまだ橋本の部屋であると思い込んでいて、一向に姿を見せない橋本を心配している。

　部屋を入れ替えるとき、お前はそこで——管理人棟で橋本を殺していたんだろう。最初の犠牲者に橋本を選んでしまったがために、密会の約束をすっぽかされた大石が橋本を探しにやってきたんだ。橋本の遺体が管理人棟にあるとも知らず、一号室の外では騒ぎが大きくなっていく。もしも一号室に踏み込まれ、本物の九城健太郎の存在がバレでもしたらお前の企みは露呈する。大石の斧で扉を破られる可能性が頭に過り、不安は加速しただろう。しかし既に室内へと運び込んでしまった九城の遺体を、またバルコニーまで担いで船へと戻すには時間が足りない。焦ったお前は、九城の遺体に細工を施し、橋本と誤認させようとした」

九城と名乗る男と初めて顔を合わせたときから僅かに違和感を抱いてはいた。コテージの持ち主である浦井の叔母は九城の外見について「見た目は恐いけど優しい人やから大丈夫よ」と評していたそうだが、彼からは全く「恐い」印象を受けなかった。三十歳と聞いていたのに、彼はまるで同世代と見紛《みまが》うほどの極端な童顔だったのだ。ところが一号室で発見されたあの遺体が橋本ではなく本物の九城健太郎だとしたら、「見た目は恐い」との評価にも頷ける。

「お前にとって幸運だったのは、本物の九城健太郎の容貌が橋本にそこそこ似ていたことだ。背丈や体型、髪の色、煙草の趣味まで揃っていれば、誤魔化しのきかない顔のパーツを潰すだけで事足りる」

決め手は遺体の服だった。バーベキューのときの橋本はニコちゃんマークのプリントされたＴシャツを着ていたのに、あの遺体の服装は違った。

人の横顔をモチーフにしたあのデザインから察するに、あれは竹内の好きなバンドのライブＴシャツだ。俺は俯き、竹内が脚に巻いてくれた包帯代わりのタオルに目をやる。このタオルにも、竹内の被っていたキャップのつばの裏にも、あの遺体が身に着けていたＴシャツと全く同じシンボルマークがプリントされていた。

　橋本があんなもの、持っているはずがない。もしライブグッズを購入するほど例のバンドにハマっていたのだとしたら、竹内の持ち物に対して何らかの反応を示したはずだ。竹内ならもっと早くこの事実に気づけたかもしれないが、遺体発見時は激しく嘔吐していたため、服装を確認している余裕などなかったのだろう。

「九城の遺体の顔を潰した後お前はバルコニーから飛び降り、真下に停泊していた船へと逃げ込んだ。気が動転していたわりに上手くやってのけたようだな。窓際に一号室のルームキーを落とすという、一点のミスを除けば。扉を施錠していたにもかかわらず室内に鍵を落としてしまったために、不可解な密室が構築されたんだ。

　南東の断崖の入り江は一号室から近い。大急ぎで船を出して入り江に戻り、斜面を駆け上がってまっすぐ遊歩道を走れば、十分とかからずコテージに戻ることができたんじゃないか？あの夜は酷い天気だったから、船のエンジン音は雷と雨の音がかき消してくれただろう。お前は何事もなかったような顔で、一号室の前で騒ぐ俺たちに合流した。俺は管理人棟ではなく徒島の方角から現れたお前を怪しみ、『一体、島で何をしてたんですか？』と詰め寄った。電話ボックスの話を持ち出されそれ以上の追及はできなくなったが、あのときお前は、入り江から急いで戻ってきたところだったんだな。そうして一号室に踏み込んだ俺たちはお前の思惑通り、そこにあった九城の遺体を橋本のものと誤認した。派手な金髪や、遺体に染みついた煙草の臭いが大きく作用したんだ」

　彼は他の者に指摘される前に部屋が密室であることについて触れ、計画的な犯行を匂わせることによって自分を容疑の圏外に置こうとした。そして俺たちは、まさか犯人が島に船を隠しているとは思わず、一号室が完璧な密室であると信じて疑わなかった。

　第一の遺体が橋本のものではないと知られることが、彼のもっとも恐れた事態だった。顔面の損壊に特別な意味を見出されないようにするため、容貌を変える必要のなかった大石や竹内の顔まで傷つけたのだろう。

「さっきは『加蘭に肋骨を折られていたのなら、加蘭に反撃することはできなかったはずだ』というようなことを言っていたな。返り討ちに遭ったお前が劣勢を挽回《ばんかい》する方法が一つだけある。入り江に泊めてある船から武器を回収するんだよ。だから林の中へと逃げ込んだ」

　操舵室の流し台に置かれていた古い出刃包丁は、今も網膜に焼き付いている。

　浦井の提案によってコテージの危険物全てを海に捨てた夜、彼も管理人棟の包丁を手放していた。警戒心を抱かれるわけにもいかず、あの場では浦井の指示に従うしかなかったのだろう。そのため大石、竹内の殺人では刃物は使われず、舌の断面は無理やり引きちぎったかのように不規則なものとなっていた。しかし加蘭を仕留めそこなって初めて命の危険を感じ、彼は慌てて操舵室の包丁を取りに行ったのだ。

「俺が認識していた殺人は六件だったが、今このコテージには、全部で七つの遺体がある。管理人室には橋本の遺体が、一号室には橋本に見せかけられた九城の遺体が。初日の夜に遺体を運び入れたため、お前は自分だけの部屋を失った」

　いよいよ大詰めだ。喉の奥が締まり、声が勝手に震えだす。

「死後十何時間も経った遺体と同じ部屋で長時間過ごせば、腐敗臭が身体に染みついて怪しまれる。なるべく管理人棟や一号室にはいたくなかったはずだ。しかし信頼関係のできあがっていない状態で、誰かの部屋に上がり込んで一夜を明かすというのも難しい。入り江に隠した船で寝泊まりしてもよかっただろうが、何もない徒島に出入りしていることを不審がられ、船の存在がバレることだけは避けたかっただろう。だからお前はウッドテラスのベンチで睡眠を取ることにしたんだ。

テラスで寝っ転がるのは、殺人を遂行する上でも都合がよかった。友人の安否を確認しようと部屋を出てきた者は、テラスのベンチで寝ているお前を見て急病人か何かと勘違いし、勝手に近寄ってきてくれる。お前がテラスで寝起きしているという事実を知られれば、部屋の中に放置している遺体の存在に勘付かれる可能性があるから、そいつは殺さなければならなかった。第一発見者ばかりを狙うつもりはなかった。ただ、自分の罪をひた隠しにしようとして、機械的に一人ずつ殺していっただけ——結果的に友人想いのお人好しから殺していくことになっただけだ」

俺が最後まで生き残ったのも納得だ。彼らを友人と思わず、微塵も心配していなかった俺は、彼らの安否を確認しに行こうとはしなかった。強固な動機を持つ俺を最後まで生かしておきたかった彼にとっても、非情な人間が最後まで生き残るシステムは好都合だったろう。

「伊志田が『みんなの荷物をチェックしたい』と言ったとき、部屋に薬やケーブルカッターを隠していた俺は動揺を隠しきれず、結果伊志田たちから疑われることになったが、あのとき本当はお前だって気が気でなかったはずだ。お前が寝泊まりしていたはずの管理人棟には橋本の遺体があったんだからな。恐いくらい冷静だったから気づかなかった。本当に芝居が上手いんだな。——お前が犯人探しに積極的だった理由も、今ならわかる。昼間、できるだけ自分の部屋にいたくなかったからだろう」

探偵役を買って出たふりして、本当はただ暇つぶしをしていただけなんだ。取り乱す者を慰めてやったり、積極的に捜査に乗り出してリーダーシップを発揮したりしていたのも、全部ただの気まぐれだった。全員を殺すまで退屈でしょうがないから、口先だけで優しいことを言って俺たちを揶揄《からか》っていたのだ。

「一つだけわからないことがあるんだ。教えてくれ。お前はなぜ九城の舌を切り取ったんだ？」

彼は俺たちと初対面だった。俺たちが舌の切断という事象にトラウマを抱いていたことなど知るはずもないのに、どうして九城の舌を切り取ったのだろう。遺体の舌が切断されていると知ったときの俺たちの尋常ならざる反応を見て何かに勘付き、二番目以降の殺人で舌を切断することはできただろうが、最初の遺体——九城健太郎の舌を切り取った理由がわからない。

足元からドンと強い振動が伝わる。彼はドアを何度も蹴っているようだった。

「さあ、どうしてだと思う？」

「……九城健太郎は舌ピアスでも開けていたのか？」

本物の九城健太郎が舌にピアスを開けていたとしたら、舌ピアスを開けていない橋本に似せるために、仕上げとして舌を切断したとしてもおかしくはなかった。夏だから死後硬直が解けるのも早かっただろう、顎関節を開かせて舌を切断することは簡単にできたはずだ。

しかし、もしも遺体の口が開けられていなければ、俺たちはきっと、わざわざその口の中まで確認しようとは思わなかった。舌を切断する必要性はなかったはずだった。

「舌ピアスか。半分当たり、とでも言っておくよ」

彼の声が妙にもの哀《がな》しく響く。彼はそれ以上の説明をするつもりはないようだった。

「なんかさぁ。樋藤くん急に頭良くなった？　友情パワー？」

「ふざけるのも大概にしろよ」

「でもさ、君の話を信じるとみんないい奴になっちゃうじゃないか」

彼は囁くように言った。

「大石くんは犯人を背負ってやろうとして隙を見せたから殺された、竹内くんのタオルは樋藤くんの止血のために使ったものだから証拠品じゃない、加蘭さんの腕の引っ掻き傷は溺れた友だちを助けるときに負ったものだ、浦井くんはみんなを元気づけるために音楽をかけてやったから電池を使いきっていた、伊志田さんのライターは友だちを引き止めるために海に飛び込んだとき水没した——挙句、全員友だちを心配して部屋から出てきたところを殺された、だって？　自分で自分の言ってること、信じられるかい？」

「それが事実だ」

「はあ、樋藤くんはそれでいいんだ」

「犯行を認めるんだな？」

「もちろん。僕はやり遂げたよ。意気地なしの君の代わりに、僕が全員殺してやったんじゃないか」

痛烈な皮肉だった。毒薬を調達し、通信手段を破壊したのに一線を踏み越えられなかった俺は、彼からすれば意気地なしに見えるだろう。

でも意気地なしって、何だよ。そんな考え方は根本的に間違ってるんじゃないか。

「臆病で何が悪い。実際に殺す奴よりよっぽど分別がある」

「残念ながら、分別のある人はヒ素を買ったりしないんだよ」

「本当はあいつらを殺すつもりなんてなかったんだ」

口に出すと、初めからそう思っていたような気がしてくるのだから不思議なものだ。

復讐の計画を立てているときの俺は、正気ではなかったのだ。正常な思考ができず、我に返る余裕もなく、半ば意識を失っているような状態でずっと生きていた。そしてある日突然、六人を殺す絶好の機会が巡ってきてしまった。

「念入りに準備を整えておいて何を言ってるんだと笑われるだろうが」

本当は殺したくなかったんだ。

仇《あだ》を討つとか討たないとか、俺の未来や人生は関係ない。俺があいつらに限りなく友情に近い愛着を抱いていたことも関係ない。紀田さんですら関係しない。

誰とも、何とも関係しない。ただ殺したくなかっただけだ。

「おい、目を覚ませ」

苛立ちを含んだ声が飛んでくる。

「殺したくなかっただなんて、心にもないこと言うな。大切な先輩の人生をぶち壊した奴らなんだろ。誰も彼も反省していなかった。浦井くんなんか君の素性を知った途端に犯人扱いしてさ、俺たちがリンチした相手は死んでないんだから殺すのはやりすぎだ、とか抜かしてただろ？」

「あいつらが全くもって反省していなかったとは、この世の誰にも証明できない。追い詰められて、つい言い訳じみたことを口走ってしまうこともある。人間なんだから仕方ないだろう」

「じゃあ伊志田さんは？　土下座して許しを乞うことしか考えてなかった。自分の保身ばかりで、樋藤くんの先輩のことなんて頭の片隅にもなかった。最後には君を殺そうとしてたじゃないか。僕が庇ってやらなきゃ、樋藤くんは死んでいたんだ」

「俺が先に死んだらまずいから伊志田を殺しただけだろ。お前が手出ししなきゃ、伊志田は思い留まってくれたかもしれない」

　反射的に切り返しながら、違うと思った。俺はこんなことを言いたいわけじゃない。あいつらを庇ってやりたいわけじゃない。

　伊志田たちが過去の行いを悔いていたかどうかなんて誰にもわからない。反省していなかったのかもしれないが、たとえそうであったとしても、俺にあいつらを殺すための権利は与えられていなかった。あいつらが紀田さんを殴ってはならなかったのと同じように、殺しちゃいけなかった。人を殺すための資格も条件も、存在していいはずがない。

「へえ、凄いな。まるで聖人君子だ」

　引き攣れた笑い声が高く響いた。表情は見えなくとも、彼が冷たい嘲笑を口元に浮かべているのがわかる。

「心優しい樋藤くんに一つ、いいことを教えてあげよう。君の推理は概ね正しい。ただ一つだけ誤りがあるんだ。橋本くんが大石くんとの密会に現れなかったのは、僕が橋本くんを既に殺していたせいだと君は言ったな。でも僕はあのとき、まだ橋本くんを手にかけていなかった」

なぜだか彼の口調からは優越感が滲み出ていて、不穏な予感に襲われた。

「疑わしいもんだな。橋本があの時点で生きていたのだとしたら、どうして大石との約束をすっぽかした？」

「橋本くんは君の秘密を知っていたんだろ？　君が名前や履歴を偽って近づいてきたってことを。伊志田さんの話によると最初にその秘密に気づいたのは橋本くんで、徒島に渡る直前で加蘭さんにも共有されたらしいな」

「何が言いたい」

「橋本くんは案外義理堅い人間だって話だよ。樋藤くんが復讐のためグループに潜入していると知ってなお、橋本くんは君を信じ、君の素性を誰にも明かさなかった。絶海の孤島へのグループ旅行が決定し、もしもの可能性が脳裏に過って初めて加蘭さんに相談を持ちかけたんだろう。打ち明け話の相手に加蘭さんを選んだのは、きっと有事に備えるためだろうな。加蘭さんならいざというとき樋藤くんを止められるだけの身体能力が備わっているし、口が堅そうだ。二人は君のことが大好きだったから、『樋藤が嘘を吐いているのには何か特別な事情があるかもしれない。他の誰にも言わないでおこう』と誓い合った。ところがコテージに到着してから、君への信頼は打ち砕かれた。橋本くんは、君が電話ボックスのコードを切断しているのを目撃してしまったんだよ」

　まさか。誰にも見られていなかったはずだ。

　だが思い返してみれば、電話線を切断してテラスに戻ったとき、橋本の姿だけが見えなかった。あのとき橋本が、俺の後をつけてきていたのだとしたら。

「樋藤くんが何らかの悪事を企んでいるのが明白になり、橋本くんは迷った。樋藤くんの秘密をみんなに暴露すべきか。それとも友人として口を噤むべきか。迷った末、橋本くんは大石くんにだけ秘密を共有することにしたんじゃないか？　大石くんは君をグループに引き入れた人間であり、君と一番仲が良かったようだから。橋本くんは大石くんに相談するため、夜に二人きりで会おうと持ちかけた」

反駁《はんばく》しようとして、言葉が出てこなかった。

「約束を取り付けたはいいものの、きっとショックが大きかったんだろう。橋本くんはプレッシャーに耐えきれず、密談をすっぽかして逃げ出してしまった。そのせいで一号室に大石くんがやってきて大変なことになったんだけど……あのとき、橋本くんはどこにいたと思う？」

一号室の前であれだけ騒いでいたというのに姿を見せなかったのだから、コテージにはいなかったはず。とすれば島の方面へと逃げていたのか。

「九城の遺体を橋本くんらしく見せかけた後、僕は大慌てで船に乗り込んで、入り江から島へ上陸した。早くみんなと合流しなきゃ疑われる、と遊歩道を走り出したそのとき、誰かの声がしたんだ。林の中に明かりを向けると、橋本くんが一人で蹲っておいおい泣きじゃくっていた。誰もいないのに、泣きながら誰かに謝っているようだった。僕は彼をその場で殴り殺し、コテージに戻った。どのみち彼を一番に殺すつもりだったから助かったよ。だってもう一号室には橋本くんの遺体が置いてあるんだから、生きたままコテージに帰してしまったら橋本くんが二人いることになってしまう。本物の方の遺体は樋藤くんが指摘した通り、後で管理人棟に運び込んだ」

橋本が涙するところなど一度も見たことがないのに、真っ暗な林の中で一人、身体を小さく丸めて泣き叫ぶ姿は容易に想像できた。その背後に忍び寄り、容赦なく橋本を殴殺する彼の後ろ姿も。

「殺すつもりがなかったなんて言うけどなぁ、全部樋藤くんのせいだよ。君が馬鹿なことを計画しなけりゃ、僕だってみんなを巻き込もうなんて思わなかった」

「人のせいにするな。お前が殺したんだ。無関係な人間を六人も殺して、お前はまともじゃない」

「まともじゃないって誉《ほ》め言葉だよ。樋藤清嗣くん、いや井上清嗣くんと呼ぶべきか。僕は井上くんとは違って、愛のために人を殺せるからな」

愛のため。およそこの場に似つかわしくない言葉が飛び出し、唖然《あぜん》とする。

俺は彼のことを何も理解していなかった。本当の年齢、本当の名前、そして犯行の動機も知らない。俺は扉に手を伸ばし、指で木目をなぞりながら尋ねる。

「なんで九城を殺したんだ」

「うーん。それ、言わなきゃ駄目かい？　君に教えてなんかいいことある？」

「お前ばかり何もかも知ってる。不公平だろ」

「あのな、九城健太郎って殺されて当然の、最低最悪な屑なんだぜ。伊志田さんたちと同じレベルか、それ以上の屑。だから僕は、最初はすごく君に共感してたんだ。なんて執念深くて熱い人なんだろうと感心した。君なら僕が九城を殺した理由に理解を示してくれるはずだし、何なら罪を背負って自殺してくれると思ってた。でもなんか、君そういうタイプじゃないっぽいよな」

「やっぱり、最後には俺を自殺に追い込むつもりだったんだな」

「うん。井上くんには死んでほしい。だから君が気持ちよく死ねるよう、ない頭を絞って最善のストーリーを考えてあげたのに」

「誰が死ぬか」

「もう説得するのは諦めた。できるだけ自殺に見えるような感じで殺すことにする。幸い時間はたっぷりあるからさ」

　ガリガリと不快な雑音が鼓膜を震わせる。彼が扉に爪を立てる音だった。

「明日の朝になっても迎えの船は来ない。だって君たちの送迎を頼まれてたのは僕なんだから。籠城しても無駄だ。宿泊棟をバラバラにしてでも引きずり出す」

　九城にはまだ教えていないことがある。徒島に渡る前に書き残した遺書――犯行声明のことだ。

　時刻は四時半。日の出まであと一時間ほどあるが、窓の外の空は夜明け前特有の深い青に染まっていた。文書の公開まで、あと三時間半。

「あ、今ずるいこと考えてるだろ？」

　思考を読み取ったかのような問いかけに、思わず息を止めた。

「井上くん、さては誰かに報告してたな？　予定より早く警察が来るかもしれないのか。まじでずるじゃん。教えといてくれよ。僕、ここにいちゃいけない人間なんだけど」

罵声の勢いは増していくが、施錠されたドアを即時的に破壊する術は持っていないようだ。浦井の指示通り危険物を捨てて正解だった。ここに大石の斧があれば、扉は既に破られていただろう。

「じゃあ僕もずるいこと言うけど、伊志田さん、まだ息してるよ」

「嘘を吐くな」

「嘘だと思うなら部屋にいていいよ。どうせ燃やすか壊すかして押し入る。出てこないなら伊志田さんは今すぐ殺すけど」

掌を開き、百円ライターをじっと見る。

伊志田は息をしていなかった。脈もなかった。殺されたのだ。でも、と頭の中でもう一つ声がする。もし生きていたら、息を吹き返していたらどうする？

「言っとくけど、まじで生きてるからな。こっちに出てきて話し合おうよ。君が素直に自殺してくれるなら――九城殺しの罪まで被ってくれるなら、伊志田さんのために船を出してあげてもいい。今病院に担ぎ込めば間に合うかもしれない」

気づけば彼の甘言に耳を貸していた。伊志田は一時的に意識を失っていただけかもしれない。一度部屋から出て確かめた方がいいんじゃないか。彼だって、いきなり俺と取っ組み合うような事態は避けたいはずだ。

生きていてほしいという願望を、様々な言い訳でコーティングしていく。俺はベッドサイドテーブルの金庫からケーブルカッターを取り出しポケットに忍ばせると、ドアを開けた。

暗い部屋の外は、明け方の微かな光に照らされていた。やっと互いの顔を認識できる程度の、ぼんやりとした明るさ。何も武器を持っていないことをアピールするかのように、彼は両手を広げて扉の前に立っていた。俺は一つ息を吐いて、ウッドテラスへと踏み出す。

「伊志田は……」

伊志田は本当に無事なのか。そう言いかけて、すぐに唇を引き結んだ。ベンチの陰に、先刻と全く同じ姿勢で横たわる伊志田の姿があった。紙のように真っ白な顔。手足の筋肉は壊れた玩具のように弛緩して、指先にすら何の力もこもっていない。死んでいるのは明らかだった。

俺の手を強く握り、「わたしは樋藤を手伝うよ」と笑った伊志田の顔が浮かぶ。俺が眠れないと言ったときは、「じゃあ、今夜はずっと喋ろう」と軽い調子で言ってのけた。

――樋藤が眠くなるまで、わたしに付き合ってよ。

勢いよく振り返る。いつのまにか彼が俺の真後ろに立っていた。

ぞっとするほど無機的な声が、耳元で言った。

「死ね、お人好し」

瞬間、腹部に強い衝撃と熱を感じ、よろめきながら後退る。恐る恐る目を下に向ければ、右脇腹に包丁が突き刺さり、刃から血の雫《しずく》が滴り落ちていた。操舵室で見た包丁――加蘭の首を切りつけた包丁だ。遅れて鋭い痛みが全身に走り、尻をついて倒れ込む。

「やり返してみろよ」

彼の挑発は頭の奥をぐわんと揺らし、激しい眩暈を引き起こした。彼は身じろぎもせずに佇んでいる。例のごとく手に装着したビニール手袋は、返り血で濡れそぼっていた。

「友だちを殺されて悔しいだろ。その腹の包丁を抜けよ。僕に刺してみろ」

いつしか頬が濡れていた。悔しい。俺は悔しくて堪らなかった。

あいつらにもっと早く出会いたかった。たとえば俺たちが同じ高校に通っていたら、きっと仲良くなれたはずだ。橋本に薬物を勧められても断ったし、伊志田が乗り気でも引き留めた。放火をすれば俺が通報した。誰かが紀田さんに殴りかかったら、命に代えてでも止めてみせた。

もし俺が秘密を打ち明けていたら、あいつらも話してくれただろうか。語り合い、傷を見せ合うことはできただろうか。

悔恨と哀惜の情は燃料へと形を変え、憎悪の炎を燃え滾らせる。よくも俺の友だちを殺したな。

身を起こし、彼を睨み上げる。腹から突き出た包丁の柄に手を伸ばしかけたそのとき、ゆくりなくも浦井の言葉が甦った。

——指紋をつけないようにしてるんですよね。俺はそういうことにちっとも頭が回らんかった。九城さんは落ち着いていて、本当にすごいです。

彼は調査の間、いつもビニール手袋を着けていた。そして今も着けている。現場を保存するためなんかじゃない、自分の痕跡をコテージに残さないようにするため、彼は必死なのだ。警察の捜査の目を掻い潜り、全ての罪を俺に着せようとしている。

「そうやって煽《あお》り立《た》てて、俺が包丁を触るのを待ってるんだろ。凶器に犯人の指紋が付いていないのは不自然だもんな。自殺に見せかけるならなおさら、自然に付いた俺の指紋が欲しいよな」

「よくわかったなぁ」彼の笑顔が引き攣った。

僅かに残った気力を振り絞り立ち上がる。傷口が開いたのか、左脚に巻かれた竹内のタオルに再びじわじわと血が広がっていった。

震える手をズボンに這わせ、ポケットからケーブルカッターを取り出す。右手に構えたケーブルカッターに、彼の視線が吸い寄せられる。瞬間、三歩踏み込んで彼に掴みかかった。襟首を押さえつけ、加蘭に折られたであろう肋骨の辺りに狙いを定める。伊志田のライターを握り込んだ左の拳を腹に叩き込むと、彼は背を丸めて床に倒れ込んだ。

呪詛《じゅそ》を吐くように、彼が小さく呟くのが聞こえた。「もういい、今すぐ死ね」

彼はがばりと身を起こし、俺の腹に刺さった包丁に飛びついた。刃をさらに奥へと押し込まれ、激痛に身を捩る。苦しい。こいつを殺したい。

朦朧《もうろう》とする意識の中、腕を滅茶苦茶《めちゃくちゃ》に振り回す。彼はカッターの刃を恐れて仰け反った。また脇腹を狙って脚を蹴り出すと、彼は激しく咳込みながら仰向けに倒れた。

俺は彼に馬乗りになった。胸倉を掴み、後頭部を床に打ちつける。何度か激しく揺さぶると静かになった。俺は彼のシャツから手を離すと、その首筋にケーブルカッターを突きつける。

こいつを殺したい。俺の友だちを殺し、挙句その罪を俺に擦《なす》りつけようとした極悪人を、葬ってしまいたい。俺が、俺の手で殺さなければ、この激しい怒りを鎮めることなどできないのだ。今こいつを殺さなければ、俺はこの先一生、悪い夢を見る羽目になる。

目も鼻も舌も、手足も、爪の先に至るまで切り刻んでやる。そうして彼を見下ろすうちに、俺の目は彼の指を捉えた。ビニール手袋で覆われた、十本の指。何度も噛むせいで皮膚は荒れ、爪はボロボロに欠け、赤い血が滲んでいた。

ようやく目が醒《さ》めた。

「同じ過ちは繰り返さない。俺はお前を殺さない」

ケーブルカッターを放り出す。彼が笑った。

「理性の塊だな」

違う、と首を横に振る。蔑《ないがし》ろにしてきた感情を、今更大事にしたくなっただけだ。

自分も一歩間違っていたら彼のようになっていたかもしれない、などとは全く思わない。俺と彼とは別の人間だ。だが、彼が一歩道を踏み外さなければ。彼の生まれ育った環境が、状況が、受け取った言葉が、ほんの少しでも違っていれば。坂を転がり落ちるように、罪を重ねていくこともなかったかもしれない。

「なあ、お前本当は、殺したくなかっただろ」

「なんだ、寝言か？」

「橋本が林の中にいたのを偶然見つけて殺したと言っていたが、あれは嘘だろ。舟隠しの入り江で鉢合わせて、仕方なく殺したんじゃないのか？」

一日目の夜、四号室に戻ろうとした俺を呼び止めた橋本は、九城のふりをした彼をあからさまに不審がっていた。あいつは察しのいいやつだった。

——樋藤はあいつのこと、どう思う？

——俺は変な奴やと思う。爪を噛む癖がある。

思い返してみれば、橋本は操舵室の荷を運び出していた漁師の手元をじっと見つめていた。

その手がひどく荒れていて、爪の先がひび割れて捲れあがっていることにも気づいたに違いない。そして九城を名乗る男に爪を嚙む癖があるのを見て、漁師の割れた爪を思い出した。

漁師の爪がボロボロに傷ついていたのは、咬爪癖《こうそうへき》によるものではないか。その癖は管理人の男にも共通しているが、二人に何か関係はあるのか。そうして橋本は、九城健太郎を名乗る男があの漁師と同一人物であるという答えを導き出したのだ。

「あの日橋本は、『大切な話があるから二十二時にお前の部屋に行く』と言って、大石と密会の約束を取り付けていた。徒島への送り迎えを担当している漁師が、なぜだか管理人になりすましているということに気づいた橋本は、そのことを大石に相談しようとしていたんだ。斧という強力な武器を持ってきていた大石に、不審者が暴れ出したらすぐに対応するよう助言しようとしていたのかもしれない」

しかし、橋本が大石に危険を知らせることはできなかった。約束の時間が訪れる前に、「九城」が怪しい行動をしていることに気づいたのだ。「九城」は橋本と部屋を交換した後、コテージを抜けて徒島へと下りていった。橋本はその後ろを尾行し、そして知ってしまった。「九城」が舟隠しの入り江に漁船を隠していることも、その船に見知らぬ男の遺体を乗せていることも。

「船の上で俺たちの会話を盗み聞きしたことをきっかけに、お前は舟隠しの入り江の存在を思い出した。それであの入り江に九城の遺体を捨てることを思いついたんだ。なあ、そうだろ？」

浦井は舟隠しの入り江について、「奥深いところにあるうえ、静かで波が立たない」と言っていた。それを聞いた彼は、穏やかな入り江に遺体を捨てれば波に流されて発見される心配はない、魚に食われて跡形もなくなるまで放置できるのではないか、と考えた。

「お前は本物の九城の遺体を舟隠しの入り江に放り込んだ後、九城のふりをして数日間俺たちの面倒を見て、何事もなかったように送り出そうとしていたんだ。島を出て大阪に帰ってしまえば、俺たちと『九城』との関係は絶たれるからな。ところが遺体を入り江に投げようとしているところを橋本に見られて、咄嗟に殺してしまった。狂った計画を修正しようと焦るうちに、引き返せなくなったんだろ。——最初は俺たちを殺すつもりなんてなかったんだ」

彼は小さく首を振る。「それは君の願望だろ」

俺は力ずくで彼の右手からビニール手袋を取り去った。その右手首を捕らえたまま、無理やり口元へと引き寄せ、小指を第一関節から食いちぎる。耳をつんざくような絶叫を間近で聞きながら、口に含んだ異物を呑み下した。

俺の喉仏が動くのを目にして、彼はようやく悲鳴を上げるのをやめた。呆気《あっけ》に取《と》られたように目を見開き、こちらを見つめている。俺は覚束《おぼつか》ない足取りで四号室に戻ると、掃き出し窓からバルコニーに出た。手すりに凭《もた》れ掛《か》かるようにして、背後を振り返る。

「望み通り死んでやるよ。ここから飛び降りれば満足か？」

「待て」

彼は未だ部屋の入口付近に倒れ込んでいた。

「運が良ければ俺の遺体は回収されるだろう。司法解剖に回され、全身切り刻まれる。胃の中から島にいなかったはずの誰かの指の骨が見つかったら、警察はどう判断するだろうな」

「待ってくれ！」

彼は今にも泣き出しそうに表情を歪め、バルコニーへと這い寄ってくる。こんな顔ができたのかと、少し意外に思う。

愛のために人を殺せると言っていたが、彼は誰のために九城健太郎という男を殺したのだろう。

「お前が九城を殺した動機なんてどうでもいい。どんな理由があっても許されることじゃないんだよ。頼むからちゃんと償ってくれ」

「僕が悪かった。お願いだから話を聞いてくれ！」

俺はもう一度、彼の骨っぽく尖った輪郭や吊り上がった目をじっくりと眺めた。彼は童顔なんかじゃなく、きっと年相応の見た目をしているのだろう。本当の年齢は俺たちとそう変わらないはずだ。

呟きながら、手すりから身を乗り出す。

「人が人を傷つけることを、正当化しちゃいけない」

俺が馬鹿だった。俺の個人的な復讐は結局、もっと大きな暴力に呑み込まれてしまった。

恐怖は感じない。むしろここ数年のうちもっとも穏やかな気分で、俺は頭から海へと飛び込んだ。

傷口が染みる。海水が赤く染まるのを見て、夜明けが近いことを知った。波に揉まれながら、どこからか大石の声が聞こえたような気がした。

今助けるからな！　清嗣、上がってこい！

もう上がれないよ、と心の中で応える。果てしないところまで泳いできてしまった。もう一人で帰ることなんてできない。そう思うのに、身体は空気を求めて勝手にもがき出す。

俺は橋本と伊志田のやり取りを思い出していた。

——水に浸かるとき、身体の二パーセントは浮力で水面に出るようになってるんやって。バチャバチャ暴れたら手や足は水面に出るやろうけど、鼻と口は沈むから死んでしまう。仰向けになって大人しくしておけば顔がその二パーセントになるから、下手に動かん方がいいらしい。

——でもさ、溺れたらパニックになって、思わず両手振って『助けて！』って叫びたくならんかな。仰向けで大人しくしてれば息はできるかもしれんけど、それじゃ誰にも気づいてもらえんやん。

——溺れた本人じゃなく、周りの人間が叫べばええやろ。伊志田が溺れるときはたぶん俺らも一緒におるやろうから、助けを呼ぶのは他に任せとけ。

俺が溺れても、誰も叫んではくれない。海から引き上げてくれる人もいない。俺を想ってくれる友だちはみんな俺のせいで死んだ。

紀田さんにはもう何年も会っていなかった。

俺が血眼になって橋本たちの身元を調べているうちに、大石の職場に潜入しているうちに、友だちごっこを続けているうちに、紀田さんはサッカー部のグループＬＩＮＥを抜け、電話番号を変え、行先も告げずに引っ越してしまった。

俺は紀田さんの代わりに叫ぶべきだった。一言でも何か言葉を発すれば沈んでしまうから紀田さんは口を噤み、誰かが助けを呼んでくるのを待っていたのに。俺が隣で、力一杯助けてくれと叫ぶべきだったのだ。

紀田さんが傷つけられたと知ったとき、自分の中で何かが損なわれたような気がした。いかなる犠牲を払おうともやり返さなければいけないと思った。まるで下僕だ。野蛮で陰湿で有害な精神だ。もしもそれが、仲間とともに汗を流した青春の日々の中で培われたものだとしたら、悲しい。

沖へ沖へと押し流されながら、俺は徒島を仰ぐ。干潮を迎えつつある海上コテージは、まるで空へと押し上げられているかのように遥か遠くに見えた。

第二部

第二部　登場人物一覧

横《よこ》島《しま》真《ま》莉《り》愛《あ》……大阪市環境局東部クリーンセンター職員

新《にっ》田《た》如《いく》子《こ》……大阪府警吹田署の刑事

瀬《せ》名《な》 環《たまき》……大阪府警吹田署の刑事

眞《ま》鍋《なべ》……大阪府警吹田署の刑事課長

紀《き》田《だ》陽《よう》平《へい》……樋藤清嗣の先輩

倉《くら》町《まち》康《こう》介《すけ》……第一の被害者

溝《みぞ》口《ぐち》 慧《さとし》……第二の被害者

小《こ》林《ばやし》照《てる》子《こ》……第三の被害者

乾いた電子音が、心臓の鼓動のように規則的に繰り返されている。しばらく耳を澄ませているうちに、それが電話の着信音であることに気づいた。

真っ黒なペンキをべったりと塗りつけたみたいに、暗い部屋だった。スマホの液晶画面だけが唯一の明かりだった。

画面に表示された相手の名前をちらりと確認して、すぐにスマホを伏せた。もう三回は無視しているが、それは一向に鳴りやんでくれない。着信拒否してしまおうかと何度も考えたが、後でどんな目に遭うかもわからず、勇気が出なかった。

一度途切れた着信音が、十秒と経たないうちにけたたましく鳴り始める。わたしは再びスマホに手を伸ばし、通話ボタンをじっと見つめた。手に力が入って、スマホがみしみしと嫌な音を立てた。

「もうやめてよ」

いつしか着信音はどんどん大きくなっていって、やがて鼓膜をつんざくような音量へと変わった。スマホを壁に向かって投げつけても、やむはずがなかった。あいつはわたしを解放してくれない。永遠に。

「やめてってば！」

不快な音を掻き消したい一心でそう叫んだとき、部屋に眩しい光が差し込んだ。

枕元に腕を伸ばす。アラームを止めながら、反射的に舌打ちした。汗をびっしょり掻いているのは、暑さだけのせいじゃない。夢を見ていたようだ。慣れ親しんだ悪夢だった。

ふと視線を下にやると、右手の親指から血が出て、爪の先がギザギザになっていた。寝ている間に噛んでしまったらしい。

　八月二日水曜日、午前六時五十分。四回目のアラームは最後通告だ。そろそろ起きなきゃ、出発の時間まであと三十分もない。

　襖《ふすま》の向こうから音が微かに漏れ聞こえてくる。兄がテレビを点けているようで、朝のニュースが流れていた。淡々としたアナウンサーの声が起き抜けの頭に響く。

『続いては、先月二十七日、大阪府吹田《すいた》市の住宅で男性が殺害された事件の続報です』

　江坂《えさか》駅の近くの一軒家で絞殺体が見つかったとかいう事件のことを言っているのだろうな、とぼんやり思った。

『――殺害されたのは、この家に住む高校教諭、倉町《くらまち》康介《こうすけ》さん。五十五歳です。現場では……』

　突然襖がすぱんと開けられた。兄が不機嫌そうな顔でわたしを見下ろしていた。

「兄ちゃん、今日出勤やったっけ？」

　返事はない。顎をしゃくって「起きろ」のサインをすると、兄はふんと鼻を鳴らしてダイニングの方に戻っていく。兄がわたしの質問に答えないのはいつものことだった。

　兄は訪問介護の事業所でホームヘルパーの仕事をしている。シフト制なので休みは不定期。確か今日は休日のはずだったが、わたしに合わせてわざわざ早起きしたのか。

「いや起こされんでも起きるし」

　えいやっと気合を入れて身を起こす。蹴っ飛ばされたタオルケットが足元で丸まっていた。

　狭いダイニングには卵を焼く匂いが漂っている。テレビから流れてくるニュースは、吹田市の殺人事件から切り替わっていた。

スタジオのアナウンサーが巨大な解説ボードを指し示す。

『今朝の注目トピックはこちら。——熊本県天草市の無人島で七人が殺害された事件の発生から、三年が経とうとしています』

テレビ画面の前で立ち止まっていたら、兄が勝手にチャンネルを替えた。

「あーもう、今観てたのに！」

兄は不機嫌そうに頬の筋肉に力を込める。そんなことより早く用意しろ、とでも言いたげだ。超特急で歯磨きと洗顔を済ませ、ダイニングキッチンを覗くと朝食が用意されていた。

「朝ご飯いらんって何回言うたらわかんの？」

ぶつぶつ言いながら、立ったまま皿を抱えて目玉焼きだけ食べた。食パンも焼いてあったけれど、残せば兄が昼に食べるかもしれないのでそのままにしておく。

「もう行くからね。兄ちゃん今日どっか行く？」

首を横に振る兄。何か言いたそうな顔をしたので「なに？」と尋ねたが、兄は黙ってまた首を振った。

「んじゃ行ってくるね」

雑に日焼け止めを塗って、キャップを目深に被る。化粧をしている時間はないし、するつもりもない。作業しているうちに汗びっしょりになってベースメイクまでボロボロに崩れるから、この仕事を始めてからはすっぴんが基本だった。

七時十五分。玄関から飛び出した途端、全身が湿気と熱気に包まれて思わず息を止めた。雲一つない青空と、強烈な熱を放つ太陽が恨めしい。必要最低限の荷物が入ったワンショルダーバッグを背中に回しながら、わたしは団地の階段を駆け下りていく。

わたしと兄は、五階建ての公社団地の最上階に住んでいた。築年数は結構いってるし風呂は超狭いけど、駅から徒歩圏内にあって３ＤＫで五万切るのは破格の安さだ。文句は言えまい。

――やっぱり嘘、エレベーターがないのはちょっとどうにかしてほしい。

駐輪場に駆け込んでママチャリの二重ロックを解除し、地面を蹴りながらサドルに跨《また》った。大阪に越してきたばかりの頃はあまりのチャリの多さにいちいち驚いていたが、今ではわたしも毎日乗り回している。フラットな地形をしているため、自転車通勤は苦ではなかった。

平野区は大阪市二十四区の中で最も人口が多い。北部の加美《かみ》の方には工場がたくさん集まっていて住宅地という感じがしないけれど、区の南側――わたしたちの住む喜《き》連《れ》瓜破《うりわり》駅《えき》周辺には団地やマンション、アパートがみっちりと立ち並んでいるし、国道沿いにスーパーやら飲食店やらが集まっていて賑々しいというか、ごちゃごちゃした雰囲気だった。かと思えば区の中心地の平野には今も古社寺や古民家、環濠《かんごう》跡などの文化財が残っているから、同じ区の中でも地域によって印象は全然違う。

わたしの職場、大阪市環境局の東部クリーンセンターは生野区《いくのく》にあるので、平野地区を突っ切るようにして北上していく。通勤にかかる時間は片道で約三十分。最近はどんどん就寝時間が遅くなっているので、当然起きるのも遅れて、朝バタバタすることが多い。しかし頭は妙にすっきりしていた。

長居公園通を東に進む。瓜破《うりわり》霊園北の交差点で左折して、そのまましばらく直進。大通りから外れると古い町家がぽつりぽつりと見えてきた。

平野郷は大阪で最も早く開けた町、と聞く。平安時代に坂上《さかのうえの》田村麻呂《たむらまろ》の次男、坂上広野《ひろの》が土地の開発を進めたらしく、交通や商いの要所としてずっと栄えていたそうだ。戦国時代には集落の周りを環濠という堀で囲んで自治都市を運営していたという。平野の街並みには今でも環濠集落の区割りが残っていた。

ＪＲ大和路線の線路を越えて平野駅を通り過ぎ、国道四七九号をひたすら飛ばす。地下鉄北《きた》巽《たつみ》駅の出口が見えてきたら左折して、東部クリーンセンターに到着した。今日も今日とて遅刻ギリギリ。駆け足で三階の女性用更衣室へと向かう。

大阪市環境局に属する東部クリーンセンターは、東成《ひがしなり》区と生野区の環境整備――つまりは家庭ごみの収集を担う施設である。わたしはここで収集作業員兼ドライバーとして働いていた。

ロッカーを勢いよく開くと、青が目に飛び込んできた。夏用の薄手の作業着は鮮やかなスカイブルーだ。作業着に手を通し、時刻を確認しようとスマホを手に取ったら、兄からＬＩＮＥが入っていた。いつものように簡潔で愛想のないメッセージだ。

『物騒だからあんまりほっつき歩くな。遅くなるなら連絡しろ』

先月、大阪府内で殺人事件が二件発生した。一つは今朝ニュースでも取り上げられていた、吹田市の殺人だ。被害者の男は一軒家に一人で暮らしていたようで、家に押し入られて首を絞められて殺されたらしい。それが先週の木曜日に起こったことで、強盗殺人だか怨恨による殺人だか、詳しいことはまだわからないという。

もう一つ、吹田の殺人のさらに三日後――先週の日曜日に大阪市内で殺人事件が起きている。大正区の路上で、若い男性が刺されて死んだらしい。そっちの方は通り魔殺人だとか言われていたので、兄の忠告通り、夜道には気をつけた方がいいのかもしれない。

スタンプだけ送信して、スマホを作業着のポケットに入れる。収集作業中もセンターと連絡を取り合うことが多いので、スマートフォンの携帯は許されていた。

髪を一つにまとめ、「OSAKA CITY」のロゴが刺繍されたキャップを被ると、わたしはロッカーに張りつけられた鏡に向かって大きく舌を出した。三年前まで空いていた舌ピアスはすっかり塞がっていた。

外に出ると、既に作業着を着た職員たちが集まっていた。

「真莉愛《まりあ》、おはよう」

よっちゃんこと吉田《よしだ》が近づいてきたので、「おはよー」と返す。

「今日よっちゃんが運転やったっけ？」

「せやで」

安全体操をしながらよっちゃんと喋っていたら、業務主任の木下《きのした》――きいちゃんがやってきて、ミーティングの内容を簡潔に伝えてくれる。

「二人ともおはよう。今日は特に道路工事もないらしいから、いつも通りお願いしますとのことやった。あと、くれぐれも熱中症には気をつけるように」

「はーい、了解。ほんなら行こ」

タメ口を利いているが、よっちゃんも五十を過ぎたおじさんである。

大阪市のクリーンセンターの収集作業員はほとんど男、長い間採用が止まっていたから平均年齢も高い。技能職員の中では若い女はわたし一人で、去年の四月に働き始めたときは相当浮いていた。おじさんたちも当初は扱いに戸惑っていたようだが、そのうちみんな「若い女」は宇宙人でも希少生物でもなく同じ人間だということに気づき始めて、それからは随分と過ごしやすくなった。

わたしはよっちゃんたちと三人グループを組み、プレス式の小型収集車で普通ごみを回収している。一人がドライバー、二人が収集作業員という役割分担だ。

性格は大らかだけど動きはキレキレのよっちゃんと、ベテランで頼りになるきいちゃんと、フレッシュな真莉愛ちゃん。今年の四月に編成されたこの三人のチームは、なかなかいい連携をしていると自分でも思う。

センターの横には、まるでショッピングモールの駐車場のように巨大な車庫があって、そこにはわたしたちの作業着とお揃いのスカイブルーの収集車がずらっと整列していた。運転席のよっちゃんに続いて、真ん中の助手席へと乗り込む。小型プレス車には助手席が二つあるので、三人が横一列になって座るのだ。

「暑いよー、やっぱよっちゃん運転代わってよ」

「順番や。真莉愛は明日やろ」

「ケチ」

収集車は誰にでも運転できるわけではない。大阪市のクリーンセンターでは、環境局が指定する研修を受けていないと運転させてもらえないので、わたしも去年講習を聴きにいった。

わたしは収集車の運転が好きだ。狭い道幅を通るのも好きだし、マンションができる度に新しいルートを覚えるのも好き。こんなに楽しい乗り物はないんじゃないかと、常々思っている。

よっちゃんの運転する小型プレスダンプ車は勝山通を西に向かって進み、左折して今里筋を南下した。水曜日、一回目の収集は生野区南部の田島地域の一部を担当する。東部クリーンセンターから近い配置だった。

田島に着くと、収集担当のきいちゃんとわたしが車から降りて後方に回る。後部ボディに取り付けられた操作パネルのボタンを押して積込《つみこみ》装置を起動させると、よっちゃんがゆっくりとアクセルを踏み込んだ。

住宅に面した道路には、各家庭のごみ袋が横並びにずらっと置いてある。わたしたちは車の速度に合わせ、半透明の普通ごみ袋を次々に投入口へと放り込んでいった。

太陽は朝っぱらから容赦なく照りつける。確か今日の最高気温は三十五度を余裕で超えていたはず。三分と経たないうちに、作業服の色が変わってしまうほど汗びっしょりになった。アラミド繊維の作業用手袋の中は、まるでサウナみたいにひどく蒸れている。

収集車はやがて、田島六丁目の東の外れに建つ、七階建ての賃貸マンションの前に差し掛かった。わたしは素早く収集車の後ろに回り込むと、手を振り上げる。

「オーライ、オーライ！」

わたしの誘導にしたがって、収集車はバックしながらマンションの敷地《しきち》内へと入ってくる。ごみ置き場の近くに駐車すると、よっちゃんも運転席から降りてきた。

そのマンションのごみ置き場は、四方をコンクリートで囲まれた、大型の倉庫タイプのゴミステーション——つまり、よくあるタイプの集積所だった。収集日の早朝に管理人が開錠してくれることになっているので、ロックは掛かっていない。

打ちっぱなしのコンクリートが見えなくなるほど、集積所の中はごみ袋で埋め尽くされていた。湿気《しけ》たごみの臭いがマスク越しにも鼻をつく。どうやら蛍光灯が切れかけているらしく、灰色の光がチカチカと点滅していた。

「じゃあ行くよぉ」

後ろから「はいよ！」とよっちゃんの返事が聞こえた。わたしはごみ置き場の奥へと足を踏み入れた。

入口が狭いので、この集積所のごみは流れ作業で運び出していくことに決めていた。わたしは入口に立つきいちゃんに向かって袋を投げて、きいちゃんがそれをよっちゃんに渡して、最後によっちゃんが収集車に投入していく。

三分の一ほどごみを運び終えたとき、山の中から黒い袋がひょっこり出てきて、わたしは大きく溜息を吐いた。大阪市には指定のごみ袋がなく、中身の見える透明の袋なら何でもいいという決まりになっている。少し色のついた半透明の袋くらいならまあ大丈夫なのだが、この真っ黒なごみ袋はいっそ清々《すがすが》しいくらいのルール違反だった。

「もー、どいつもこいつも、何回言ったらわかんねん」

「ごちゃごちゃ言ってないでシール貼り」

きいちゃんから促され、オレンジ色のシールを取り出す。ルール違反のごみには啓発シールを貼って、回収せずそのまま置いておくのだ。

その黒いごみ袋は、他のごみよりも二回りほど大きかった。スタンダードな四十五リットルのゴミ袋よりも随分ずんぐりむっくりしているから、もしかしたら七十リットルくらいはあるかもしれない。

シールを貼り付けようと袋の表面をひと撫でした瞬間、わたしは思わず手を引っ込める。

——変な感触がした。人の身体を触ったときのような、柔《やわ》い手触りだった。

よく見れば、袋は色々な形状のごみを無理やり押し込めたように、恐ろしく歪《いびつ》な形をしている。持ち上げてみようと結び目を掴んでみても、重くてびくともしなかった。

「ねえ、これ。なんかめっちゃ重いんやけど……」

「は？」きいちゃんは不思議そうな顔をした。集積所の外にいるよっちゃんが「なんて？」と訊き返してくる。

嫌な予感ってこういう感覚のことを言うんだな、と頭のどこかで感心していた。恐いもの見たさで、わたしはその結び目をほどいた。

一番上に乗っかっていたのは、舌だった。ピンク色で、ぼてっとした形で、表面がザラザラしているのが見た目にもわかる。

たぶん、人間の舌だ。わたしは言葉を失った。

「なんやそれ、生ごみか？」

後ろから中身を覗き込んだきいちゃんが、うっと口元を押さえる。ここがごみ置き場の中だったために、気づくのが遅くなった。袋からは吐き気を催すような悪臭が漂っていた。

袋の口を大きく開ける。目に飛び込んできたのはたぶん、肩甲骨だった。目の前に人間の背中がある。太腿《ふともも》、ふくらはぎ、それから腕。頭もあった。ぐしゃぐしゃになった髪の毛で覆われていて顔は全く見えないのに、それが生首であることははっきりとわかる。

バラバラに切り刻まれた人間の身体が袋いっぱいに詰め込まれ、その全てが大量の血液でぐっしょりと濡れていた。しかしわたしは血の赤よりもむしろ、ぞっとするほど青白いその皮膚から目が離せなかった。

*

隙間から何か滑り落ちてきて、足元でべしゃっと音を立てる。血塗《ちまみ》れの財布だった。たぶん、この人の持ち物なのだろう。

振り返ると、血の気の引いた顔をしたきいちゃんとよっちゃんが石像のように突っ立っていた。

「これ、やっぱ警察かな」

口に出した瞬間、わたしたちははっと我に返った。転がるようにごみ置き場を出て、ぴしゃりと扉を閉める。

「わたし電話苦手やから、よっちゃん通報して。きいちゃんはセンターに連絡してくれる？」

こんなとんでもないトラブルに見舞われているのだから、わたしたちの収集車が今日他のごみを収集することはできないだろう。ならば他の車にルートを分担してもらえるよう、一刻も早くセンターに連絡を入れなきゃならない。非常事態にごみの回収のことを一番に気にかけているのが、なんだかおかしかった。

よっちゃんは一一〇番《ひゃくとおばん》をダイヤルすると、音声をスピーカーフォンに切り替えた。バラバラに切断された身体を見つけたと告げた途端、『何時に見つけましたか』、『今お一人でいらっしゃいますか』などなど、とにかく矢継ぎ早に質問が飛んでくる。電話口の向こうから緊迫感がひしひしと伝わってきて、これは只事《ただごと》ではないと今更ながら思った。

『すぐに交番から警官が向かいますのでその場でお待ちください。それと最寄りの警察署——生野警察署ですね。そちらからも連絡させていただきますので、携帯をいつでも取れるような状態にしていただけると助かります』

スマホをポケットに仕舞いながら、よっちゃんがぼそっと呟く。

「俺たち、お祓《はら》いとか行った方がいいんかな」

わたしたち三人はつい先日も、収集作業中にちょっとした事件に巻き込まれていた。約一ヵ月前、七月七日のことだった。生野区舎利寺《しゃりじ》地域で午前中の分の回収作業をしていた際に、路上で男性が倒れているのを発見したのだ。五十代から六十代くらいの男性で、意識はなく、息をしていなかった。

オロオロしていたよっちゃんときいちゃんに消防に連絡するよう命じて、救急車が来るまでの間、わたしが率先して人工呼吸と心臓マッサージを行った。なんだか今の状況と似通っている。幸いにも男性は搬送先の病院で意識を取り戻したらしく、わたしたちは消防署から感謝状を贈られた。

パトカーは五分と経たずにやってきた。制服を着た警官が二人降りてくる。警官の一人はわたしの手袋を見て、「素手では触られてないですよね?」と安心したように言った。

わたしたちから大まかに状況を聞いた後、制服警官たちは集積所の中に入っていったが、すぐに深刻そうな表情で外に出てきた。

きいちゃんが東部クリーンセンターに連絡を入れると、技能統括主任の奥村《おくむら》はもの凄く狼狽していたという。普段の奥村は岩みたいにどっしり構えていて、少々のトラブルじゃ顔色一つ変えないのに。今までも作業中の職員が不審物を見つけることは何度かあったそうだが、まさか管轄区域からバラバラ死体入りのごみ袋が出てくるなんて思ってもみなかったんだろう。きいちゃんが警官に「職場の責任者に来てもらってもいいか」と尋ねたら「ぜひお願いします！」と食い気味で言われたので、奥村もここに呼ぶことにした。

制服警官が三人応援に来て、さらに十五分後、スーツ姿の刑事っぽい人が四人、覆面パトカーに乗ってやってきた。マンションの中から野次馬もわらわらと出てきて、遂《つい》にごみ置き場はブルーシートに覆われる。それからは人酔いしそうになるほど次から次へと警官が集まってきて、わたしは途中から人数を数えるのをやめた。

センターからやってきた統括主任の奥村と一緒になって、わたしたちは休みなく警察からの質問に答えていった。最後にマンションの駐車場へと入ってきたのはパトカーではなく地味な黒のワンボックスカー。中から肩を怒らせた男たちが数人降りてきた。

きいちゃんの力ない声が隣から聞こえてくる。

「ありゃ府警の捜査一課やな……」

きいちゃんは随分と疲れている様子だった。遺体を見つけてから既に三時間以上が経過している。

「府警の捜査一課ってなに？　殺人事件を捜査する刑事のこと？」

「俺もようわからんけど、たぶんそうや」

「じゃあ最初の方に来たスーツの人たちは誰？　あれも刑事じゃないの？」

「所轄の人間やないかな」

「えー違いがわからん」

　スーツ集団はまっすぐにわたしたちの方へやってくる。スーツの先頭――まつエクしたみたいにバサバサの睫毛《まつげ》をした四十代くらいの刑事が、「あれを発見したときの状況をお伺いします」と言った。

　親切で柔らかい話し方だった制服の警官たちとは違って、まつエク刑事の声は硬い。まつエク刑事のすぐ後ろの、坊主とツーブロックの中間みたいな髪型をした若い刑事が、即座にメモを準備した。

「皆さんがマンションのごみ収集を担当されていたんですね。発見した正確な時刻はわかりますか？」

「八時四十五分」

　反射的に答える。何度も同じことを訊かれすぎて、一問一答の問題集をしつこく解かされているような気分になってきた。

「ごみ置き場に入る前、何か異変は感じましたか？」

「別に」

「近辺で怪しい人影なんかは見かけませんでしたか？」

首を横に振る。

「じゃあ悪臭が漂っていたとかは？」

「夏はごみの臭いキツいから。あんまり」

「いつもお三方がこのマンションのごみ収集を担当されてるんですか？」

これには奥村が答える。

「水曜日の普通ごみの回収で言いますと、このあたりの地域は木下、吉田、横島《よこしま》の三人が担当してます」

「なるほど。では、ごみ袋を最初に発見した方はどちらで？」

第一発見者ってやつだ。わたしが黙って手を挙げる。

「そちらの若い女性の方。ええと、お名前は……」

「横島真莉愛」

「大変申し訳ないんですが、ちょっとご同行願えますか？」

「は？」

わたしはまつエク刑事の顔をまじまじと見つめる。ご同行願えますかって、刑事ドラマとかで犯人が言われるやつじゃないか。

「わたし犯人じゃないよ？」

「わかってます。しかし急を要するんです」

助けを求めるようによっちゃん、きいちゃん、奥村に視線を送るが、「仕事のことは構わず行ってきなさい」と言われてしまった。事態が呑み込めずにキョロキョロしているうちに、わたしは刑事二人に両脇を固められ、あれよあれよという間にワンボックスカーに乗せられた。生野署は勝山通にあるはずなのに、車は今里筋を直進する。「道間違ってるよ」と教えてあげたかったけれど、車内の空気が重すぎて話しかけられなかった。

運転席の刑事以外は全員、それぞれのスマホで誰かに電話をかけている。狭い車の中でみんなが一斉に喋るせいで、聞き耳を立てても会話の内容はよくわからなかった。

今里交差点から長堀通に入る。逐一交差点を確認してしまうのは収集車ドライバーの職業病だ。上町筋を一直線に北上すると、運転席の刑事は馬場町交差点から左前方へとハンドルを切った。

南東の角が弧を描くようにえぐり取られた、特徴的な形の建造物が目の前にあった。大阪府警本部の本庁舎だ。駐車場に停まると、助手席の刑事はシートベルトを外しながら、わたしの目も見ずに言った。

「これから府警本部に向かいます。横島さん、あなたは危険な状況に置かれているんです」

「なんて?」

「説明は後ほど詳しく」

人にはたくさん喋らせるくせに、自分たちだけ説明を端折《はしょ》るなよ。噛みつきたい気持ちを抑えて、素直に後をついていく。

わたしは警察の組織編制をほとんど理解していなかった。府警本部と警察署の違いも知らないし、そもそもどうしてここに連れてこられたのかもわからない。訊きたいことは山ほどあったが、答えてくれそうな刑事は一人もいなかった。

ドラマや映画でよく見る取調室に連れて行かれるかと思ったら、狭い会議室のような部屋に通され、一人取り残される。わたしは仕方なく最後列の長机に着いた。

部屋には廊下に続く扉以外にもう一つ出入口があって、別の部屋に繋がっているようだった。複数の革靴が床に擦れるような音と、ピリピリしたムードが扉越しに伝わってくる。誰がわたしの相手をするのか話し合っているようだった。「俺が対応するわ」という、しわがれた男の声が耳に届く。

まもなく一人の刑事が部屋に入ってきた。四十代後半か、五十代くらいのおじさんだ。黒々とした髪をオールバックにして固めていて、鋭利な角度の眉毛が顔のパーツの中でくっきりと浮き上がって見える。ギラギラという擬態語が似合いそうな、強面《こわもて》の刑事って感じ。にこにこ笑ってるけど上下関係厳しそうな人やな、と心の中で勝手に予想を立てた。

「すんませんな、ご足労いただきまして。恐かったやろ？　長年刑事をしていても、ああいう遺体はなかなか見ないもんです」

おじさんは眞鍋《まなべ》と名乗った。渡された名刺には吹田警察署の刑事課長と書いてあって、どうやら府警の捜査一課の刑事とは違うらしい。

吹田署の人がなんで大阪市にいるんだろう。少し考えてピンときた。そういえば吹田市でも最近、殺人事件があったはずだ。

「もしかして、連続殺人？」

眞鍋は「勘がいいな」と笑った。いきなりタメ口かよ、と思わなくもないけど、わたしもおじさん相手に平気で舐《な》めた口を利くので全然構わない。

眞鍋はわたしの正面の椅子に腰を下ろすと、

「横島真莉愛さんでしたっけ。七月の下旬に大阪府内で発生した、二つの殺人事件については知っとるか?」

吹田市の事件と大正区の事件のことを言っているのだろう。ニュースを少し見た程度だと答えると、眞鍋は机の上で手を組み、前のめりの姿勢になった。

「第一の事件の現場は吹田市やな。先週の木曜日、七月二十七日の夜のことやった。江坂駅からほど近い戸建て住宅で男性が首を絞められて殺害されとるのが発見された。被害者は倉町康介という五十五歳の男性で、遺体の第一発見者は倉町の遠縁にあたる溝口慧《さとし》という若い男性」

「なんか溝口慧って名前、聞いたことある気がするんやけど」

「溝口もその三日後、殺されたからな。ニュースで耳にしたんやないか?」

「え、どういうこと?」

「第二の事件が発覚したのは倉町の殺害から三日後、七月三十日の早朝。大正区の路上で男が全身を複数箇所刺されて倒れているとの通報があって、現場に警官が駆け付けたが被害者は既に死んでいた。被害者の名前は溝口慧、三十歳。溝口の遺体の第一発見者は通りがかった近隣住民、小林照子という六十五歳の女性やった。そしてさらに三日後の朝——つまり今朝やな。あなたが発見したバラバラ遺体、恐らく小林照子のものと見て間違いなさそうや」

あれほどバラバラに解体されていたというのに、あの遺体がどこの誰のものか、もう調べがついているのか。いやそれよりも、さっきから同じ名前ばかりが繰り返し登場していることの方が気になって仕方ない。

「わけがわからん」

「第一発見者が連続して殺されとるわけや。まず倉町康介が殺された。その三日後、倉町の遺体の第一発見者であった溝口慧が、遺体で発見された。さらにその三日後、溝口の遺体の第一発見者であった小林照子が、遺体で発見された。大体二日おきくらいの間隔で遺体が転がされて、しかも三つの遺体のうち二つは、その一件前の事件の第一発見者というわけや」

眞鍋は意味ありげに言葉を区切り、こちらに視線を寄越す。

「つまり、あなたが次に狙われる可能性が高い」

「わたし、狙われるようなことした覚えないんやけど」

「倉町と溝口は遠縁とはいえ、親戚としての付き合いは一応あったらしい。だからこそ溝口は倉町が死んどるのを発見したわけやが――しかし小林照子にいたっては、倉町とも溝口とも全く接点がない。現状、小林と他の被害者たちとの繋がりは、溝口の遺体を発見したというその一点だけになっとる。あなたに狙われるような覚えはなくとも、犯人は遺体の第一発見者だからという理由であなたを殺そうとするかもしれん」

わたしは「まじか」と呟いた。

「なんで犯人は第一発見者を殺したがるの？」

「それは我々にもわからん。全くふざけた奴や」

眞鍋が忌々しげに顔を歪めるのを眺めながら、わたしはなんだか気が抜けたみたいにぽうっとしていた。普通は恐怖を感じるところなのだろうが、あまりに現実味がなく夢を見ているようだった。

――次にわたしが狙われる？　ただいつも通りごみを回収して、たまたまバラバラ遺体を見つけただけなのに？

「犯人はごみ袋の中に、被害者の衣服やら財布やらを切断遺体と一緒くたに入れとった。あなたも見たやろ？」

　そういえば、ごみ袋の中から血塗れの財布が滑り落ちてきたっけ。

「財布の中には免許証が入っててな。そのおかげですぐに小林照子の身元が特定できたんやけども、まるで犯人が『俺はこないだの第一発見者を殺した』ってわざわざアピールしとるようで腹が立つ。どれだけ警察を馬鹿にすれば気が済むのか。すぐに機動捜査隊や制服組に現場周辺を当たらせたんやが、犯人はごみ捨て場に切断遺体を置いた後、早々に退散したらしい」

　例のマンションの巡回管理人は、ごみ置き場を早朝五時から開けていたそうだ。五時から八時四十五分までの間だったら誰でも、それこそマンションの住民以外の人間でもごみ置き場に侵入することができたのだという。ごみの回収は八時半以降なので、五時から開放するのは早すぎるような気もするが、それが管理人のルーティンならば仕方ない。

　最近のマンションのごみ集積所だと、ごみ回収の時間帯だけ自動的に開錠される、タイマー機能付きの電子錠が取り付けられているところもある。しかし、遺体が捨てられていたのは年季の入ったマンションだった。当然、集積所付近には防犯カメラも設置されていない。

「いや、マンションのセキュリティのこととかどうでもよくて。それで、わたしこれからどうすればいいの？」

「ああ、すんませんな。まずは連絡先をお尋ねしても？　身分証のような物は持っとるか？」

今日はドライバーを担当する日ではなかったが、念のため運転免許証を持ち歩いていた。差し出すと、眞鍋は免許証に載っている住所をメモに書き留める。

「はー、二〇〇一年生まれ。二十二歳か、若いねぇ。一人暮らし？」

「いや、同居人が」

兄との関係を何と説明すればよいかわからず、言葉に詰まった。

「それは男性の同居人？　恋人と住んどるとか？」

「男と住んどることは確かなんやけど、恋愛的なアレではなくって。まあ兄みたいなもんかな」

「ご兄妹《きょうだい》ってこと？」

「ご兄妹ではないっす」

最近の若者は爛れとる、みたいな目を向けられるが、兄はただの兄でしかないし指一本触れたことも触れられたこともない。てか、誰と一緒に住もうがわたしの勝手だ。

眞鍋は後ろのドアを開けて顔だけ突き出し、「新田《にった》、瀬名《せな》！」と誰かの名前を呼ぶ。扉の向こうの部屋には何人か他の刑事が待機しているようだ。

部屋の中に入ってきたのは、二人の刑事だった。

一人目は三十代半ばくらいの女の人。グレーのスーツは少しくたびれているが、身体にぴったり合っている。ストレートの黒髪をきつく結んでいて、アーモンド形の目はきりっとしていた。ストイックなアスリートみたいだな、と思う。

二人目は二十代後半か、三十になったばかりくらいの男の人だった。たぶん女の刑事さんより年下。ふわふわの髪とアヒル口が特徴的で、カモノハシみたいな可愛さがある。眞鍋とは違って刑事っぽくない二人だった。

並んで休めの姿勢を取った二人の横で、眞鍋が言う。

「こちら新田巡査部長と、瀬名巡査長。これからは主にこの二人があなたの警護にあたる」

「警護？」

「まあ、特捜本部が臨時に編成した身辺警護ユニットやな。二十四時間態勢であなたにぴったり張り付くことになった」

「は？　聞いてないんやけど」

「何しろ突然のことやから」

新田——アスリートみたいな刑事と目が合う。彼女がつかつかとこちらに歩み寄ってくると、柑橘系と花が混じったようないい匂いがした。香水ほどくどくはないから、たぶんハンドクリームか何かの匂いだろう。彼女はよく通る声で言った。

「吹田署刑事課強行犯係主任の新田如子《いくこ》です」

名刺を受け取りながら、わたしは口の中で「いくこ」とその名前を呟いた。三十代くらいに見えるのに、古風な名前だ。

ふと視線を感じて顔を上げる。如子がわたしの顔をまじまじと見つめていた。

「な、なに？」

「すみません、横島さんのお顔に、どことなく見覚えがあるような気がして」

「はあ」

「私たち、どこかで会ったことありますか？」

大真面目な顔をして下手なナンパみたいなことを言うから、思わず笑ってしまった。

「たぶん、ニュースで観たんやと思う。あ、悪いことしたわけじゃないよ」

路上で倒れた男性の救命活動に貢献した件で、わたしは区の消防署から感謝状を贈られた。救護したのは先月の上旬だが、表彰されたのはつい先週の金曜日のことだ。ローカルニュースでちょこっと流れたし、ネット記事でも取り上げられていたから、もしかしたらそれでわたしの顔を知ったのかもしれない。そう伝えると如子は納得した様子で頷いた。

次にカモノハシみたいな刑事――瀬名から名刺を貰う。

「瀬名環《たまき》って言いますー。よろしくです」

「えー、名前めっちゃ可愛いね」

瀬名はにこにこ笑って「あざまーす」と会釈する。ゆるキャラみたいな見た目だけじゃなく、間延びした声まで可愛い。兄も含め、男に「可愛い」と言うとなぜだか気を悪くされることがあるけれど、瀬名は特に気にしていない様子だった。

挨拶が済むと、眞鍋は「それじゃあ」と部屋から出て行こうとする。

「待ってよ、まだ何もわからんのやけど。急にSP的な人押し付けられても困るし」

「大丈夫や、詳しいことはそこの新田に聞けばわかる。あとな、あなたもう二十歳超えとるんやから、きちんと敬語使えるようにならなあかんよ。――新田、後は頼んだぞ」

お前だって二十歳超えとるんやから敬語使え。そう抗議してやりたかったのに、眞鍋はわたしが口を開く前に会議室を去っていった。

取り残されたわたしたち三人は無言で顔を見合わせる。気まずい沈黙を破るように、瀬名が明るい声を出した。

「僕、裏の駐車場から車を取ってきますね。正面玄関で待っててください」

*

府警本部を出ると、瀬名が表に車をつけていた。ごく普通のグレーのセダンだ。

車に乗り込むと、助手席の如子がこちらを振り返る。

「横島さん、ご飯食べられますか」

バラバラ遺体を見たばかりのわたしを心配してくれているのだろう。

「意外と大丈夫っぽいかも」

「よかったです。どこかでランチしながら話しますか」

瀬名は「肝据わってますねー」と平坦な調子で言いながら、車を発進させる。

「何か食べたいものは?」

「強いて言うならラーメン」

「ラーメン……はちょっとゆっくりお話しできないですね」

「じゃあ何でもいいよ」

セダンは上町筋をまっすぐ南に進み、天王寺区役所近くのファミレスに入った。取り敢えずホットサンドとドリンクバーを注文すると、わたしはテーブルに身を乗り出し、捲し立てるように言った。

「まったく状況わからんのやけど。新田さんと瀬名さんって、どこの組織のどういう人なん？　何？　今どういう捜査があってんの？」

それまでずっと感情の読み取れないポーカーフェイスを作っていた如子が、初めて眉根を寄せて申し訳なさそうな顔をして、

「不安にさせてしまってすみません」

深々と頭を下げる。謝ってほしいわけではなかったから、少し焦った。

「先ほどは眞鍋が失礼しました。混乱させてしまいましたよね。よければ、一から説明させてもらえませんか？」

「……いいよ」

「まず、捜査本部ってわかりますか？」

如子はトートバッグから手帳を取り出した。可愛いコアラのワンポイントが刻印された、群青色の手帳だ。

「わぁ。可愛いね、それ」

如子は真顔で「でしょ」とコアラを指差してから、白紙のページに警察の組織図を書き始める。本気で一から教えてくれるつもりのようだ。

「普通は大阪市の生野区で起きた事件は生野署担当、吹田市で起きた事件は吹田署担当、とい

うふうに事件が発生した地域を管轄する警察署が捜査を進めるようになっているんですが、殺人などの重大な案件の場合、捜査本部というのが立ち上げられて、大阪府警察本部——つまり大阪の警察全体をまとめている組織と管轄の警察署とが一緒になって捜査することになるんです。そして捜査本部は基本的に、事件が発生した所轄署に設置されます。所轄というのがさっき言った、事件を管轄する警察署のことですね」

「所轄は知ってる。踊る大捜査線の青島くんたちがおるところやろ」

「若いのによう知ってはりますね」

「実家のお隣のおばちゃんが柳《やなぎ》葉《ば》敏郎《としろう》好きやったから、再放送一緒に観てた。ドラマめっちゃおもろいよね」

「わかります、私も映画よりドラマ派です。——ただし、今回の連続殺人事件は吹田市、大阪市大正区、生野区というふうに広範囲にわたって発生していて、事件を管轄する所轄署も吹田署、大正署、生野署の三つとなっています。せやから例外的に、府警本部に捜査本部が設置されてるんです。それも普通の捜査本部やなくて特別捜査本部。府警は一連の事件を、社会に多大なる影響を及ぼす重大事件やと認識してるというわけです。ここまでのところ、何かわからない点はありますか？」

「なんとなくわかった、と思う」

　如子と瀬名は、吹田署、つまり所轄の刑事課に所属している刑事だという。さっき会議室で喋った眞鍋というおじさんは刑事課長で、如子や瀬名の直属の上司にあたる。

　一件目の殺人——吹田市での殺人事件が発覚した翌日の昼には吹田署に捜査本部が立ち上げ

られたので、如子たち吹田署の刑事たちは、本部の捜査一課から派遣された捜査班と一緒になって捜査にあたっていたそうだ。ところが七月三十日、大正区で二件目の事件が発生した。

「一件目との関連性や広域性を見込んで、吹田署にあった捜査本部は府警本部に再設置され、規模も大きくなりました。百人態勢で捜査に臨むようになったんです。今はもっと膨れ上がって、百五十人から二百人くらいの人員になってるんやないですかね」

「え、待って。二百人もおんのにわたしの護衛二人？」

「上層部も迷ってるんです。本当はもっと厳重な態勢で警備にあたりたいところですが、『第一発見者が連続して殺されているからといって次の第一発見者が狙われるだろうか』とそもそもの前提条件を疑う意見もあるようで。横島さんからすればたった二人の護衛では不安かもしれませんが、じきに応援も来るでしょう。大丈夫ですよ、瀬名さんは経験豊富な剣道家で腕が立ちますし」

　如子の左隣に座る瀬名は、テーブルに頰杖を突きながら、

「こう見えて府警の術科大会では負け知らずなんですよー」と笑う。

「新田さんは？　新田さんも剣道強い？」

「剣道はやってないです」

「じゃあ肉弾戦が得意とか？　何ていうんやったっけ。逮捕術？」

「私はまあ、アレですね。全力を尽くします」

「なんか不安になるな」

　そうこうしているうちに注文していたメニューが来たので、一旦食事に集中することにす

る。如子と瀬名はカレーのプレートを頼んでいて、わたしがホットサンドを一切れ食べている間に二人とも綺麗に食べきってしまった。

「食べるの早」

「刑事はみんなこんなもんですよー」

「いいなぁ、羨ましい。わたし食べるの遅いんよね」

「糖尿病まっしぐらですよ。ゆっくりのままの方がいいです」

如子は紙ナプキンで口元を拭いつつ、追加のパフェを頼んだ。コーヒーゼリーサンデーが届くと、手帳カバーのポケットからミニサイズの市街地図を取り出してテーブルに広げた。

大阪市を中心としたマップの中、三つのポイントにペンで印をつける。吹田市、大正区、そして生野区の田島。どれも殺人事件が起きた場所だった。

「前の二件の概要、横島さんにも軽く説明しますね」

「え、それ言っちゃって大丈夫なやつですか。内規的に」

瀬名が横から口を挟むが、如子は平然としている。

「いきなり警察に取り囲まれて『警護』だなんて言われても納得できないでしょう。横島さんにも、一連の事件の特殊性を知ってもらった方がいい」

その言葉が無性に嬉しくて、如子を信頼したいと思ってしまった。わたしは結構ちょろいのかもしれない。

お昼の時間帯はとっくに過ぎているし、わたしたちの席の周りには誰も座っていない。少しくらい事件の話をしても大丈夫そうだ。

「まずは第一の事件——倉町康介の殺害について。七月二十七日、江坂駅から徒歩十五分くらいの距離にある一軒家で、倉町が首を絞められて殺害されているのが発見されました。死因は絞死、つまり紐《ひも》状のもので首を絞められたんです。甲状軟骨という、喉仏のところにある軟骨が骨折していたそうですから、かなり強い力で圧迫されたんですね。死亡推定時刻は前日の二十時から二十三時にかけての間でした」

「ってことは二十六日の夜に殺されたってことよね？」

「その通りです。現場には犯人のものらしき指紋や毛髪などは残っていませんでした。犯人は窓の一部を割り、クレセント錠を開錠してから侵入したようなんですが、非常に手際がいいんです。当初はプロによる強盗殺人も疑われましたが、物を盗《と》られた形跡が見られなかったため個人的な恨みによる殺人の線が有力視されました」

　わたしはテーブルの下でこっそりスマホを取り出して、「吹田市」「殺人事件」と適当に検索バーに入力した。ニュースの一覧ページに飛ぶと、怪しげな記事がトップに表示されている。どうやらそれは、倉町康介の生前のスキャンダルを報じている記事のようだった。

大阪市内の私立高校に教諭として勤務していた倉町は、長らく女子バレー部の顧問を担当していたが、殺人事件が起きるちょうど一週間前、体罰と暴言が問題になって六ヵ月の停職処分を食らっていた。つまりこの倉町康介という被害者は、自宅謹慎の最中に殺されたのだ。

　わたしは興味本位で尋ねてみる。

「倉町康介の周りに怪しい人はおらんかったん？」

体罰教師なんて、たくさんの人に恨まれてそうじゃないか。しかし如子はゆっくりと首を振った。

「それが……捜査本部が一番に目を付けたのは、第一発見者の溝口慧でした。倉町の人間関係を調べたところ、一番強い怨恨の感情を持っていそうなのが彼やったんです」

「まじ？　二番目に殺されてる人やん」

「溝口慧は倉町の従兄の息子でした。倉町から見れば従甥《いとこおい》、溝口から見れば従叔父《いとこおじ》という続柄だそうです」

「遠い親戚って感じね。でも、親戚のおじさんを殺したくなるってどういう状況？」

「倉町康介は独身で親しい友人もなく、従兄である溝口大輔《だいすけ》さん――溝口慧の父親に精神的にべったり依存していたそうです。お金も二百万円ほど借りていました」

「金銭トラブルってこと？」

「いえ、その方面はあまり重視されていません。口約束による借金がトラブルを引き起こすことはよくあるんですが、溝口の父はちゃんとした借用書を用意していました。支払期限や返済方法まできちんと織り込まれていたそうですから、そこそこ円満やったはずです。溝口はとにかく、倉町が自分の父に頼りきりで、実家に入り浸っている状況を苦々しく思っていたんですよ。倉町はあまり素行がよくなかったそうですから、溝口としては縁を切ってしまいたいのに、彼の父は倉町に甘かった。『親父《おやじ》が死んだら俺があいつの面倒を見なきゃいけなくなりそうで恐い。堪えられない』と周囲に度々漏らしていたそうです」

「なるほどね」

「倉町康介は殺される一週間前、職場で問題を起こして停職処分を受けていました。溝口はこれを機に絶縁状を叩きつけようと、七月二十七日の十九時頃、吹田市にある倉町の家を訪ねたのですが、そこで倉町の遺体を発見しました。捜査本部は、この遺体発見のタイミングが何とも怪しいと見ていたんです。今まで溝口は倉町を徹底的に避けていたのに、倉町が殺害された翌日に偶然彼の家を訪ねるなんて、まるで家の中に遺体が転がっとることを知っていたかのようやな、と」

話を聞いているだけでも、溝口が怪しく思えてくる。でも溝口には完璧なアリバイがあったのだ、と如子は言った。

「溝口は天王寺の上本町《うえほんまち》にある弘川《ひろかわ》医科大学附属病院で看護師として働いていました。倉町が殺されたと推定される二十六日の夜はちょうど夜勤の日で、複数の看護師、医師、患者から勤務中の姿を見られています。目撃情報を繋ぎ合わせると、天王寺の弘川病院から吹田市の倉町宅まで行って殺人を犯すのは難しそうでした」

それでも、如子は溝口を疑わしく思っていたのだという。直接彼に事情聴取をしたとき、台本を用意していたかのような受け答えをされたのがずっと引っかかっていたらしい。何か裏があるのではないかと怪しんでいたが、結局、それ以上溝口から証言を引き出すことはできなくなってしまった。溝口慧がすぐに殺されてしまったからだ。

「第二の殺人が発覚したのは七月三十日でした。大正区の西泉尾《いずお》運動公園ってわかりますか。国道四三号を西に向かってまっすぐ進んでいった先に見えるんですけど。グラウンドが中に入っているような、結構大きい公園です」

「わかるわかる」

「あの公園のすぐ横の通りで、溝口が倒れていたんです。三十日の早朝、散歩中の地域住民に発見されました。死因は出血性ショック死。致命傷となったのは上腹部の刺創による肝臓損傷ですが、他にも全身に複数箇所、刃物による切り傷や刺し傷が認められました。死亡推定時刻は零時から二時にかけて。夜道を歩いているところを突然刺されたような感じです」

　溝口は殺害現場から百メートルほど離れたマンションに一人で住んでいて、そこから自転車で職場の大学病院に通っていたのだという。

「二十九日の夜、溝口は福島区の実家に寄っていました。親戚が集まって倉町康介の通夜や葬式の段取りについて打ち合わせていたそうで、彼もそこに顔を出していたんです。話し合いは遅くまで続き、溝口の両親は家に泊まるよう勧めたんですが、彼はそれを固辞して終電で帰ったそうです。恐らく大正駅から自宅マンションに向かって歩いているところを狙われたんでしょう。そして、彼の遺体を発見したのが小林照子さんという女性でした。大正区にお住まいで、早朝に散歩するのが日課やったそうです。血塗れで倒れている溝口を見つけて、大変動転していたと聞きました」

「小林さんって、わたしが見つけた人よね」

「ええ。彼女のご遺体はまだ詳しく調べられてはいませんが、検視官曰《いわ》く、八月一日前後に死亡したようです。死亡推定時刻を狭めるには司法解剖を待たなければなりませんが、あれだけバラバラにされていればちょっと難しいでしょうね。——ご遺体の話をしても大丈夫ですか？」

「大丈夫」

ホットサンドはあらかた食べ尽くしている。

「横島さんが発見してくれた黒いごみ袋の中からは、両腕、両足、臀部《でんぶ》、胸部、臓器など、ほとんどの身体の部位が見つかりました。それから頭部も。なぜだか犯人は被害者の運転免許証まで袋の中に入れてましたし、遺体のお顔がわかったのですぐ身元が判明しました。死因はおそらく頭部損傷。側頭骨に陥没骨折が見られたようです。鈍器で殴打されて死亡した後、バラバラに切り離されたんですね」

「免許証が入ってたのは、第一発見者を殺してるぞーっていう犯人のアピールやって聞いたけど、ほんと？」

「その可能性は大いにあります。殺人犯は普通、遺体を処分する際身元の特定を防ぐために頭や指は処分してしまいたいと考えるものですが、この犯人はわざわざ残していたので。顔写真付きの身分証を一緒に入れたのも、被害者の身元を特定してほしいという欲求のためかもしれませんね」

「変なの」

「小林さんの殺害には、他にもおかしな点があります。倉町が自宅で殺害され、溝口が自宅付近の路上で殺害されていたことからわかるように、これまで犯人は被害者の生活圏内に自ら赴いて殺人を犯し、その遺体を現場に放置していました。しかし、小林さんのケースだけは、どこで殺害が実行されたのかがわかっていないんですよ」

「殺害現場がわからんってことね」

「はい。小林さんはどこかで殺されて解体され、さらに切断遺体を袋に詰められて生野区のマンションのごみ置き場まで運ばれたんです。遺体を運ぶためには犯人も移動しなきゃいけなくなるので、その分犯行が発覚するリスクが高まるんですが、犯人は冒険しています」

「なんかそれってさ、まるであのマンションのごみ置き場にやってくる収集員に遺体を発見させるために、わざわざ移動させたみたいやね」

ごみ袋に詰めやすいように遺体をバラバラにして、この暑い中わざわざマンションのごみ集積所まで袋を運び入れる。わたしに遺体を見せつけたいみたいだ、となんとなく思った。まさかとは思うが、犯人はわたしを遺体の第一発見者に仕立て上げることによって、次のターゲットに指定しようとしていたりして。

半分冗談のつもりで言ったのに如子は否定してくれない。わたしたちのテーブルは急にしんと静まり返って、遠くの席の客のフォークが皿に当たる音まで聞こえた。

それまで黙って聞き手に回っていた瀬名が、微笑みつつ口を開く。

「まあ、犯人のターゲットが本当に横島さんであるかどうかはわかりませんよ。僕はこの事件、ＡＢＣ殺人の類型だと思います」

「なに、ＡＢＣ殺人って」

「アガサ・クリスティーの有名な推理小説に『ＡＢＣ殺人事件』っていうのがあるんですよ。そこに出てくるトリックと言いますか、連続殺人の構造が今回のと似てると思うんです。あ、ネタバレしてもいいですか？」

「いいよ、わたしネタバレ全然平気」

「ならよかったですー。ざっくりまとめると、Ａから始まる地名の町でイニシャルがＡ・Ａの人物が殺されて、Bから始まる地名の町でイニシャルB・Bの人物が殺されて、Cから始まる地名の町でイニシャルC・Cの人物が殺されて……というふうにアルファベットの順番でどんどん人が殺されていく、奇妙な連続殺人が起こるんですよ。被害者同士には何の接点もありませんが、属性に法則があるわけです。犯人は何を目的としてその法則を守りながら殺人を繰り返しているのか、というのが物語の中の最大の謎なんですが」

「やば。犯人クレイジーすぎるやろ」

「それがですね、犯人はものすごく冷静にこの狂気の連続殺人を成し遂げてるんですよ。本当に殺したかったのはたくさんの被害者のうちのたった一人で、他の人間はカムフラージュのために殺されちゃってたんです」

　他の被害者はとばっちりってことか。可哀想。わたしは思いっきりしかめっ面を作った。

「本当に殺したい人だけ殺すと、動機の面から自分に捜査の手が伸びてくるのがわかりきっていたから、あえて全く関係のない他の殺人を複数犯すことで、自分の強固な動機を相対的に薄めようとしたんですよ。しかもアルファベット順の殺人という法則を付与することで、まるで狂気に陥った犯人が言葉遊びのために人殺しを繰り返しているように演出できるというわけですー」

「なんか一周回ってアホやない？　アルファベットって二十六個やろ。一人殺すために二十五人も巻き添えにすんの？」

「ターゲットを殺した後に適当なところで打ち止めにしてもいいので二十六人全員殺さなきゃいけないってわけではないですが、まあアホですね。小説の中だから面白いんであって、現実で真似しようとしたら犯人側の負担が大きすぎます。でもなんだか、一連の事件はＡＢＣ殺人のパターンに似てませんか？　第一発見者という被害者の共通点によって、まるで犯人が娯楽のために第一発見者を選んで殺しているように見える点とか。物語の中で『ＡＢＣときたら、今度はＤ町で殺人が起きるはずだ！』などと恐れられていたように、新たな第一発見者となった横島さんの身が危ぶまれるようになってますし」

「じゃあさ、倉町、溝口、小林の三人の殺人で本当のターゲットを既に殺し終えてるんなら、犯人はもうわたしを殺す必要ないってこと？」

　そう尋ねると、瀬名はふいっと目を逸らして苦笑いする。

「えーっと、仮にターゲットを殺し終えているとしても『第一発見者の連続殺人』と銘打つならもう一人くらい第一発見者を殺したいところですよね。だって倉町は第一発見者じゃないので、第一発見者はまだ二人しか殺されてないんですよ。それに本当のターゲットが横島さんやという可能性もあります」

「じゃあ駄目やん。結局わたし狙われてるやん」

如子の咳払いが聞こえた。「あまり横島さんを恐がらせないでください」と瀬名を窘《たしな》める。

「大丈夫です。犯人逮捕までの間、私たちが横島さんをしっかり警護しますから、犯人の思い通りにはさせません。——話は変わりますが、今朝、横島さんが遺体を発見したとき、周囲に怪しい人影はありませんでしたか？」

　首を横に振る。収集車があのマンション付近に辿り着いたのは八時四十分くらいだったと記憶しているが、九時前頃というのはとにかく微妙な時間帯なのだ。大阪市の中心部の方に仕事に行く人はとっくに家を出ている頃だし、スーパーやショッピングセンターはまだ開いていないため、人通りが少ない。つまり怪しい人間を見かけたのなら絶対に覚えているはずなのだが、田島地域の周りで誰かとすれ違った記憶はなかった。

「でもさ、あのごみ置き場は朝の五時から開いてたんやろ。犯人は朝早くにごみ置き場に遺体を捨てて、わたしが発見する頃にはとっくに別の場所に逃げてたはずやない？」

「そうとも言いきれないんです」

如子は深刻そうな顔をしてアイスコーヒーに口をつける。さっき瀬名がＡＢＣ殺人について語っている間にドリンクバーから取ってきたようだった。

「ニュースで被害者や容疑者の個人情報が取り上げられることはありますが、遺体の第一発見者の顔や名前は報道されないでしょう？　遺体の第一発見者が誰だったのかなんて、犯人に知られるはずないんです。つまり犯人が第一発見者を連続して殺すためには、遺体を発見するであろう人を予測するか、遺体を監視して第一発見者の顔を認識する必要があります。溝口は倉町の親類でしたから、もし犯人が倉町の人間関係に詳しい人物であったのだとしたら、溝口が遺体を発見するだろうと予測することができたかもしれません。ところが溝口の遺体を発見した小林照子はただの通行人で、他の被害者とは何の接点もありませんでした。だから私は、犯人は小林さんが発見するところを見てたんやないかと思うんです」

「見てたって？」

「溝口が倒れていた通り沿いには、公営団地がずらっと並んでいました。犯人は溝口を路上で刺殺した後、団地に逃げ込んでどこかの踊り場から遺体を監視していたのではないか、と睨んでいます」

通り沿いの団地から顔を覗かせ、溝口の遺体を監視し続ける犯人の姿を想像してみる。

如子が言いたいことがやっと理解できた。小林が遺体を発見するところを犯人が監視していたということは、わたしがごみ置き場で小林の遺体を見つけたときも犯人は案外すぐ近くにいて、わたしの顔をじーっと観察してたのかもしれない。わたしはぶるりと肩を震わせた。

「てか如ちゃんめっちゃ頭いいね」

「如ちゃん」と真顔で復唱する如子に、「わたしのことは真莉愛ちゃんって呼んでいいよ」と軽く告げる。

「わたしの警護なんかやってないで、他の刑事たちにビシバシ指示すればええやん」

「私は府警の捜査方針や上司の指示に従う立場なので。一応、溝口の遺体が発見された大正区の路上周辺、小林の遺体が発見された生野区のマンションごみ置き場周辺の聞き込みを強化すべきだと課長に進言はしましたが。そういう方向で地道に捜査が進めば、いずれ犯人の足取りはわかると思います」

なんだか含みのある言い方だった。如子の提案はなかなか冴えていると思うのだが、捜査本部の主流の意見とは違った見方なのだろうか。

「もしかして、捜査あんまり上手くいってへんの？」

「捜査本部が混乱してるのは事実です」と如子はあっさり肯定する。

「そもそも、横島さんが小林照子の遺体を発見したことによって、第一発見者が連続して狙われているという法則の信憑性が高まったばかりです。それまで小林さんはただの第一発見者で、倉町、溝口の事件とは何の関係もないように思われていたので」

瀬名も浮かない表情を浮かべる。

「捜査本部はてんやわんやですよー。今朝の段階で上層部は完全に変態の犯行だって決めつけちゃって、過去関西圏で凶悪事件を犯した前科者リストを作成したんです。虱潰《しらみつぶ》しに当たれーって。もうちょっと上の人たちにも冷静になってもらいたいです」

よくわからないが、警察も色々大変なのだろう。

思い出したようにドリンクバーからメロンソーダを取ってきたわたしは、ストローの袋を破りながら、「ねえ」と切り出す。如子の丁寧な解説のおかげで、三件の殺人事件のことは大体摑めたような気がするけれど、どうしても一つ、訊いてみたいことがあった。

「わたしがごみ袋を開いたとき、一番上にたぶん、被害者の人の舌が乗っかってたんよね。なんで犯人は遺体から舌を切り離したの？」

ごみ袋に詰めやすいようにするために手足を切断するのは、行動原理としてはわからなくもない。でも舌は、わざわざ切り取らず口の中に仕舞っておいた方がいいように思える。

当然わたしの頭の中にはあの事件のことがあったが、あえて自分の口からは出さなかった。

瀬名にちらっと目をやった後、如子が言った。

「実は三つの事件では、全て遺体から舌が切り離され、現場に捨て置かれていました。生活反応はなかったので、犯人は被害者を殺した後にわざわざ舌を切断したようです」

「え、三件とも？」

「第一発見者がターゲットになるという法則が発覚する前から、吹田の殺人と大正区の殺人とが連続殺人事件として扱われていたのは、もちろん溝口が倉町と血縁関係にあったからという理由もありますが、遺体から舌を切断するという手口が共通していたからです。横島さん、樋藤事件は知ってますよね？」

「もちろん」

興奮を無理に抑えたような、変な声になった。

三年前――二〇二〇年八月九日、熊本県天草市の上島沖に浮かぶ徒島という小さな無人島で、七人の他殺体が発見された。殺害された七人のうち一人は徒島の海上コテージの管理人で、残る六人は東大阪市の高校を卒業しており、学生時代から続くいわゆる仲良しグループのメンバーだった。

犯人は、被害者らと親しくしていたはずの若い男――樋藤清嗣。樋藤は外界から隔たれた無人島で彼らを殺害した後、全ての遺体から舌を切り取っていた。

事件が発覚したきっかけは、犯行声明という名の告発文がネットに出回ったことだった。樋藤清嗣はその犯行声明を、八月九日の午前八時にアップロードされるよう設定してから徒島へと渡っていたのだ。その特殊性から、「樋藤事件」は大いに世間の注目を集めた。

高校時代、樋藤清嗣には仲良くしていた先輩がいた。同じサッカー部で、学生寮のルームメイトだったその先輩は、橋本亮馬を主犯とした高校生のグループに暴行を受けている最中に舌を噛み切ってしまったという。

樋藤清嗣は猛烈に怒り、復讐を誓った。友人のふりをして犯人グループとの距離を縮め、無人島の海上コテージで皆殺しにしたのだ。遺体から舌を切断するのも忘れずに。

コテージの管理人である九城健太郎まで巻き添えにしているから、ただの身勝手な殺人鬼だとの見方が世論の大勢を占めたが、ネット上では樋藤に同情的な声も多かった。

「まさかあの事件と何か関係あるん？　でも樋藤清嗣って、植物状態なんじゃなかったっけ」

七人を殺害した後、樋藤は腹部に自ら包丁を刺し、海に飛び込んで自殺を図ったのだ。そして事件発覚当日に天草上島沖を漂流しているところを発見され、熊本県内の救急医療センターに搬送された。意識不明の重体だった。

「ええ、樋藤は溺水によって低酸素脳症を発症し、遷延《せんえん》性意識障害に陥りました。熊本県警は彼を犯人と見て捜査を進めましたが、意識回復の目途が立たないので未だに逮捕状は請求されていません」

逮捕前にもかかわらず容疑者の名前が世間に知られているのは、犯行声明に全部書かれていたためである。本名は井上清嗣と言うそうだが、彼が被害者たちに近づくために使った偽名の方が有名だった。

「じゃあ、誰かが真似してるってこと？」

「模倣犯の可能性はあります。あの事件では、全ての遺体から舌が切断されていたことが取り沙汰されましたからね。嫌でも類似性を感じざるを得ない」

瀬名も渋い顔をする。

「今回の事件、結構重めの緘口《かんこう》令が敷かれてるんですよ。第一発見者が連続して殺されているという事実については横島さんの安全のために報道管制が行われていますし、樋藤事件と関連づけて騒がれることを恐れた上層部が、舌の切断という情報についてもマスコミに伏せています。横島さんも口外はご遠慮くださいね。ＳＮＳも駄目ですよ」

神妙に頷きながらも、わたしは胸の中で期待が膨らんでいくのを感じていた。わたしは彼——樋藤清嗣のことを他人と思えないのだ。樋藤事件と何か関わりがあるのならば、俄然《がぜん》興味が湧いてくる。

「被害者の人たちってさ、悪いことしたから舌を切り取られたのかな？」

問いかけてみると、如子は不意打ちを食らったように一瞬だけ目を見開いた。

「最初の被害者の倉町って人、体罰教師やったんやろ？」

「……何を見たのかわかりませんが、ネットの情報を鵜呑《うの》みにしないように」

ソースの怪しいネットニュースではあったが、如子の反応を見て、きっと本当のことなんだろうなと思った。やはり倉町康介は悪人だったのだ。

樋藤事件の真似をしているとしたら、犯人の目的は復讐か、悪人に罰を与えることだろう。だとしたらきっと、倉町康介は体罰をしたために殺されたのだ。溝口慧、小林照子が殺された理由は不明だが、隠れて悪いことをやっていたのかもしれない。彼らは第一発見者になったから殺されたんじゃなく、犯人に選ばれたのだ。

そこまで頭を巡らして、ちょっと待てよと首を傾げる。それならわたしが次のターゲットに指定されたのも、わたしが悪いことをしたからってことにならない？　そんな覚えはないのだけれど。

ごちゃごちゃと考えていたら、「横島さん」如子に呼びかけられ、わたしは勢いよく顔を上げた。

「これからのことについて話し合いましょうか。こういった状況ですから、横島さんを二十四時間態勢で警護する必要があります。できればしばらくの間お仕事を休んでもらって警察施設に来ていただきたいところなんですが……」

「やだ。有休使いたくない」

「そうですか。では、仕事先に付き添わせてもらうことは可能ですか？」

「わたしの仕事、車でめちゃくちゃ動き回るんやけど。如ちゃんたち連れて行って大丈夫なんかなぁ」

今の時刻は十六時——あと三十分でクリーンセンターの終業時間。そろそろ最後のごみを焼却場に運び終えた収集車がセンターに帰ってくる頃だ。一応職場に連絡して、上司に諸々の確認を取ってみることにする。大の電話嫌いであるわたしは、スマホの電話帳を開くだけで憂鬱な気分になった。

奥村は重い溜息を吐きながら電話に出た。訊けば、クリーンセンターにも警察が大勢やってきて、次々と質問を浴びせられたらしい。マンションの集積所にあったごみを全部回収して調べるとかで、今日わたしたちが乗っていた収集車も生野署に持っていかれてしまったりと、一日中大騒動だったようだ。

如子が電話を代わりたいというのでこれ幸いとスマホを渡す。警察がわたしの警護を務めることを伝えると、奥村は『パトカーが収集車の後ろをついて回るってことですか？』と困惑したような声で言った。

「いえ、一般の車と区別がつかないような捜査車両で警護します」

『ああ、まあ。通行の邪魔にならんようにしてくれはるんやったら好きにしてください』

明日はわたしの運転する収集車の後ろに如子たちがくっついてくるらしい。かなりウキウキしてきた。

電話を終えると、如子は「もう一つお願いしたいことがあるんですが」と心苦しそうに口を切る。

「泊まり込ませてもらえませんか？」

そうきたか。

「兄がめっちゃ嫌がるかもなぁ。知らん人と関わるの苦手やから」

「お兄さまというのは、先ほど同居人と言ってはった方のことですか？　すみません、眞鍋と話しているところを盗み聞きしてしまって」

「そう、同居人。兄みたいなもんやから、わたしが勝手に兄ちゃんって呼んでる」

血の繋がりはないし、世間一般の基準に当てはめてみれば、わたしと兄の間柄には「義理の兄妹」という名称すら与えてもらえない。要するにわたしたちは、一緒に住んでいるだけの赤の他人だ。

「でも兄はただの兄やからね。彼氏じゃない。わたしガリガリな人タイプじゃないから」

「そうなんですか」と抑揚のない声で相槌を打つ如子。男と二人で暮らしているとすぐ同棲《どうせい》だの恋人だのと言われるが、如子は言葉通りに受け取ってくれたようだった。

「とにかく、お兄さんにも一度会ってお話しさせてください」

「いいよー。じゃあ一応兄ちゃんにＬＩＮＥしとこ」

　久しぶりにスマホを開いてみたら、兄から何件か連絡が入っている。一時間前に『ニュース見た。大丈夫か』とメッセージが届いていて、その後に着信も二回あったようだ。わたしも兄も電話が苦手なので、本当に珍しいことだった。

　生野区でごみ収集作業中に遺体が見つかったことは、もう全国ニュースで伝えられていたようだ。当然兄はわたしが第一発見者だとは知らないはずだが、不吉な予感がしたのかもしれない。

『大丈夫やけど、今から警察の人と一緒に帰る。兄ちゃんにも会いたいって』

　如子が伝票を持って立ち上がる。長居しすぎたファミレスから出て、とりあえず如子たちを家に案内することにした。

　セダンの後部座席に行儀よく納まったわたしは、団地の住所を告げた。大阪環状線の高架下を西から東へとくぐった捜査車両は、生野区役所の前を通り過ぎていく。ハンドルを握る瀬名が、大池橋交差点で右折しながら話しかけてきた。

「横島さんはずっと大阪に住まれてるんですか？」

「いいや、出身は熊本。大阪に来たんは割と最近で、まだ二年半くらいしか住んでへんよ」

　関西弁に染まるのが早すぎて、生粋の大阪府民と勘違いされることがよくある。兄は無口なので、何から影響を受けたのか全くの謎だった。

「どうして大阪に？」

「えーっとね、いつか大阪に住みたいってずっと思ってたの。瀬名ちゃんはずっとこっち？」

「いいえ、実家は高知です。僕も根っからの大阪府民ではないんですよ」

「へえ」

如ちゃんの出身はどこなの、と助手席を覗き込んだとき、ふわりといい香りがした。

「如ちゃんのそれってハンドクリーム？」

「すみません、匂いきつかったですか？」

「ううん。いい匂い」

膝の上に置かれた如子の手は白くてすべすべに見えた。いい匂い。今日はごみと血の臭いばかり嗅いでいたので、ハンドクリームの香りが上書きしてくれるのは有難かった。

国道四七九号に入ったセダンは南に向かってまっすぐ進む。あと十分もかからずに家に辿り着くという頃になって、如子が重々しく言った。

「横島さん。失礼を承知で尋ねますが、誰かに恨まれるような覚えはありませんか」

ちょっとむっとした。

「わたし完璧な聖人でもないけど、めちゃくちゃ人に憎まれるようなことはしとらんからね。少なくとも殺される筋合いはないって」

「すみません、嫌なことばかり訊いて。横島さんを守るために必要な情報を知りたいだけなんです」

誰かに恨みを買ってないか、わが身を振り返るのは苦痛を伴う作業だ。如子はわたしを守るために必要な情報と言うけれど、もしわたしが極悪人で、人から憎まれている心当たりがボロボロ出てきたとしたら、如子たちのモチベーションだって下がるはずだろう。わたしたちはこんな悪人を警護しなきゃならないのか、って。

「さっき、ＡＢＣ殺人は一人のターゲットを殺すために他の人間を何人も巻き込むって言うたやん。もし犯人の本当のターゲットがわたしやったら、もう殺されてる三人の人たち、わたしのせいで殺されたってこと？」

「たとえ横島さんが本当のターゲットだとして、それを理由に『連続殺人が起きたのはあなたのせいだ』なんて言う人がいたら詐欺師ですから、真に受けないでくださいね」

「えー、そうかな」

「そうですよ。とにかく、何か思い出したら教えてください。たとえ横島さんが誰かに恨まれていたとしても、わたしたちは全力であなたを守ります」

俯いたとき、わたしは自分が作業服を着たままでいることに気づいた。いつもは仕事終わりに職場のランドリーで洗濯するのだが、今日は一度も着替える暇がなかった。私服もロッカーに置きっぱなし。この恰好《かっこう》で家に帰るのは初めてだった。

結論から言うと、兄は警察が家にやってきたのをもの凄く嫌がった。まず『事前に詳しく教えろ』とか『電話の一つくらい寄越せ』とか、わたしに怒ってきた。電話をしても兄ちゃんは喋らないくせに。

如子と瀬名を迎え入れるときも、いかにも渋々という感じで顔を顰めていたが、あからさまに態度に出さなくたっていいだろう。兄は前科者でもなさそうなのに、なぜか出会った当初から妙に警察が嫌いだった。

わたしたち四人は、ダイニングの狭い卓袱台《ちゃぶだい》にぎゅうぎゅうになって座った。兄が全く喋らないことは既に伝えていたので、如子は手帳を取り出し、ボールペンと共にそれを兄に手渡し、た。言いたいことがあればここに書け、ということだろう。

「これから横島さんの警護にあたります、新田如子と申します」

如子はわたしを横島さんと呼ぶ。「よこしま」という読みが「邪《よこしま》」を連想させるので下の名前の方が好きなのだが、如子の言う「横島さん」の響きはなかなかよかった。

如子はファミレスのときと同じように、兄に向かって事件の概要を解説していった。同じことを何度も説明させられたら面倒くさくなりそうなものなのに、如子はずっと丁寧だった。

一通り話し終えて、「何か質問はありませんか」と如子が尋ねると、兄はさらさらとペンを走らせる。

『どうして第一発見者ばかりが狙われるんですか?』

「まだわかりません」

『新田さんたちはどう考えているんですか?』

兄は思いの外ちゃんと話を聞いていたようで、まるで真面目な生徒みたいに質問を重ねた。

「犯人が第一発見者を狙う理由について、今のところ四つのパターンが考えられます。一つ、犯人は第一発見者たちに何か不都合なものを見られていた。二つ、第一発見者を狙っているように見せかけて、実は犯人は被害者たちそれぞれに恨みを抱いている。三つ、被害者の中の一人だけが本当のターゲットで、他の被害者たちは巻き添えを食らっている。四つ、本当は第一発見者を狙うつもりはなく、破綻しないよう行動していたらいつのまにかこうなってしまっただけ。——考えられる可能性はざっとこんなところでしょうか。どの可能性も除外することはできません」

如子の返答に納得できないのか、兄はまたペンを握った。

『期間は？』

「犯人逮捕まで、横島さんを警護します」

口をへの字に曲げながら、『期間は？』という部分をペン先でもう一度叩く。

「犯人が横島さんに近づくよりも早く、こちらが相手を見つけます。捜査本部は三日で挙げるつもりです。もちろん、できるだけ早く元の生活に戻してあげたいとは思ってますよ」

如子たちを泊まり込ませるのはスペース的にも無理だと兄が言うので、如子と瀬名は、団地の外に張り込むことになった。わたしたちは駐車場を契約していないため、如子たちが直接管理会社に掛け合って許可を貰ったのだ。団地の周辺に怪しい人物が現れないか、一晩中見張るらしい。

「車に泊まり込ませるの、やっぱ可哀想やろ。如ちゃんだけでも泊めちゃ駄目？」

兄に訴えかけていると、如子が割り込んでくる。

「大丈夫ですよ、車中泊なんて張り込みではしょっちゅうです。交替要員もきますし、たぶん」

付け加えた「たぶん」が悲しく響く。わたしは「また明日ね」と言いながら、如子たちを玄関から送り出した。

兄は晩ご飯を作っている途中だったらしく、部屋中に焼き魚の匂いが充満していた。キッチンに戻ろうとする兄を呼び止める。

「わたし今日ご飯要らん」

昼間はハイになっていたけれど、今日起こった出来事を改めて振り返ってみると完全に食べる気が失《う》せてしまった。微妙な時間にホットサンドを食べたせいで腹六分目くらいだし。兄はスマホのメモ帳機能を開くと何か文字を打って、画面をこっちに向けた。

『大丈夫か？』

「大丈夫。疲れただけやから」

兄は焼き魚二尾にラップをかけると、ベランダに出て煙草を吸い始めた。青みがかった煙が帯のようにたなびいている。その後ろ姿を見て、わたしは言いようのない不安に駆られた。

わたしは作業服を洗濯機に突っ込んだ後、裸足《はだし》のままベランダに出た。兄の背中に触れると、薄い皮膚と肋骨の感触を直《じか》に感じる。兄の身体はこの頃また薄くなった。初めて会ったときから痩せ型ではあったけれど、ここまで骨格標本っぽくはなかったのに。

やっぱり晩ご飯食べるって言えばよかった、と後悔する。兄はご飯を抜きがちで、特にわたしが食べないと食事をサボることが多かった。

兄はわたしに副流煙が来ないよう唇をすぼめて遠くに息を吐き、腕ごと煙草を遠ざけた。部屋に帰れとでも言いたげに、反対の手をひらひら振る。わたしは構わず隣に行って、柵に凭れ掛かった。

「ねえ、くさい。煙草やめろ」

今すぐやめてほしかったのに、兄はしっかり二本吸ってからケースを仕舞った。

「今日ね、一生分くらい警察官とか刑事とか見た。兄ちゃん府警本部の場所わかる？　わたし今日あそこに連れていかれたんやで」

返事がないのはわかりきっているので、気にせず喋り続ける。

「最初に話した眞鍋っておじさん刑事はウザかったけど、如ちゃんと瀬名ちゃんはいい人っぽい感じがする。本物の刑事ってあんな感じなんやね。もっと厳《いか》つくてむさくるしいイメージやったけど、意外と普通の人間で安心したわ」

わたしは喋り出したらなかなか止まれない人間だ。すぐ自分の話ばかりになってしまう上に少々短気だから、同世代の友だちはあまりいない。でも兄は黙って聞いてくれる。ちゃんと中身に耳を傾けてくれているかはわからないが、兄と一緒にいる時間は案外居心地よかった。

兄がスマホに文字を打ち込む。

『本当に大丈夫か？』

「大丈夫やって言ってるやん。バラバラ死体を見つけたって言っても、間近でがっつり見たのは三十秒くらいやし」

『そうじゃなくて。最近寝てないやろ』

就寝時間が日に日に遅くなっているのは自覚していた。最近は朝方まで寝つけない日が続いている。

『一回ちゃんと病院で診てもらえよ』

「病気じゃないもん」

たまに頭が痛くなったり怠《だる》くなったりすることもあるけれど、病院に行くほどじゃない。わたしはたぶん、睡眠時間が短くても平気な体質なのだ。そう伝えると兄は鼻に皺を寄せ、心底嫌そうな顔をした。

きっと、元々の兄は感情表現が豊かな人だったんじゃないかと思う。わたしと同じ、お喋りな人。根拠はないけどなんとなくそう思うのだ。

兄は喋るのが得意ではない。人見知りとかではなく、言葉も理解しているが、構音障害というやつで上手く発音ができないのだ。高校生の頃交通事故に遭って、後部座席から外に投げ出された衝撃で、自分で自分の舌を嚙み切ってしまったと聞いている。舌の一部は手術でくっついたけれど、リハビリをサボっていたら上手く喋れなくなって、もう口を動かすのが面倒になってしまったらしい。

今まで何度か、兄の構音障害を治してやりたいと思ったことがあった。「病院のリハビリ科の言語療法を受けてみたらどうだ」とか、「舌接触補助床っていう器具を装着したら舌が上顎につきやすくなって音を作りやすくなるらしいよ」とか、ネットでちょろっと調べたことを提案してみたこともある。でもわたしは医者じゃないし、兄がやる気なさそうなのでそういう話題を出すのはやめた。たぶん、わたしに言われなくたって本人が一番色々考えているだろう。

兄はベランダの柵に上半身を預け、真下の駐車場を見ていた。如子と瀬名が乗っているセダンは端の方の目立たない場所にひっそりと停まっている。わたしは大きく手を振ってみたけれど、ここからでは車の中までは見えなかった。

ふと、自分の手を夕暮れの空に翳してみる。極端な深爪は血が滲んでいるし手の甲は荒れてガサガサだし、如子のすべすべな手とはまるで違っていた。本当は如子のようにハンドクリームを塗った方がいいのだろうが、わたしは小さい頃から手に何かを塗るのが嫌いだった。

「明日な、職場に如ちゃんたちがついてくるんやって。プレス車の後ろに警察がついてくるねんで。めっちゃ面白そうやない？」

兄はまたスマホを取り出すと、『危機感持て』と入力する。

「それがさ、不思議と全然恐くないんよね。なんかドラマか映画の主人公になった気分」

兄は痛ましげな目をわたしに向け、長い溜息を吐いた。そういえば、こうやってスマホのメモ帳を使って兄と筆談するのも久しぶりだった。

*

ケチって夜エアコンをつけないから、いつも朝は地獄を見る。蒸し暑さのせいか、わたしはほとんど一睡もせずに朝を迎えた。

例によって兄が勝手に襖を開ける。今日は兄も仕事だからか、なおさら機嫌が悪い。兄は敷《しき》居《い》の上で仁王立ちをしたまま、襖を拳で三回叩いた。

「言われんでも起きるってば！」

ダイニングのテレビでは、いつものように朝のニュースが流れていた。昨日の切断遺体について何か報道されてはいないだろうかと覗き込んでみたら、またもや樋藤事件についてのニュースが取り上げられている。樋藤清嗣が意識を取り戻したわけでもなければ、何か捜査に進展があったわけでもなく、先日「#文句は言えない」が久しぶりにSNSでトレンド入りしたことが話題になっているようだった。

樋藤事件の発生直後、とある週刊誌が犯行声明の全文を掲載して、樋藤が被害者たちを恨むようになった要因——つまり被害者たちの過去の行いについて盛んに書き立てたことがあった。その記事に「文句は言えない元・加害者たち」という文言が使われていたことにより、ＳＮＳで「＃文句は言えない」のハッシュタグが立ち上げられ、被害者たちが過去に起こした傷害事件の詳細が拡散したのだ。

今回そのハッシュタグがトレンド入りしたきっかけは、先月の二十八日に放送された人気のテレビドラマで、主人公が敵に復讐し、積年の恨みを晴らす場面が放送されたことだという。高校時代の友人を殺された主人公が、犯人を数年越しに殺害するというストーリーが樋藤事件を思わせたようで、ネットは異様な盛り上がりを見せたらしい。

「文句は言えない、か」

テレビの中のコメンテーターは、なぜ事件から三年が経った今も樋藤事件が度々ＳＮＳで話題になるのか、独自の見解を述べようとしている。しかし兄が勝手にテレビを切ったせいで、続きは見られなかった。

顔を洗ってノロノロ洗面所から出ると、兄は眉を器用に動かし、『皿洗うからさっさと食べろ』という顔をした。二年以上一緒に暮らしていると顔を見るだけで何が言いたいのかわかるようになった。今は『そろそろまじで時間やばいぞ』って顔をしている。

「ふっふーん。今日は如ちゃんに車で送ってもらうから、いつもより余裕あんねん。あ、そういやチャリ職場に置きっぱや」

今度は『いいからさっさと食え』という顔を向けられたので、ハムエッグをパンにのっけて口に突っ込む。今日は兄も朝ご飯を食べた。

如子たちとの待ち合わせ場所は団地の駐車場だった。下に降りると、既に駐車場の出口にセダンが停まっている。

一緒に家を出た兄は、なぜか捜査車両の近くまでついてくるとぺこりと一礼し、踵《きびす》を返《かえ》して駐輪場の方に歩いていった。保護者面されるとこっちがむず痒《がゆ》くなってしまう。チャリ通勤の兄はわたしたちを置いてさっさと団地を出て行った。

「おはようございます」

如子が助手席の窓を開ける。運転席でハンドルを握っているのは瀬名ではなく、知らない男だった。

いや、正確に言えば全く知らない顔ではない。確か昨日、姿を見かけたような気がする。ツーブロックと坊主の間のような髪型をした、若い男の刑事だった。わたしは車の中に乗り込みながら尋ねる。

「瀬名ちゃんは？」

「交替ですよ。今は捜査本部に戻ってます」と如子。

すると運転席の男が笑いをかみ殺しながら、

「瀬名ちゃんって。あいつ舐められてんな」と小さく言った。

なんやお前、という台詞が喉元まで出かかった。別にわたしは、瀬名ちゃんのことを舐めているわけではない。可愛い名前だしいい人そうだし、仲良くしたいから瀬名ちゃんと呼んでいるだけなのに。

黙って運転席の男を睨んでいると、如子が言った。

「こちら後藤さんです。府警本部捜査一課の刑事さん。瀬名さんの同期だそうですよ」

「今日は瀬名ちゃんじゃないってこと？」

「私と後藤さんで警護しますよ」

セダンが団地の駐車場を出発する。瀬名ちゃんがよかったな、などと考えていたら後藤から話しかけられてしまった。

「ここ、自転車の盗難多いやろ」

「は？」

「朝、時間があったから駅まで歩いたけど、地面に落書きが多かった。こういう地価が安くてアスファルトが汚れてる街は、治安が悪いってほどでもないけど、自転車の盗難みたいなショボい犯罪が多いんよな」

ポケットの中のチャリの鍵を握り締め、完全無視を決め込んだ。自己紹介よりも先に選んだ言葉がそれか。軽薄なやつ。秒で心のシャッターを閉じ、後藤との縁を人間関係のごみ箱へとダンクシュートした。

如子が咎《とが》めるように「後藤さん」と呼びかけるけれど、後藤はなおも話し続ける。

「昨日は恐かったやろ」

「別に」

「強がらんでええって。収集員が発見したって聞いたときは作業服着たおっちゃんの姿を想像してたから、君みたいな若い女の子が第一発見者でびっくりしたわ。君、なんでごみ収集員になったん？」

「そういうあんたはなんで警察官になったん？」

訊き返すと、ルームミラーの中の後藤は口をぽかんと開けた。

「わたしにもできそーって思うこと以外、仕事選ぶ理由ってある？　でも舐めんなよ。収集員ってまじ技術職やからな。あんたの社会科見学に付き合ってる暇ないから、二度と話しかけんな」

ドライバーも収集作業員も、担当区域のルートは全部頭に叩き込んでいる。生野区と東成区の中なら、わたしは名前もついていない細い路地まで全部覚えているし、どこにだって行ける。運転もあんたよりずっと上手い。適切なごみの処理方法も、どんなごみが危険かも知っていて、町をごみで溢れさせたことは一日だってない。

早く歳を取りたい。おばさんになりたい。「なんで君みたいな若い女の子が収集員になったの？」なんて舐めた口利かれる度、虫唾《むしず》が走ってしょうがないから。

とげとげした沈黙が車内に漂ったまま、東部クリーンセンターが近づいてくる。わたしに話しかけてこないのはともかく、後藤は如子とも一言も口を利かなかった。そして如子の表情も硬い。わたしが空気を悪くしたのが一番の原因だろうが、如子と後藤との間にも溝があるのを肌で感じていた。

収集車の車庫に他の車を入れることはできないので、セダンはセンター敷地内にある洗車施設の前で待っていてもらう。わたしが車から降りると、既に出勤していた職員たちの視線が一斉に集まった。バラバラ遺体の噂《うわさ》が広まっているようだ。

一階の事務所に顔を出すと、奥村にこっそり手招きされた。「昨日は大変やったな」という前置きの後、奥村は声を低くする。

「昨日な、刑事さんたちがセンターにも押しかけてきた。ほんで変なことばっかり訊かれたんや」

　曰く、刑事たちは「外部の人間が収集車のルートを把握することはできるか」という一点をしきりに気にかけていたらしい。

「収集車のルートなんか公表してませんって答えたよ、そりゃ。ごみ出しの曜日なら市のホームページに書いてあるけど。そしたら今度は『じゃあ外部の人間が、横島真莉愛さんの収集ルートを予測して遺体を置くことはできるか』なんて訊かれたから、びっくりしてもうて」

「それで、なんて答えたの？」

「難しいでしょうが、不可能ではないかもしれませんって言うたよ」

「なんでよ、無理があるやろ」

「例えばある地域の住民が、毎週月曜と木曜の決まった時間に横島が作業しとる姿を見かけとったとしたら、『ああこの子は月木でこの地域を回っとるんやな』ってなんとなくわかるやろ。横島みたいな若い女性はウチでは珍しいし目立つから、ストーカーでもされたらルートを予測することはできるんやないか？　それに横島、先週消防署に表彰されたばっかりやろう。ニュースでは顔も名前もばっちり映ってたからな……」

　わたしたちが倒れていた男性に心臓マッサージを行ったと知ったとき、奥村は涙ぐんで「横島は本当に勇気があるな」としきりに褒めてくれたけれど、今は声に不安の色が滲んでいる。

「横島、ほんまに大丈夫か？　なんかその、狙われとるんやないか？」

「大丈夫、大丈夫。ほんと、心配するようなことは何もないから」

始業時刻になってきいちゃんとよっちゃんと顔を合わせてみれば、二人ともたった一日でげっそりやつれていた。特にきいちゃんは繊細な質《たち》なので、「昨日は何も食べられんかった」らしい。

「そうそう、今日は仕事中、警察の人がついてくるけど気にせんといてな」

如子たちの捜査車両を指差すと、よっちゃんは「ええっ！」と大袈裟に驚いてみせる。

「なんで警察がついてくるん？」

「……なんかわたしを守るためやって」

人差し指にプレス車のキーリングを引っ掛け、くるくると顔の横で回す。今日はわたしが収集車を走らせる日だ。しかもスーパーや商店街が密集していて道幅が狭い地区を担当するから、断然燃える日ではあるのだが。

わたしはセダンの運転席の後藤を睨む。

「邪魔くさいなあ」

木曜日、第一回目の収集作業には、生野区北西部に位置する桃谷《ももだに》地域を割り当てられていた。ＪＲ環状線桃谷駅の東側にある地域で、線路をはさんで天王寺区と隣接している。三つの商店街「御幸通商店街」「御幸通中央商店会」「御幸通東商店街」によって構成される大阪コリアタウンが有名で、ますます加速する韓流ブームのためか、最近は足を運ぶ度に観光客向けの店が増えていた。

いつものように三人で収集車に乗り込んで、生野区の西部を目指す。車内に搭載されたバックカメラのモニターをチェックしつつ、後ろを振り向いて直接目で確かめてみると、捜査車両は収集車の十五メートルくらい後ろをぴったりとついてきていた。

桃谷に到着すると、きいちゃんがぼそりと言った。「このままウチに帰りたいな」

「きいちゃん家《ち》この近くやったっけ」

「うん、そこの角曲がったらすぐや」

きいちゃんは在日朝鮮人の三世だ。通名を使っているが、本当の名前は李政勲《イジョンフン》という。一九一〇年の韓国併合の後、土地調査事業によって農地を奪われたきいちゃんのおじいちゃんは、一九二二年に「君が代丸」の運航が始まってから猪飼野《いかいの》——今の生野区にやってきたのだそうだ。コリアタウンは観光地である前に、在日韓国・朝鮮人の生活スペースだった。

飲食店舗や事業所から排出される事業系ごみの回収に関してはクリーンセンターの管轄ではないので、プレス車は商店の横を素通りして住宅地へと向かう。

よっちゃんときいちゃんが収集車から降りたのを確認すると、わたしは密集市街地の狭い道幅をギリギリで通り抜けながら、一定のペースを保って車を進めていく。よっちゃんときいちゃんは後ろのセダンにちらちらと視線を送りながら、両手に抱えたごみ袋を次々と投入口に放っていった。

一直線に通りを進んでいくと、道幅三メートルほどの行き止まりの敷地が右手に現れる。袋小路《ふくろこうじ》にある住宅地のごみを回収するため、わたしは行き止まりに向かってバックしようとした。いつものようにクラッチを繋ぎながらアクセルを入れたとき、ついさっきまで「オーライ、オーライ」と言っていたよっちゃんが、突然困惑したような声で「ストップ！」と喚く。

窓を開けて直接後方を見てみると、車間距離を見誤ったセダンがプレス車のすぐ後ろまで詰めていた。

わたしは窓から首を出して叫ぶ。「邪魔ぁ！　下がれ！」

捜査車両はきいちゃんの誘導でゆっくりと後退していく。ハンドルを握る後藤が不服そうに唇を歪めているのが見えた。

「次それやったらすぐ瀬名ちゃんに代わってもらうからな！」

助手席の如子が微かに肩を震わせて笑っている。わたしは如子に向かってピースサインを送ると運転を再開した。

*

九時二十分頃に一回目の収集を終えると、よっちゃんときいちゃんを路上に残し、ごみをいっぱいに収容したプレス車を走らせる。わたしは一人、南平野清掃工場へと向かった。

ごみの収集作業は、収集車が収集地域と焼却工場の間を往復することによって成り立っている。決められたコースを回って収集車のごみ庫がいっぱいになれば、ドライバーは一人で焼却工場へと収集車を運んで、積載したごみを全部捨てて中身を空っぽにする。その間、ドライバー以外の収集員は次のコースに徒歩で移動して準備して、収集車が戻ってきたらまた回収を再開する。そのサイクルを午前に二回、午後に二回行うのだ。

東部クリーンセンターの収集担当地域には焼却場がないので、わたしたちが回収したごみは平野区南部に位置する南平野清掃工場に持っていくことになっていた。

輸送時間が長いので、ドライバーは必然的に一人の時間が多くなる。しかし今日は、後藤の運転する捜査車両が後ろからついてきていた。

なんだかアホらしくなってきた。いくら犯人がわたしのことを殺したくても、路上での作業中、白昼堂々襲おうとは考えないだろう。常によっちゃんときいちゃんと一緒なのだから人の目もある。今日仕事が終わったら、如子に「明日からはついてこなくていいよ」と伝えるべきかもしれない。

長居公園通を走りながら、家の近くだな、とぼんやり思った。「このままウチに帰りたいな」というきいちゃんの言葉が脳裏を掠める。

わたしは一人で家にいるとき、ただただぼーっとするだけの虚無的で無意味な時間を過ごしてしまうので、「早く家に帰りたい」と思ったことはあまりない。でも、もうあの団地はわたしの家になっていた。

南平野清掃工場はわたしたちの団地よりもさらに南へと下ったところ、平野区の南端にある。高野大橋を渡って大和川を越えてしまえばすぐそこだ。大和川が松原市と大阪市の境になっていると思われがちだが、このあたりには江戸時代前半に大和川の付替え工事が行われる以前の村の境界がそのまま残っているので、大和川の南岸側にも平野区が食い込んでいるところがあった。

焼却工場に到着し、わたしは敷地内へと車を入れる。流石に如子たちも、収集車の出入りの激しい工場内まではついてこようとはせず、入口付近の道路脇に車を寄せていた。

電光盤に表示された案内に従い、プラットホームに向かう。プラットホームというのは、ごみをピットへと投入するための広いエリアのことである。そこには複数の投入扉が設置されていて、収集車は各扉から、プラットホームよりもさらに巨大なごみピットへとごみを降ろしていくのだ。わたしの収集車は、今回の計量では三番扉を指定されていた。

三番扉に向かうと、既に自動でゲートが開いていた。ゲートにお尻を向けて停車させると運転席に座ったまま積込装置を起動させ、車の荷を傾けてごみを排出していく。

隣の扉には一般車両が停まっていて、持ち込みごみの受付をやっていた。

南平野清掃工場は環境局クリーンセンターの収集車が収集したごみはもちろん、許可業者の回収したごみや一般家庭から出たごみも受け入れる。一般の人が車でごみを持ち込む場合は違反ごみの搬入を防ぐため、工場の職員が投入扉まで付き添って監察するのが決まりだった。

一般車両の持ち主の男性――ゴルフウェアみたいなポロシャツを着た、三、四十代くらいの普通の人だ――が投入扉からごみ袋をピットに投げ入れていく。そのとき、隣で見ていた職員が「あ、ちょっと！」と大きな声を上げるのが響いて聞こえた。なんとはなしに会話が気になって、わたしはこっそり運転席の窓を開ける。

「そのごみ、待ってください」

「なんですか？」とポロシャツ男が顔を上げる。

「中を確認してもいいですか」

透明なビニール袋の中には、長い棒状のものが入っていた。古くなったモップのようだ。職員は言う。

「すみません、これ粗大ごみですね。うちでは受け入れられません」

「え、そんな大きいもんではないですけど」

「棒状のものだと一メートル超えると粗大ごみなんですよ。それ以外のごみも、最大辺が三十センチを超えると粗大ごみ扱いで」

粗大ごみの基準は案外厳しめだ。しかしどの地域も割とそんなものなので、利用者には割り切ってもらうしかない。そういえば熊本――わたしの故郷の天草では、粗大ごみのルールはどうなっていたっけ。

――スーツケースってどうやって捨てたらいいと思う？

はあ、とわたしは深い溜息を洩《も》らす。嫌な声を思い出してしまった。忌まわしい記憶を頭から追い出そうと額をペチペチ叩いていると、唐突に野太い声が耳に届いた。

「はあ？　どこが粗大ごみやねん」ポロシャツ男が豹変《ひょうへん》していた。「こんくらい焼却場の中で折ればええやん」

「ここには破砕設備がないんです。舞洲《まいしま》の方の工場に持ち込んでいただけますと……」

「めんどくせぇ」

苛立ちを滲ませて威圧する。職員はその場を収めるため、平身低頭で「申し訳ございません」「お手数おかけします」と謝り倒していた。

今すぐ収集車から飛び降りて、「その棒が突っかかって工場ぶっ壊れたら責任とれるんか？」とポロシャツの胸倉を摑んで揺さぶりたい衝動に駆られるが、我慢した。大人だから。プラットホームでは注意されて逆ギレする人を時々見るし、わたしたちもよくああいう目に遭う。

以前、収集作業中、回収時間ギリギリになってごみを持ってきた人がいて、直接袋を受け取ったことがあった。なんだか嫌な予感がして袋の中を見てみると、透明な袋の中には加熱式煙草の本体がそのまま突っ込まれていた。

収集作業員にとって、というより収集車にとって、加熱式煙草やモバイルバッテリーに内蔵されているリチウムイオン電池は大敵だ。少しの摩擦で火が出るので、気づかずそのまま積込装置に放り込むと危険なのだ。そういうわけでその住民に「加熱式煙草は抜いてもらえますか」と頼んだのだが、盛大に舌打ちをされた。

加熱式煙草のせいでうちのセンターの車が燃えたこともある。工場のプラットホームで燃えながら走ってる収集車を見たこともある。本当はこっちが舌打ちしたい気分だったが、そのときのわたしは「すいませーん、決まりなんですよー」と頭を下げた。

ごみピットへの投入を終え、ペコペコ頭を下げる職員を横目で見ながらプラットホームを後にした。焼却工場を出ると、敷地の外で待っていたセダンがまた後ろを追っかけてくる。さっきまで後藤に意地悪なことを言って喜んでいたのに、もうそんな気分でもなくなっていた。

桃谷に戻って次のルートの収集作業を進め、二回目の搬入を終えたらお昼休憩。午後からは新今里と平野を往復して、あっという間に十六時半になった。

洗濯機を回している間にシャワーを浴びる。今朝如子から「どこにも寄り道しないで家まで送りますよ」と宣言されていた。如子にはわたしが、仕事終わりに繁華街で遊んでいそうな風貌に見えたのかもしれないが、わたしは友だちがいないから基本一人だ。いつもまっすぐ家に帰っている。

着替え終わってから車に向かうと、運転席から後藤の姿が消えていた。いつの間に交替していたのか、瀬名が戻ってきている。嬉しくて手を振ったら中から振り返してくれた。

後部座席に乗り込んだ途端、「申し訳ございません」という如子の声が車内に響いた。わたしに謝っているわけではなく、誰かと電話しているようだった。スピーカーフォンに切り替えてもいないのに、如子のスマホからは相手の声が漏れている。男の声だ。相手の男は相当興奮しているようで、怒鳴り声が途切れ途切れに伝わってきた。

『……そんなんやったらもう……辞めろ……死んでまえ！』

死んでまえ、という言葉だけがやけにはっきりと聞こえた。わたしはびっくりして、如子と瀬名の横顔を交互に見やる。しかし瀬名は膝の上に置いた自分の手をじっと見ているだけで、全く動揺していない。如子もいつも通りのポーカーフェイスだった。

「はい。……はい。おっしゃる通りです。申し訳ございません」

如子はぼーっとした目で前方を見つめたまま、最後にもう一度「申し訳ございません」と謝ってから通話を切った。

「今の誰？」

「眞鍋です。刑事課長の」

「なんで怒られとったん？」

途端に如子の歯切れが悪くなる。代わりに瀬名が「後藤に告げ口されたんですよ」と不満げに言った。

瀬名曰く、後藤は瀬名との交替のため特捜本部に戻ってきたとき、今日の出来事を如子たちの上司である眞鍋に報告していたらしい。わたしが運転席の後藤に向かって「邪魔」と叫んだとき如子が笑っていたのが気に食わなかったようで、「新田巡査部長が警護対象と一緒になって笑いものにした」というような伝え方をした。それで眞鍋が烈火のごとく怒って、如子に鬼電してきたそうだ。

「は？　なにあいつ。チクり魔やん。今度会ったら殺そ」

「殺すのは流石に駄目ですよー」

捜査一課の刑事のくせにわざわざ如子の上司にチクる後藤も「表出ろや」って感じだけれど、たったそれだけのことで「死んでまえ！」とまで言ってくる眞鍋も最悪だ。本当は今すぐ奴らの悪口大会を開催したい気分だったが、如子がこれ以上触れてほしくなさそうだったので、わたしは話を変えることにした。

「なんか捜査に進展あった？」

エンジンをかけようとしていた瀬名が手を止め、後部座席を振り返る。

「犯人が乗っていたと思《おぼ》しき車が発見されました」

「え、めっちゃ進展しとるやん！」

そうでもないんですよ、と瀬名は首をゆっくり横に振る。

「昨日の二十時頃、柏原《かしわら》署に車の盗難届が提出されまして。盗まれたのは白のハイトワゴンです。ほとんど時を同じくして、八尾《やお》市高安《たかやす》の田んぼ道に白の軽自動車が乗り捨てられているのを、巡回中の八尾署地域課員が発見しました」

車を盗られたのは柏原市に住む六十代の女性。自宅である一軒家に一人で暮らしていたそうだが、六月末に娘が足を骨折したことをきっかけに、娘夫婦のマンションに泊まり込んで家事などを手伝っていたのだという。娘の容態がよくなったため、昨夜久しぶりに柏原市の自宅に帰ってみたら、車庫から車がなくなっていて慌てて被害届を提出した。

犯人は被害者宅に侵入し、車の鍵を手に入れていた。いくら盗難防止装置がついていたとしても、鍵ごと盗まれては警報を鳴らすこともできない。

「長期間不在にしている家を狙っているので、犯人は観察眼に優れているんでしょう。当初は窃盗団による犯行かと思われていました。しかし盗まれた車が傷一つ付けられず、そう遠くない場所に放置されていたという状況を不審に思って調べてみたところ、その車がただ柏原市から八尾市に移されたわけではないということがわかりました」

「例の連続殺人犯がその盗難車を使ってたってこと？」

「おっしゃる通りですー。ナンバーから解析したところ、その盗難車は二件目の犯行現場である大正区と、バラバラ遺体が捨てられていた生野区を通っていたんです。有料区間は避けたようですが、Ｎシステムは高速にだけ設置されているわけやありませんからね。中環や国道二五号、四三号など複数の幹線道路で犯人のものと見られる車両が捉えられていました」

交通量の多い道路に設置されているナンバー自動読取装置は、盗難車の特定や逃走車両の追跡に使われることがあるのだ、と横から如子が教えてくれる。

「ルートから推察するに、盗難車は二件目と三件目の殺人における移動手段として使われています。犯人はまず、先月二十九日の夜に柏原市で車を盗んだ後、その盗難車に乗って松原市や平野区、東住吉《ひがしすみよし》区などを経由し、大正区の西泉尾運動公園に向かったようです。そこで溝口慧を殺害。次にその車がNシステムに認識されたのは、昨日——八月二日の早朝でした。犯人は溝口殺害後に大正区かその付近に潜んで小林さんを殺害して、遺体をバラバラに切断し、昨日の朝になってから例の生野区のごみ集積所に向かったんです。そして昨日十四時頃、生野区から大阪市外に向かって車を走らせています。八尾市に車を捨てに行ったようですね」

「八尾市に車を置いた後、犯人がどこに逃げたかわかってへんの？」

「周囲に防犯カメラがなかったんです。目撃情報も期待できません。犯人はNシステムに捉えられることも織り込み済みだったんでしょう、ばっちりマスクとサングラスをつけて、この真夏にコートまで着ていたので、Nシステムの画像では体型もわかりませんでした。恐らく男であろうと思われますが。もちろん、車の残留指紋やら毛髪やらを解析中ですが、犯人が何か残してくれているかはまだわかりません」

「つまり、状況は何も変わってないってこと？」

「そうです」

なんやねん、とわたしは後部座席で大きく伸びをした。

ふと気になって尋ねる。

「如ちゃん、ちゃんとお昼食べた？」

如子は一瞬間を置いて、「食べてますよ」と言った。

「私たちも交替で休憩を取っているのでお気になさらず」

そうは言うけれど、如子はわたしの知る限りいつもこの車に乗っている。同性だから、わたしとしては如子がいてくれると心強い。しかし、どうして如子ばかりがずっとわたしに張りついているのだろうと疑問だった。

死んでまえ、という眞鍋の怒声がまだ耳の奥で鳴っていて、わたしは不安のあまり、無性に爪を嚙みたくなった。如子はもしかしたら、全然自由にさせてもらえてないのかもしれない。

「瀬名ちゃん、ちょっと寄り道してもらっていい？」

「場所によりますよー」

「大正区の、西泉尾運動公園に行ってみたい」

犯人は溝口慧が殺害された現場に居座って、小林照子が遺体を発見するのを観察していたのではないか、と如子は予想していた。だから殺害現場周辺の目撃情報をしっかり洗いたいとも言っていた。しかし如子はわたしのお守《も》りばかりさせられているので、自分のやりたい捜査がちっともできていないのだ。

それなら、わたしが一緒に出向けばいい。

「如ちゃん、一緒に捜査しよう」

感謝されるかと思ったが、如子は渋い顔をした。

「目撃情報の収集は基本的に人海戦術なんです。私一人が現場に赴いたところで今更新しい情報が得られるとは思えません。それに、警護対象の方を連れて捜査はできません」

「じゃあ、わたしは車の中で瀬名ちゃんと待っとくから。わたしが急に西泉尾運動公園に行きたいって言い出して、如ちゃんはそれに付き添っただけ。そんでわたしが瀬名ちゃんと車の中でお喋りしだして、如ちゃんは暇になったから周りをパトロールしただけ！　これなら怒られんやろ？」

如子は何か言いたげだったが、瀬名が先に「それいいですねー」と賛成してくれた。

捜査車両は勝山通を西に進む。帰宅ラッシュが始まったのか、少し道が混んでいた。三十分くらい車に揺られ、国道四三号に入って木津川を渡ってしばらく進むと、正面に西泉尾運動公園が見える。

兄からＬＩＮＥで『何時に帰ってくる？』とのメッセージが届いていたので、『如ちゃんたちと散歩してくる』とだけ返信した。

大正区はまるで海の上に浮かぶ島みたいに、木津川と尻無川、大阪湾に四方を囲まれている。区の中に駅は一つしかないが、その大正駅が都心に直結しているため立地はなかなかいい。駅周辺には新しいマンションがたくさん建っていて、特に事件が起きた公園近くのエリアは人気なようだった。

運動公園に沿った通り——現場となった路上には、チョークの痕が残っていた。ここに溝口慧が倒れていたという証《あかし》だ。通り沿いには古びた団地が並んでいる。外壁の塗装は今にも剝がれ落ちそうにひび割れていて、異様な威圧感を放っていた。

瀬名が付近に車を停めると、如子はしばらく窓の外を眺めていたが、やがて「ちょっとだけ散歩してきます」と言って出て行った。口では反対していたけれど、やっぱり如子も自分の足で捜査したかったのだろう。

車内に残った瀬名とわたしは、予定通りお喋りをすることにした。

「瀬名ちゃん、一個訊いてもいい？　もしかして如ちゃんって職場で虐《いじ》められとる？」

「なんでそう思ったんですか？」

「如ちゃん、わたしの警護を押し付けられてるんやろ？」

交代要員だとか言っていた後藤はすぐに帰っていったのに、如子はずっとここにいる。いくらなんでも、仕事の配分が偏りすぎているだろう。

「捜査一課に仕事押し付けられてるとか、そういうやつ？　後藤って刑事、感じ悪かったもんな」

「後藤はまあ感じ悪いんですけどー。新田さんは別に府警本部には目を付けられてませんよ。ただ、後藤みたいに変なところで勘がいいやつは、組織の中で浮いとる人を見つけるのが上手いんですよね」

瀬名は頬を擦《さす》りながら、悲しそうに息を吐いた。

「如ちゃん、吹田署で浮いてんの？」

「所轄の刑事課長の、眞鍋って人がいたでしょう。あの人が僕らの直属の上司なんですが、新田さんは彼に嫌われてしまってるんですよ。だから吹田署の刑事課の中では浮いとるし、後藤みたいなのが舐めた態度取ってくるんです。最悪ですよねー」

瀬名は、「警察の組織って階級が絶対なんです」と語った。

警察の中では普通、階級が上の人には逆らってはいけないし、命令されたらイエスしか口にしてはいけないらしい。でも如子は「これおかしくないですか」、「こうした方がよくないですか」と、相手がどんな階級の人であっても真正面から意見できる人だった。そういう率直な態度が有難がられるときもあって、実際、去年までの刑事課長は如子を評価してくれていた。しかし今年の四月の異動で眞鍋がやってきてから、風向きが変わってきたのだという。

「新田さんは眞鍋課長自身を否定したことなんて一度もないんですけど、課長が被害妄想拗《こじ》らせちゃって。従来の価値観の古さを指摘されると、人格を否定されたかのように感じるのか、必死で新田さんを押さえつけようとするんです」

「押さえつけるってどうやって？」

「わざと仲間外れにされとるんですよー。六月に吹田署で帳場が立ったときも、新田さんばかり成果の期待できなそうな張り込みを割り当てられてました。今回もそうです。横島さんの護衛につけばなかなか捜査本部の会議には出られんから情報交換ができませんし、手柄を挙げることもできません」

「そんなこと、所轄の刑事課長が勝手にしてええの？　捜査本部が設置されたら捜査一課が仕切るんやないの？」

「所轄の捜査員の仕事を振り分けるのは刑事課長の領分なので。眞鍋課長は本部の捜査一課に所属してたこともあるし、上に顔が利くんです」

　眞鍋は去年まで浪速《なにわ》署で強行犯係長を務めていて、警部に昇進してから吹田署に移ってきた。「優秀な人ではあるんですよ」と瀬名は言うけれど、本当に優秀ならば部下を虐めたりしないだろう。

「何言っても通じん奴っておるもんね」

「本当はそんなこと思いたくないですけどね。同じ人間なので」

　瀬名はふわふわの髪を指で弄りながら、ちょっと寂しそうに言った。

「僕もこういう見た目と喋り方やから、あんまり課長には好かれてなくて。あぶれた者同士で新田さんと仲良くさせてもらっとるんです。なんかすみません、こんなこと横島さんに愚痴っちゃって」

「まじで心配になってきたわ」

「まあ大丈夫ですよ。僕が時々しれっと捜査本部に戻って、新田さんにも状況を伝えてます。今日も朝の会議に参加してきました。僕、結構記憶力いい方なんですよー」

「瀬名ちゃん、剣道もできて頭もいいの？」

「別に頭はよくないですから。刑事の仕事も記憶力がいいってだけでは全然ダメで、勘がよくないといけないんですよー。その点、新田さんは勘がいいというか、想像力が凄く豊かなんですよね。仕事ができるから刑事課長も虐めきれない、みたいなところはあります」

　部外者のわたしでも、如子がシゴデキなのはわかる。それならなおさら、如子を重用した方が効率もよさそうなのに。

「パワハラやん」

「まあ軽度のパワハラですねー」

「全然軽度やないよ。パワハラど真ん中よ」

「いやほんと、これくらいのは日常茶飯事ですよ。警察ってパワハラが本当に多いんです。全部クビにしてったら組織が回らないくらいなんで、階級が上であればあるほど不祥事は隠蔽されちゃいます。ときどき、警察施設の中や交番で拳銃自殺する警官いるでしょう。ああでもしないと隠されちゃうんですよね」

「……如ちゃん拳銃持ってないよね？」

「私服の捜査員は基本拳銃持てませんよー。今回の警護も特殊警棒オンリーです」

「それはそれで心配になるんやけど」

そんなことを話していると突然車の窓がノックされて、わたしは肩を大きく跳ねさせた。まだ三十分も経っていないのに、如子が戻ってきていた。

助手席に乗り込んだ如子に尋ねる。

「もうなんか見つけたの？」

「お陰様で」

「わたし何もしとらんよ」

「いいえ、本当に横島さんのお陰です。昨日の夜、私たちに向かって手を振ってくれましたよね？」

そう確認されて思い至る。昨夜兄と一緒にベランダに出たとき、如子たちの車に向かって手を振った。

「あのとき五階の真莉愛さんの顔が、全然見えなかったんですよ」

「それがどう関係するの？」

「犯人は、溝口を刺した後、通り沿いに建つ団地の踊り場に身を隠して第一発見者がやってくるのを待ち構えていたんやろうと予想していました。そうはいっても通りを見下ろせる踊り場はたくさんありますから、絞り込むのは難しい。でも、犯人が第一発見者の顔を確認したがっていたということを念頭に置くと、階数が限られてくるんです」

隣の団地を見上げてみる。わたしたちが住んでいるのと似た構造の五階建て団地で、踊り場とベランダが殺害現場となった大通りの方を向いていた。

五階建ての団地には四つの踊り場がある。犯人が第一発見者の顔をはっきりと認識するためには、下二つの踊り場——二階と三階の間くらいまでが限界だろうと如子は予測した。それで団地の一階、二階、三階に位置する部屋に絞って聞き込みを始めたのだ。

「伺ったお宅は全部、既に捜査本部の刑事に聞き込みを受けていましたが、足音のことを尋ねると新たな証言が得られました」

「足音？」

「大抵聞き込みの際は『何か見なかったか』と訊くんです。勿論、物音を聞かなかったかどうかも尋ねるでしょうが、これまでの捜査では『公園沿いの通りの方から争うような声や物音は聞こえてこなかったか』という訊き方しかしなかったために上手くいかなかったようです。七月二十九日の深夜から翌三十日の早朝にかけて、団地の踊り場や階段の方から足音が聞こえなかったかどうか尋ねてみると、『そういえば階段を上る音を聞いた』との証言が得られました」

如子は車から見てちょうど正面に位置する棟の、二階と三階の間にある踊り場を指差した。

「証言してくださった方は、二階に住む二十代の男性です。足を引きずって歩くような音が、夜中の一時頃に聞こえたと言っていました。彼はシフト制のお仕事をされているそうで、七月二十九日は帰りが遅かったらしいんですが、一時頃に階段の方から足音が聞こえてきて『日曜日の深夜まで働いている住人が自分以外にもいるのかな。それとも遊んでいたのかな』と思ったことを覚えていたそうです」

きっと犯人の足音だ。犯人はあの踊り場に上がって、路上に崩れ落ちた溝口の遺体を確認していたのだ。

「凄い、大発見やん！」

「大発見ではありません。推理の裏付けがしたかっただけなので」

あくまでも冷静な如子。でも目の奥はきらっと光っていて、なんだか生き生きしているように見えた。

「……付き合わせてしまって申し訳ないんですが、ちょっと場所を移してもいいですか？　一ヵ所だけ、この辺りで当たっておきたい人がいるんです」

「もちろん！　わたしたち、ただ散歩してるだけやもん」

西泉尾運動公園の通りから抜けると、如子は瀬名に指示を出して商店街近くのコンビニの駐車場に車を停めさせた。

「ここ何？　何のコンビニ？」

「溝口慧がよく仕事帰りに利用していたコンビニです」

「警察って被害者の行きつけのコンビニまで調べるん？」

わたしが殺された溝口だとして、近所のコンビニまで調べ上げられたらちょっと恥ずかしい。「被害者は仕事帰りにこのコンビニでよくポテチを購入していたようです」とか「財布の中から現金がなくなってＡＴＭを使用していた姿を目撃されています」とか大真面目に報告されちゃったりしたら居たたまれない。

「警察は被害者の全てを把握してるわけやないですよ。溝口の場合は特別です。彼は元々容疑者だったので」

溝口には当初、倉町康介殺害の疑いがかけられていた。アリバイが完璧すぎて詰めきれなかったのだ。

「溝口のアリバイ——主に勤務先の大学病院から自宅までの行動経路を調べるため、溝口の顔写真を携えてこのコンビニに聞き込みに行ったことがあります。まだ吹田署に捜査本部が設置されていたときのことですね。溝口の証言に齟齬《そご》がないか、防犯カメラを確認させてもらったりしたんですが、そのとき対応してくれた店員さんから『このお客さんと仲の良い店員がウチに一人いる』という話を伺ったんです」

溝口はこのコンビニの常連だった。仕事帰りにコンビニに寄るとき頻繁に会う店員がいて、レジで会話を交わすこともあったという。しかしその店員は聞き込みに行った際、ちょうど重い風邪で長期間店を休んでいた。

「そのときはアリバイを確認するのが主な目的だったので、聞き流していたんです。すぐに溝口の遺体が見つかって溝口クロ説は立ち消えましたから、もう誰もここでの聞き込みのことなんか覚えていないでしょうけど、私はその仲良しの店員さんに溝口の話を聞いてみたいんです。普段の彼はどんな買い物をしていたのか、どういう客だったのか、どんな人物に見えていたのか」

「なんでそんなことが気になるの？」

「たぶん私は、まだ溝口のことを疑っているんでしょうね」

意味深な言葉を残し、如子は車から出て行った。瀬名とアイコンタクトをして一緒に車から降りる。

如子と瀬名が警察手帳をちらっと掲げて「沢森さんいらっしゃいますか？」と尋ねると、すぐに背の高い男の店員がレジから出てきた。彼が沢森らしい。

「防犯カメラですか？」

「いいえ、ちょっとお話を伺いたくて」

「外でもいいですか。バックルームは狭いので」

沢森はまず、溝口慧が死んだことすら知らなかった。「最近店に来てないなと思ってたら、亡くなってたなんて」と悲しそうに目を細める。

「沢森さんは、溝口さんと仲が良かったと伺いました」

「友だちとかではないんですけど、たまに顔合わせたときに『今日暑いっすね』みたいな世間話をちょろっとしてました。あ、前に一度、『いつもお疲れ様です』ってウチの店で買ったコーヒーを差し入れてくれたこともありましたね。いい人やった」

「溝口と何か個人的な会話をしたことはありますか？」

「看護師さんなんでしょ？　仕事の話は少しだけ聞いたことがあります。毎日きついって。それ以上は何も知りません」

瀬名も質問する。「溝口さんが誰かと一緒に来店したことは？」

「いや、見たことないっすね。いつも一人です」

「どんなものを買われてましたか？」

「色々ですよ。仕事帰りにお弁当買われてることもようありましたし、お菓子とかも買ってました。たまに洗剤やトイレットペーパー切らして慌ててやってくることもありました」

　ごく普通の、近所の常連客という印象だったらしい。

「あっでも、一個不思議に思ってたことがあります。時々、そこの公衆電話を使ってはったんです」

　沢森の視線の先を見やる。道路を挟んだ向かい側の歩道に、電話ボックスが設置されていた。今どき珍しい。

「外のごみ箱を清掃しに行ったとき、溝口さんが電話ボックスに入るのを見たことが何回かあったんですよ。コンビニでの支払いはスマホの電子決済なのに、どうしてスマホじゃなくわざわざ公衆電話を使うんやろう、変わった人やな、と思いました」

　如子が食い付くような勢いで尋ねる。

「どのくらいの頻度でしたか？」

「さあ……数ヵ月にいっぺんとか？　でも一回あたりの通話時間は長かった気がしますね。十円玉を切らしたのか、うちのレジでテレホンカードを購入されてたこともあります」

　沢森の証言は如子にとって重要なものであるようだった。車に戻ると眉間に皺を寄せ、「今どき公衆電話か」と独り言ちる。

「通話記録から足がつかないように、電話ボックスを使っていたのかもしれませんね。メールや電話の履歴に名前を残したくないような相手と話していたんでしょうか」

「誰？」

「わかりません。私たちがまだ把握できていない交友関係にある人物と、何か後ろ暗いやり取りをしていたのかも」

「後ろ暗いやり取りって？」

「例えば――倉町康介を殺すことについての話し合いが行われていたとか」

わたしは仰け反って驚く。瀬名も小さく「えっ」と声を上げた。

「共犯者がいたってこと？」

「共犯者ではなく主犯ですね。倉町康介殺害において、溝口には完璧なアリバイがありましたから」

「つまり……どういうこと？」

「もし溝口から指示を受けて倉町を殺した第三者が存在するのだとしたら、その第三者が一連の事件に深く関わっている可能性がありますね。倉町殺害後に仲間割れが起こって、溝口を殺したのかもしれない」

「なるほど。じゃあその公衆電話の相手を探せばいいってことやね」

如子は視線を彷徨わせながら、苦い表情を作った。

「溝口の遺体が発見された後、パソコンや携帯電話など、交友関係を調べるために必要なものは警察があらかた回収しています。電子データを解析中ですが、今のところ怪しげな交流があったようには見受けられません。件《くだん》の相手とは、徹底して公衆電話のみを使用していた可能性が高いと思います。そうなると電話の相手を探すのは難しいでしょうね」

「えー」

「電話の相手と共犯関係にあったのかもしれない、というのも私の妄想に近いですから。仮にこの妄想が現実だったとして、倉町を殺した後に仲間割れが起きて溝口を殺害するのは理解できますが、小林照子を殺した理由が――溝口の遺体の第一発見者を狙った理由がわかりません」

　せっかく新しい手掛かりを見つけたと思ったのに、残念だ。

　西日が正面から差し込んでいた。如子と瀬名が何やら目配せし合う。「横島さん」と如子が改まってわたしの名を呼ぶので、思わず姿勢を正した。

「倉町と溝口の殺人は細い糸で繋がっているように見えますが、小林さんの殺人は完全に独立しています。犯人は、被害者たちの人間関係の輪から外れた小林をわざわざ殺しているんです。つまり犯人にとって、第一発見者の殺害というモチーフの優先順位は高い」

「うん」

「その犯人が、遺体をバラバラに解体してごみ袋に詰め、とにかく手間暇かけて生野区のマンションのごみ集積所へと遺体を運んだんです。横島さんに遺体を見つけさせたがっていたように思えます」

「うん」

「何か隠していることはありませんか?」

　後ろめたい記憶の数々が頭を掠め、最後には一人の男の名前が胸に残った。けれど如子が口にしたのは、予想外の言葉だった。

「お兄さんはもう帰られてるでしょうか」

「兄ちゃん今日は朝シフトやから、もう帰ってきてると思うよ」

お兄さんに会わせてほしい、と如子は懇願するように言った。

「瀬名さんは一度人の顔を見たら忘れません」

「さっき瀬名ちゃんから聞いたよ。記憶力いいって」

「横島さんのお兄さんの顔、見たことがあるそうです」

如子が何を言おうとしているのか、本気で理解できなかった。わたしの表情を見て、如子は「横島さんは知らなかったんですね」と呟いた。

＊

昨夜部屋に上がって兄の顔を見た瞬間、瀬名は交番時代のことを思い出したそうだ。三年前、瀬名は枚方《ひらかた》署の地域課に所属し交番勤務をしていた。

二〇二〇年八月九日は当直明けだった。八時過ぎ、交替の勤務員を待ちながら引継ぎの準備をしていると、交番に一人の青年が駆け込んできた。

「どうかされましたか？」

尋ねても黙ったままで、不審に思った。ジャージ姿にサンダルをつっかけていて、ついさっき家を飛び出してきたばかりのように見えたが、手には一冊ノートを抱えている。青年はノートを開くと、そこに文字を書き始めた。

『妙な文書がネットに出回っています。助けてください』

彼は一言も喋らず、筆談を続けた。曰く、ＳＮＳや掲示板サイトで「犯行声明」と題された怪文書が拡散されており、そこには「復讐のために六人の人間を無人島に集め、殺害した」と書かれていたのだという。彼は犯行声明の内容に心当たりがあるそうで、作成した人物が自分の知人であると確信しているようだった。

瀬名は青年からその文面を見せてもらった。悪戯《いたずら》にしては妙に生々しい文章で、凝りすぎている。なんだか嫌な予感がしてその無人島の場所を検索し、管轄の警察署に連絡を入れることにした。

それからは蜂の巣を突《つつ》いたような騒ぎになった。青年が瀬名に見せた文書は、樋藤清嗣の犯行声明だったのだ。

青年の名前は紀田陽平という。彼は高校時代、集団リンチの被害に遭ったことがあると語った。樋藤清嗣の高校時代の部活の先輩で、樋藤が橋本亮馬ら六人を憎むきっかけとなった傷害事件の被害者だ。

紀田陽平――兄の名前と一緒だ、とぼんやり思った。樋藤の犯行声明では集団リンチの被害者の個人情報はぼかされていたため、わたしは彼の名を今の今まで知らなかった。

瀬名はおずおずと口を開く。

「お兄さんは僕のことを覚えてないようでしたが、僕は一目見てわかりました」

瀬名が嘘を吐くわけないことはわかっていたけれど、信じられなかった。兄が樋藤清嗣の先輩？　人より舌が短いのは交通事故のせいだって言ったじゃないか。――しかし、考えれば考えるほど辻褄が合う。

「紀田さんとはどこで知り合ったんですか。一緒に暮らすようになったきっかけは？」

「樋藤清嗣が通ってた高校を見に行ったときに、偶然知り合った」

「樋藤の学校？　なぜそんなところに行ったんですか？」

なぜだろう。自分でもよくわからなかった。ただ、わたしは樋藤のことを深く理解できてしまうから、関わらずにはいられなかったのだと思う。

――あの人は、わたしの大嫌いな奴も殺してくれたから。

兄と出会ったのは、二〇二〇年の年末だった。

天草上島の北部には、威ヶ崎という小さな港町がある。わたしは威ヶ崎で生まれ育ち、三年前まではそこに住んでいた。威ヶ崎港から北西約八キロの沖合には徒島という名前の無人島が浮かんでいて、二〇二〇年八月九日、その島から男女七人の他殺体が見つかった。俗にいう樋藤事件だ。

樋藤事件の発生から約四ヵ月後、わたしは威ヶ崎を出た。仕事も決まってなかったし当てはなかったが、これ以上地元にはいられないと思って大阪へ向かった。

タイミングよく、景公学園高等学校の学生寮が建て替えのため取り壊されるという噂を耳にした。景公学園というのは樋藤清嗣が学生時代を過ごした場所だ。スポーツ強豪校で、樋藤清嗣たちサッカー部員は全員入寮する決まりだったらしい。年内には更地になってしまうと聞いて、取り壊される前に見ておきたいと思った。わたしはまっすぐに東大阪市の景公学園を目指した。

景公学園に着くと、取り壊しの工事は既に始まっていた。グラウンドのフェンスの隙間から覗き込むと、クレーン車が学生寮の外壁を崩しているのが見える。

その日は朝から雪が降っていた。寒くて堪らなかったし指先もかじかんでいたけれど、あの寮の中で過ごす樋藤清嗣の姿を想像するのは少し楽しかった。

青白い雪が降る中ずっと解体作業を眺めていると、いつのまにか隣に人影があった。背の高い、痩せた男がポケットに手を突っ込んで立っていて、クレーン車に視線を向けている。男とわたしは無言で一時間くらいその場に佇み、やがて同じタイミングでくしゃみをした。わたしは男に話しかけてみることにした。

「なんで見にきたの？」

男はちらっとわたしを見たが、何も言わなかった。しかし無視されたようには感じなかった。

「わたし、樋藤清嗣のこと知りたくてここに来た」

男はスマホを取り出して、メモ帳に文字を打ち込んでわたしに向ける。

『井上清嗣のことか？』

「わたしは樋藤清嗣って名前の方が好きかな。そっちの方が合ってると思う」

『なんで興味あるんだ』

「樋藤事件では、若者グループに混じってコテージの管理人も殺されてたやろ。九城健太郎って名前の。あれ、わたしの彼氏。死んだから元彼やけど」

男は白い息を吐きながら、わたしの話に耳を傾けていた。

「まじで最悪な奴やった。だから九城を殺してもらえて助かったっていう気持ちが半分と、わたしがあいつを殺したかったのに先越されちゃって悔しい、みたいな気持ちが半分あるの」

返答に困ったようで、男はしばらくスマホを握り締めたままぼうっとしていた。わたしもまた夢中になって寮の解体作業を見ていたら、突然男からスマホを突きつけられた。

『飯は？』

まあまあお腹《なか》が空いていたので、男と一緒にご飯を食べに行った。ワンチャン狙ってんのかなと思っていたらそんな感じでもなく、男はどこまでもわたしに興味なさそうだった。

「ねえ、今日行くとこないんやけど。泊めて」

ダメ元でお願いしてみたらあっさりＯＫされたから、家に連れて行ってもらった。単身者向けのアパートで、東大阪市にあった樋藤の学生寮からは遠かった。当たり前のようにベッドを譲られて、久しぶりにぐっすり眠れて、どうして取り壊される寮を見ていたのか教えてもらうのを忘れていた。それが紀田陽平との出会いだ。

出ていけと言われなかったから住み着いて。一年くらいだらだらしていたら『仕事しろ』と怒られたから技能職員の採用試験を受けて。東部クリーンセンターで働くことが決まったから、兄の職場との中間地点にある今の団地に引っ越した。

樋藤清嗣はよく哀れな殺人者として扱われる。敬愛していた先輩がリンチを受けたことに心を痛め、復讐で精神的なダメージを癒《いや》そうとした悲しい人。その一方で、頭のおかしい殺人鬼だという意見もある。九城健太郎という、無関係だったはずのコテージの管理人まで復讐に巻き込んで殺しているためだ。

でもわたしは知っている。樋藤はきっと、途轍もなく正義感が強いのだ。コテージで九城と過ごすうちにあいつの下劣な人間性に気づいたから、六人を殺害するついでに手にかけたのだろう。

九城健太郎には散々な目に遭わされた。あのとき樋藤清嗣が奴を殺していなければ、たぶんわたしが殺していたはずだ。

如子は唇を嚙み締めたまま、わたしの話を熱心に聞いていた。わたしは混乱していた。兄がどうして樋藤清嗣との関係について教えてくれなかったのか、わからなくて悲しかった。

「お兄さんに会いに行きましょうか」如子は静かに言った。「事実関係が確認できたら、捜査本部に報告させてもらいます」

「なんで？」

「一応、重大な事件の関係者なので。今回の事件とも何か関連があるかもしれません」

遺体から舌を切断する殺人事件が発生して、そこに樋藤事件の関係者が登場するとなると無視できない。本当は今すぐにでも本部に報告すべきなのだろうが、兄に直接確認を取るまでは秘密にしてくれると約束してくれた。

如子と瀬名を連れて、また部屋に上がる。仕事から帰ってきていた兄は暢気に洗濯物を畳んでいた。後頭部をひっぱたくと睨まれたので、怒りを込めて睨み返す。

兄を卓袱台に着かせると、如子が色々と問《と》い質《ただ》していった。「間違いありませんか」と何度も訊かれて、その度に兄はむっつりと口を閉じたまま頷く。やがて瀬名がスマホを手に部屋から出ていった。捜査本部に連絡を入れに行っているのだろう。

わたしは無意識のうちに、右手親指の爪を嚙んでいた。

「怒ってる？　如ちゃん」

「怒ってませんよ。ただお二人とも、今後はちゃんと教えてくださいね」

兄はふてぶてしい態度で、如子の手帳に文字を書きつける。『教えるって何を？』

手を動かしているうちに、兄の筆圧はどんどん強くなっていった。

『俺が井上の知人だったことは今回の事件とは関係ない。マリアと九城のことも、何も関係ないです』

「関係するかしないか、判断するのはこちらですよ」

如子がきっぱりと言い切った。怒っているというより悲しんでいるような目をしていた。

「何でも、不安なことは何だっていいんです。私たちに教えてください」

如子の言葉を聞いて、もやもやと胸に渦巻いていた気持ちの正体を初めて知った。――わたしは不安で仕方なかったのだ。

一度気づいてしまったら、本音がぽろぽろ心から溢れてくる。わたしは兄に詰め寄った。

「兄ちゃん、なんで嘘吐いてたの？」

ふいと目を逸らされる。

「わたしのことどう思ってた？」

兄は不貞腐《ふてくさ》れたような表情で『どうも思ってない』と書く。どうも思ってないわけあるか。

兄が樋藤清嗣のことをどう思っているのか、知りたかった。何を思って取り壊される学生寮を見ていたのか、教えてほしかった。

「ねえ、なんか返事してよ。なんで教えてくれんかったん？」

『恥ずかしかったから』

「はあ？」

『あんな奴の知り合いだと思われたら嫌だった』

「なんでそんな酷いこと言うん？　樋藤は兄ちゃんの仇を討つためにあいつらを殺したのに」

『俺は仇討ってくれなんて一言も頼んでない』

兄は唇の端を吊り上げ、冷たい笑みを浮かべた。

『だからお前には教えたくなかった。嫌いな元彼が殺されたからってはしゃぐような奴に、俺の気持ちは理解できんやろ』

頭に血が上って頬がカッと熱くなる。すぐに癇癪《かんしゃく》を起こすのはわたしの悪い癖だ。わかっていても止められない。

わたしは兄に向かって叫んだ。

「あんただって何も知らんくせに！」

わたしは玄関先に置いてある兄のチャリの鍵を勝手に取って——自分のチャリはセンターに置きっぱなしにしたまま、乗って帰ってくるのを忘れていた——団地を飛び出した。駐輪場から乱暴に兄のマウンテンバイクを引きずり出す。十九時を過ぎ、外には薄い闇が広がり始めていた。

兄の脚の長さに合わせているせいで、尋常じゃないくらいサドルの位置が高い。当然すぐ後ろから如子が追いかけてきたが、わたしは構わず漕《こ》ぎだした。

如子は走って追ってくる。「こんな時間にどこ行くつもりですか」

「家出する」

「帰りましょう。横島さんは命を狙われてるかもしれないんですよ。犯人がどこから襲ってくるかわかりません」

「いいよ別に。どっからでも来ればええやん」

ストイックなアスリートみたいな風貌をしているのに、如子は意外と足が遅かった。どうして車で追っかけてこないんだろうと不思議に思って、車の鍵を管理しているのが瀬名だということをすぐに思い出した。

本当は風を切って走り抜けて目の縁に溜まった涙を吹き飛ばしてしまいたかったが、如子のペースに合わせてスピードを落とす。如子は死にかけの魚みたいに喘ぎながら、「散歩でもしますか」と言った。

「横島さんの好きな場所、教えてくださいよ」

*

しばらく住宅地をふらふらと走った後、サドルから降りた。チャリを押しながら歩くと、如子が黙ってついてくる。

わたしは平野地区に向かって北上していった。平野だと杭全《くまた》神社が有名な観光スポットだが、わたしのお気に入りの散歩コースは違った。

阪神高速の高架下の方が人通りも車通りも多いけれど、あえて住宅地を進む。二十分も歩くと、細い道の向こうに赤くて可愛い柵が見えてくる。住宅地の真ん中にある、平野駅跡プロムナード――レンガ舗装の遊歩道に辿り着いた。

「素敵な通りですね」と如子が微笑む。

「可愛いやろ。南海平野線っていうのが通ってたときここに平野駅があって、跡地にこの通りができたんやって」

「廃線になった駅ですか」

「そう。谷町線の平野駅とはまた別の駅ね」

旧南海平野線平野駅跡を整備して造られた平野駅跡プロムナードには、信号機のモニュメントが何本か立っていた。そのレトロな信号機が可愛くて、平野の近くに用があるときはよく散歩に来ている。如子はポケットからスマホを出して、周囲の景色を写真に収めていった。

兄はあまり自分のことを話したがらなかった。口ではもちろん喋りたがらないし、筆談やスマホを使った会話にも積極的ではない。

でも一度だけ、生い立ちについて話してくれたことがある。兄は東大阪市の高校に通っていたが、高校三年生のときに交通事故に遭ってから地元に居づらくなり、枚方市の親戚のところに身を寄せたのだと言っていた。それからしばらくして大阪市で働き口を見つけ、親戚の家を出たそうだ。交通事故に遭ったという話は全くの嘘だろうが、きっと枚方市にいるときに樋藤事件が発生して、それで枚方署の交番で働いていた瀬名が応対することになったんだろう。

まだあどけない、高校生の兄の姿を瞼の裏に描く。きっと恐くて苦しくて、心細くて堪らなかっただろう。兄が受けた壮絶な痛みを、わたしは想像することすらできない。

平野本町通商店街を抜け、平野公園に入った。平野郷樋尻口門跡と彫られた碑《いしぶみ》を前に、わたしたちはぼんやりと佇む。大名にくみせず自治都市として繁栄していた平野郷は、集落の警備のために環濠を巡らせて、十三の門を作ったという。樋尻口門というのも、そのうちの一つだったそうだ。

　如子がぽつりと言った。

「歳が離れすぎていませんか？」

「何の話？」

「横島さんと九城健太郎さんの年の差です。事件当時、彼は三十歳でしたっけ。三年前と言ったら、横島さんは十八か十九歳くらいでしょう。交際が始まったとき、横島さんは未成年だったんじゃないですか？」

「いくつの男と付き合おうが、わたしの勝手やろ」

「説教してるわけやありません」

「じゃあ何よ」

「横島さんが彼との関係を対等なものだったと見なせないのなら、無理に『恋人』という呼称を使わなくても大丈夫だと言いたかっただけです」

　わざわざ指摘されなくたって、後悔してる。わたしはむくれて如子から目を逸らした。

「それにしてもなぜ横島さんがターゲットなんでしょうね。紀田さんが命を狙われるならまだわかりますけど」

「なんで兄ちゃんが？」

「逆恨みですよ。たとえば樋藤清嗣に家族を殺された遺族が、腹いせに紀田さんを狙う、とか。一方、横島さんはどちらかといえば遺族側です。元恋人という枠に当《あ》て嵌《は》めるのなら」

確かに周りから見ればわたしは九城の恋人で、樋藤事件の被害者遺族に近い立ち位置にいるのかもしれない。

「熊本の実家に、樋藤事件の被害者遺族の人から電話を貰ったことがあるの」

「無人島で殺害された、六人の若者の遺族ですね。どの被害者の関係者ですか？」

「浦井啓司の弟って言ってたかな。伊志田千晶と付き合ってたとも言うてた」

「どんな用件だったんですか？」

言葉に詰まった。あまりいい思い出ではなかった。

樋藤事件が発覚してから三ヵ月ほど経った頃。十一月の上旬だったと思う。朝から父の入院先の病院に見舞いに行っていたわたしは、夕方六時を過ぎてようやく帰宅した。前日の夜によく眠れなかったせいか突然眠気に襲われ、居間で横になっていると悪夢を見た。慣れ親しんだ悪夢――九城からしつこく電話がかかってくる夢だ。その日もわたしは夢の中で、永遠に着信音を鳴らし続けるスマホを、暗闇に向かって投げつけていた。

目が覚めると家の固定電話が鳴っていた。九城はもう死んでいると頭では理解していても、まるで九城から電話がかかってきてるように思えて、出たくない、と心の底から思った。わたしは受話器を取ることにさえ恐怖を感じるようになっていた。

「本当は出たくなかった。でも兄貴に――紀田陽平じゃなくて本当の兄貴の方ね――『出ろ』って命令されて、仕方なく」

相手の男は、浦井と名乗った。『樋藤事件の遺族で集まって事件のことについて語り合う会を開くが、九城健太郎さんの恋人さんも参加しませんか』というようなことを尋ねられた。きちんとした自助グループではないので、あくまでも参加は自由だと言った。

「ムカついたから『ふざけんな』って怒鳴った。わたしは九城が死んだことを全然悲しんでないし、むしろ樋藤清嗣に感謝してるくらいですから、あなたたち被害者遺族と一緒にされるのは御免です。そもそも死んだ奴らの方が先に樋藤の友だちをリンチしたんだから、殺されても文句は言えないですよね、って」

傍でやり取りを聞いていた兄貴が慌てて受話器を奪い取って、電話口の向こうに謝っていた。わたしには血の繋がった兄貴が一人いる。四つ上だから紀田とおない年だ。仲が悪いので、実家を飛び出してからはほとんど連絡を取っていない。

「その後は電話を代わった兄貴が対応してたけど、わたしが浦井と話したのはそれっきり」

「被害者遺族の方に向かって『殺されても文句は言えない』なんて言ったんですか？　あのハッシュタグになぞらえた言葉ですよね？」

如子はいつになく厳しい声で言った。今となっては、もう少し言葉を選ぶべきだったと反省している。言い訳にしかならないだろうが、あのときのわたしは例の悪夢から目覚めたばかりで、気持ちが昂っていたのだ。

「でもさ、わたしホントのことしか言ってないよ」

「殺されて構わない人なんてこの世に一人もいません」

「なんでよ。目には目を、歯には歯を、ってよく言うやん。やり返して何が悪いの？　敵討ちってそんなによくないもの？」

「人はどんな理由があっても、人を殺しちゃいけないんですよ。人は人を殺しちゃいけない、そこには一切の例外を認めない。そういう前提条件がないと、私たちは社会を信頼することもできないし、他人に歩み寄ることもできません。この人は悪人やから何されてもいいとか、殺されても構わないとか、人が人の生き死にを勝手に判断することはひどく残酷なことです。悲しいことですよ」

そう言って、如子は平野公園の出口に向かって歩き出した。チャリを押しながらゆっくりと如子の後を追う。蒸し暑くて、少しだけ部屋のクーラーが恋しくなっていた。

「理不尽に不利益を被ったとき、あるいは誰かが酷い目に遭っているのを目撃したとき、それを許せないと思うのは確かに自然なことです。この感覚がなければ自分自身を守ることもできないし、正義を貫くこともできない。でも、私たちは決して独りよがりな復讐感情で人を裁いてはなりません。法治国家の下では刑罰が与えられますが、それは途方もない議論と、数え切れないほどの経験を重ねた上で成り立っているんですよ。もちろん間違うこともあります。だから今も話し合いは続けられているんです」

如子の話は抽象的で難しくて、聞いてはみたけどやっぱり納得はできないな、と思った。でも、如子が言葉を尽くして説明してくれているというのはわかる。

「おそらく人間は、憎しみを手放すことはできません。たぶん復讐を望む感情は、人間の生得的な欲求ですから」

「じゃあどうしたらいいの？」

「暴力という手段を選ばずに済む方法を、根気よく考え続けるしかないのかもしれませんね。

復讐心をなくすことはできなくとも、コントロールすることはできるかもしれない。どうせなら上手く付き合っていきたいでしょう？」

わたしはまた兄のことを考えていた。『俺は仇討ってくれなんて一言も頼んでない』と書いた兄の字は、見ているこっちが悲しくなるくらい震えていた。

兄がベランダで煙草を吸っていると、いつもぞっとする。今にも身を乗り出して、階下に落ちていきそうで。だからわたしは部屋の中から、兄の背中をじっと見張るのだ。いつ兄がベランダの柵に足をかけても引き留められるように。

喋りながら如子は、来た道を引き返していく。なんとなくついてきてしまったけれど、そういえばわたし、家出してきたんだった。

蟀谷《こめかみ》に伝った汗を手の甲で拭いながら、如子は言った。

「お兄さんも心配してるやろうし、そろそろ帰りましょう」

「やだ」わたしは首を振る。「今日は帰らん。てか明日も帰らん。別の家探す」

「家出にしては本格的すぎませんか」

「だって、もう絶対嫌われたもん」

「今更嫌いになったりしませんよ。紀田さんも不安やったんですよ。横島さんと同じくらい」

「そんなの知らんし。とにかくあんだけ言い合ったらもう仲良くできん。わたし、人と仲直りしたことないもん」

わたしにとって喧嘩とは、イコール関係の断絶だった。友だちとでも彼氏とでも、一度トラブルがあったら即絶交。喧嘩の仕方はよく心得ているが、酷く傷つけ、傷つけられた相手にもう一度歩み寄った経験はなかった。

「横島さんにとって、お兄さんは仲直りする価値もない相手ということですか。関係があれっきりで終わってもいいと?」

「そういうわけやないけど……」

「なら絶対大丈夫です。帰りましょう」

迷子の子どもの手を引くように、少し先を行く如子。重い足取りでその背中を追った。

帰り道、如子はこっそりスマホを弄って、兄に向けてＬＩＮＥを送っているようだった。昨日の夜緊急連絡用にＩＤを交換していたのだが、まさかこんなに早く緊急事態が訪れるなんて思ってもみなかった。

＊

家に帰ると、兄は瀬名から細かい事情聴取を受けていた。如子と瀬名はすぐに部屋を出て駐車場の張り込みポジションへと向かったので兄と二人きりになったが、どんな言葉をかければいいのかまるでわからなかった。何か言わなきゃいけないのだろうけど、謝るにしたって何をどう謝ればいいいんだろう。触れなければなかったことになるような気がして、わたしは徹底的に会話から逃げた。兄は元からほとんど喋らないし、表面上の態度は何も変わらなかった。

その夜はいつも以上に寝つきが悪かった。明け方にやっとうとうとし始めたが、いつもの悪夢を見てすぐに飛び起きて、結局そのまま朝を迎えた。

電話の夢を見た日は絶対に嫌なことが起こる。一昨日はバラバラ遺体を発見したし、だから今日も碌な一日にならないはずだ。

今日のドライバーはきいちゃんで、収集担当がわたしとよっちゃん。金曜午前中の回収場所は、クリーンセンターから見て南西の方向に位置する舎利寺地域だった。約一ヵ月前、わたしたちが路上で倒れていた男性を救助した区域だ。天気は快晴だが気分は重い。

収集車の後方には当然のようにグレーのセダンがついてきていた。交代の刑事は派遣されていないのか、それとも夜中にこっそり何回か交代があったのかはわからないが、今日も警護係は如子と瀬名だった。

舎利寺には神社仏閣が密集していて、特に生野神社と舎利尊勝寺が隣り合った区画には古い街並みが残っている。一回目の収集を終え、舎利尊勝寺の近くできいちゃんの収集車を待っていると、よっちゃんが唐突に「生野区っちゅう名前の由来を知っとるか？」と話しかけてきた。

「飛鳥《あすか》時代《じだい》の頃にな、生野長者という大富豪がここいらに住んどったんやって。それにちなんで生野区と呼ぶようになったらしい」

全く同じ話をこの前きいちゃんから聞いたが、とりあえず「へえ」と言っておく。

「その長者の夫婦には、口の利けん息子がおったらしい。夫婦が聖徳太子《しょうとくたいし》に相談すると、聖徳太子は息子に向かって『私が前世であなたに預けた舎利を返しなさい』って言うた。そしたら息子が口から三つの舎利を吐き出したそうや」

「舎利って何？」

「お釈迦様《しゃかさま》の骨」

「うわ」

「嫌そうな顔すんな。とにかく、舎利を吐き出した息子はそれから嘘みたいに喋れるようになった。聖徳太子は三つの舎利のうち、二つを四天王寺と法隆寺に納めて残った一つを生野長者に与えたそうで、感激した生野長者がその舎利を奉るための寺を建立したんや。それがこの舎利尊勝寺。聖徳太子にゆかりのある寺って聞くと、凄い寺な気がするよな」

聖徳太子、実はそんなに凄い人ではなかったのかもってテレビで言ってたのを最近観たばかりだったけれど、水を差したら悪いから何も言わなかった。

「真莉愛、なんか今日元気ないな」

十時前、二回目の回収作業が始まる。

舎利寺一丁目の端の、名もなき通りを北に向かって進んでいるときのことだった。わたしたちが路上のごみ袋を拾い上げていると、突然後ろから甲高い音が鳴った。

何事かと振り返ると、瀬名が焦ったような表情でクラクションを何度も鳴らしている。如子が車から降りてきた。

「横島さん、火が！」

口を大きく開けながら、如子は収集車の積込装置の部分を指差す。見れば、積込装置の内部にある、プレスプレートのあたりから灰色の煙がもくもくと立ち上っていた。

瞬間、色んな思考が頭を駆け巡った。煙が出ている——火災だ。リチウムイオン電池が破裂して発火したのだろうか。それともガスの抜けきってないスプレー缶が混じってた？　いや、原因は何でもいい。とにかく火を消し止めなければ。

わたしは両手に抱えていたごみ袋を道端に投げ、運転席の窓を叩きながら声を張り上げた。

「ストップ！　きいちゃんストップ、停めて！」

収集車が停止した。車体のサイドに取り付けられた消火器をもぎ取って安全ピンを抜く。初期消火の講習を受けたときの記憶を必死で思い出しながら収集車の後ろに回り込み、パネルのボタンを操作する。

プレスプレートが開くと、庫内では高さ五十センチくらいの炎が上がっていた。熱い。恐怖で鳥肌が立つくらいの熱が間近にある。

「如ちゃん下がって！」

駆け寄ろうとする如子を制し、アスファルトに膝をついてホースを構えた。よっちゃんときいちゃんが、遠くで何か叫んでいるのが耳に届いたが、聞こえないふりをする。

あのときもそうだった。路上で倒れていた男性を発見したとき、わたしはよっちゃんときいちゃんには手出しをさせずに、一人で救命活動を行った。二人はわたしと違って優しいから、下手に救護に関わってこの男の人が死んでしまったりしたら、きっと自分を責めるだろう。それならわたし一人が責任を負った方がいいと思った。

大丈夫だよ。わたしは母が家で倒れたときに心臓マッサージをしたことがあったし、搬送先の病院で母が死んでも平気で生きていけるような人間だったから、大丈夫。

トラブルに見舞われたときにはチーム三人で協力するようにと口を酸っぱくして言われていた。でもわたしはいつも、全部自分でやった方がいいと思ってしまう。

ラッキーなことに炎の奥に火元のようなもの――モバイルバッテリーだか加熱式煙草だか判別はつかないが、長さ十五センチくらいのスティック状の物体が炎の中心で真っ黒に変色しているのが見えた。火元に向かってホースを向け、レバーを力一杯握り締める。

薬剤の噴射は約三十秒間。粉末消火器の白い煙が身体の周りにまとわりついて、視界まで遮られる。火の様子は全く見えない。その三十秒は、永遠と錯覚しそうになるほど長かった。

「真莉愛ぁ！　大丈夫か！」

煙の向こうからよっちゃんの声がする。やっと目の前が開けたとき、さっきまで収集車を焼き尽くそうとしていた炎は消え失せていた。庫内には粉まみれになったごみが詰め込まれているだけだ。消火は成功しているように思えた。

ほっと息を吐きながら、わたしは安全管理マニュアルを頭の中で読み上げていく。きちんと初期消火ができても消防を呼ばなきゃいけないんだったっけ。収集車の整備もしなきゃいけないし、きっと今日のわたしたちの収集はめちゃくちゃ遅れるだろうから、取り敢えずセンターにも連絡して。

そのとき如子が鋭く叫んだ。「危ない！」

火は消えた。これ以上何か危ないことがあるだろうかと不思議に思ったが、すぐにその意味を理解した。

真後ろで変な音がする。シューッと長く息を吐くような音。振り返ると背後に人影があった。影の主はよっちゃんでも如子でもない。粉末状の薬剤が霧のように路《みち》に漂っていたせいで、わたしはそいつの接近に気づかなかったのだ。

霧の中から現れたのは知らない男だった。腰を低く落とし、棒状の物体を構えている。それが日本刀だと気づいたとき、足の筋肉が固まった。

わたしとそんなに歳が変わらないくらいの若い男だ。つるんとした肌とイガグリのような坊主頭に目がいく。小柄で幼い顔をしているのに、瞳に光がなかった。

深く息を吸った後、男は掠れた声で言った。

「文句は言えないよな？」

刀身に映り込んだ空が青く煌《きら》めいていた。男がゆっくりと腕を振り上げていく。わたしは金縛りに遭ったように刃先から視線を逸らすことができなかった。

男の頭の上でぴたりと止まった刀が、勢いよく振り下ろされる——気づいたときには、わたしは熱を持ったアスファルトの上に転がっていた。背後から飛び出してきた如子がわたしの肩を抱きかかえ、覆い被さるように地面へと押し倒したのだ。

刀は如子の背を切る。防刃ベストか何かを着けているのか、如子の背中から硬い音が鳴った。スーツは破れたが血は出ていない。

「せめて黙って死んでくれ！」

日本刀男が口元を大きく歪め、再び刀を振り下ろす。如子はわたしを庇ったまま動かなかった。

切っ先が如子の左肩に当たる。今度は刃が肉まで到達した。血が飛び散る。切られた如子より、見ていたわたしの方が「ぎゃあ！」と悲鳴を上げた。

男が刀を構え直した瞬間。如子は振り向きざま、その足を払うように右の脛《すね》を蹴り飛ばす。

男がバランスを崩したところに、もう一つ人影が飛び込んできた。特殊警棒を構えた瀬名が、空気を切り裂くように男の間合いに踏み込む。針の穴を通すような正確さで、瀬名は男の肩と手首を打った。

男が取り落とした刀は地面に当たって鈍い音を立てた。瀬名は男を地面に引き倒し、うつ伏せの姿勢を取らせる。男はしばらくじたばたと藻掻いていたが、瀬名が流れるような動作で背中に肘打ちを食らわせると泡を吹いて大人しくなった。後ろ手に手錠をかける。

「十時三十二分、銃刀法違反、傷害、及び公務執行妨害で現行犯逮捕します。――新田さん、大丈夫ですか」

「大丈夫です。本部と生野署への連絡と、救急車の手配をお願いします。消防も」

「はい！」

捜査車両に搭載された無線を使うため、瀬名は捜査車両の方に駆けていく。肩から流れ出た血が手首まで垂れているのに、如子は瀬名が離れている間、冷静に男を取り押さえていた。

わたしは地べたに尻をつけたまま動けなかった。恐怖が遅れてやってきて全身に震えが走っていた。

「大丈夫か⁉」

よっちゃんたちが血相を変えて駆け寄って来るが、如子から「危ないから下がってください」と言われてぴたりと立ち止まる。

日本刀男は口をもごもごと動かしていた。言葉が不明瞭で聞き取れない。目尻から涙が一粒、緩やかに流れ落ちていく。瀬名のエルボーが痛くて泣いているわけではなさそうだ。

「横島さん、怪我は？」

如子はいつも通りの調子の声で尋ねてくる。わたしは首を横に振った。喉が張り付いて声が出なかった。

「この男に見覚えは？」

「……知らん」

「本当に？　仕事先、収集を担当する地区、家の近所、どこにもこの顔はありませんでしたか？　小中高の同級生は？」

男の顔には本当に見覚えがなかった。少なくとも知り合いではない。

この男が連続殺人事件の犯人なんだろうか。幼い子どものような顔をしたこの男が、第一発見者を執拗に狙い、あのマンションのごみ置き場にバラバラ遺体を放り込んだとは、到底信じられなかった。

「真莉愛さん、よく聞いて」

如子に優しい声で呼び掛けられ、はっと顔を上げる。

「今から私は救急車で病院に運ばれますが、大した怪我ではないのでご心配なく。たぶんその間、あなたは府警本部に呼ばれて事情聴取を受けることになると思います。取調室に連れ込まれるようなことはないでしょうが、捜査一課のおじさんたちに色々と嫌なことを訊かれるかもしれません。言いたくないことは言わなくてもいい、ただし嘘は吐かないでください」

わたしは小刻みに頷いた。ちゃんとわかってると、如子を安心させたかった。

「私は恐らく捜査を外されます。でも何か不安なことがあれば遠慮せず、連絡をくださいね」

「外されるって何？　なんで？」

　如子は微笑んで何も答えない。捜査から離脱しなければいけないほど怪我が酷いということだろうか。

　如子の肩の傷を見つめたまま、人はどのくらい血が出たら死ぬのだろうと考えた。如子は、わたしを庇ったせいで死ぬのだろうか。

　頭がぐるぐる回ってパニックになりかけたとき、瀬名が戻ってきた。

「大丈夫ですよー、すぐ救急車来ますからね。新田さんは死にませんよ」

　瀬名の言葉通り、五分もしないうちに救急車の音が近づいてくる。

　路上に散った如子の血。手錠を掛けられながらも何か訴え続けている男。規則的に繰り返されるサイレンを聞きながら、わたしはぽつりと言葉を零《こぼ》す。

「樋藤清嗣って、恐い」

　恐い。人を傷つけるのは恐い。七人もの人間を冷静に殺した樋藤清嗣のことが急に恐くなった。被害者たちが血を流すのを見ても、彼は平気だったんだろうか。

　生野神社の角から現れた救急車が、道の端に停車する。如子は言った。

「私は樋藤清嗣、殺ってないと思います」

「え？」

「彼はきっと……」

　何か言おうと口を開きかけた如子を救急車から降りてきた救急隊員が取り囲む。続きを聞く前に、如子は救急車に乗せられて行ってしまった。

救急車のすぐ後にパトカーがやってきて、日本刀男を連行する。

わたしは瀬名に連れられ、大阪府警本部の本庁舎に向かった。

＊

本部に到着してからも、瀬名はずっと付き添ってくれていた。

小林照子の遺体を見つけたときに案内された狭い会議室のような部屋で待機していたら、刑事が三人部屋に入ってくる。捜査一課のチクリ魔、後藤の姿もあった。きっとこのメンバーは捜査一課所属の刑事なのだろう。

三人のうち一番年嵩《としかさ》で、ストライプ柄のネクタイをした刑事が瀬名に呼びかける。

「瀬名巡査長、もういいぞ。報告してこい」

わたしの方をちらっと見て、瀬名は眉を下げた。

「でも」

「行け」

瀬名はわたしに向かって申し訳なさそうに一礼して、部屋を出て行った。

それからわたしはストライプ刑事に事情聴取を受けた。日本刀男に襲われたときの状況を細かく説明させられたり、男の顔に見覚えはないかとしつこく尋ねられたりしたが概ね落ち着いて答えられたと思う。後藤はストライプ刑事の後ろの席に座り、わたしの証言をノートパソコンに打ち込んでいた。

しばらくするとまた別の刑事がやってきて、ストライプ刑事に長い間コソコソと耳打ちした後、退室した。

　ストライプ刑事は堅苦しい声で切り出す。

「あなたを襲った犯人の身元が割れました。浦井裕樹《ひろき》、二十四歳、大阪市在住、無職。知り合いではありませんか?」

「はい」

「浦井啓司の弟と言えばわかりますか?」

　わたしが息を呑むと、ストライプ刑事は眉間の皺を濃くした。

「横島さん。ご出身は天草の上島だそうですね」

「はい」

「樋藤事件が発生した無人島からほど近い、威ヶ崎という港町にお住まいだったんでしょう。しかも樋藤事件の被害者、九城健太郎さんとお知り合いやったと聞きました。かなり親しい仲だったようですが、間違いありませんか」

「はい」

「樋藤事件が発生して三ヵ月ほど経った頃、つまり二〇二〇年の十一月ですね。浦井裕樹は心の整理をするため、被害者遺族を集めて樋藤事件について語り合う会合のようなものをセッティングしようとしたそうです。そのときに横島さんにも声をかけたそうですが」

「そういう電話はもらいました。断ったので、その人と直接会ったことはありません」

「ええ、彼もそう証言していました。しかし、あなたから電話越しに投げかけられた言葉に憤りを覚えたそうです」

思わず「えっ」と声を上げる。

樋藤事件の被害者——浦井啓司の弟である浦井裕樹は、伊志田千晶の恋人でもあった。兄と恋人をいっぺんに殺された彼は、心に深い傷を負っていたのだ、とストライプ刑事は言った。

普通の殺人事件なら、世間は被害者側に心配と同情の声を寄せる。ところが樋藤事件は別だった。犯行声明が流出し被害者たちの過去の行いが表に出たせいで、世間は樋藤清嗣に同情的な反応を示した。被害者遺族たちはバッシングに長年苦しめられてきた。

「浦井からの誘いを断る際、横島さんは被害者について、『殺されても文句は言えない』というようなことを言いましたか？」

「……はい。もしかして、それがきっかけでわたしを殺そうとしたんですか？」

「浦井は電話をかけてから数週間後、横島さんを殺すために熊本まで出向いたそうです。ところが、横島さんはちょうどその頃に威ヶ崎のご実家を出ていたんですよね。横島さんを見つけることができなかった浦井は殺害を諦め、それから二年半の間は横島さんへの恨みを忘れようとしていたと証言しています。しかし先週の金曜日——七月二十八日、テレビドラマの放送に伴って『#文句は言えない』というハッシュタグが久しぶりにSNSのトレンドに入ったでしょう。あれを見た瞬間トラウマが蘇《よみがえ》って、殺意を思い出したと供述していました」

ストライプ刑事はわたしを気遣ってか、「些細《ささい》なきっかけですが、こういうこともあるんですよ」と付け加えたが、何の慰めにもならなかった。

「タイミングも非常に悪かったようですね。『#文句は言えない』がトレンド入りした先月の二十八日というのは、ちょうど横島さんが区の消防署から感謝状を贈られた日でした。ローカルなニュースではありますが、ネット記事でも取り上げられていたので、浦井はそれを見て横島さんの職場や担当区域を把握したそうです。――まあ、要するに逆恨みですよ。自分の身内が他人様をリンチしたことは棚に上げて、横島さんに八つ当たりしたわけです」

　ストライプ刑事は大真面目な顔でそう締《し》め括《くく》ったが、わたしは納得できなかった。違う、と心の中で叫ぶ。浦井裕樹のやったことは逆恨みに違いないが、逆恨みの一言でまとめられるとも思えなかった。如子ならこういうとき何と言うんだろうと考えて、少し泣きそうになった。

　捜査一課の刑事たちは「このままここで待機するように」と言い残して退室した。また十分くらい待たされた後、知った顔が部屋に現れる。吹田署の刑事課長、眞鍋だった。

　眞鍋はわざと音を立てながら椅子を引いて、わたしの正面に座った。

「今日はお互い、大変な一日やったな」

　お互いなわけあるか。捜査本部でぬくぬくしていたあんたと違って、こっちは日本刀を持った男に襲われたのだ。軽く睨んでも眞鍋は意に介さず、ガラガラにしわがれた声で続ける。

「消防から連絡があったんやが、火災の原因はリチウムイオン電池による発火やったそうや。てっきり浦井が放火したんかと思うてたら、彼は収集車の後ろからこっそりつけてきていただけで、火災には関係しとらんようで。ごみ収集車がモバイルバッテリーやら加熱式煙草やらのせいで炎上するんはよくあることらしいな。いやぁ、大変なお仕事や」

「新田さんは大丈夫ですか？」

「ああ、心配には及ばん。——今日のところは、これ以上事情を聞くことはないよ。とりあえず容疑者を拘束できたんで、あなたの警護は解くことにした。また後日警察から連絡が行くやろうから、そんときは署に来てもらうからな」

そう言って出口の扉を手で指し示す。帰れってことだ。わたしは眞鍋に詰め寄った。

「ねえ新田さんは？　本当に怪我、大丈夫やったんですか？」

「大したことない。防刃ベスト着てたからな」

「全治何ヵ月？」

「あの程度のかすり傷で何ヵ月も入院するわけないやろ。まあでも、今回の捜査からは外れて、ゆっくり療養してもらうことになった」

「なんで？　なんで新田さんばっかり仲間外れにするんですか」

「怪我人を休ませるのは当たり前やろ。それに、新田があんたの警護にずっと付いていたのは仲間外れとは違う。女性の刑事が少ないから、あんたへの配慮でそうなっとっただけや」

「女の刑事、新田さんしかいないんですか。だとしたら組織としてやばくないですか」

眞鍋は苛立っていた。威圧するようにこちらに身を乗り出す。

「あんたが気にせなあかんのは新田の安否やなくて、自分の過去の行いのことなんやないのか」

「は？」

「あんた、九城健太郎さんと付《つ》き合《お》うてたくせに、浦井裕樹との電話では『樋藤清嗣に感謝してる』とか言ったそうやな。薄情にも程がある。結局、あんたが浦井を挑発したせいで奴は殺人犯になったんやぞ。巻き込まれて三人も殺された。新田が怪我したのもあんたを庇ったせいや。しっかり反省してくれんと」

　眞鍋は鼻息荒く主張するけれど、納得できない。どこかおかしい。ストライプ刑事みたいに「浦井裕樹の逆恨みだ」とまとめてしまうのは乱暴だが、眞鍋みたいに、全部をわたしのせいにするのも違うと思った。

　わたしは膝の上に置いた自分の手をじっと見つめていた。爪の先に血が滲んでいる。

　本当にわたしのせいなのだろうか。倉町康介も溝口慧も小林照子も、全員わたしに巻き込まれて殺されたのだろうか。気づけばわたしは、机に手をついて立ち上がっていた。

「特捜本部は、浦井裕樹が連続殺人犯やと思っとるんですか？　長い間わたしのことを恨んでた浦井が、わたしを第一発見者に仕立て上げるためだけにわざわざ無関係な人を三人も殺したってこと？」

「……そこまではわかっとらんが」

「でもわたしの警護を解除したってことは、警察は連続殺人犯を捕まえたと認識してるんでしょ？　浦井は倉町、溝口、小林の三人を殺すことによって『第一発見者が連続して殺される』という法則を作って、その上でわたしに遺体を発見させた後、殺そうとしてたんですよね。わたし一人を殺したら浦井が動機の面で真っ先に疑われてしまいそうだから、全く無関係の三人を巻き込んだ。――それ、本気で言ってる？　浦井は先月の二十八日に『#文句は言えない』のハッシュタグが盛り上がってるのを見て、わたしへの殺意を思い出したって言ったんやろ。

それなら、わたしを襲撃する計画は七月二十八日から始まったことになる。でも第一の被害者、倉町康介の遺体が発見されたのは二十七日。時系列がおかしいやん」

問い質すと、眞鍋は咳払いをして誤魔化そうとする。警察だって、浦井裕樹犯人説が非現実的だとわかっているのだ。わたしは眞鍋の鼻先に人差し指を突きつけた。

「てか、お前に言われんでも反省しとるし、知ったような口利くなや。お前の仕事は被害者に説教することと違うやろ。わたしはお前みたいな奴が一番嫌い。頭よくてシゴデキな如ちゃんに意見されて、悔しくなったからって虐めるような奴、まじで管理職向いてへんから辞めた方がいいよ」

眞鍋の額にみるみる青筋が立っていく。今すぐこの女を殴り飛ばしたくて堪らないといった表情だが、一応は理性で抑えつけているようだった。やがて眞鍋は長い溜息を吐き、「如ちゃんか」と鼻で笑った。

「あいつに何を聞かされたんかしらんけど、あんたもあいつの表面ばかり見て騙されとる。別に俺は新田が疎《うと》ましくて虐めてるわけやない。新田の秘密主義に困らされとるんや」

「秘密主義？」

「ああ。勝手に一人で突っ走って報告せず、手柄を独り占めしようとするきらいがある。そういう問題行動が目立つから捜査から外さざるを得ん」

「そんなんパワハラの言い訳やん」

「最近の若いもんはみんな、二言目にはパワハラ、パワハラと。言っとくけどな、警察は元より上の厳しい指導によって成り立ってる組織なんや。社会情勢だかなんだか知らんけど、突然横文字を使ってぎゃあぎゃあ騒がれたって、今さら俺たちのやり方は変わらん」

冗談で悪ぶってるのかと思ったら、眞鍋は澄んだ目をしていた。信じがたいことにこいつは本心を喋っているようだった。

あまりの話の通じなさに絶望する。そして、これまで如子が歩んできた険しい道のりを嫌でも想像してしまう。

「パワハラで成り立ってる組織なんか潰れてしまえ！　これ以上如ちゃん虐めたら許さんからな！」

わたしは捨《す》て台詞《ぜりふ》を吐き、府警本部を飛び出した。

影が伸びている。わたしは六時間近く閉じ込められていたようで、日がだいぶ傾いていた。今朝までは如子と瀬名が傍にいてくれたのに、犯人を捕まえたからもう警護は外します、なんて急に言われたって困る。なんだか放り出されたような気分だった。

家に帰る手段すらなくて泣きたくなる。途方に暮れたそのとき、目の前の大通りにタクシーが一台停まった。中から降りてきたのは兄だった。駆け寄ってくると、兄は無言でわたしの肩を摑んだ。

「なんでおるの？」

家用のダル着のジャージ姿ではなく、仕事用のちょっとましなジャージを着ている。兄は今日、勤務日だったはずだ。

「あ、瀬名ちゃんから連絡もらった？　まさか心配してくれた？」

兄がわたしを心配するわけない。何考えてるのかわかんないし、人生全部どうでもいいって顔して生きてるし。しかし兄はわたしを抱き締めた。

「無事でよかった」

涙交じりにそう言われて、それが兄の声であると認識するのにしばらく時間がかかった。

兄の声を聞いたのは久しぶりだ。たぶん半年ぶりくらい。半年前の兄は自発的に喋ったわけではなかった。地上波で放送されていたホラー映画を一緒に観ていて、思わぬタイミングで驚かされたときに「わあ！」と叫んでいただけだった。

兄は言った。

「何があっても俺は真莉愛の味方やからな」

「何それ。テキトー言ってるだけやん」

兄はわたしの背中を擦《さす》りながら、「うん」と相槌を打つ。

「何があってもとか、変な仮定の話すんな。ちゃんと話聞いて。全部聞いてから味方して」

「ごめんな」

「わたしもごめん」

兄の背中に腕を回し、力を込める。

「如ちゃんのお見舞いに行きたいの」

兄は黙って頷いた。お喋りモードはもう終わったらしい。

そのとき、兄のポケットのスマホが震えた。ほとんど同じタイミングでわたしのスマホも通知音を鳴らす。

瀬名からのメッセージが届いていた。

＊

「ねえ、如ちゃん」

呼びかけると「何でしょう」と返事がある。如子は電動のリクライニングベッドを稼働させて上半身を起こしていた。

今日が土曜日でラッキーだった。朝から如子の病院に入り浸れる。

「お見舞いのゼリー食べる気ない？」

「私は要りません。食べたいならどうぞ」

「よっしゃ」

もちろんお見舞いのお菓子をつまみ食いするだけじゃなく、ちゃんと如子のお世話役も務めている。ゼリーを食べるのは仕方なくだ。病室の冷蔵庫はプリペイドカードを買わないと使えないのに、冷やさないと美味しくないゼリーをお見舞いの品に選ぶなんて、如子の同僚たちはセンスがなさすぎる。

わたしはパイプ椅子を如子のベッドの隣に寄せ、付属のスプーンでいちごゼリーを掬《すく》った。

「わたしのせいでごめんね」

「真莉愛さんのせいやないです」

昨日から何度も謝って、その度に同じ答えが返ってきた。如子は「自分を責める必要は一ミリもない」と繰り返し言ってくれるが、言わせているような気もして申し訳なくなってくる。

「真莉愛さんが気にすることは何もありません。ちゃんと寝てくださいね」

「寝てるってば」

「嘘ですね。私より酷い顔色してますよ」

如子の入院先を教えてくれたのは瀬名だった。「内規違反やからこのことは絶対秘密ですよー」という声は、いつものごとくのんびりと間延びしていた。

舎利寺の路上で襲われた如子は、天王寺の弘川医科大学附属病院に搬送されていた。インナータイプの防刃ベストを着こんでいたので、肩の傷だけで済んだらしい。明日の朝には退院することになっている。

昨日の夕方は兄も一緒にお見舞いに来たが、今日は仕事に行った。

わたしは休日の過ごし方を知らない。趣味もないし、大阪には友だちもいないので外に遊びに行くことも稀だ。兄と休みが被ったら一緒に映画を観たりするが、どうやって時間が過ぎていくのかあまり覚えてない。だから今日は如子と一緒にいられて嬉しかった。

如子は基本的にずっと真顔だから、正直なところ、わたしのことをどう思っているのかはわからなかった。妙な奴に懐かれて困っているのかもしれないが、口では「下着の替えとか買ってきてくれるので助かってますよ」と言ってくれる。恋人とか親とか、如子の家族らしき人は一人も見舞いに来なかった。

昼食が配膳されたのは十二時だった。如子がそれをあらかた食べ終えた頃、如子のスマホに着信があった。瀬名からの電話だったので、スピーカーに切り替えてもらう。

『新田さん今電話大丈夫ですか？』

瀬名の声は欠伸《あくび》混じりだった。浦井裕樹の逮捕によって事件が急転し、忙しくしているのかもしれない。

『浦井裕樹ですが、横島さんを殺害するつもりでストーキングしていたことは認めました。でも他の殺人には一切関わってない、知らないって結構強気なんですよね』

如子は落ち着き払って「なるほど」と相槌を打つ。

『七月二十六日の夜は自宅で一人だったと証言しているので、倉町康介殺害時のアリバイはありません。ところが、第二の事件――溝口慧が殺害されたと見られている七月三十日零時から二時の間のアリバイに関しては、確かだと主張しているんです。京都にいた、とのことで』

「どうして京都へ？」

『横島さんを襲撃する際、日本刀を使っていたでしょう。あれの研磨を京都の工房に頼んでいたので受け取りに行っていたというんですよ。二十九日の夜から河原町のカプセルホテルに宿泊していたと主張していますから、超特急で裏取りしていますが……正直微妙なところですねー。新田さんどう思われます？　浦井が全部やったと思います？』

「ただの印象論ですが、浦井裕樹は直情的な人物のように見えました。刀を用意する程度の計画性はあったようですが、その割に白昼堂々道端で襲い掛かってくるなど、無鉄砲なところもあるようです。冷静に三人の人間を殺せるようには思えません。それに、溝口慧を殺害するために大正区に向かうときと、小林照子さんの遺体をごみ置き場に運ぶため生野区に向かうとき、犯人は盗難車を使っていますよね。Nシステムに写っていた、サングラスとマスクを装着していた犯人らしき男、浦井とは少し体格が違うように感じます」

『そうそう、浦井はもうちょっと小柄な感じがしますよねー。盗難車から出てきた指紋も、車を盗られたご家族のものしか確認できませんでした。浦井のものと断定できる遺留物は出てきていません』

サングラス男を浦井裕樹と見るか、捜査本部でも意見が割れているのだという。

『こっちの状況はこんなもんですかね。新田さん明日退院ですよね？』

「はい。しばらく休むよう勧められてますから、そっちに戻ることはないと思います。ご迷惑おかけします」

『いえいえー。せっかくやから有休ガンガン使っちゃってください』

電話を切ると如子は短く息を吐いた。溜息か深呼吸か、見極めが難しいところだ。

「如ちゃん、やっぱり捜査から外されちゃったんやね。ごめん、わたしのせいで」

「関係ないですよ」

「いや、これはまじでわたしのせいかもしれん。あのボケ上司が如ちゃんのこと全然わかってなかったからさ、ついカッとなってボロカス言ってもうた。そのせいでまた風当たり強くなるかも」

「ちなみに何て言ったんですか」

「これ以上如ちゃん虐めたら許さんって言った」

如子は首を捻りながら苦笑する。

「まあ捜査からは離脱しましたけれど、ここに担ぎ込んでもらえてラッキーでした。何てったって、溝口の元職場ですから」

言われてみればここ弘川医科大学附属病院は、二人目の被害者である溝口慧が看護師として働いていた病院だ。

「勝手に自分で捜査するってこと？」

「いや、私はただの患者ですよ。ただちょっと院内を散歩しつつ、看護師さんや患者さんたちのお話を伺うだけです」

あっけに取られて如子の顔を見つめる。「転んでもただでは起きないタイプなんで」と如子はいたずらっぽくピースサインを作った。

溝口の担当していた診療科は消化器内科。如子が入院している外科の病棟は六階A病棟で、消化器内科は同じフロアのB病棟に入っている。

折よく配膳車が昼食の回収にやってきた。若い看護師がベッドテーブルに置いていた膳を下げてくれる。首から下げたネームホルダーには「高橋陽菜」と書かれていた。如子が明るい声色で話しかける。

「消化器科の溝口慧さん、ご存じですか」

直球の質問だった。高橋は「え？」と怪訝そうな目つきをする。一瞬、肩を強《こわ》ばらせたようにも見えた。

「最近亡くなったんですよね。溝口さん」

「はあ」

「ここでのお仕事、よく頑張られてたと聞いてます。お話しされたことありますか？」

「同じフロアでも診療科が違うと接点ないんですよね、すみません」

高橋は俯き加減でそそくさと退散する。あまりのつれなさに、わたしは「えー」と不満の声を上げた。

「あの看護師さん、如ちゃんが警察って知っとるはずやろ。少しくらい相手してくれてもいいのに」

「病院関係者はあんなもんですよ。守秘義務があるからガードが固い。ときどき、被疑者が怪我して病院に担ぎ込まれたりすることもあるんですが、捜査関係事項照会書ってのを用意しないと、病院側は警察が相手でも患者の情報を守るんです」

「でも、溝口は患者ではないやん」

「個人情報保護の意識がしっかりしてるってことです。では、散歩にでも行きますか」

如子はするりとベッドから抜け出す。向かった先は、A棟とB棟の間に設置された談話スペースだった。いかにも古参という雰囲気を醸したおばあちゃんたちが三人、端っこのテーブル席に座ってお茶を飲んでいる。お茶菓子が用意されていないのは、食事制限があるためか。消化器科の治療を受けている人たちかもしれない。

如子は愛想よく「こんにちは」と挨拶しつつ、隣のテーブルに腰を下ろす。わたしも頑張ってニコニコしながら会釈して、如子に付き添う親類のふりをした。

早速、サマーニットの帽子を被ったおばあちゃんから話しかけられる。

「あらー、若いのにどうしたん？」

「ちょっと仕事中に肩をやってしまいました」

「大変やねぇ」

如子は人の好《よ》さそうな笑みを浮かべる。

「ここの病院、いいですよね。私の母も食道がんの手術のとき、お世話になったんです。確か小西先生って方で」

「小西先生？　あたしの先生と一緒やわ」

「本当ですか。三年くらい前に入院してたんですけど、未だに母は『先生がとっても優しかった』って言うんですよ。そうそう、溝口さんって看護師さんも凄くよくしてくれとったみたいです」

「溝口くんね。優しいよぉ、あの子は。あら、でも最近見かけん気がするね」

おばあちゃんたちは顔を見合わせる。溝口が死んだことは知らないようだ。ゴールデンレトリバーみたいな髪色をした、別のおばあちゃんが言った。

「そういや溝口くん、『転職決まった』言うてたから、病院移ったのかもしれんね」

「転職？」

初めて聞く話だ。如子は興味ありげな様子だったが、ニット帽のおばあちゃんがすぐさま訂正する。

「違う違う、転職が決まったとは言ってへんかった。ほらぁ一ヵ月か二ヵ月くらい前、ここであたしたちが集まってたときよ。なんかの流れで、あたしが一個前に入院してた病院のことを喋っとったら、横で聞いてた溝口くんが『今度そこで働きたいんですよね』って言うて。それでちょろっとその病院の話になっただけやろ」

「そうやったっけ？」

「そうよ」

如子が口を挟んだ。

「ちなみに、なんて名前の病院ですか」

「福先会《ふくせんかい》病院よ。東大阪市の」

如子は手元のスマホに、病院の名前をこっそりメモしている。と、三人目のおばあちゃん――ピンク色のキュートなパジャマを着ているが、目つきは鋭い――が、ぽつりと言った。

「あたしはあの溝口って人、嫌いやわ」

思いのほか強い響きだった。如子は水を向ける。

「どうして嫌いなんですか？」

「先月、ナースステーションで別の看護師さんをいびっているところを夜中に見た。『謝れ、頭を下げろ』って。俗にいうパワハラやな。虐められとったのは、まだ一年目の、若い女の子やった」

そう言うと、おばあちゃんは溝口の台詞を再現してみせた。何やらミスをした新米看護師に向かって、溝口は詰《なじ》るような口調でこう言っていたらしい。

――謝り方を知らんのか？　頭下げろって。もっと。

さっきの高橋という看護師は、溝口の名前を聞いた途端身構えたように見えた。もしかしたら、科の違う看護師にも悪評が伝わるほど、溝口は横暴な人間だったのかもしれない。

当たり障りのない会話のラリーを何度か続けた後、わたしたちは自然な流れで談話スペースからお暇《いとま》した。

廊下を歩きながら尋ねてみる。

「如ちゃんのお母さんがここに入院してたってほんと？」

「嘘ですよ。病院のホームページに載っていた医師紹介の欄から消化器科の優しそうな先生を探して、適当言ってただけです」

「こわ」

*

病室に戻ると如子はベッドに腰掛け、悩ましげにスリッパを見つめる。わたしも隣に座った。

「ねえ、如ちゃんは何に気づいたの？」

「真莉愛さんに伝えるべきか、ちょっと悩んでます」

「なんでよ、教えてよ」

教えて教えてとしつこくねだると、ためらいながらも口を切る。

「溝口が転職したがっていたという病院、樋藤清嗣が入院しているんですよ」

「まじで!?　でも待ってよ、樋藤って熊本の病院に入院しとるんやなかった？」

「容態に変化がないので実家に近い総合病院に転院したんですよ。熊本県警と大阪府警の間では有名な話です」

樋藤清嗣が熊本の救急医療センターに入院して半年が過ぎた頃、病院側が「うちは急性期の病院なので、他の病院へ転院させたい」と県警に申し立てたという。病院としてはいつまでもマスコミに張りつかれるのは体裁が悪いし、はるばる大阪から熊本まで通わなければならない樋藤の家族の負担も大きい。そういうわけで樋藤は二年半前から、特殊疾患病棟――脊椎損傷や意識障害など、長期にわたる入院を必要とする患者を対象とした病棟――を持つ、東大阪市の総合病院に入院しているそうだ。

一連の事件の背後には、ずっと樋藤事件の影がちらついていた。遺体から切り取られた舌。浦井裕樹の襲撃。極めつきに、第二の被害者である溝口慧は、樋藤清嗣の入院先の病院に入りたがっていた。

「でも、それがどう関係するの？」

「例えばですよ、交換殺人がこじれた結果とみることもできるかもしれません」

突然新しいワードが登場して戸惑ったが、あまりミステリーに興味のないわたしでも交換殺人という言葉の意味はなんとなくわかった。ＡがＢを恨んでいて、ＣがＤを恨んでいるという状況の下、Ａの代わりにＣがＢを殺して、Ｃの代わりにＡがＤを殺す。殺意を持っている者同士が対象を交換して殺害し、警察の捜査から逃れようとすることを指すのだろう。

「溝口は倉町に恨みを抱いていて、樋藤事件の被害者遺族である浦井は樋藤清嗣に恨みを抱いていた。もしも溝口と浦井が繋がっていたら、浦井が倉町の殺人を請け負い、溝口が樋藤清嗣の殺人を請け負うという、交換殺人を実行できたはずです」

浦井裕樹が倉町を殺し、その間に溝口がアリバイを作ってしまう。そうすると、動機の観点では容疑者筆頭であるはずの溝口が警察の捜査を掻い潜ることができるのだ。実際、如子たちは溝口の言動を怪しいと感じながらも、完璧なアリバイがあるせいで詰め切れていなかった。

　そして今度は、溝口が浦井の代わりに樋藤清嗣を殺す。溝口が樋藤清嗣の病院に転職することができれば、病院のセキュリティは確実に突破できるし、容態が悪化したように見せかけて殺すこともできたかもしれない。

「溝口が公衆電話を使って話してた相手が浦井裕樹やったってことね！　足がつかんよう、公衆電話で交換殺人の打ち合わせをしてたんや。でも、それやったらなんで溝口は死んだの？」

「浦井が倉町を殺した後で、共犯関係であったはずの浦井と溝口の間で何か諍《いさか》いが起こったのかもしれません。関係が破綻し、浦井は溝口を殺してしまった。交換殺人の計画が発覚するのを恐れた浦井は、溝口の遺体を発見した小林照子さんまで殺すことによって、第一発見者が連続して殺されているという図式を作ろうとした。小林さんの遺体を真莉愛さんに発見させて、ついでに恨みを晴らそうとしたのかも。――概ね筋の通るストーリーではあります」

「概ねってことは、完全に納得できてはいないってこと？」

「はい。いくら交換殺人に注目されたくないからといって、全く無関係の小林さんを殺すことには躊躇するはずです。それに『交換殺人がバレたくない』という動機で第一発見者連続殺人事件を引き起こしたわりには、真莉愛さんを襲撃したときの行動が大胆すぎる。あんなの、捕まえてくださいと言っているようなもんです」

「仲間割れで溝口を殺しちゃった時点で、浦井は自棄《やけ》になってたのかもよ？　どうせ自分がやったことは全部バレるから、最後くらい派手に殺っちゃえって思ってたんやない？」

「一理あります。でもやっぱり、浦井裕樹が犯人だとしたら遺体から舌を切り取らないと思うんです」

如子は目を伏せる。瞳にはほんの少し悲しい色が混ざっていた。

「浦井は自分の大切な人を殺され、しかもその遺体から舌を切断されました。浦井にとって舌の切断という行為はトラウマを想起させるものだったはずです。連続殺人を演出するための道具に使うとは思えません」

わたしの意見は違った。自分の大切な人が舌を切り取られたのなら、仇を討つときは絶対にそいつの舌も切断してやりたい。倉町康介は浦井の仇でもなんでもないけれど、八つ当たりみたいに舌をちょん切ったっておかしくないと思う。

樋藤清嗣だって、仲良しの先輩だった紀田陽平――兄が舌を切られたから相手の舌を切り取ったのだ。でも、普通の感覚だとそれっておかしいのだろうか。わたしはベッドの上に深く座り直す。

「そういえば如ちゃんさ、樋藤清嗣は殺ってないと思うって言ってたやん。なんでそう思うの？」

救急車の到着を待っている間に如子が言った言葉の続きを、ずっと聞けていなかった。

「私は出身が九州なんですよ。幼い頃は鹿児島で過ごして、小学校のときは宮崎、中高は熊本にいました」

「まじ？　熊本ならわたしと同郷やん」

「ええ。卒業してからこっちに出てきたので大阪府警の警察官を拝命しましたが、高校の同級生で熊本県警に勤めてる人がいるんですよ。樋藤事件には興味があったので、当時その子に押査の状況をそれとなく訊いてみたことがあったんです」

無人島に渡っていた八人のうち七人は死亡、肝心の樋藤清嗣は意識不明の重体だったので、樋藤事件の捜査員たちは当事者の証言を一切得られなかった。「犯行声明を用意していたくらいだから樋藤清嗣が犯人だろう」という共通見解はあったものの、県警の中には不審な点が多いと主張する人もいたそうだ。

「不審な点って？」

「まず、樋藤事件では複数の凶器が使われていたんですが、そのどれにも樋藤の指紋が残っていなかったんです」

「犯人が指紋を拭き取るのって普通のことやない？」

「バレたくないと思っている犯人なら、指紋を拭き取るでしょうね。ところが樋藤は例の文書で自分の犯行を赤裸々に告白していた上、自殺まで仄《ほの》めかしていました。全ての殺人を終えた後、警察がやってくる前に自殺するつもりだった人がどうしてわざわざ指紋を拭き取ろうとしたのか、疑問に思う捜査員がいたとしても不思議ではありません。——それから、ヒ素が全く使用されていないことも不自然でした。真莉愛さんは犯行声明の中身、知ってますよね？」

「うん」

「樋藤は犯行声明の中で、橋本亮馬さんら六人を殺すためにヒ素を用意した、と語っていました。実際に彼がヒ素を購入していた記録は見つかったんですが、徒島で発見された被害者たちは主に頭部の外傷によって死亡していて、毒殺された人は一人もいなかった。犯行声明を読めば用意周到な人物であるかのような印象を受けるのですが、実際の犯行の手口はいたって凡庸で行き当たりばったりで、奇妙なズレを感じました」

その情報はわたしも知っている。樋藤はなぜ島に持ち込んだヒ素を使わなかったのかという問題は、当時週刊誌やワイドショーで頻繁に取り上げられていた。

「腹部の傷にも違和感を覚えます。樋藤清嗣は包丁を自分の腹に刺した後、海に飛び込んで自殺を図ったようなんですが、傷口の具合から鑑みるに包丁の刃が下を向いていたようなんですよ。普通自殺では、刃は上向きになっていることの方が多い。躊躇い傷も一切なかったので、まるで誰かに刺されたような傷だったそうです。それから……」

「まだあるの⁉」

「一番の謎は、九城健太郎さんまでもが殺されていたことです」

わたしを気遣ってくれているんだろうか、如子は一度言葉を切った。視線が絡み合う。わたしは如子が口を開くのを待った。

「これはあくまで私個人の意見ですが。慕っていた先輩を傷つけられたことに苦しみ、怒り、あの悲しい犯行声明を綴《つづ》った樋藤清嗣が、無関係な人間を敵討ちに巻き込むとは思えないんですよ。行動に一貫性がない」

人間って、そんなに一貫性のある生き物だろうか。樋藤清嗣だって完全無欠の聖人なわけではないだろう。「多少の犠牲はしょうがないか」と妥協して、邪魔者であった九城をさっくり殺すことができたのかもしれない。九城のちょっとした言動に苛ついて、「ついでに殺してやるか。六人も七人も一緒だし」って思ったのかもしれない。下らない理由で九城を巻き添えにしたという可能性も全然あり得るはずなのに、如子は優しい考え方をする。

「じゃあ、如ちゃんは誰が殺ったと思ってるの？」

「誰かはわかりません。ただ、あのコテージの中に第三者が紛れていたような気がしてならないんです。樋藤も被害者だったのかもしれません」

「犯行声明は全く関係ないってこと？」

「全く関係ないと言いきる自信はありませんが、犯行声明以外に樋藤が犯人であることを裏付けるものは何もないんですよ。あの文書が真犯人に利用された可能性はありますね。まあこんなふうに言っておきながら、現場に第三者のものと見られる遺留物はなかったそうですが。徒島のコテージに残っていた毛髪や体液、指紋のほとんどは樋藤を含む八人のものでした」

「ほとんどってことは、八人以外のものもあったの？」

「はい。コテージの持ち主だった浦井啓司の叔母と、地元の漁師の青年の遺留物は出てきました。その青年が八人の送迎を請け負っていたそうで、遺体の第一発見者でもあったそうですから、コテージに指紋や毛髪が残っていても不思議ではありません」

　わたしは「あっ！」と口を大きく開けた。

「その第一発見者の漁師、わたしの兄貴やわ。紀田やなくて、本当の兄貴の方ね」

　わたしの戸籍上の兄貴――横島和実《かずみ》は、樋藤事件の第一発見者だ。そう伝えると、如子は驚いて目を剝いた。第一発見者の名前までいちいち覚えてはいないだろうから、横島という苗字が共通していてもわたしたちの関係には気づかなかったのだろう。

「漁師と言っても漁をメインでやってたのは父の代までで、兄貴は釣りのお客さんのために遊漁船を出したり、ちっちゃな離島への送迎を請け負ったりしてたんよね」

そういう観光客向けの仕事がきっかけで、兄貴は民宿で働いていた九城健太郎と知り合った。それでわたしも奴と出会ってしまったのだ。

「九城は船の免許持ってへんから、コテージの管理に行くときは兄貴が送り迎えしてやってた。三年前の八月四日も、九城に頼まれて八人を徒島に送ったんやって。本当は八月十日に迎えに行く予定だったのに、兄貴は日付を勘違いして九日に徒島に向かった。そしたら遺体が転がってて、警察に通報しようとしたら島の電話が壊されてたらしいの」

「大変でしたね」

「それから大慌てで引き返してきたせいで、兄貴は船のロープに小指を巻き込んでしまって、第一関節がちぎれるほどの大怪我をしたんやって。間抜けやろ？」

「伝聞口調ですけど、真莉愛さんはお兄さんと一緒やなかったんですか？」

「……うん。そんとき家出してたから」

二〇二〇年の八月、高校を卒業したばかりのわたしは、地元のスーパーでパートをしながら父と兄貴と共に三人で暮らしていた。でもあの日——八月三日に兄貴と大喧嘩してから、わたしは一週間家出をしていた。樋藤事件が発生した頃、わたしは威ヶ崎にいなかったのだ。

如子は兄貴の話に興味を持ったようだった。

「お兄さんからお話を伺うことはできそうですか？」

「無理無理、めっちゃ仲悪いもん」

というか、連絡先すら知らない。電話帳から兄貴の番号を削除してしまっている。

母はわたしが中学に上がる頃に心不全で死んだ。さらにその二年後、父が脳梗塞で倒れた。幸いにも後遺症は軽かったけれど漁を引退して、兄貴が船を受け継いだ。しかし二回目の脳梗塞では四肢に重篤な麻痺が残り、父は一人では排泄や入浴もできなくなった。二〇一九年の秋、父の在宅介護が始まった。父はまだ四十代で、わたしは高校三年生だった。

　病院のケアマネージャーからは介護サービスを受けるよう勧められたので、兄貴には「父を施設に入れたい」と相談した。しかし兄貴は「まだ父さんは若いから老人ホームには入れられない」と言った。父からも「介護は家族がするものだ」と叱られ、そんなものか、とわたしは諦めてしまった。

　ほとんどの介護を請け負ったのは、当然わたしだ。父は、普段は兄貴の方を可愛がるくせに、なぜだか介護はわたしにやってもらいたがるから、それが不思議で仕方なかった。

　結局、わたしが父を自宅で介護した期間は一年にも満たなかった。父は樋藤事件の発生直後に体調を崩して入院し、その年の十一月末に死んだのだ。十二月、父の葬式を終えてから、わたしは兄貴を置いて威ヶ崎の家を出た。

　大阪に出てきてから半年近く経った頃、「実家を壊す」という事務的な連絡だけが一度だけあったが、「土地も金も要らんから二度と連絡してくんな」と言い捨てて、わたしは電話を切った。兄貴との関係はそれっきりだ。

「兄貴が今どこに住んどんのかも知らんのよね」

「そうですか」

なんだかしんみりした雰囲気になってしまった。話は逸れたが、とりあえず今わかっていることをまとめてみると、こんな感じだろうか。

倉町、溝口、小林が被害者となった連続殺人と浦井裕樹による襲撃は、三年前の樋藤事件と何らかの関わりを持っている可能性が高い。そして如子は、浦井と溝口の交換殺人説に納得しきれておらず、そもそも樋藤事件の犯人は樋藤清嗣ではないのかもしれないと疑っている。

――あまりの謎の多さに頭を抱えていると、如子がふっと頬を緩めた。

「旅行に行こうかなと考えてるんです。天草にでも」

「なんで？」

「もちろん、樋藤事件の謎を調べに」

「えーっ、今起こってる連続殺人の方はどうすんの？　浦井裕樹は？」

「全ては樋藤事件に繋がってる気がするんです。避けては通れない。それに、有休をどう使おうと私の勝手ですからね」

如子は明日の午前中に退院し、明後日《あさって》の月曜日から三日間、有休を使って天草上島の威ヶ崎まで足を運ぶつもりらしい。

樋藤清嗣たちが徒島へと渡るために利用した威ヶ崎港。その港を有する町は、わたしの生まれ故郷でもある。

わたしは一切の迷いなく叫んだ。

「じゃあわたしも有休使う！」

*

歪な形に膨れたボストンバッグを抱えながら、N七〇〇系の新幹線に乗り込む。鹿児島中央行の新幹線さくら五四七号は定刻通り、八時五十三分に新大阪駅を発車した。

「ガム要ります?」

如子にそう尋ねられ、自分が右手を口元に持っていっていることに初めて気づいた。また無意識のうちに爪を噛みそうになっていたらしい。

「ごめん、いい歳してみっともないよね」

「私が食べてほしいだけです。これ美味しいんですよ、ラズベリー味」

如子が一番右の窓際で、わたしが真ん中、兄は通路側の席に座っている。兄が「喫煙ルームに近いところがいい」と言ったから三号車にしたのに、席に座って早々兄は首を直角に折って眠り込んでしまった。如子は「疲れてるんでしょう」と笑うが、それを言うなら昨日退院したばかりの如子が一番体力を消耗しているはずだ。

「紀田さん、本当に大丈夫ですかね」

「わからん。兄ちゃんが自分からついていきたいって言い出したけど」

如子と一緒に樋藤事件を調べ直すことを告げたら、兄は慌てた様子でボールペンを取ってきて、手元にあったチラシの裏紙に『俺も行く』と書いた。

「樋藤は殺ってないと思うって如ちゃん言ってたよ」と伝えたとき、兄はTシャツの裾をぎゅっと引っ張りながら、一瞬だけほっとしたような表情を浮かべた。

兄が樋藤に対して抱く複雑な想いは、外野のわたしにはよくわからない。ただ兄は、樋藤が手を染めたのは自分のせいだと思い込んでいたのではないだろうか。図太いように見えて繊細なところもある人だ。

「兄ちゃんには幸せになってほしいの」

兄の寝顔を眺めながら、わたしは言った。

「ちょっとでも笑えるようになってほしい。わたしはたぶん、脳みその幸せを感じ取る部分がぶっ壊れてしまってるけど、兄ちゃんはまだ大丈夫やと思う」

「きっと紀田さんも、真莉愛さんと同じようなことを考えているんでしょうね」

如子は内緒話をするように声を落とした。

「金曜の夜、紀田さんと一緒にお見舞いに来てくれたでしょう。真莉愛さんがコンビニに行っている間、紀田さんと少し筆談したんです」

「いつのまに二人仲良くなってんの？」

「紀田さん、真莉愛さんがちゃんとするのを見届けるまで生きていたいって言ってましたよ。でも時々、真莉愛さんの人生に寄りかかっているような気がして不安になるそうです」

わたしは思わず笑った。どんな話の流れでセンチメンタルな気分になったのか、ギザギザハートの兄が如子相手に人生相談しているのが面白くて仕方ない。

「わたしと兄ちゃんのこと、如ちゃんはおかしいと思う？」

「ちっとも」

「ほんとに？」

「お互い寄りかかっていないと倒れてしまいそうなときもありますよね。よくここまで頑張ってきたな、若いのに立派だな、と思います」

わたしは堪らなくなって如子の腕に抱き着いた。新幹線の車内は冷房が効き過ぎていたので、如子にくっついているくらいがちょうどいい。

「如ちゃんは拳銃自殺しないでね」

「何ですか急に」

「だって如ちゃん、黙って勝手に死にそうなところあるもん」

警察は意外と陰湿だということを、わたしは初めて知った。上下関係が極端に厳しくて、思春期の人間が適当に閉じ込められた教室みたいにジメジメしている。そしてその息苦しさを指摘したらパワハラのターゲットになってしまうのだから、手の施しようがない。

如子は「心配かけてしまったようですね」と笑った。

「組織の中にいると、たまに全く話が通じないことがあって絶望します。何を言ったって変わらないと諦め、対話から逃げてしまう。私の悪い癖です」

「わかるよ。グーで殴りたくなるよな」

「けれど、それもただの怠慢です。この旅が終わったらケジメをつけるつもりですよ」

ケジメというのが一体何を指すのか想像も付かないが、如子は存外すっきりした表情をしていた。

新幹線が熊本駅に到着したのは十二時六分。アミュプラザの中のオムライス屋でゆっくり腹ごしらえをしてから、ネット予約していたレンタカーを受け取りに行く。精算は全部如子がしてくれた。「刑事はこういうの全部経費で落とせるんですよ」と言っていたけれど、たぶんわたしたちが警察のことを何も知らないのをいいことに出鱈目を言っているのだと思う。代わりに、レンタカーのドライバー役にはわたしが手を挙げた。

まずは浜線バイパスと国道四四五号線を経由して、上益城郡《かみましきぐん》の御船町《みふねまち》へと向かう。天草よりも先に御船町に行くのは、人との約束があるためだった。

これから会うのは、黒田和則《くろだかずのり》という人だ。定年退職してからは御船町で隠居生活を送っているそうだが、昨年まで天草警察署地域課に所属し、天草市有明町の威ヶ崎駐在所に勤務していた。樋藤事件発生当時、徒島の海上コテージにいち早く臨場した地域課員である。

如子は高校時代の同期の伝手《つて》を辿って、黒田と面会する約束を取り付けた。

熊本駅から三十分ほどかけて御船町に辿り着く。御船《みふね》川を見下ろす田園地帯に民家の集まった場所があって、そのうちの一つが黒田の家だった。

黒田は色黒で筋肉質で、とにかくシャキシャキしたおじいちゃんだった。わたしたちを中庭に面した広い座敷《ざしき》に通すと、「暑かったやろ」と氷の浮かんだ緑茶を勧める。親しみやすい駐在さんといった印象だ。黒田はわたしが威ヶ崎に住んでいた頃も駐在所に勤務していたそうなので何度か町の中ですれ違ったことがあるはずだが、互いに顔は覚えていなかった。

黒田には、わたしたちの素性について包み隠さず説明していた。

「ありゃ私が臨場した現場の中で、一番酷かったですよ」

ごま塩頭をぎこちなく掻き上げつつ、黒田は言う。

「威ヶ崎の漁師さん——つまり、そこの横島さんのお兄さんから通報があったのは、八月九日の朝八時半頃でした。えらく動転しとらして、電話ではいっちょん要領を得んかったのですが、徒島の方で人が死んどるというのはなんとなく理解できましたね。とにかく直接話を聞かないかんと思って、威ヶ崎の港の方に向かおうとしとりました。すると今度は天草署の方から連絡があって、『徒島で人を殺した』とか言っている怪文書がネットで出回っとるらしいと報告されて。こりゃあ徒島で何かあったなと嫌な予感がしたんですよ」

　如子が質問を挟む。

「臨場したのは黒田さんお一人ですか？」

「いやいや、地域課の他の連中にも応援を頼んで、三人で港に向かいました。第一発見者の横島さんが港で待ってらして、『徒島で遺体を見つけたけど島の電話コードが切られとったけん、急いで威ヶ崎港に戻ってきた』と真っ青な顔をしてましたよ。徒島には電話ボックスが設置されとったんですが、そのコードが刃物でスパッとやられとったらしいんです。横島さんは大慌てで船を操縦したせいでロープの結び目に指を挟んでしまったそうで、小指の第一関節から先がのうなっとりました。本当は横島さんにコテージを案内してもらいたかったんですが、指がちぎれて血がだらだら出とる人に無理を言うわけにはいかないでしょう。それで一人の地域課員を横島さんにつけて、病院に連れていくついでに事情を訊けと指示しました。残りの二人で、沿岸警備のために用意されとる警察用船舶に乗って、徒島に上陸したんです」

「横島和実さんは、コテージの管理人である九城さんから船での送迎を頼まれていたんですよね。本当は八月十日に迎えに行く予定だったと聞いています」

如子が確認すると、黒田は頷く。

「日付を勘違いしていたと聞きました。でもそのお陰で一日早くご遺体が見つかったんだから、幸運でしたよ」

事件から丸三年が経とうとしているというのに、黒田の口からはすらすらと証言が出てくる。事件当時、何度も同じ質問を繰り返されていたのだろう。

「浮き桟橋からコテージに上がると、まずもの凄い腐敗臭がしましたね。夏場に孤独死された方の部屋に入ったときと全く同じような臭いだったので、きっと死んでからしばらく経ったご遺体なんやろうなと想像しました。目の前のウッドテラスに一人、女性が倒れとったので駆け寄りましたが――伊志田千晶さんという方のご遺体でした――どうも死んでから時間が経った様子がなく、腐敗臭もしとりませんでした。それで宿泊棟の中を覗いて回ったら、一部屋に一人ずつ、ご遺体があったんです。臭いのするご遺体もあれば、伊志田さんのようにまだ腐敗が進んでいないご遺体もあって。全員が一気に死んだのではなく、時間差で死んでいるということは、食中毒でも事故でも集団自殺でもないわけです。頭に傷を負っとるご遺体ばかりやったんで、これは他殺やなと思いました」

「冷静に分析されていたんですね」

「いやいや、今だけん冷静に喋れるだけで、あのときは一緒に臨場した地域課員と二人で腰を抜かしましたよ」

黒田の証言の通り、被害者たちの死亡推定時刻には数日程度のずれがあった。どうやら九城健太郎、橋本亮馬、大石有、竹内隼介、加蘭結子、浦井啓司、伊志田千晶という順番で殺されていたらしい。

冷えたお茶で喉を潤した如子は、いよいよ核心をついた質問に移った。

「事件当時、捜査本部は樋藤清嗣が犯人だと断定していましたか？」

「私は駐在のお巡りですから。その後の捜査のことは何も知りません」

「でも情報は流れてきたでしょう。あれだけ世間を騒がせた事件だったんですから」

黒田は口角を下げる。さっきまでピンと伸ばしていた背が、悲しそうに丸まった。

「公開された犯行声明にはしっかりと樋藤清嗣の名前が書かれとりましたから、県警は最初から彼に狙いを絞っていたようです。犯行声明発信元のＩＰアドレスと樋藤のパソコンの接続記録が一致したのがわかって、すぐさま逮捕状を請求しようとしとりました。けれども樋藤が目を覚まさず膠着《こうちゃく》状態が続いて、次第に事件の不自然な点を指摘する者も現れ始めました」

「凶器に樋藤の指紋が残ってなかったり、ヒ素が使われてなかったりといったことでしょうか？」

「ええ。それも怪しまれましたね。でも私が一番不思議に思ったのは、樋藤が死んでいなかったことです」

ちらりと隣を見やると、兄は肩を強ばらせ、眉間に皺を寄せていた。

「樋藤は沖を漂流しとるところを救助されたんですが、その救助された場所というのが、徒島から五キロ以上離れた防波堤の近くやったんですよ。意識はのうなってたけど、それだけ長い距離を流されても死んではいなかった。死ぬつもりで海に飛び込んだというより、溺れんように頑張って身体を浮かそうとしていたんじゃないかと思うわけです」

復讐を終え、満足して身を投げたのではなく、誰かから海に突き落とされたということだろうか。黒田は「しまった」と言わんばかりの表情で口元を覆った。

「根拠のないことをペラペラと喋ってしまいました。今のは、私の願望が混じった意見だったかもしれません」

「黒田さんは、樋藤が犯人じゃなければいいと思っているんですか？」

「そうかもしれません。殺された、若い子たちがおったでしょう。もし樋藤が犯人なら、あの子たちは友だちに殺されたということになる。それじゃ報われなくて可哀想です」

わたしはつい抗議の声を上げる。

「樋藤清嗣は被害者たちの友だちじゃない」

「ええ。樋藤は何年も前から素性ば隠して、被害者グループの中に潜入しとったんですよね。最初は憎くて仕方なかったのかもしれん。でもね、長く一緒に過ごしていくうちに情が湧くことだってありますよ。捜査資料には、被害者たちと一緒に遊ぶ樋藤の写真も載ってたんですが、普通の友だち同士にしか見えんだった」

それ以上は何も言わなかったが、わたしは内心不満だった。

いくら長い時間を過ごしても、自分の大切な人を傷つけた奴らとの間に友情が芽生えたりするものだろうか。もし樋藤が橋本たちのことを友だちと認識していたのなら、それは兄への裏切りに思える。

如子はいくつか質問を重ねた後、わたしたちの方を振り返った。

「お二人は何か訊いておきたいことはありますか？」

兄がおずおずと手を挙げる。持ってきていたルーズリーフに何か書き込むと、それを黒田の方に向けた。

『被害者の遺族の方と会ったことはありますか』

黒田は目を細め、「ありますよ」と頷いた。

「被害者の中に浦井啓司くんという子がおったんですが、その子の叔母、浦井由美《ゆみ》さんという方が当時威ヶ崎で民宿を経営しとらしたんです。徒島の海上コテージを所有していたのも彼女でした。署の遺体安置室で浦井くんの身元を確認してもらったとき、ショックのあまり倒れなはってね。ちょうどそのとき手が空いてたもんで、私が対応したんです」

浦井由美のことは知っている。直接会ったことはないけれど、九城がそこの民宿で働いていたのでなんとなく話は聞いたことがあった。都会から移住してきたわりに上手く町に馴染んでいるという噂を耳にして、器用な人なのだろうなとぼんやり思っていた。

「由美さんは『甥にコテージを貸してくれと頼まれたとき、わたしが断ればよかった』と嘆き悲しんでいました。特にあの事件は被害者が多かったものですから、遺族の方々が身元確認のために大阪から続々とやってきて、署の中はどんよりと暗かった。ばってん、橋本亮馬くんの遺体を確認してくれる遺族の方だけ、なかなか見つからんで。元々傷んどったご遺体がどんどん腐乱していったそうで。そっが可哀想でね」

黒田は感極まって言葉に詰まり、ティッシュを取って涙を拭う。そして兄に目をやって、

「ごめんなさいね」と謝った。

「本当に、ごめんなさいね。あなたにとっては……」

兄にとっては、奴らは加害者。それでも兄は気を悪くする素振りなんか見せず、黙って首を横に振った。

黒田は鼻をかんで顔を上げた。

「それから、浦井さんのとこの弟さんにも会ったことがあります」

浦井裕樹のことだ。わたしは思わず姿勢を正した。

「事件から数ヵ月経った頃、突然威ヶ崎にやってきて、しばらくの間滞在していたようです。威ヶ崎港でぼうっとしとる姿を何度か見かけて、心配になりましたね。元気でやっとるんやろうか」

恐らく浦井裕樹は当時、わたしを殺すために威ヶ崎に滞在していたのだろう。黒田は、彼が日本刀を持って暴れ回ったことをまだ知らないようだった。

気づけば二時間近く話し込んでいたので、そろそろお暇することにする。玄関先まで見送ってくれた黒田は「一刻も早く樋藤が目を覚まして真相を語ってくれることを祈っとります」と言って、また瞳を潤ませていた。涙もろい人だ。

黒田と別れ、レンタカーの運転席に回り込みながら呟く。

「悪人が被害者でもあんなに泣けるの、凄いな。尊敬するわ」

少し嫌味な言い方になってしまった。如子が応じる。

「被害者がどんな人であっても、警察は全力で捜査しますよ」

「ほんまに？　如ちゃんとか黒田さんみたいに優しい人はそうなのかもしれんけどさ。みんな心の中では色々思っとるんやない？　たとえばちっちゃな子どもが殺された事件と、前科のある超悪い奴が殺された事件が同時に起きたとしたら、子どもを殺した犯人の捜査の方に気合が入りそうなもんやけど」

「被害者の属性や表面に現れた印象だけを見てやる気をなくしたり、反対に意欲を燃やしたりする人は、刑事に向いていないと私は思います。善良な人間が被害に遭ったときだけ全力を出す警察なんて、誰からも信用を得られません」

　如子はまっすぐ前を向いたまま、助手席のシートベルトを締めた。

*

　時刻は十五時半を過ぎていた。これから宇土市に向かって、さらに一時間半ほどかけて宇土半島からいくつかの離島を経由し、上島を目指す。主要な島には橋が架かっているので、天草諸島を移動するには車が便利だった。

　目的地は上島北部に位置する有明町の威ヶ崎地区。大浦川の西岸にある小さな町で、その岬には威ヶ崎港がある。三年前、樋藤清嗣たちが利用した港だった。

　ハンドルを握ったままルームミラーで後部座席を確認し、兄に向かって話しかける。

「樋藤ってどういう人やったの？」

　別に今話すことでもないけれど、なんとなく訊いてみたくなった。兄は少し悩んだ後、膝の上のルーズリーフに何か書き始める。直接覗き込むことはできないので、如子が代わりに声に出してくれた。

「『性格は悪かった』だそうです。『あいつはプライド高くてネチネチしてた』って」

「仲良さそうでムカつく」

兄が喉の奥で笑っているのが微かに聞こえた。兄がまた何か書き込んだのを、如子が明るく読み上げる。

『でも人を殺すような奴とは思いたくない』

宇土のみすみICを右折して三角大矢野《みすみおおやの》道路を進んでいくと、行く手には天草五橋の新一号橋・天城橋《てんじょうきょう》が現れた。フロントガラスが海一色になる。太陽の光を受け、波が輝いていた。

宇土半島と天草上島との間には、大小様々な離島がいくつも浮かんでいた。大矢野島、永浦島、大池島、前島という島々の間には橋が架けられ、一つの道路で天草上島へと至るルートを作っている。その五つの橋を天草五橋といって、一号橋から五号橋までを繋ぐ道路は、真珠の養殖が盛んなことから「天草パールライン」と呼ばれていた。

天城橋に差し掛かったとき、如子は橋の下に広がる青緑の海を眺めながら、「綺麗ですね」と言った。

切断遺体を発見したり、警察に警護されたり、刀男に襲われたりと波乱の数日間を過ごしていたが、今はそんなのが全部嘘みたいに、穏やかな光の中にいた。

「如ちゃんは熊本のどのあたりにおったん？」

「市内に住んでました。天草諸島に来たのは初めてです」

「威ヶ崎には何にもないから、どっか遊び行きたいところあるんやったら今のうちに言ってね。あ、もうすぐ右に天草四郎《あまくさしろう》像見えてくるよ」

天草諸島は、日本の歴史上最大規模の一揆《いっき》、島原・天草一揆が起こった土地である。キリスト教徒による反乱というイメージが強いが、関ヶ原の合戦後の天草・島原地方はキリシタン弾圧に加え、幕藩体制下の悪政や重い年貢にも苦しめられており、徐々に一揆軍の数を増やしていったらしい。一六三七年、天草と島原の一揆軍の代表者が集まって談合が行われたとき、一揆軍の総大将として祭り上げられた天草四郎はたったの十六歳だった。

大矢野島に入ると、まもなくパールラインの右手に一瞬だけ、天草四郎像が現れる。如子は運転席の窓を覗き込むようにして、その青銅色の像を凝視していた。

天草四郎は本名を益田《ますだ》四郎時貞といって、大矢野島に生まれたと伝わっている。だから大矢野島には天草四郎ミュージアムやら、大きな像やらがあるのだ。

「威ヶ崎に教会はないんですか？」

「教会が多いのは下島の方やから、ずっと西まで行かなあかん。有名な﨑津《さきつ》集落も下島やね。威ヶ崎には全然よ」

「そうなんですか。てっきり、真莉愛さんの名前は聖母マリアから取られているのかと思っていました」

「よく言われるけどそっちのマリアは関係ないよ。父の好きな女優の名前なんやって」

松島橋を渡って上島へと上陸したわたしたちは、右手に現れた合津《あいつ》ＩＣから松島有料道路に入る。知十《ちじゅう》ＩＣを出て倉江川を渡ると、威ヶ崎はすぐそこだ。

上島中心部には老岳や倉岳、動鳴山など、多くの山々が連なっている。急峻《きゅうしゅん》な地形をしている威ヶ崎には元々農地が少ないので、町はずっと漁業を中心に回ってきた。今ではその漁業すら、燃料の高騰や後継者不足、町の過疎化によって消滅の危機にあるという、よくある地方の限界集落だ。

県道の脇にバス停が現れた。停留所の反対側の空き地へと進み、レンタカーを停める。樋藤清嗣たちは路線バスを利用して威ヶ崎までやってきていたようなので、同じ道を辿ってみることにした。

車から降りた途端、潮風と枯れた草が入り混じったような、この町特有の匂いがした。実家を出てから威ヶ崎に帰ったのは、これが初めてだった。

「港町と聞いてたのでもっと開けた場所を想像してたんですけど、意外と緑が多いんですね」

「山の麓やからね」

十五分ほど歩くと港が見えてきた。埠頭《ふとう》に船尾を向けて、小型の漁船が十艘ほど係留してある。人けがなく、どんよりと濁った空気が漂っている——威ヶ崎港はまた一段と寂れていた。

威ヶ崎には観光名所こそないものの釣りのポイントは豊富で、数年前までは県外からも釣人がやってきていたはずだ。樋藤事件の余波なのだろうか。

呆《ほう》けたように遠くを見つめていると、如子がわたしの目を覗き込んでくる。

「何を見てるんですか?」

「……つい兄貴の船を探そうとしちゃった。兄貴は漁師辞めてどっか知らん土地に行ったから、もう船もないのにね」

「どんな船だったんですか?」

「『清白丸』っていう船でね、名前が船尾の方にでっかく書いてあって、港に来ればすぐに見つけられるくらい目立ってたんよ」

沿岸域で漁船を操業していた父は、定置網漁や底引き網漁など色々な漁に手を出していて、牛深《うしぶか》や本渡《ほんど》の港に水揚げしていた。父が倒れて兄貴の代になってからは、夏のタコツボ漁以外で清白丸が漁船として使われることはほとんどなくなった。

本当はわたしは、あの船が欲しかった。

隣の兄が、スマホに何か文字を打ち込んで、わたしに突きつける。

『徒島はどこにある？』

港の外波止《そとはと》に向かうと、西に傾いた日が天草の海をキラキラと照らしていた。景色だけは抜群にいい。わたしは北西の水平線を指差し、「あれが徒島」と言った。小さな影がぽつんと浮かんでいた。

「もう少し近づかないと、肉眼ではコテージは見えにくいかな。島の南側の岸壁には〝舟隠しの入り江〟って呼ばれてる入り江があるんやけど、それも近くまで行かんと見えん」

「舟隠し？」と如子。

「徒島に伝わる、平家の落ち武者伝説みたいなもんよ。その入り江では平家側が船を隠してたっていう言い伝えもあるし、落ち武者を追ってきた源氏側が奇襲するために隠してたって話もある」

「どっちが本当なんでしょうね」

「さあ」

額の汗を拭ったとき、遠くから声がした。

「真莉愛！　和くん！　帰ったとね？」

振り返ると十メートルほど先の港湾道路に、宮本のじいちゃんが立っていた。八十過ぎとは思えない歩調で、ずんずん外波止に向かってくる。

何を思ったか、じいちゃんは兄の肩をがっしりと摑んだ。

「元気しとったか？　和くんまでおらんくなって、心配しとったんよ」

知らない老人にいきなり抱き着かれた兄は大いに困惑して、わたしにアイコンタクトで助けを求めてくる。

宮本のじいちゃんは兄をわたしの兄貴と勘違いしているようだった。ややこしいな。つまり、紀田陽平を横島和実だと思い込んでいるのだ。今までは何とも思っていなかったが、言われてみればなるほど、紀田は髪を切ったときの和実に少しだけ似ているかもしれない。

「じいちゃん。それ、和実じゃないよ」

宮本のじいちゃんは目をカッと見開いて、兄の顔を穴が開くほど見つめる。それから驚いて兄から手を離し、勢いよくわたしの方を向いた。

「じゃあ、あれか。彼氏か？　結婚したんか？」

「違うよ」

「何や。旦那連れて戻ってきたんかと思ったわ」

宮本のじいちゃんは、威ヶ崎で長いこと小型定置網漁をやっている漁師で、わたしの祖父や父とは旧知の仲だった。如子たちにそう紹介すると、じいちゃんは「漁は去年引退したよ」と寂しそうに言った。

「樋藤事件の取材に参りました、フリーライターの新田と申します。真莉愛さんに威ヶ崎を案内してもらってるんですよ」

　人のよさそうな笑みを浮かべながら、如子はしれっと口から出まかせを言った。「警察だと知られると変に警戒されることがあるから普段は自分の職業を明かさない」とは言っていたけれど、あまりにもするっと嘘が出てくるものだから苦笑してしまった。

　宮本のじいちゃんはライターと聞いて納得した様子だ。樋藤事件以降、威ヶ崎に取材が来るのはしょっちゅうだった。如子は話題を樋藤事件へとスライドさせる。

「三年前の八月四日、樋藤清嗣たちはこの威ヶ崎港から徒島へと出発して、その五日後に島で遺体が発見されたんですよね。町の人たちの中には、徒島へと向かう樋藤たちの姿を目撃した方もいらっしゃったんやないですか？」

「おらんおらん」とじいちゃんは手を振る。

「樋藤たちは威ヶ崎の民宿に泊まるわけでもなくここらを散歩するわけでもなく、バス停からまっすぐ港に行ってそれっきりっちゅう話やからね。四、五年くらい前から、船を出すもんもあんまりおらんくなっとったけん、港で樋藤たちの姿を見たっちゅう漁師もおらんかったよ」

「そうですか。では、この町の中で樋藤たちと接触したのは、船での送迎を担当していた横島和実さんだけということですね」

「たぶんな。和くんは災難やったな、送り迎えを請け負ったばっかりにあんな惨たらしい事件の第一発見者になってしまって……」

　宮本のじいちゃんは目をシパシパさせた。

「真莉愛があの年の冬に町を出てから、和くんもその次の年にはふらっと出て行ってしまった。色々心労が重なったんやろうなぁ」

わたしを責めているように聞こえて、「ふーん」と冷たい相槌を打ってしまう。じいちゃんは慌ててフォローを入れた。

「真莉愛も大変やったな。まさか九城さんがあんな形で巻き込まれてしまうなんてな」

狭い田舎町だ。わたしと九城の関係について知らない人はいないだろう。それにしたって、八十過ぎたおじいさんにまでわたしの恋愛遍歴が伝わっているなんて居たたまれない。

空気が悪くなったのを察してか、如子が割り込む。

「この港の、船舶の出入港管理の記録などは残っていないんですか？　あったらぜひ見せていただきたいんですが」

「客船がバンバン来る都会の港ならまだしも、威ヶ崎にはそんなもんないよ。漁協組合に入っとらん人も勝手に泊めるくらい、管理は甘いわな」

「……なるほど」

大した情報は得られなかった。如子は「ご協力感謝します」とにっこり笑った。

「ときに、このあたりに〈ハマボウ〉という民宿はありませんか」

行き当たりばったりの旅だが、民宿だけは出発前に予約していた。浦井由美が経営していた大きな民宿も今はなく、威ヶ崎の民宿は〈ハマボウ〉一軒だった。

「ああ、〈ハマボウ〉ね。こっから海岸線に沿ってしばらく歩いたところにそんな宿があったかな。最近できたところだけん、割と綺麗やと思うよ」

宮本のじいちゃんは別れ際、「たまには帰ってきなっせ」とわたしの手を握ったけれど、この件が終わったら二度とここに戻ってくることはないだろうなと改めて思った。

日が落ちてきた。急いでレンタカーを取りに行き、海岸堤防に沿って十分ほど走る。

その民宿は潮風の届く距離にあった。古民家を改装したような、素朴な木造建築。灯《あか》りが映えていてレトロモダンな雰囲気が漂っていた。

軒先にはタコが吊るしてあって、懐かしさで胸がいっぱいになる。タコの吊るし干しは、天草では夏の風物詩だった。

入口から声を掛けると、「はーい」という女性の声に続いて、パタパタとスリッパを鳴らす音が近づいてくる。現れた民宿のスタッフは、一瞬怪訝な表情をしてわたしたちの顔を順番に見回した後、ぽかんと口を開けた。

「え、真莉愛？」

「は？」

突然名前を呼ばれて戸惑い、反射的にそのスタッフを睨む。黒髪ショートボブの若い女。三秒間くらい記憶の引き出しを引っ掻き回して、やっと思い当たった。

「もしかして美優《みゆ》……？」

「やっぱ真莉愛か！　髪色大人しくてウケるんやけど！」

そういう美優も大概地味になっていた。高校のときは二人してピンクの頭をして、ど田舎の港町を闊歩《かっぽ》していたというのに。美優は威ヶ崎では数少ないわたしの同級生で、そこそこ仲が良かった。

「同級生の緒方《おがた》美優」

如子と兄に向けて紹介すると、「今は藤本《ふじもと》ばい」と横から訂正が入る。

「あ、藤本先輩と結婚したんやね。おめでと」

「ありがとー。〈ハマボウ〉も旦那と二人でやっとるんよ」

美優は兄の顔をじっと見て、にやにや笑った。

「もしかして彼氏？　てか結婚した？」

「違うってば」

突き放すように言いながら悲しくなる。美優と久しぶりに会えて嬉しかったのに、一瞬で思い出してしまった。わたしはこの町のこういうところが嫌いだった。

二食付きで二泊、男女に分かれて二部屋予約してある。わたしたちは二階の和室に通された。

「ご飯は十九時だけん。ごめんけど、今から保育園行ってくるからちょっと空けるね」

「保育園？」

「息子生まれたの。もうすぐ二歳！」

それじゃあね、と元気よく手を振って美優は階段を下りていく。わたしは久しぶりに陸に上がってきた浦島太郎のような気分でその背中を見送った。

夕食も終わり、ちょうど三人が部屋に集まっているタイミングで瀬名から電話があった。わたしたちが威ヶ崎で樋藤事件を再調査していることは、瀬名だけが知っている。出発前、病院で仕入れた溝口慧についての情報も共有していた。

第一声は、『後藤と組まされて最悪です〜』だった。

『もうあいつまじでムカつきます。僕も天草旅行の方に参加したい』

瀬名にはできる範囲で溝口の周辺を洗うよう頼んでいたのだが、チクり魔の後藤と組まされたせいであまり自由に動けていないようだった。如子のスマホに顔を寄せて「頭かち割ってやれ！」と野次を飛ばすと、『今度道場でやり返します』という返事がくる。元気にやっているみたいでよかった。

捜査状況はあまり芳しくない、と瀬名は言う。浦井裕樹以外に名前の挙がる容疑者はいない。しかし、浦井は頑なに犯行を認めようとしないらしい。

『浦井はとりあえず、先日の生野区での傷害罪と横島さんへの殺人予備罪で送検されてます。今の捜査本部の方針は、再逮捕を狙ってとにかく浦井の身元を洗うって感じですかね。そのうち検察庁から横島さんにも呼び出しがあると思うんで、帰ってきたら連絡くださいね〜』

それで用件は終わりかと思ったら、瀬名は『紀田さんがそこにいたら代わってください』と言う。

兄は対面ではもちろん、電話ではもっと話せない。兄が首を横に振ったとき、電話口の向こうの瀬名が『聞いてもらうだけで大丈夫ですよ〜』と柔らかい声で言った。

『今日、昼ご飯を食べた定食屋の近くに、たまたま井上清嗣くんがバイトしてた引越社があったんですよ』

兄の瞳が微かに揺れる。

『後藤の目を盗んでちょっとだけ社員の方にお話を伺ったんですけど、井上くん、すごく真面目で一生懸命働いてたそうです。今でも信じられない、信じてないって言ってる方、たくさんいらっしゃいましたよ。それだけです。大したことない内容ですみません』

兄はやはり言葉を発さない。けれど兄の口は、「ありがとうございます」という形に動いた。

*

客間の襖を開けると、九城と兄貴が並んで座っていた。二人とも顔が赤い。酒を飲んでいるようだった。

九城は上機嫌だった。兄貴の肩に手を回し、大きく口を開けて笑っている。

「おい、和実。謝れよ」

兄貴――和実は俯いていて、その表情は窺えない。和実は小さな声で言った。

「……すみません」

「聞こえねぇよ」

「すみません」

何がおかしいのか、九城はヒイヒイと引き攣れた笑い声を上げる。

「もっと腹から声出せって」

「すみません」

九城と和実がじゃれ合うのはいつものことだった。でもなぜだか今は、和実の顔が見えないことが不安で仕方なかった。

「おい、もっと頭下げろ！」

和実の頭頂部を何度もはたきながら、九城は舌を突き出して笑う。その舌には銀色のピアスが嵌め込まれていた――。

如子のスマホのアラームで目が覚めた。久しぶりに三時間以上眠れたと思ったら、妙な夢を見てしまった。

九城が登場する夢は大抵が悪夢だったが、今朝は珍しく、起きたときに変な汗を掻いていなかった。夢の中のわたしはただの傍観者で、過去の記憶を再生するように、九城と兄貴のやり取りをじっと見ていただけだった。

朝食が運ばれてきたのは朝の八時を少し過ぎた頃。三人揃って部屋で朝食を食べていると、如子が尋ねてくる。

「徒島ってどういうところなんですか？」

口をもぐもぐ動かしたまま、わたしは首を傾げる。

「わたしも徒島のこと、あんまり知らんよ。そもそも威ヶ崎から七、八キロ離れてるから、そんなに近くもないんよね。威ヶ崎の住民からしたら、ちょっと離れたところにある無人島って感じかな」

確か二〇〇〇年代の初め頃、少なくとも二〇〇五年には完全に無人島化したと聞いている。

「わたしが物心ついたときには、幽霊の出る島って噂されとったな」

「何かいわくがあるんですか？」

「何にもない。ただ、人がおらんくなったのに真新しい海上コテージだけ残っとるのが不気味やからさ。わたしが小さい頃は『コテージの窓を人影が横切るのを漁師のおっちゃんが見たらしい』って感じの怪談が流行ってたな」

あの海上コテージは徒島が無人島化する直前、観光促進のために建設されたらしい。でも結局、誰にも使われないまま徒島から人がいなくなってしまった。

「真莉愛さんは徒島に上陸したことないんですか？」

ないことはないけど、と言おうとしてやめた。

「行ったことないよ」

本当は一度だけ、徒島に足を踏み入れたことがある。

十年前、十六歳になった兄貴は二級小型船舶操縦士免許を取得して、堂々と船を操縦できるようになった。わたしは小学六年生だった。その頃はまだ仲が良く、「乗せて乗せて」とせがんだら兄貴は船に乗せてくれて、こっそり徒島に連れて行ってくれたのだ。

〝舟隠しの入り江〟に清白丸を係留して、親や町の人たちには内緒で島やコテージの中を探検した。「バレたら怒られないか」と尋ねると、兄貴はこう言った。

――大丈夫。兄ちゃんが守ってやるけんな。

その頃の兄貴は、「兄ちゃんが守ってやる」と度々口にしていたが、それは全部父の受け売りだった。父は漁に行ったり家を空けたりするとき、兄貴に向かって「家のこと頼んだぞ」とか「真莉愛を守れよ」とかよく言っていたので、妹は兄が守るものだという価値観が自然と刷り込まれていたようだった。でもわたしは、その言葉が嫌いだった。なんだか見下されてるような気がして。

懐かしい思い出を頭から振り払うように、如子に尋ねる。

「樋藤事件を調べ直すって言うても、どっから手を付ける？　樋藤たちが徒島にまっすぐ向かったんなら、町の人たちからは特に何も聞けないと思うけど」

「そうですね。まずは浦井裕樹の目撃情報がないかどうか、調べてみたいです。黒田さんは、浦井が威ヶ崎港でぼうっとしている姿を度々見かけたと言っていたでしょう？」

「でも浦井は、わたしを殺すために来てただけやろ。樋藤事件とは関係なくない？」

「真莉愛さんが威ヶ崎を既に発《た》っていたことは、調べればすぐにわかることです。しかし黒田さんは浦井について、『しばらくの間滞在していたようだ』と証言していました。浦井が威ヶ崎でどんな行動を取っていたのか気になります」

兄にも話を振った。

「兄ちゃんは？　どっか行きたいところある？」

箸を一旦置いて、兄はスマホのメモ帳を起動する。

『特にない』

「もー、ちゃんとやる気出して」

お腹いっぱいになったわたしたちは宿を出て、聞き込みを始めることにした。まず向かったのは「まるごとスマイル・フィットネス威ヶ崎」という、とぼけた名前のスポーツジム。如子が「一番人が集まる場所に行ってみたい」と言うので案内した。

少子高齢化が加速する町でジムに人が集まるのか？　なんて侮ってはいけない。スポーツジムは意外にも高齢者たちの溜《た》まり場《ば》になるのだ。「まるごとスマイル」にはジムエリア以外に、卓球台や室内ゲートボール用のマットが置かれた多目的ホールもある。わたしの知る限り威ヶ崎で一番人口密度の高い場所だ。

ところが九時の開館に合わせて受付を済ませてみると、中には誰もいなかった。申し訳程度に数台だけ置かれたトレーニングマシンを見て、如子は「公民館みたいなジムですね」と微妙に失礼な感想を述べた。兄は「誰もおらんやないか」とでも言いたげな顔でこちらを見てくる。

「さすがに朝イチは空《す》いてるって。十時、いや十一時過ぎたらびっくりするからな」

それにしても暇だ。わたしは兄にラケットを持たせ、卓球勝負を仕掛けることにした。

「中学時代、わたしに卓球で敵う者はおらんかった」

審判の如子に尋ねられる。

「真莉愛さん卓球部やったんですか？」

「そもそも卓球部がない」

気合を入れてサーブを打ったのに普通に強い球が返ってきて、手も出せずに見送った。卓球台の向こうで兄がにやっと笑う。忘れていたけど、兄は元々極めて運動神経がいいタイプだった。

「ドヤ顔すんな。この体育会系め」

そんな感じで一時間くらい卓球をしていたら嫌になるくらい汗を掻いたし、気づけば町のお年寄りたちが続々と集まってきていた。

兄のスマッシュを見て「上手、上手！」と声を上げたのは、酒屋のおばちゃんだった。苗字はド忘れしたが、小中の登下校のときに挨拶していたので顔はなんとなくわかる。案の定、「真莉愛ちゃん？」と向こうから話しかけられた。

「帰って来とったんやね。あ、もしかしてこの人、旦那さん？」

「違います」

速攻で否定して如子に視線を送ると、待ってましたとばかりに近づいてきた。如子は昨日と同じように全く嘘の自己紹介をして、樋藤事件のことを調べている旨を説明した。

「浦井裕樹という人を知っていますか？」

スマホに浦井の顔写真を表示しながら尋ねる。おばちゃんはたっぷり五秒ほど画像を見た後、「ああ！」と大きな声を上げた。

「見たことあるよぉ。あの事件で身内を殺されたっちゅう人やろ？」

「ええ。事件の後、しばらく威ヶ崎に滞在していたと聞きまして」

「そうやねぇ。事件が発生した直後はテレビのクルーや記者の人たちがウロウロしとらして、町中知らん顔ばっかりやったけど、あの人は人の波が引いた頃に――あの年の年末頃にやってきたと思う。それから二ヵ月くらい、威ヶ崎におったかな。元は大阪の学生さんやったらしいけど、事件の後に学校も辞めなはったって聞いたよ。うちの酒屋の前にね、『日野出キッチン』っていう食堂があるんやけど、そこによう来よんなはった」

「どんな様子に見えました？」

「そりゃあ、意気消沈しとるように見えたよ。でも、そこにおる真莉愛ちゃんの方が詳しく知っとるんやない？」

突然名前を出され、わたしははっと顔を上げる。

「ほら、あなたのお兄ちゃん。和実ちゃん、その人と仲良かったやん」

「……いや。そんな話、兄貴から聞いたことないよ」

「そう？　和実ちゃん、ようその人と通りを並んで歩いとったよ」

混乱のあまり、わたしは「はあ」とよくわからない相槌を打った。

わたしが威ヶ崎を去ったのは二〇二〇年の十二月だった。酒屋のおばちゃんの証言を踏まえると、浦井はわたしとすれ違うように威ヶ崎にやってきて、二〇二一年二月頃まで滞在していたのだろう。和実はわたしが家を出た後、わたしを殺しにやってきた男と仲良くなったのだろうか。

十一時頃、昼食も兼ねて、浦井裕樹がよく利用していたという食堂に行ってみることにした。道中、如子が言った。

「お兄さんが浦井と仲良くしていたこと、知りませんでした？　心当たりもありませんか？」

「本当に何も知らんってば。だって、わたしが実家を出た後の話やろ」

でも兄貴が浦井と知り合うきっかけなら、思い当たる節がある。

「浦井裕樹からうちの実家に電話がかかってきたとき、隣に兄貴がいたって話、したことあるよね。わたしが浦井に向かって暴言吐いた瞬間、兄貴は慌てて受話器を奪い取って、電話口の向こうに謝ってた。――兄貴は九城ともの凄く仲良かったの。樋藤事件が発生したときも、わたしと違って悲しんでるように見えた。もしかしたらその電話をきっかけに、樋藤清嗣に恨みがある者同士、浦井と仲良くなったのかもしれん」

日野出キッチンの店主は東《あずま》と言って、四十代くらいの女の人だった。オレンジ色のエプロンがよく似合う溌剌《はつらつ》とした人だ。わたしとは面識がない。昼間はランチメニューを提供しているが、夜の居酒屋営業の方がメインらしい。わたしは威ヶ崎でお酒を飲みに行ったことがなく、この食堂のことも知らなかった。知らない人を相手にする方がいくらか気が楽だ。

カツカレーを三人前頼む。お昼にはまだ早く、わたしたち以外に客の姿はない。カウンター席でカレーを食べながら浦井裕樹の写真を見せてみると、東はすぐに反応した。浦井は二〇二〇年の十二月末から約二ヵ月間、よく店に顔を出していたという。「ここくらいしか外食できるところないけんね」と東は笑った。

「悪酔いはしとらんかったけど、よう飲みよった。若いけん危ないなとは思いよったけど、飲まんとやっとられんかったのかもね」

東もまた、浦井裕樹が樋藤事件の関係者であることを当然のように把握していた。

「一回他のお客さんと喧嘩したこともあったかな。酔っぱらったジジイに『お前の兄弟がリンチやらすっけん殺されたんやろ、自業自得たい』って絡まれてね。『殺される必要がどこにある！』って怒鳴り返しよった」

カウンター席の隅を見やる。浦井がよくそこに座っていたのかもしれない。黙々とスプーンを動かしていた兄が、微かに眉を顰めた。

如子が問う。

「一人で飲んでたんですか？」

「最初のうちはね。ばってん途中から、威ヶ崎の若い人と仲良くなったごたって。横島さんっていう人なんやけどね。そん人と一緒に店に来るようになってからは他ん客と喧嘩することもなく、少し落ち着いたように見えたかな」

「第一発見者の横島和実さんのことですね」

また兄貴の話だ。和実とわたしが兄妹であることを、東は認識していないようだった。

「二人はどんな様子でした？」

「どんなって言ってもねぇ。二人とも、なんていうか陰気な感じのする人でね。声も小さくてボソボソっと隅の方で喋っとる感じ。他の常連さんとも一切話さんで、なんか内緒話みたいな雰囲気があったな」

町内では、兄貴と浦井裕樹の姿がセットでよく目撃されていたのか。兄貴が浦井と深く関わっているような気がして、どことなく嫌な感じがする。

まさか、兄貴が浦井をけしかけてわたしを襲わせたのだろうかと一瞬考えたが、すぐに打ち消した。だって兄貴は、わたしに興味すら持っていないだろう。兄貴は根暗で友だちが少なかったから、同年代の浦井と知り合ってはしゃいでいただけだ。

「東さんは横島和実さんのこと、以前から知っていたんですか？」

「まあ、顔だけは前から知っとったよ。ときたま町内ですれ違う、髪の長いお兄ちゃんってイメージやったかな。でも横島さん、いきなりイメチェンしたことがあったんよね。三年前の夏、港でスーツケースを転がしとる横島さんを見かけたんやけど、髪をばっさり切っとらして。びっくりしてしまって、全然喋ったこともないのに思わず話しかけちゃったんよ。『髪切ったんやね、そっちの方が似合ってるよー』って」

都会の道端で全然喋ったこともない相手にベラベラ話しかけたら通報ものだけど、田舎じゃわりと普通だ。

「スーツケース持っとらしたから『どっか行くんですか？』って聞いたら、『徒島の海上コテージにお客さんが来とらすけん、船で運ぶ。これは客の荷物』ってぶっきらぼうに言ってた。でね、恐いのが、それが八月四日の出来事やったんよ。樋藤清嗣たちが横島さんの船に乗ったのも八月四日やったやろ？　だけん、私はあの被害者たちの荷物が運ばれとるところを目撃してたんやなって、後になって鳥肌が立ったとよ」

なんだか話が逸れてきて、浦井裕樹ではなく兄貴についての証言が集まり始めている。ところが如子は興味を引かれた様子だった。とっくにカレーを食べ終えていた如子は、カウンターから身を乗り出して東を質問攻めにする。

「それは何時頃の話ですか？」

「正確には覚えとらんけど、お昼の三時頃やなかったかな」

「荷物を運んでいる横島さんは見たのに、乗船する客――樋藤清嗣や被害者たちの姿は周りに見えなかったんですか？」

「いや、港におったのは横島さんだけやったよ。先に客だけ運んで、荷物を後から持っていこうとしとったんやない？　小型の漁船で一気に全部運ぶのは難しいやろうし」

「なるほど。このこと、警察に話したことはありますか？」

「あるわけないよ。事件があったとき、駐在さんから『被害者たちの目撃情報があったら教えてください』って言われたけど、私が見たの、スーツケース一個よ?」

口を一文字に結び、難しい顔をしている如子。頭のいい人が何を考えているのかはよくわからないが、これまで集めた情報の中に何か如子を悩ませるものがあったんだろうか。

わたしはと言うと、想像していたよりもずっと収穫が少ないなと考えていた。

今新たにわかったことと言えば、浦井裕樹が樋藤事件のトラウマを引きずって威ヶ崎に長く滞在していたことと、その滞在中、彼とわたしの兄貴とが結構仲良くなっていたこと。今日宿に泊まったら、明日の夕方には新幹線で帰らなきゃならないのに。

店を出ると、兄がスマホの画面をわたしに向けた。

『真莉愛はなんでお兄さんのことを嫌ってるんだよ』

「そっちこそ、なんでそんなこと訊くの」

兄は後頭部をガリガリと掻き毟って、またメモ帳に文字を打ち込む。

『お兄さんの話が出る度、もの凄い形相しとるから』

「そりゃあ、クソ野郎やったからね」

『どういうタイプの?』

和実はうちの両親と同じで、頭の錆《さ》びついた超保守的な人だった。

「昔ね、兄貴に『お父さんとお母さんをどうにかしてよ』って訴えたことがある。わたしばっかり家の中で虐められてて辛《つら》いよ、兄貴も黙って見てないで何とか言ってよ、って。そうしたらあいつ、なんて言ったと思う? きょとんとした顔して『お前、虐められてたのか?』だってさ。親がわたしにばっかり厳しいのも、わたしだけ塾に通わせてもらえなかったのも、家事が全部わたしに押し付けられてたのも、兄貴には見えてなかったの」

兄ちゃんはいっつもお父さんとお母さんの言いなりなんだよ。わたしが吐き捨てるようにそう言ったとき、兄貴は首を捻って心底不思議そうな顔をしていた。どうして俺が責められなきゃならないんだと、その表情が物語っていた。

母が死んだ年の夏休み、反抗期真っ盛りだった中学生のわたしは、校則を無視して髪を染めた。すると父が「今すぐ髪を切れ」と烈火のごとく怒り狂った。

逃げようとしたら、父は鋏を構えてわたしを追いかけ回し始めた。本気で殺されると思った。だからわたしは兄貴に向かって、「助けて」と叫んだのだ。

兄貴はわたしを庇うように進み出ると、一切の躊躇なく父を殴り飛ばした。父は鼻血を出して畳に転がった。

わたしは恐くなった。そんなことをしてほしかったわけじゃない。警察に通報したり、近所の大人を呼んだりしてほしかっただけだ。

しかし兄貴は平然と言ってのけた。

――お前が助けてくれって言うたんやろ。

その瞬間から、わたしは兄貴を避けるようになった。

＊

日野出キッチンを出た後も町で聞き込みを続けたが、大した情報は得られなかった。威ヶ崎の住民たちはみんな樋藤事件のことに興味津々で、大いに喋りたがる。そのくせ、週刊誌や捜査資料に載っていないような、貴重な証言をしてくれる人は一人としていなかった。

昼間卓球をしていたときは元気だった兄は、日が落ちていくにつれ、だんだんと覇気をなくしていっているように見えた。

民宿に帰ったのは十九時前だった。夕食後、如子は持ってきていたノートパソコンに今日調べたことを記録するのに忙しそうだったので、わたしは兄の部屋へと遊びに行った。

兄はちょうどベランダから戻ってきたところだった。煙草を吸っていたみたいでちょっと臭う。「くさい」と文句を言っても、兄は無表情のままだった。わたしは勝手に兄の荷物を漁り、中からペンケースとルーズリーフを取り出すと、兄の胸に押し付けた。

「喋ろ」

兄はしばらく身じろぎもせずに突っ立っていたが、やがて畳の上に胡坐をかいてペンを握った。しかし、いざ会話しようとすると言葉に詰まる。わたしが黙ってルーズリーフを見つめていると、兄が先にペンを走らせた。

『最近はちゃんと眠れてるか?』

文字は罫線《けいせん》に沿ってきちんと整列していた。兄は意外と読みやすい字を書くのだ。

「昨日はちょっとだけ寝た。変な夢を見たけど、いつもよりはマシ」

『どんな?』

「うちの実家の夢やった。兄貴と九城が二人で飲んでるのを、ただ見てるだけの夢。夢って言うより、昔の記憶が寝てる間に再生されてたのかな。九城は兄貴の七つ上で、二人は先輩後輩みたいな感じですごく仲良かったの」

徒島海上コテージの管理を任された九城は、兄貴に船での送迎の仕事を頼むようになって、すぐに兄貴と親しくなった。兄貴にしてみれば、明るくて頼りになる先輩ができたという感覚だったのだろう。

「夢の中の九城は兄貴と肩を組んで、ふざけるような感じで『謝れ』って絡んでた。九城はそんなふうに、笑いながら暴言を吐いたり、失礼な態度を取ったりするような奴やった。特に『頭下げろよ』っていうのが口癖だった。兄貴はそういうことされても一度も怒らんかったから、きっと仲がいいからこそ乱暴な態度を取られても平気なんやろうなと思ってたけど、今思えばあれは……」

わたしが言い淀んでいると、兄が引き継いだ。

『それは仲がいい先輩後輩とは言えないと思う』

「でも、本当に二人でよく遊んでたよ」

『俺も清嗣に対してそういう態度を取ってた。ひどいことをしたと思う』

ふと顔を上げると、兄の額にはうっすらと汗が滲んでいた。

「兄ちゃんは樋藤清嗣のこと、どう思ってんの？」

何でもないふうを装って尋ねた。声には緊張の色が滲んでしまっていたかもしれない。

兄はしばらくの間、人形のように固まっていた。兄もわたしと同じくらい、緊張しているのだ。手先に力がこもっていたせいで、やっと文字を書き出した頃にはルーズリーフの端に皺が寄っていた。

『最初は殺してくれて嬉しいと思った』

頭の中で読み上げた瞬間、わたしは唾を呑み込む。兄は今まで溜め込んでいた思いを吐き出すようにペンを走らせた。

『あいつらに襲われて舌を切ったときから、俺は喋るのが恐くなって、日常生活もままならんくなった。何回も死のうとした。本気でビルの上から飛び降りようとしたこともある』

「まじで？」

『でも俺は小心者やから、屋上でグズグズしとるうちに通行人に一一九番されて、駆け付けた消防に救助マット敷かれた。いざ飛び降りたらマットの上でトランポリンみたいに跳ねてちょっと楽しくなってもうた』

「急にすべらない話すんのやめて」

『これで笑えるのお前ぐらいやろ』

兄は呆れたように笑った。

『だからあいつが敵を討ってくれて嬉しかった。毎日死にたいと思ってたけど、樋藤事件が盛り上がってる間は気分が明るくなった』

「今は？」

『悲しい』

「なんで？」

『俺があいつにあんなことさせたような気がする』

「兄ちゃんが樋藤に頼んだわけじゃないやん」

『言葉にしなくても、あいつは俺に命令されたように感じたのかもしれん』

「でも……」

『俺が笑って卓球をしてる間も、あいつは病室で眠ってるのに』

インクが滲む。兄の目からこぼれた涙がルーズリーフを濡らしている。兄が泣くのを見るのはこれが初めてで、だから状況を認識するのに時間がかかった。驚きはしたが、わたしは兄が涙を見せてくれて嬉しいと思った。兄を抱き締め、背中を擦《さす》る。

人生経験が乏しいせいで、泣いている人に何と声を掛けてやればいいのか皆目見当がつかない。如ちゃんだったらどんな言葉を選ぶだろうかと想像しながら、わたしは薄く骨ばった背中を撫で続けた。

「兄ちゃんのせいじゃない。兄ちゃんは笑っていいんだよ」

しばらくの間、わたしたちは抱き合ったままじっとしていた。そのうち恥ずかしくなってきたのか、兄はわたしを引っぺがして『はよ風呂入れ』と言った。表情を隠すように俯いていたけれど、さっきよりもずっと顔色がよくなっているのを見て、わたしは満足だった。

如子に断りを入れて先に風呂に入った。部屋に戻ると、如子の声が聞こえてくる。誰かと電話で話しているようだった。用件は済んだようで、わたしの姿を認めるとすぐに電話を切った。

「瀬名ちゃんから？」

「はい。捜査会議は紛糾しとるみたいです」

如子が言うことには、捜査員たちはここ数日間ずっと本部に泊まり込んでいるそうで、瀬名も相当疲弊していたらしい。

　カプセルホテルの従業員や他の利用客の目撃情報によって、七月二十九日の夜の時点で浦井が京都にいたことが証明された。問題は三十日零時から二時にかけてのアリバイだが、ホテルや駅周辺の防犯カメラを調べ尽くした結果、浦井が大阪に戻って溝口慧を殺すのは難しいだろうという結論に至ったらしい。防犯カメラの網を掻い潜ることができたのだとしたら殺れなくもないが、可能性は限りなく低いとのこと。

　浦井裕樹犯人説に大いに片寄っていた捜査本部は、そこで一度原点に立ち返って、三人の被害者たちの身の回りを丁寧に洗っていくよう方針を転換した。

「瀬名さん、『運よく溝口慧の鑑取《かんと》り班に回されたので、コンビニの公衆電話を使ってやり取りしていた相手を絶対見つけてやります！』と張り切ってました。空元気かもしれませんが」

「鑑取りって何？」

「被害者の人間関係を調べる捜査手法のことです」

　捜査本部は迷走しながらも、可能性を一つずつ潰し、前進しているようだ。

　如子の肩をじっと見つめ、服に隠れた刀傷の痛みを想像する。本当は如子は、今すぐ大阪に戻って溝口の鑑取りとかいう捜査に加わりたいのだろうか。

　如子はわたしの視線に気づくと向かいに腰を下ろした。

「真莉愛さん」

「なに？」

「ハンドクリーム、真莉愛さんの手に塗ってもいいですか？」

　如子は小さなチューブを鞄《かばん》の中から取り出し、わたしの手を取った。如子の手は風呂上がりのわたしよりもずっと温かかった。さらさらとしたクリームが手の甲に広がっていく。

「これ苦いやつ？」

「いや、舐めたことないので味はわからないです」

幼い頃、わたしはよく爪を噛んでいた。その癖は今も完全に治ってはいなくて、ときどき手を口元に持っていってしまう。母からは「みっともないからやめなさい」ときつく叱られ、度々苦い消毒液を手に塗られていた。傷口に染みて痛いからやめてと言っても、聞き入れてもらえなかった。同じように爪を噛む癖があった兄貴の手には、何も塗られなかったのに。

如子のハンドクリームは爽やかでいい匂いがした。軽い手触りで、あまりべたつかないのも気に入った。

「ねえ、如ちゃんはなんで警官になったん？」

如子はあっさりと言ってのける。「自立するためです」

「別に刑事やなくてもよくない？」

「確かに刑事である必要はなかったかもしれませんね。大学にも行ってみたかったです」

「如ちゃん高卒なんや。なんで大学行かんかったの？」

「学費も生活費も全部自分持ちとなると、アルバイトしたって限度があるので。給料を貰いながら家も確保できるなんて最高やなと思って、警察学校に入校しました。すみません、不純な動機で」

「如ちゃんの親、学費出してくれんかったん？」

ちょっと考えるような素振りを見せた後、如子は言った。

「私も九州出身って話はしたでしょう。まあ何と言いますか、男尊女卑、地獄じゃありません？」

「うん。そうやね」

「私には双子の弟がいるんです。おない年の弟と一緒に暮らしてきて、扱われ方の差にずっと苛立っていました。もうこれ以上堪えられないと、高校卒業を機に家を出たんです。ほぼ勘当みたいな感じでした」

　ほんの気持ちだけ、如子の言葉には恨みの念が染み出しているような気がした。わかるよ、と心の中で何度も頷いた。わたしも家族が嫌いだった。ほとんど家にいないのに偉そうな父も、わたしのことは完璧に躾《しつ》けたがるくせに兄貴のことは「和実くん」って呼んで甘やかす母も、そういうの全部わかってなさそうな兄貴も、憎くて仕方なかった。

「なんで大阪にしたん？」

「東京はちょっと恐いけど、関西くらいまで逃げれば九州よりはマシなんやないかなと思いまして」

「あー、わかるかも」

「大阪、そういう理由で九州から出てくる人多いみたいですよ。でも結局あんまり変わらなかったな。男社会の組織に入ってもうたんで」

　如子はどこまでもあっけらかんとしていた。きっと家族と仲直りしていないし、これから先も仲良くするつもりはなさそうに見える。当たり前のことなのかもしれないけれど、家族と縁を切っても生きている人が目の前にいるというだけで、なんだか気が楽になった。

「真莉愛さんはどうしてクリーンセンターの職員になろうと思ったんですか？」

「わたしにでもできそうやなと思っただけよ」

「本当に？」

「うーん。急に言われてもわからん。ただ小さい頃からずっと、乗り物が好きやった。なんでもいいからデカい車に乗ってみたかっただけかもしれない」

如子はなぜか満足げな顔をして頷くと、急に真剣な表情になってわたしの前に正座した。雰囲気に飲まれてわたしまで姿勢を正す。

「お兄さんのこと、少し訊いてもいいですか」

この場合の「お兄さん」は、横島和実のことを指しているのだろう。

「和実さんは、三年前の八月四日に樋藤たちを徒島に送った後、九日に迎えの船を出すまで徒島には向かわなかったんですよね。五日間、和実さんはずっと威ヶ崎にいたんでしょうか。徒島で惨劇が起きている間に和実さんが何をしていたのか、真莉愛さんは知っていますか？」

それはアリバイの確認とかいうやつだろうか。まさか如子は、兄貴が樋藤事件に関わっているとでも思っているのか。

何がきっかけかはわからないが、如子の中で兄貴の心証が悪くなっているのなら可哀想だと思った。浦井裕樹と仲良くしている姿が目撃されていたせいで疑われているのかもしれない。

しかしわたしには、兄貴のアリバイを証明してやることはできなかった。

「前にも話したと思うけど、兄貴が樋藤たちを徒島に送る一日前――八月三日にわたし、兄貴と大喧嘩して家出したんよね。本当はわたしが父の介護をしなきゃいけなかったのに、全部ほっぽり出して友だちの家を渡り歩いてた。九日のお昼のニュースで『徳島から他殺体が見つかった』っていう情報を知って、流石に家に帰ったけど、それまでは父とも兄貴とも連絡取ってへん。父もその後すぐ体調を崩して十一月に死んだから、その日の兄貴が何してたかは誰も知らんと思う」

「どうして和実さんと喧嘩したんですか？」

わたしたちの兄妹《きょうだい》喧嘩なんて、樋藤事件には何も関係ないじゃないか。そう文句を言いたかった。でも如子は真面目くさった顔をしているし、今話さなきゃ、誰にも一生打ち明けられないような気がした。

「わたしは九城健太郎と付き合ってた」

「はい」

「でも本当は、ずっと別れたかったの」

九城と出会った頃、わたしはまだ高校一年生だった。当時の九城は二十七歳。知り合ったきっかけは、九城と親しくなった兄貴があいつを家に連れてきたことだった。九城は威ヶ崎に移住してきたばかりで、わたしには都会の雰囲気が漂うかっこいい大人に見えた。

九城の真似をしてこっそり舌ピアスも開けたし、告白されたときはすぐに了承した。でも周りの人たちには反対されるような気がしたので、九城と交際していることはずっと秘密にしていた。高校生に手を出す大人なんかろくでもないと今になってみればわかるけれど、そのときのわたしには判断できなかった。

「高三になったあたりで九城がヤバい奴ってことに気づいて、別れたくなった。でも、高校を卒業しても九城はわたしにべったりで、『真莉愛と付き合ってる』って言いふらすようになったの。やめてって言ったのに、親にも兄貴にも知られた。それで別れようって伝えたら逆ギレされて。写真ばら撒《ま》くって、脅された。ひっきりなしに脅迫の電話がかかってくるようになった」

　如子の顔をまともに見ることができない。俯いたまま続けた。

「どうしていいかわからんくなって、兄貴に相談した。兄貴は九城と仲良いやろ、説得してって頼んだの。でも相手にしてもらえんかった。自業自得だって言われて腹が立って家出した。それが八月三日の出来事」

　――お前が写真撮らしたけん、そがんことになったったい。

　兄貴がその言葉を口にした途端、今まで無理やり抑えつけていた怒りが爆発した。

「もうわたし、家を出る。さよなら」

　兄貴は憤慨してわたしの手首を掴もうとしたが、わたしはそれを強く振り払った。

「これからはお父さんの面倒も兄ちゃんが見てあげてね。家事も全部一人でやるんよ」

「は？　それはお前の仕事やろ」

「なんで勝手にわたしの仕事って決めっと？」

「じゃあお前が俺の代わりに働いて家族ば養ってくれっとか？　お前ができるんはスーパーのパートだけやろ。大した稼ぎもないんなら、家のことはお前がちゃんとしろ」

「順番が逆よ。お父さんの介護をせんばいけんくなったけん、就職活動できらんだったし、大学にも行けんだった」

わたしは兄貴に向かって自分のスマホを投げつけた。タイミングを見計らったように着信音が鳴り始めた。画面に表示された相手は、もちろん九城だった。

「ずっとずっとずっと九城から電話がかかって来とる。頭がおかしくなりそうなんばい。もうわたしは自分のことで精一杯で、兄ちゃんやお父さんの面倒見てられんの」

心の中でそっと呟いた。ごめん、如ちゃん。今のは半分嘘だよ。

わたしは本当は、ただ家出をしていたわけじゃない。復讐の計画を立てていたのだ。

九城を殺してしまおうと思った。九城を殺さなければ、わたしは一生スマホの着信音に怯え続け、眠れない人生を送ることになる。だから九城を埋める場所を探しに行った。山に埋めようか、それとも海の方がいいかな、などと迷っているうちに、樋藤清嗣に先を越されてしまったのだ。

最初は樋藤を恨んだ。わたしがこの手で殺してやりたかったのに、よくも手出ししてくれたなと詰め寄りたかった。時を経るにつれて、樋藤のお陰で手を汚さずに済んだことに感謝の念を抱くようになったが、今は違う。あの頃のわたしは正気ではなかったのだ。追い詰められ、ぼろぼろに擦り切れ、半ば意識を失っているような状態だった。そのことに気づくまで、三年もかかってしまった。

ふと、掌にじんわりと熱が伝わってくるのを感じた。膝の上に載せていた手が掬い上げられる。如子の両手が、わたしの冷たくなった手を包み込んでいた。

「誰が何と言おうと、真莉愛さんは悪くない。自分を責める必要はない」

わたしは如子の手をずっと見ていた。

「ほんとに？　わたし、悪くない？」

「真莉愛さんは何も悪くないです」

　そっか、わたしは何も悪いことをしていなかったのか。如子の声が頭の中で反復され、記憶の中の兄貴の声が薄れていくような気がした。

　ずっと誰かにそう言ってほしかった。あのとき兄貴が隣でそう言ってくれたのなら、毎晩悪夢を見ることもなかったかもしれない。兄貴と縁を切ることだってなかっただろうし、きっと死にたくなることもなかった。

「ニュースを見て驚いて帰ってきたら九城は死んでいて、しかも兄貴の小指の第一関節がなくなってたから喧嘩どころじゃなくなった。それに、わたしが介護をボイコットしたせいで、帰ったらお父さんが凄い高熱を出してた。それでお父さん入院しちゃって、三ヵ月後に死んじゃった。それでもわたし、悪くないのかな」

「気の毒でしたね。でも、真莉愛さん一人が責任を負うことではないですよ」

「うん」

「それは二〇二〇年の、八月三日の出来事で間違いないんですね？」

　如子はそう確認しながら、苦しそうに表情を歪めていた。

*

　威ヶ崎で過ごす最後の朝は、からりと晴れていた。水平線には白い入道雲が湧きたっている。

チェックアウトは十一時だが、如子は早めに起床して、てきぱきと荷物をまとめていた。

「和実さんの船の名前、何でしたっけ」

唐突に尋ねられ、わたしは数回瞬きをした。どうして兄貴の船の名前なんか確認するのだろう。

「清白丸のことを言ってんの？　もしかして如ちゃん、わたしの兄貴のこと疑ってる？」

恐る恐る尋ねると、如子は「はい」とあっさり肯定した。

「なんで？」

「まだ言えません。筋道立てて説明できるほどの材料が揃っていないんです」

「わたしたちには内緒ってこと？」

つい詰るような口調になってしまう。

「今日は二手に分かれて聞き込みしませんか？」

如子は作業の手を止めた。

眉を顰めて「は？」と訊き返す。如子は自分が捜査をしている間、わたしと兄には別の調査をしてほしいと言った。

「真莉愛さんたちには、溝口慧のことを調べてほしくて」

「なんで溝口が出てくるん？」

「溝口が威ヶ崎に来たことがあるかどうか、確かめてほしいんです」

L判の写真を一枚渡される。溝口慧のバストアップの写真だった。

「この写真を町の人たちに見せて、見覚えがないかどうか確認してもらえないでしょうか」

証明写真だろうか、えらく顔がはっきりと写っている。恐らく重要な捜査資料だ。これを如子から預かったことは、秘密にしなきゃいけないだろう。

溝口慧が威ヶ崎という町にどう繋がってくるのか、わたしには見当もつかない。でも如子には何か考えがあるのだ。「全部わかったらちゃんと説明させてください」と如子が言うので、素直に従うことにした。

如子は荷物を〈ハマボウ〉の受付に預け、一足先に町に繰り出した。十二時の待ち合わせまでしばしのお別れだ。今日の予定を兄の部屋に伝えに行ったら、兄の荷造りは絶望的に進んでいなかった。

兄を待つ間〈ハマボウ〉の軒先のベンチに腰を下ろしていると、ちょうど美優がチャリに乗って帰ってきた。息子の唯斗くんを保育園に送ってきたのだろう。ボストンバッグを抱えたわたしに気づくと、美優はニカッと口を開けた。

「そっか、真莉愛もう帰るんか。二泊三日なんてあっという間やね」

「うん。まじで秒やった」

美優はチャリを裏口に停め、「よっこらせ」とベンチの空いているスペースに腰を下ろす。

「真莉愛、大阪におるんやったっけ。何の仕事しとるん？」

「ごみ収集の作業員」

「へえ。あがん場所は、男の人ん方が多かやろ？」

うんざりしながら頷く。

ほんの三年離れている間に、美優は変わった。中高生の頃の美優は反抗期ど真ん中で、まるで手の付けられない猛獣のようだった。わたしと同じくらいか、もしくはそれ以上の家出常習者で、何もかもつまんない、周りの人間にはちっとも興味ないって顔をしていたのに。

「男ばっかの職場やけど、歳が近い人はおらんよ」

「へえ。でも大阪って人たくさんおるけんさ、ここじゃ出会わんタイプの人もおるやろ？」

「そうかもね」

「ねえ真莉愛、誰かいい人おらんの？」

「黙れよ」

言ってしまった後、激しく後悔した。でも一度口を突いて出た言葉は止められなかった。

「彼氏だのいい人だの、そぎゃんこつ訊かれるんが一番だるい。田舎すぎて、人ん噂話しか娯楽がなかとやろ。ほんと、出てってよかったわこんな町」

全部紛れもない本音だった。ただし、必要以上の刺《とげ》を含んでいた。

美優はぽかんと口を開けていたが、すぐに拳を握り締め、わたしをねめつけた。

「……あんたが急におらんくなるけん、みんな心配しとったんばい」

「心配してくれとか誰も頼んどらん」

「いつからそがん偉そうになったと？　外に出た途端田舎田舎って、人が毎日生活しとる場所馬鹿にして楽しい？　うちらだって頑張って生きとるとに」

反射的に言い返しそうになって、なぜだか如子の顔が過った。息を吐き、腹の中心のあたりにぐっと力を込める。わたしは絞り出すような声で「ごめん」と呟いた。

「今んな言い過ぎた。ごめん。美優は威ヶ崎で暮らしとるんやもんね」

美優は目を見開き、わたしをまじまじと見つめていた。わたしが謝罪の言葉を口にしたのが、本気で信じられないようだった。

「うちもごめんね。真莉愛がここにあんまりいい思い出なかことば知っとるとに」

「美優には恋愛方面の話、振らんでほしかった」

「そうよな。ごめんね」

気まずい沈黙がしばらく続いた後、手探りで真っ暗な洞窟を進むように、わたしたちは当たり障りのない話をした。美優の息子の話とか、わたしの仕事の話とか。

毎日のように一緒にいたわたしたちはいつのまにか全然違う生活を送るようになっていた。けれど、話してみると案外楽しい。二十分ほどして、兄が玄関から出てきた。

「たまには帰ってきなっせ」

「うん、またね」

もう二度と帰ってこないかもしれないなと頭の隅で思いながらも、「またね」「頑張ろうね」と声を掛け合って、わたしは美優と別れた。

大丈夫か、と確認するように、兄がわたしの顔を覗き込む。「大丈夫よ！」とその背中を強く叩いて、わたしは海岸堤防を歩き出した。

「写真を見せて回れって言われたけど、本当にそんな調査でええんやろか。溝口がここにやってきた証拠なんか一つもないのに」

溝口の写真を太陽に翳してみる。溝口は切れ長の目をしていて、輪郭もキツネみたいにシュッとしていた。

「まずはどこから攻めたらいいと思う？」

尋ねると、兄はスマホをポチポチと弄る。わたしのポケットでＬＩＮＥの通知音が鳴った。すぐ隣にいる兄からのメッセージが表示されている。

『飲食店とか小売店とか、商売やってるところに行くのがいいと思う』

「なんで？」

『溝口は地元の人間ではないやろ。威ヶ崎にきたことがあるんやとしたら、ここで何か買ったり食べたりしとるはずや』

「なかなか冴えとるやん」

昨日行った日野出キッチンの通りには、酒屋と小さなスーパー、雑貨屋がある。あとは威ヶ崎港近くの釣具屋と、県道沿いにチェーンの薬局があるくらいで、それ以外に外の人間が寄り着くような場所はなかった。

日野出キッチン店主の東や、酒屋のおばちゃんのところに行って溝口の写真を見せてみたが、結果は空振り。こういう都会風の男は見かけたことがないと口々に言う。

十一時半頃、わたしたちは特に期待することもなく、「大平《おおだいら》釣具センター」へと向かった。海釣り、船釣りを専門とする玄人向けの釣具店だ。威ヶ崎港では堤防からの海釣りでも立派なチヌが狙えるし、ポイントまでの距離が近いので船釣りもしやすい。「大平」はレンタルボートもやっているので、天草まで遠征に来る釣人の間では結構人気な店だと聞いていた。

店主の大平は、無論昔からの知り合いだ。店に入った瞬間「おお、真莉愛！」と声を掛けられた。大平のおじちゃんは地声がデカいので、鼓膜がキンと鳴った。

「よう来たね。真莉愛が帰ってきとるちゅう噂で持ちきりやったんばい」

「はいはい、久しぶり」

挨拶もそこそこに、溝口の写真を突きつける。

「今、人ば探しよるとよ。おじちゃんこの人見たことない？」

大平は眼鏡を額に上げ、唇を噛み締めつつ写真をまじまじと見る。すぐに「ああー」と息を漏らした。

「冬に海釣りに来た人やな」

わたしは兄と顔を見合わせた。

「まじ？　ほんとにこの人で合っとる？　冬っていつの冬よ。去年の冬？」

「そぎゃん一気に訊きなすな。確かにこの人のことはよう覚えとるよ。去年か一昨年《おととし》か、その前かはわからんけど、年明け頃にコノシロ釣りに来たことは確かやね」

顎の不《ぶ》精《しょう》髭《ひげ》を撫で擦《さす》り、大平は必死で溝口のことを思い出そうとしてくれているようだった。兄はスマホのメモ帳機能を立ち上げ、わたしにメッセージを見せる。

『なんでこの客の顔覚えてたのか訊いて。たぶん何か印象に残る出来事があったはずやろ』

頷いて、大平に向き直った。

「おじちゃん、なしてこんお客さんの顔ば覚えとると？」

「なんでって……この人、最初は海釣り用の釣り餌だけ買いなはって波止釣りをしとらしたんやけど、しばらくしたらまた店に戻ってきて、『ここが気に入ったからいつか船釣りをしてみたい』って言ったんよ。うちの店、乗り合いやチャーターの遊漁船のチラシを置いとるやろ？それをわざわざ取りにきて……」

喋りながら記憶が鮮明になっていったのか、大平は「あっ！」と一際大きな声を上げた。

「思い出した、一昨年ん一月や！　まだあんときは和実くんが遊漁船を出しとったんよ。だけん、和実くんのチラシばそん人に渡して。そうこうしとったら和実くんが店ん前ば通りがかったけん、直接紹介したんやった」

「こんお客さんを、兄貴に？」

「そうそう。和実くん、あんまり社交的なタイプやなかとに、そん日はたいぎゃ乗り気でお客さんとすぐ仲良くなって、『今日は暇やし、特別に船ば出しちゃってもよかばい』って言いよった。その後二人で船釣りに行っとったんじゃなかかな。和実くん、お父さんが亡くなった上、真莉愛も家からおらんくなって元気がのうなっとるごたったけん、歳ん近か人と遊びたかったんかもな」

頭のてっぺんからサッと血の気が引いていく。足元がふらつく。兄が腕を支えてくれたけど、眩暈は止まらなかった。

浦井裕樹に続いて、溝口慧も威ヶ崎に足を踏み入れたのだ。そして、いつもそこには兄貴の——横島和実の影がある。

嫌な予感は、急速に具体的な形を作りながら膨らんでいった。

*

行き道とは反対に、天草五橋の五号橋から一号橋を目指して天草パールラインを走る。わたしはハンドルを握ったまま、助手席の如子に捜査の成果を報告した。

「如ちゃんの捜査は進んだ？」

如子はわたしの質問には答えなかった。

「真莉愛さんにも、紀田さんにも辛いことを伝えなければいけません」

空調の効きがよすぎて、少し肌寒い。わたしは断りもせずに窓を全開にして、生温い空気を車内に送り込んだ。如子のきゅっと縛った一つ結びの髪は、風に晒《さら》されても乱れなかった。

「今日の午前中は、海に出ていました」

耳を疑った。「え、如ちゃんが？　どうやって？」

「一昨日港でお会いした宮本さん。漁は引退したそうですが、まだ船を持っていると聞いて。宮本さんに頼み込んで、徒島近くの海域にまで連れて行ってもらいました」

「なんで？」

「〝舟隠しの入り江〟を間近で見るためです。静かで綺麗な入り江でしたよ。小型の漁船なら十分に通れる幅がありました。宮本さんに確認したところ、『清白丸』くらいの大きさの船もあそこに係留することは可能だそうです」

謎は深まるばかりだ。徒島に上陸するときは普通、舟隠しの入り江なんか使わず、コテージ正面の浮き桟橋に泊めるのだ。如子がなぜあの入り江に興味を持つのか、全くもってわからない。

「もう一つ。熊本県警の知り合いに、樋藤事件の被害者たちがコテージに持ち込んでいた荷物について調べてもらえないか、頼んでいたんです。倉庫から当時の資料を引っ張り出して確認してくれたそうですが、コテージで発見された被害者たちのバッグ類の中に、スーツケースはありませんでした」

捜査資料によれば、橋本亮馬はメッセンジャーバッグ、加蘭結子はコンパクトなボストンバッグ、それ以外の面々はリュックを持ち込んでいたのだという。それがどうしたのかと尋ねようとして、わたしは言葉を失った。

日野出キッチン店主の東は、八月四日の十五時頃、港でスーツケースを転がす和実の姿を目撃している。和実はそのスーツケースについて「これは客の荷物」だと証言していた。

被害者の荷物の中にスーツケースはなかったのに、兄貴は一体、誰の荷物を運ぼうとしていたんだろう。

「あのスーツケースの中には、九城健太郎の遺体が詰められていたんです。九城を殺害したのは恐らく、横島和実さんでした」

「……ちょっと待ってよ」

「真莉愛さん、今から私が言うことは全て想像の域を出ません。何の物証もない、状況証拠を積み上げただけのおぼろげな推理です。それでもあなたに、一番に聞いてもらうべきだと判断しました。――樋藤事件の真犯人は、和実さんだと思います」

声を上げることさえできなかった。咄嗟にルームミラーを見やると、兄とばっちり目が合う。兄も驚き、顔を引き攣らせていた。

「八月三日、九城から受けた被害について真莉愛さんに相談された和実さんは、すぐに九城の元へ向かったんやと思います。最初から殺すつもりだったのか、それとも口論するうちに暴力という手段に走ってしまったのか、今となってはわかりませんが。恐らくは衝動的に九城を殺してしまった」

そんなわけない。兄貴はわたしの相談を真に受けなかった。写真を撮らせたお前が悪いとまで言ったのだ。

それなのにどうしてだろう、九城の元へと直談判《じかだんぱん》に行く和実の姿は、泣きたくなるくらいリアルに想像できた。

和実は横暴だ。肝心なことはいつもわたしに黙って決めてしまう。

「和実さんは九城の遺体を埋めるなり海に沈めるなりしようと考えていました。――しかし送迎の仕事を担当していた彼は、その翌日から九城がコテージ管理人として樋藤清嗣たちの世話を任されていたことも把握していました。もしも樋藤たちに、九城と連絡がつかないことがバレたら、九城の雇い主である浦井由美にクレームが入ってしまうでしょう。九城の捜索が始まり、殺人が発覚してしまうかもしれない。そこで和実さんは九城の代役を務めることにしたんです。そして七人の若者と過ごす中で、樋藤清嗣が他の六人を殺害する計画を立てていることに気づきました。本当に殺害する気があったかはともかく、樋藤は島にヒ素を持ち込んでいたそうですから、何か勘付くものがあったのかもしれません。――和実さんは一度威ヶ崎に引き返して九城の遺体をスーツケースに詰め、徒島に運びました。清白丸を舟隠しの入り江に隠せば、被害者たちには船を見つけられなかったでしょう。和実さんは樋藤たちを全員殺して、その中に九城の遺体を混ぜようとしたんです」

思わず横から口を出す。「混ぜる?」

「九城が樋藤清嗣に殺されたように見せかけようとしたんですよ。樋藤には他の六人を殺すだけの動機があった。六人の遺体と一緒に九城の遺体が転がっていたら、殺戮に巻き込まれたように見えますから」

たとえ和実が九城健太郎を殺していたとして、他の六人まで手にかけたと言いきれるだろうか。だって樋藤清嗣は被害者たちを恨んでいたんだから、九城以外の六人は樋藤が殺したのかもしれないじゃないか。

ルームミラーの中の兄も、同じようなことを訊きたがっているように見えた。

「樋藤清嗣は殺しには関わっていないでしょうね。樋藤が六人を殺すなら、用意していた毒薬を使ったはずですから。和実さんは九城の遺体が自然に混ざるようにするために、自分の手で全員を殺したんです。普通の精神状態なら、一人の殺人を隠すために六人を巻き添えにするなんてできません。ただ、樋藤清嗣が六人に激しい憎悪を抱いていたという特殊な状況――和実さんが手を下さなくてもいずれ樋藤が六人を殺していただろうと予想できるような状況に置かれ、思い切った証拠隠滅を思いついたんですよ。そして和実さんは、樋藤に罪を擦《なす》りつけるために、全ての遺体から舌を切り取った」

手が震え、今にもハンドルが滑りそうになっていた。レンタカーは永浦島、大池島、前島の三つを通り過ぎ、大矢野島へと入る。宇土半島はすぐそこだった。

「最初に和実さんを怪しんだのは、一日早く迎えの船を出したために悲劇の第一発見者となり、慌てて威ヶ崎へとんぼ返りしたせいで小指を切断するほどの大怪我を負った、というくだりを聞いたときです。動転していたとはいえ、普段から船を操縦しているはずの漁師が指を口ープに巻き込むなんてえらく慌てんぼうなんだなと思いました。迎えの日付を一日勘違いするというミスが重なっていることにも違和感を覚えます。——もしかすると和実さんはあのコテージの中にいたのではないか。被害者の一人から抵抗を受けて小指を損傷し、一刻も早く治療を受けるために嘘の筋書きを作ったんじゃないか。そういう妙な想像が一瞬頭を過《よぎ》ったんです」

　わたしは如子の推理を聞きながら、兄貴の小指の傷を見たときの周囲の反応を思い出していた。宮本のじいちゃんはこう言っていた。「指が巻き込まれたっちゃ、ちぎれた指ば持ってけば病院でくっつけてもらえるとに、なんでそうせんだった」と。兄貴が「海ん中に落とした」と返すと、酷く呆れていた。

「でも、そんなのおかしい。兄貴が徒島に渡ったわけないよ。だってわたしが家にいなかったんやから。兄貴だって、動けない父を家に一人にするわけにはいかなかったはずよ」

「真莉愛さんたちのお父さんは、樋藤事件の直後に体調を崩したんですよね？」

　如子の言葉に、はっと息を呑んだ。

　三年前の八月九日、久しぶりに家に戻ると父はすっかり衰弱していた。何日も風呂に入っていないようだったし、防水シーツは糞尿《ふんにょう》で汚れていた。わたしが数日間家を空けていたせいだった。

「真莉愛さんが家出していることを和実さんは知っていたんですから、その間は和実さんがお父さんを介護するなり訪問介護サービスを手配するなり、何らかの措置を取るべきだったでしょう。でも和実さんは、お父さんが衰弱するまで放置していた。——和実さんが本当に樋藤たちの送迎だけを担当していたのなら、お父さんの面倒を見る余裕はあったはずです。何もできなかったのは、家にいなかったからではないでしょうか」

「……違うよ。だって、そんなの」

「間接的にお父さんを殺したようなものです」

後部座席から兄の視線を感じる。わたしは黙って続きを促した。

「六人の被害者を殺して九城の遺体を混ぜた和実さんは、見事に第一発見者を演じきりました。威ヶ崎港を利用する人が少なく、船の出入港記録も残っていなかったので、清白丸が港から五日間も消えていたことに誰も気づかなかった。でもそれからずっと、和実さんは不安な毎日を送ったんやと思います。殺し損ねた樋藤清嗣が意識を取り戻せば、和実さんの工作は全て白日の下に晒されてしまいますが、入院中の樋藤を殺すのは難しい。病院を探し当てることができたとしても、病院の出入口には防犯カメラが付いているでしょうし、刃傷《にんじょう》沙汰になれば警備員に取り押さえられるのが関の山です。和実さんは自分の手を染めずに樋藤を亡き者にしたいと考え、代わりに樋藤を殺してくれそうな人物を探すようになりました。最初に目を付けたのは事件の被害者遺族たちです。樋藤清嗣が犯人であると思い込み、憎しみを募らせている遺族を利用しようと考えた。だから和実さんは、浦井裕樹が真莉愛さんに電話をかけてきた際、彼と積極的に関わりを持とうとしていたんです。真莉愛さんが浦井に向かって暴言を吐いたときには、横から受話器を奪い取って妹の非礼を詫《わ》び、浦井が威ヶ崎に滞在していた間も親切にしてやりました。彼を操って樋藤を殺させるため、親しくなったふりをしたんでしょう」

それで町の中で仲良くする二人の姿が目撃されたのか。

「浦井が威ヶ崎を出た後も、二人はやり取りを続けていたんじゃないでしょうか。しかし浦井は直情的で、後先考えずに行動するきらいのある人物でした。和実さんは樋藤の殺害計画に彼を利用することは難しいと判断しました。

　次に目を付けたのは溝口慧です。大阪から釣り客として威ヶ崎にやってきた溝口は看護師の免許を持っているうえ、親類の倉町康介を殺したいくらい酷く憎んでいました。それで溝口に『自分にも殺したい奴がいるんだ』と打ち明けたんです。まさか『本当は自分が樋藤事件の犯人だから樋藤を殺したい』なんて言えないでしょうから、九城健太郎の友人として樋藤を憎んでいる、という設定で近づいたんでしょうね。和実さんは溝口と交換殺人の約束をしました。和実さんが倉町を殺害し、その間に溝口が東大阪福先会病院――樋藤が入院する病院への転職の準備を進める。そして溝口が、事故か容体が悪化したように見せかけて樋藤を殺す。それぞれが実行する殺人には動機がないので、互いの名前が容疑者として挙げられることはありません。溝口が威ヶ崎を出てからは、公衆電話などの足のつかない手段で連絡を取って段取りを済ませたんでしょう。溝口のスマホやパソコンをいくら調べても、和実さんの情報が出てくるはずがなかった。彼らは威ヶ崎という天草の港町で一度会って釣りに行っただけの仲なんですから」

　そうして和実は倉町康介を殺害したのだ、と如子は言った。溝口は打ち合わせ通り、完璧なアリバイをこさえて何食わぬ顔で第一発見者となった。

「和実さんは溝口と交換殺人のパートナーになったつもりだったのかもしれませんが、実際は溝口に利用されていたんやないでしょうか。その証拠に、計画通り倉町を殺した和実さんとは対照的に、溝口は樋藤清嗣殺しのための準備をほとんど進めていません」

「溝口は兄貴にだけ殺させて、自分が手を染めるつもりはなかったってこと？」

「『俺が樋藤を、お前が倉町を殺そう』と口約束することは簡単ですが、実際殺人に踏み切るにはいくつものハードルがある。既に目的を果たしている溝口としては、それ以上のリスクを負う必要はありません。しかし、約束をすっぽかされた和実さんは納得しないでしょうね。そこで溝口は、和実さんを遠ざけようとしたんじゃないでしょうか。

第一発見者として倉町康介の自宅に足を踏み入れた際、溝口は倉町の舌を切断しました。司法解剖の結果、倉町の舌は死後に切り取られたものだとわかっていますが、あれを切断したのは実行犯の和実さんではなく、第一発見者の溝口だったんです。そして溝口はいつものように公衆電話で和実さんに連絡を取り、脅し文句を吐きました。『倉町の舌を切ったから、警察は樋藤事件との繋がりを警戒して過去の関係者を調べるはずだ。捜査網に引っかかるのが恐いのなら、もう俺に近づくな』というふうに。――溝口は和実さんの協力者という立場から降りました。それどころか、倉町殺しの犯人が和実さんであることを知る危険分子となった。和実さんは口封じのため、溝口慧を殺害しました」

脅されて口封じのために殺すなんて、行き当たりばったりで衝動的な犯行だ。いかにも兄貴らしいと思ってしまった。

和実は頭の回転が速く、危機に直面しても臨機応変に行動できる。しかし、衝動に身を任せ、自ら危うい道へと突き進んでしまうことも度々あった。

「溝口を殺害する前から、和実さんは覚悟を決めていたんだと思います。溝口の工作によって樋藤事件を思い起こさせるような犯行現場ができあがってしまったために、いずれ捜査員にも気づかれる。事件が再調査されれば、自分の名前が捜査線上に浮かび上がってくるだろう、と。そのとき和実さんは、真莉愛さんのことを考えました」

「わたしのこと？」

如子は深く頷いた。

「浦井裕樹の話に戻りますが、彼は威ヶ崎を去った後も樋藤事件に囚われ続けていました。そして『#文句は言えない』のハッシュタグが盛り上がった先月二十八日、真莉愛さんの過去の発言がフラッシュバックし、殺意が再び燃え上がったんです。浦井は真莉愛さんの居場所を特定し、遂には刀の準備まで始めました。和実さんがいつまで彼との交流を続けていたのかはわかりませんが、恐らく和実さんは、浦井から真莉愛さんを殺害する予定を仄めかされたのではないでしょうか。倉町殺しの罪がいつ発覚するかもわからない状況下で、和実さんは焦りました。いつ浦井が真莉愛さんを襲うかわからない。自分がいつ捕まるかもわからない。どうやって真莉愛さんを守ればいいか考えた末、和実さんは、溝口によって行われた舌の切断という工作を利用することにしたんです」

「それって……」

如子がこれから言おうとしていることが理解できて、息が詰まった。

「溝口の遺体からも舌を切り取ることによって、連続殺人であることを強調し、さらに溝口の遺体の第一発見者を殺すことで、今までの殺人が第一発見者を狙った連続殺人事件であるという意味付けを行おうとしたんです。そして最後の遺体を真莉愛さんに発見させることができれば、真莉愛さんが次のターゲットであるかのように思わせることができる」

如子のポーカーフェイスが崩れるのが、横目でもわかった。

「浦井裕樹から真莉愛さんを守りたい。その一心で、和実さんは全く無関係な小林照子さんを殺害しました。彼女の遺体を真莉愛さんに発見させることで、真莉愛さんが警察に保護されるよう仕向けたんです。――真莉愛さんを守ることこそが、この連続殺人の目的でした」

全て和実の思い通りだったんだろうか。遺体の第一発見者になったわたしは警察に警護されるようになり、浦井が日本刀を持って暴れたときには如子が身を挺《てい》して守ってくれた。

わたしは力なく反論する。

「そんなこと兄貴ができるわけないよ。いくらなんでも、ただ遺体を発見しただけの無関係な人を殺すなんて」

「普通の神経では耐えられないかもしれませんが、和実さんなら自分が破滅する未来も予測できていたでしょうから。片手では数え切れないほどの人数を殺し、ある意味自暴自棄やったんでしょう」

本当に兄がやったんだろうか。徒島で出会った初対面の若者たちを、倉町康介を、溝口慧を、ただ遺体を見つけただけの小林照子を。九城健太郎を、殺したんだろうか。

呆然《ぼうぜん》としていたら後部座席から兄の手が伸びてきて、わたしの肩にそっと触れた。樋藤清嗣が殺人鬼でない可能性が示され安心しているはずなのに、兄はなぜか苦しそうだった。

わたしは言った。

「兄貴に直接訊いて、確かめなあかん」

「ええ」如子の声は暗く沈んでいる。「先ほども言ったように、樋藤事件では物証が得られなかったので、犯人の自白がない限りは事件の真相を知ることはできません。和実さんが真実を語ってくれることを祈ります」

たぶん、如子の推理には一つだけ、間違いがある。徒島で起きた殺人事件についての推理だ。如子は、和実が遺体から舌を切り取ったのは「樋藤に罪を擦《なす》りつけるため」だと言っていたけれど、本当の理由は違う。

九城健太郎という男は人を貶《おとし》めるとき、舌を突き出すようにして笑う癖があった。その舌の中央に嵌め込まれたピアス——高校生のわたしが憧れた舌ピアスは、九城が笑う度に鬱陶しく輝いていた。

他の被害者たちの舌が切断されていたのは樋藤に罪を着せるためではなく、九城の遺体と状況を揃えるためだろう。樋藤の大事な先輩がリンチによって舌の一部を失ったことは、一切関係ない。和実はただ九城の舌を切り取りたかったのだ。

樋藤事件の発生から一ヵ月ほど経った頃。和実が妙なことを口にしたことがあった。

——スーツケースってどうやって捨てたらいいと思う?

まず、話しかけられたことに驚いた。互いに互いをいないものとして扱ってきたのに、どういう風の吹き回しだと不審に思った。

和実が捨てようとしていたそのスーツケースは、前の年に買ったばかりのものだった。なぜ処分したがるのか不思議で仕方なかったが、それ以上に「都合のいいときにだけ喋りかけてくんな」という気持ちの方が強く、わたしは聞こえないふりをした。

今なら答えられる。

天草市指定のごみ袋に入らないんなら、シール券を買わなくちゃいけない。兄貴のスーツケースは大型で一メートル以上あるから、大型ごみのシール券を貼って出すんだよ。てか、それくらい自分で調べろよ、ホームページに全部載ってるんだから。それから……

「証拠品捨てんなよ、カス」

*

新幹線が発車しても如子はデッキに立ったままで、いつまでたっても席にやってこなかった。威ヶ崎で収集した情報とそこから組み立てた推理を、各方面に伝えているようだ。大阪府内で発生した連続殺人事件が熊本県警管轄の樋藤事件にまで絡むとなれば、報告の量も膨大になるのだろう。

わたしと兄は大人しく席で待っていた。一時間ほど経ってから、やっと如子は三号車に現れた。

「瀬名ちゃん、なんて？」

「瀬名さんには報告していません。話が大きすぎるので、取り敢えず眞鍋に伝えてきました」

「あのパワハラ課長？　大丈夫やった？」

「いったん預かるとのことです。混乱してました」

如子はわたしの隣の席に腰を下ろすと、「一個怖い話していいですか？」と言う。わたしは首を通路側に傾けて聞く姿勢を取った。

「真莉愛さんが食べてたお見舞いのゼリーあったやないですか」

「うん。美味しかったよ」

「実はあれ持ってきたの、眞鍋課長やったんですよ。号泣しながら病室に入ってきて、『新田が無事でよかった』って。どうやらわたし、課長に嫌われとるわけじゃなかったらしいです」

一拍置いて、わたしは吐き捨てるように言った。「こっわ」

「不気味ですよね。今までのは全部、眞鍋課長にとっては愛ゆえの指導だったそうで。愛がある相手に向かって死ねとか言えるの、ちょっと信じられませんけど」

如子が浦井裕樹に襲われたときに相当肝を冷やしたのか、あれ以来眞鍋の態度はかなり軟化しているらしい。樋藤事件についても慎重に取り扱うと約束してくれたのだという。

如子が嫌われていなかったのなら、一件落着なんだろうか。いやでも、愛があるからと言って暴言を吐くのはやっぱりおかしいし、如子に卑劣な嫌がらせを行った過去は消えない。

「このままでいいん?」

「一応この件が落ち着いたら、きちんと話し合おうと思ってますよ。あの程度のパワハラで処分が下るわけないでしょうが、後進のためにもそういう機会を設けることは必要です」

「そっか。喧嘩するんやったら呼んでね」

軽口を叩いても気は晴れなかった。

横島和実は父が死んで実家を更地にした後、ふらっと威ヶ崎を出て行った。行方は誰にもわからない。如子曰く、正式に捜査が進めば和実の大捜索が始まるらしい。

これからどうすればいいのだろう。兄貴のことはもちろん気がかりだったが、既に逮捕されている浦井裕樹のことも頭から離れなかった。

「ねえ、如ちゃん。殺人予備罪とか傷害罪って、重い罪なの？」

路上で手錠をかけられ涙を流す浦井の顔が、ずっと瞼の裏にちらついている。和実の濡れ衣を着せられる心配はなくなったが、日本刀を手に暴れた罪を帳消しにはできないだろう。

如子はリクライニングシートをわずかに倒し、ゆったりと凭れ掛かった。

「気に病まないように。真莉愛さんは、間違っても自分のせいだなんて思わないでください」

そうは言っても、全部わたしのせいのような気がする。

わたしが九城に写真を撮らせた。それを聞いて怒った兄貴が九城を殺して、他の大勢の人たちを巻き込んだ。樋藤は意識不明の重体になって、紀田陽平は自分を責めて、浦井裕樹は樋藤を恨んだ。

そして和実はまた人を殺したのだ。しかもまったく無関係な人を、わたしのために。

「卑劣な手段で真莉愛さんを縛り付けようとした九城こそ、罪に問われるべきでした」

如子はわたしをまっすぐに見つめ、きっぱりと言いきった。

「ただし、和実さんの手段は間違っていました。九城を殺し、その罪を隠すために殺人を繰り返した和実さんには多大なる責任があります。根底には真莉愛さんへの愛があったのかもしれませんが、たくさんの無関係な人を巻き込んだ破滅的な行為を、利他や献身、自己犠牲などといった美しい言葉で飾るわけにはいかない」

「うん」

「でも、警察にも責任はあるんです。もし和実さんが警察を信用してくれていたのなら、自分で九城を罰するのではなく妹の被害を警察に相談するという選択肢が生まれたかもしれない。その信頼が得られなかった時点で私たちも責任を負っているんです。警察だけやなくて、真莉愛さんたちを傷つけてきた周囲の環境や、社会にも責任はある」

「そんなの、人に罪を擦《なす》りつけてるみたいでやだ」

「自業自得の一言でまとめられるほど、この世は単純にできていないんですよ」

如子の言葉は時々難しい。首を捻ると、「つまりは真莉愛さんのせいじゃないってことです」と如子は言った。

如子のスマホのバイブレーションが鳴る。警察関係者から着信が入ったようで、如子はまた三号車を出て行った。

兄は貧乏ゆすりしながら窓の外を眺めていた。顔色が悪い。兄にとっても、丸ごと人生を変えてしまうような三日間だった。

「ニコチン切れたん？」

尋ねると、兄はスマホのメモ帳に返事を打ち込む。

『切れたけど今はいい』

兄の服や髪からはいつも煙草の臭いがする。兄は集団リンチを受けた直後にサッカーをやめた。高校を中退して、スポーツ選手には無縁だったはずの煙を纏うようになった。

九城健太郎もヘビースモーカーだった。高校生のときは、それが九城の魅力の一つであるかのように感じていた。物憂げに見えるし、煙草を挟む指がセクシーな感じがして。でも、寿命を削る娯楽をかっこいいと思い込むのはもうやめたい。

「ねえ、煙草やめよう。そんでもうちょい太ってよ。痩せた野良犬みたいで可哀想になるんよ」

失礼なこと言うな、とでも言いたげな表情を作った後、兄はくすりと笑った。

『いきなりは止められんと思う』

「じゃあ、絶対減らせよ」

身体を窓側へと傾け、兄の肩に頭を乗せる。

この旅に出てから兄と会話する機会が増えた。筆談やスマホのメモ帳機能を通した会話は時間がかかるし面倒だったから、今までのわたしたちは一方的なコミュニケーションしか取ってこなかった。

言葉はなくても通じ合えると思っていたけれど、伝えないとわからないことだってたくさんある。

「帰ったらさ、筆談用のノートを買おうね。如ちゃんの手帳みたいに、可愛いデザインのやつがいい」

呟いたとき、突然掌に振動を感じた。右手に持っていたスマホの画面が明るく光る。着信だ。画面には非通知と表示されていた。

「えー気持ち悪い。切ろっかな」

やっぱり電話は嫌いだ。非通知なんてなおさら、今すぐ切ってしまいたい。しかしスマホの画面を覗き込んだ兄は不安そうに視線を彷徨わせ、『出ろ』と口パクした。仕方なく三号車の外に出て行くと、なぜか兄も一緒についてきた。

デッキには電話中の如子がいた。わたしたちの姿を確認すると怪訝な顔をする。スマホをひらひらと振りながら「電話」と伝えれば、如子は一度大きく頷いた。

わたしは如子の隣で、恐る恐る通話ボタンを押した。

「もしもしー、誰ですか？」

無音。一度スマホを耳から離し、再び「もしもし？」と呼び掛ける。電波障害が起きたわけでもなさそうだが、相手は一言も喋らなかった。

「誰？　喋らんのやったら切るよ」

しばしの静寂の後、向こうから切られた。間違い電話だろうか。

と、如子のスマホの方から大きな声が聞こえてくる。わたしの通話が終わったのを確認した如子が、スピーカーに切り替えてくれているようだった。通話の相手は瀬名だ。

『ＩＣレコーダーが出てきました！』

電話口の向こうから、快活な声がした。

『天王寺区にあるコワーキングスペースで、溝口がレンタルロッカーを契約していたことが判明しまして。先ほど中からＩＣレコーダーと、電話録音用マイクが見つかりました。記録されていたのは、溝口と謎の男とが電話越しに会話している音声データでした。溝口はなんと、相手の男に倉町康介の殺害を依頼していたんですよ！　スマホの履歴から足がつかないよう、やはり公衆電話を使って連絡を取っていたようです。自分の首を絞めるだけやのに、どうして溝口はこんな証拠品を取っておいたんでしょうねー』

溝口と和実の交換殺人について、瀬名にはまだ何も伝えていない。それでも府警の捜査本部は、横島和実の残した足跡に迫りつつあった。

溝口慧は和実とのやり取りを記録していたのだ。交換殺人を実行するつもりだったのなら、証拠となる音声データは保管せず、処分してしまった方がよかったはずなのに。

如子は瀬名に聞こえないくらいの声で、「脅迫の材料か」と呟く。溝口は最初から、和実をいいように使い捨てるつもりだったのだろう。

『相手の声もばっちり残ってますよ。とにかく、バンバン人員投入して電話の相手を探していきます！』

捜査が大きく進展した興奮から、瀬名は早口になっていた。わたしは無意識のうちに、如子の手をぎゅっと握り締めていた。

「報告ありがとうございます。またこちらから連絡しますね」

もうじき和実は捕まる。九城健太郎を殺した後に熊本県天草市の徒島で六人を殺害、一人を植物状態にして、大阪各地で三人を殺害。死刑を求刑されることはほぼ間違いない。

電話を切った如子がこちらを振り返る。

「で、真莉愛さんは誰から電話をもらってたんですか？」

「わからん。非通知やったから。出たらすぐに切れちゃった」

そう言うと、如子も兄もなぜか怖い顔をした。

「真莉愛さんの電話番号、和実さんに知られていますか？」

「さあ。番号変えてへんから、向こうは知っとるかも」

「今の電話、和実さんからかもしれませんよ」

「……え？」

如子の言葉を頭の中で反芻する。車両がトンネルに入った。

「真莉愛さんの声を最後に聞こうとしたんでしょう。――和実さんは死ぬつもりです」

*

十八時五十九分、新幹線さくら五六二号は新大阪に到着した。

改札を出てすぐ如子はタクシーを捕まえ、府警本部の本庁舎へ向かうよう指示した。助手席に回り込む時間も惜しく、後部座席に三人でぎゅうぎゅう詰めになって乗った。

タクシーは国道四二三号を南下する。如子は口元を手で覆い、初めて焦りの表情を見せた。

「このまま順調に捜査が進めば、和実さんは倉町康介殺害の嫌疑で逮捕されます。そうすると芋蔓式に溝口慧、小林照子の殺人が発覚する。下手したら樋藤事件まで再捜査され、最大で十人を殺害した罪に問われます。でも今和実さんが死ねば、被疑者死亡によって訴訟条件を欠くので刑事裁判は行われません。樋藤事件に関しては証拠不十分ですから、隠蔽することもできる」

「だから自殺するって？　死ぬよりも裁判にかけられることの方が恐いってこと？」

「いいえ。『樋藤事件の真犯人発覚』といったセンセーショナルな報道を防ぎたいんでしょう。加害者の家族、つまり真莉愛さんへのバッシングを最小限に抑えるには、自殺が一番だと考えているのかもしれません」

「……まじで何考えとるんやろ、あの人は」

太陽は地平線の向こうに落ちたばかりで、西の空はまだ薄明るい。タクシーは淀川《よどがわ》を横断する新淀川《しんよどがわ》大橋にさしかかった。

「和実さんの居場所に心当たりはありませんか。熊本、大阪に限らず、土地勘がありそうな場所は？」

黙って首を横に振る。わたしは和実のことを何一つ知らなかった。

スマホがＬＩＮＥの通知音を鳴らした。トーク画面を開けば、隣に座る兄からメッセージが届いていた。

『病院』『清嗣が殺される』

はっとして、如子にそれを突きつける。

樋藤清嗣は一生意識を失ったまま死ぬかもしれない。でも目を覚ます可能性がないとも言いきれない。そして目を覚ました樋藤が証言すれば、和実の計画は全部ひっくり返るのだ。

和実は樋藤清嗣を巻き添えにして死のうとしている。行先は病院だ。

如子は冷静な声で言った。

「お二人を府警本部で降ろした後、私が病院に向かいます」

「なんでよ、わたしも行く！」

わたしは置いて行かれまいと、身を乗り出して運転席の防護板に顔を寄せる。

「ね、運転手さん。わたし絶対降りないので、このまま福先会病院にお願いします！」

突然巻き込まれた運転手は目を白黒させ、助けを求めるように如子を見る。如子は溜息をついた。

「病院に着いても、真莉愛さんと紀田さんはタクシーの中で待機するように。絶対に駐車場から出ないと約束してください」

「わかった」

如子は小さく頷くと、どこかに電話をかけ始めた。一瞬見えた液晶画面には、眞鍋の名前が表示されていた。

「すぐに応援を寄越してください。東大阪市の福先会病院です。……いいえ、横島和実を確保するんです。自殺の恐れがあります」

電話口のパワハラ課長は困惑しているようだった。ついさっき「横島和実」の名前を知ったばかりなのに、いきなりその男を確保しろと言われても何が何やらわからないだろう。

如子は捲し立てるような勢いで状況を説明し、数分間の押し問答の末、強引に電話を切った。

「応援くる？」

「さあ。眞鍋次第です」

左手には府警本部へと続く上町筋が見えたが、タクシーは中央大通を直進した。

「でも、兄貴は樋藤の病室がどこにあるか知らんはずよね？」

「病院のホームページで何科の病棟がどのフロアにあるか、丁寧に記載してくれているんですよ。あとは院内警備の観点から予想すれば、おおよその位置はわかると思います」

医療従事者には守秘義務があるので、如子が一人で警察手帳をちらつかせても樋藤の病室には通してもらえないだろう。捜査関係事項照会書を用意する暇もない。

「私が見舞客のふりをして侵入します」

青信号が続いている。幸運にも、病院の面会時間は二十時までだ。

タクシーの走行音も、自分の息遣いすらも、まるで水の膜に覆われたようによく聞こえなかった。長田交差点を左折する。東大阪市の西部を貫く旧大阪中央環状線沿いに、東大阪福先会病院はあった。

オレンジ色の景色の中に濃い闇が染み出していた。駐車場に乗りつけると「二人はここで待っていてください」と言い残し、如子は正面玄関へと入っていった。

如子の背中が見えなくなったことを確認して、わたしはタクシーの右ドアに手をかける。如子の後を追うつもりだったが、上手く身動きが取れなかった。背後から腕を摑まれている。気づけばわたしは、兄に抱き締められていた。

「行くな」

頼むから、行くな。兄は喉の奥から絞り出すように言った。

「兄ちゃん、ごめん」

身を捩って思い切り肘鉄すると、背後で「いってぇ……」という呻き声が上がった。拘束が緩んだ隙を突いて、するりとタクシーの外に出る。追いすがろうとする兄の手を振り払った。

「今度は如ちゃんまで殺される。和実を止められるのはわたしだけやと思う」

兄は悲痛な声で言った。

「警察に任せとけ。お前がやる必要ない。何もしなくていい」

「ごめん。でも、無茶はこれを最後にするから」

わたしはドアに手をかけ、兄を見下ろした。

「兄ちゃん聞いて。兄ちゃんにしか頼めんことがある」

*

樋藤清嗣に抱いていたシンパシーは、今や跡形もなく消え失せていた。もしも彼が目を覚ましたら、問い詰めてやりたい。

気持ちはわかるけど、結局あんたの殺意も、わざわざ用意した犯行声明も、あんたよりもっとアホなわたしの兄貴に利用されてしまったじゃないか。紀田と仲良かったくせに、ほったらかして何してたの。――自分が死ねば丸く収まると思っているのなら、それは大きな間違いだ。

まもなく二十時。面会時間は終了間際で、一階の待合ロビーにも人けがない。見舞客を装いながら通り抜けようとしたら、総合受付の人に声を掛けられた。

「ご面会の方ですか?」

「あっ、はい」

「感染症対策のため、お見舞いは完全予約制となっているのですが……」

受付の女の人はにこやかに微笑む。わたしは笑顔を返しながらも、内心焦っていた。如子は一体どうやってこの関門を突破したのだろう。

「面会許可証はお持ちですか？」

優しく問いかけられ、罪悪感で胸が痛んだ。

「すみません！　後で謝ります！」

叫ぶと同時に走り出す。「ちょっと待って！」という女性の声を背中で聞きながら、エレベーターホールへと向かった。

ボタンを連打するが、最上階に止まっているエレベーターはなかなか下りてこない。院内スタッフが後を追ってきているような気配がして、ホール横の階段へと逃げ込んだ。

フロアマップによれば、樋藤が入院しているはずの特殊疾患病棟は四階にあるようだ。息を切らして駆け上る。四階フロアに辿り着いたわたしは、叫び声のようなものを聞いた。男の声だった。

悲鳴の上がった方向——西側の病棟に向かって走る。最奥の病室の扉が開け放たれ、今にも消えてしまいそうな夕陽の残光が廊下に漏れ出ていた。わたしは迷わずその病室に踏み込んだ。

最初に目に飛び込んできたのは如子の後姿だった。入口のドアのすぐ傍で、両手を広げて立ち尽くしている。

如子の視線の先には二人の男がいた。警備員らしき初老の男と、彼の背後から腕を回し、その首筋に出刃包丁を突きつけている若い男——横島和実だ。和実は院内を巡回していた警備員を人質に取っていた。

暗い声が病室に響く。

「俺に近づくな」

和実は血走った目でベッドを見下ろしていた。ベッドに身体を横たえているのは、樋藤清嗣だ。少し頬がこけているようにも見えるが、ネットに流出していた卒業アルバムの写真の印象とあまり変わらない。ごく普通の青年に見えた。

湿気を多く含んだ風が頬を撫でた。病室の引き違い窓が全開になって、レースのカーテンがはためいている。和実は窓に背を向けて立っていた。

「もうやめよう」

わたしが声をかけると、和実は顔を上げた。その口が「真莉愛」と小さく動いた。

如子が振り向いて、「下がりなさい！」と怒鳴る。しかしわたしは、ゆっくりとした足取りで病室の中へと進んでいった。

「おい、なんで真莉愛がここにおる」

如子が答える。「あなたがしたことを、真莉愛さんは何もかも知っています」

和実はなぜだか嬉しそうな顔をした。

「真莉愛、もうすぐ終わるけんな」

「終わるって何？　樋藤を殺してあんたも死ぬの？」

「そうや。そうすれば、全部丸く収まる」

警備員の首筋に刃が押し当てられた。皮膚が薄く切れ、つうっと一筋血が垂れる。警備員の足元をよく見れば、右腿《みぎもも》の辺りのスラックスが破け、刺し傷が覗いていた。床にも血が滴っている。

「邪魔するな。俺は無関係の人間でも平気で殺すぞ」

開き直ったような態度で和実は薄く笑った。数年ぶりにまともに話しているというのに、悲しくなる。

「本当に、兄ちゃんがやったんやな」

「ああ。お前のために殺した」

「誰も頼んどらん」

「でも、お前はそんお陰で生きやすくなったろ」

言葉に詰まった。歯を食いしばりながら和実を睨み上げる。

如子が言った。

「和実さん、真莉愛さんのためと言うのなら、これ以上罪を重ねるのはやめてください」

「……これ以外に選択肢ないやろ」

和実が吐き捨てるように呟いたそのとき、遠くで甲高い音が鳴った。サイレンだ。窓の外から微かに聞こえてくる——応援の警察車両が来たのだろうか。和実は肩をびくつかせ、警戒心を露わにした。

「お前らが呼んだんか?」

和実を宥めすかすように、如子は静かな声で言う。

「パトカーのサイレンじゃなく、消防車の音ですよ。ここは病院です。救急車の代わりに消防車が使われるのはよくあることでしょう」

しかし和実の耳には、次第に近づいてくるサイレンの音しか聞こえていないようだった。ぜえぜえと息を荒らげ、病室内を忙しなく見回す。

突然、和実は人質を蹴り飛ばした。わたしは投げ出された警備員の身体を反射的に支える。その瞬間和実は包丁を振り上げ、樋藤のベッドへと飛びかかった。

「やめて！」

如子が背中から組みつき、和実を羽交い締めにする。バランスを崩しかけた和実は包丁を振り回して暴れ出した。如子がこっちを振り返って、必死の形相で叫ぶ。

「早く逃げなさい！」

背後で腕を固める如子を振り払おうと、和実は壁に向かって勢いよく後退《あとずさ》った。如子の後頭部が壁に激突する。和実は再び樋藤の元へと突き進もうとしたが、今度は如子が足を引っ掛け、和実を転倒させた。

和実は身を捩って床を転がりながら、包丁を突き出す。刃が如子の頬を掠めた。如子が顔を仰け反らせると、和実は素早く立ち上がって如子を突き飛ばした。

如子の右頬から流れ出た血が、ボタボタと床の上に落ちる。

「如ちゃんやめて！」

如子はふらつく足で立ち上がり、和実の目の前に飛び出した。ベッドに駆け寄り、眠ったままの樋藤清嗣に覆い被さる。わたしを浦井から守ってくれたときみたいに、無防備な寝顔を晒したままの樋藤を、傷つけさせまいと庇う。

如子は穏やかな声で言った。

「どんな理由があっても、人を殺しちゃ駄目なんです」

如子の言葉が、頭の真ん中で響く。わたしは腰を抜かしてしまった警備員を床に横たえ、和実の腰に飛びついた。

「離せ！」

叫ぶ和実に「嫌だ！」と怒鳴り返す。

「頼むから、わたしの話を聞いてよ」

包丁を握る和実の右手は、ひどく荒れていた。爪の先はひび割れ、血が滲んでいる。小指の第一関節から先がない。その手を目にした途端、瞼の裏に幻が広がった。

――和実は明かりのない部屋に立ち尽くし、鋭い目で闇を睨みつけていた。

「真莉愛から全部聞いたぞ」

「聞いたって、何を？」

暗がりから姿を現したのは九城だ。

「今すぐ真莉愛の写真を消せ」

「そんなに怒んなよ。俺たち友だちだろ？」

「黙れよ」

和実は九城の手からスマホを奪い取る。電源ボタンを押すと、ロック画面が表示された。指紋認証を求めるアイコンが現れ、和実は大きく舌打ちをした。

「おい、指を貸せ」

「それが人にものを頼むときの態度か？」

「……は？」

「聞こえなかったか？　頼み事するときは頭下げろって、俺、何回も教えてやったよな？」

九城は舌を突き出し、いやらしく笑った。舌の中央に嵌め込まれた銀色のピアスが妖しく輝く。

和実は俯いていて、その表情は窺えない。

「なあ。写真消してほしいんだろ。頭を下げろよ、お兄ちゃん」

和実が九城へと飛びかかる。次の瞬間、映画のシーンが切り替わるかのように景色が変わった。和実は暗い部屋ではなく、夜の闇の中にいた。つい数日前、如子や瀬名とともに足を運んだ、大正区の西泉尾運動公園横の通りだ。

「約束は守れよ」

和実の正面に立つ人物は九城ではなく、溝口慧だった。

「約束？　何の話や」

「俺がお前の親戚のオヤジを殺して、お前が樋藤清嗣を殺す手筈《てはず》だっただろうが」

「そうだっけ？」

溝口は冷たい笑みを浮かべ、小首を傾げてみせた。

爪をガリガリと齧《かじ》る音がする。和実は右手を口元にやって、燃えるような目で溝口を見つめていた。

溝口は言った。

「立場をわきまえろよ、和実くん。樋藤を殺してほしいんなら、頭の一つや二つ下げてみたらどうや」

涙で視界がぼやけていた。ここは病室だった。九城の殺害現場でもなければ、溝口の遺体が捨て置かれていた路上でもない。

目の前の兄貴は、包丁を高く構えていた。

「俺を止めてくれるなよ。いいか、真莉愛。俺は樋藤のような意気地なしとは違う」

「何の話よ」

「樋藤は口ばっかりな奴やった。あの六人と友だちごっこばしとるうちに、それを本物の友情と勘違いするようになった。こいつは結局、誰一人として殺せんだった」

心の中で、やっぱり、と呟いた。やっぱり、樋藤清嗣は殺せなかったのだ。憎くて堪らなかった敵を自分の手で殺す機会を得ても、殺さなかった。

「あのね、兄ちゃん。踏み留まることができた人のことを、意気地なしとは呼ばんよ」

和実を抱き締めた手に力を込める。

「樋藤は殺させない。いつか樋藤に、兄ちゃんがやったこと全部話してもらう。頼むけん、ちゃんと償って」

和実は酷くショックを受けたような顔をした。まるで今までずっと信じてきたものをいっぺんに失ったような、そんな表情。

右腕をだらんと下ろし、ぽつりと呟く。

「俺はずっと真莉愛を守ってきた。お前んせいでこぎゃんこつなったのに」

何を言ってるんだ、こいつは。驚き、呆れ果て、開いた口が塞がらなかった。

「だって、どんなときも家族を守るのが俺の役目やろ」

あまりの話の通じなさに絶望する。頭を掻きむしってありったけの罵詈雑言《ばりぞうごん》を喚きたくなる。

不安そうに泳ぐ和実の瞳の中に、きっとわたしは映っていない。和実の視線はわたしを通り抜け、幼くて、小さくて、か弱い子どもの姿をしたわたしを必死で探そうとしているのだ。

でもわたしは、こいつと話をしなきゃならない。

「どぎゃんしたらわかってくれっと？　いつもわたしの話は何も聞かんで勝手に突っ走るくせに、後になって真莉愛のためとか真莉愛のせいとか、そぎゃんこつ言われたっちゃ困る」

暴力に走るのは甘えだ。話し合いの過程を全部すっ飛ばして、踏み留まれたかもしれないポイントを全部無視して、和実は目先にある暴力を選んでしまった。

人を殺すことによって解決できることなんかこの世に一つもないのだと、今は心の底から思う。暴力はまた別の暴力を呼ぶだけ。最後に待ってるのは、地獄へと続く道だ。

わたしは和実の頰を両手で挟み、無理やり目を合わせた。

「これ以上、誰も傷つけるな！」

和実の身体から、微かな震えが伝わってくる。和実の涙が、わたしの掌を濡らしていた。

如子が言った。

「今からでもいいから、真莉愛さんの話を聞いてあげてください。真莉愛さんがあなたに求めるのはたったそれだけのことです」

和実は独り言のように呟いた。「もう遅い」

包丁が床に落ち、からんと寂しい音を立てた。和実はわたしの腕をいともたやすく解くと、病室の窓に向かってふらふらと歩いていく。

「待って！」

和実はわたしの言葉を無視して足を進めた。レースのカーテンを開けると窓枠に腰を下ろし、柔らかに微笑む。

「幸せになれよ」

頭をゆっくりと反らして、和実は背中から身を投げた。

如子が真っ青な顔で窓に駆け寄る。同時に階下で、空気が弾けるような音が鳴った。

ボフン！

如子の背中にしがみつくようにして、窓の外に顔を出す。特殊疾患病棟の真下に位置する駐車場に、巨大な直方体があった。

ふかふかの救助マットの上で、和実は仰向けになっていた。暗くて表情まではよく見えなかったが、きっと口をぽかんと開けて間抜け面を晒していたはずだ。

駐車場には消防車二台とパトカーが三台、ずらりと並んでいた。救助マットの周りで待機していた警官が、一斉に和実の元へと駆け出していく。

わたしと如子は、二人で身体を支え合いながら立っていた。顔を見合わせ、どちらからともなく笑い出す。如子の目には涙の膜が張っていて、夕闇の中でひときわ輝いていた。

「これ、誰のアイデアですか？」

「わたしと、兄ちゃんの」

手前のパトカーの傍で、紀田陽平――わたしの兄の姿を見つけた。四階の病室に向かって手を振っている。きっとにやりと笑っているはずだ。

兄に手を振り返しながら、わたしは笑顔で「オーライ！」と叫んだ。

*

「如ちゃん、これお手柄なんやない？　昇進しちゃうかもよ」

「いや、逆に報告書五百枚くらい書かされますね」

「まじで言ってる？」

「ええ。まじなんですよ、これが」

騒がしい。頭が割れるように痛い。目を薄っすらと開けると視界に光が差し込み、白い天井が見えた。

ここはどこだろう。俺は何をしていた。天井以外の景色を確かめたいのに、まるで身体の周りをコンクリートで固められたかのように全身の筋肉が固まっており、どうしても首を動かせなかった。

背中には柔らかい感触がある。どうやら俺はどこかの部屋で、ベッドか何かに身体を横たえているらしい。

瞬きを繰り返すうちに視界が鮮明になっていき、耳鳴りも小さくなる。すぐ傍で、誰かの話し声がした。

「如ちゃん、ありがとうね。わたし如ちゃんに出会えてよかったわ。まじ運命の出会い。毎晩死にたかったけど、たぶん如ちゃんのおかげでこれから先も生きていけるよ。――如ちゃん、ずっと友だちでいてくれる？」

「あのね、真莉愛さん」

「なに？」

「トラウマを克服するために必要なものは、運命的な出会いではないんですよ」

「そうなん？　じゃあ何が要るの？」

「そうですね。まずは心療内科へ通院したりして、自分の心の状態をきちんと知ることが大切なんやないでしょうか。真莉愛さんは一度、カウンセリングを受けた方がいいと思います」

「頭おかしいから病院行けってこと？」

「違いますよ。怪我したり風邪を引いたりしたら病院へ行くように、心に傷を負ったときだって病院に行っていいんですよ。それで真莉愛さんが元気になったら、また一緒に旅行にでも行きましょう」

「……うん。頑張る」

「頑張りましょう。頑張って、幸せになりましょう」

　女性二人の声だった。聞き覚えのない声だったが、どこか懐かしい感じがして心地よかった。捲し立てるように早口で喋る若い女性の声が、喋り方が、どことなく紀田さんに似ていたからかもしれない。高校時代のルームメイトだった紀田さんも、ああいう喋り方をする人だった。

突如として、血《ち》腥《なまぐさ》い記憶が濁流のように押し寄せてきた。切断された舌。犯行声明。徒島の海上コテージ。そこで出会った九城健太郎と名乗る男。惨劇。

あの男は誰だ。今俺は、どこにいる？

「……あ、あ」

誰かに伝えなければ。その一心で口を開けると、声帯から酷くしゃがれた声が出た。

「今喋った？」

「え？　私は喋ってないですよ」

「違う違う、樋藤清嗣が」

「まさかぁ」

足音が近づいてきて、視界の端から知らない顔がにゅっと現れる。明るい茶髪を一つにまとめた、若い女性だった。目がばっちり合った瞬間、その人は悲鳴を上げた。

「わあ！　起きてる！　どうしよ如ちゃん！」

続いて、スーツを着た三十代くらいの女性——なぜか頬から血を流している——が俺の顔を覗き込み、「ほんとに起きてる！」と叫んだ。

「酷い、嘘やと思ってたん？」

「そんなことより、ナースコールですよ」

「ナースコールってどれ？　あ、これか」

茶髪の女性が俺の頭の上のあたりでカチャカチャと音を立てる。ここは病院か。

スーツの女性は腕を組み、静かに言った。

「井上清嗣さん、おはようございます。不安でいっぱいでしょうが、たぶん大丈夫です。何とかなります。あなたの無実は、私たち警察が証明してみせますよ」

何とかなるって何だ。訊きたいことは山ほどあったが、喉が掠れて上手く喋れなかった。

「私たち、そろそろ行かなきゃならないので。また会いましょう」

スーツの女性はそう言って視界から消えた。どこからか、複数人の足音が聞こえてくる。足音はだんだんとこちらに近づいているようだった。

茶髪の女性は、ぐっと身を乗り出すようにして顔を近づけ、「井上清嗣！」と俺の名前を呼んだ。

なぜ俺のことを知っているのだろう。彼女の顔に見覚えがないのだが、どこかで会ったことがあるのだろうか。俺の混乱をよそに、彼女はにやっと頬を吊り上げた。

「ねえ、井上清嗣。紀田陽平はあんまり元気ないけど、まあ頑張って生きとるよ！」

それだけ言い残すとくるりと背を向け、彼女は軽やかな足取りで去っていった。

二〇二四年八月九日　十時

面会受付でロッカーにスマホを預けた後、金属探知機のセキュリティゲートをくぐる。

俺は歩行補助杖《つえ》を突きながら、面会待合室に向かってゆっくりと歩みを進めた。手足には部分的な麻痺が残ったが、それでも医者は「歩けるようになっただけでも奇跡だ」と目を見張っていた。

待合室に着くと受付窓口に申請書を提出し、名前が呼ばれるまでひたすら待つ。平日の朝にもかかわらず、大阪拘置所は混んでいた。

午前十時、番号が呼ばれて廊下に出る。向かって左手に並んだ十五の部屋のうち、俺たちに割り当てられたのは第四面会室だった。

自ら面会室の扉を開け、パイプ椅子に腰を下ろして一息ついていると、すぐに反対側の扉が開いた。刑務官に伴われ、横島和実が面会室へと入ってきた。

アクリル製の分厚い仕切り板の向こうで、彼は黙って俯いている。横島和実は刑事被告人、いわゆる未決囚として大阪拘置所に収容されていた。実に四年ぶりの再会だった。

「体調はどうだ？」

問いかけると和実はちらりと視線を上げ、また目を伏せる。長い勾留生活のためか、肌が一層青白くなったように見えた。

「ちゃんと食べてるか？　眠れてるか？」

「……うるせえ。話しかけんな」

「悪いが、俺は話がしたくてきたんだ」

硬いペン先がノートを引っ掻くような音が響いていた。同席した刑務官が、後ろの小さな机で会話の記録を取っているようだ。

「こんなとこまでノコノコやってきて、何が言いたいんだ？」

「さあ、自分でもよくわからないな。他愛もない話をしてみたかっただけかもしれない」

「寝言は寝て言え」

和実はひらりと右手を掲げてみせる。小指の第一関節から先がなかった。あれを食いちぎったときの生々しい血の味を、俺の舌はまだ鮮明に覚えている。

「俺はお前のせいで人生棒に振ってんだぞ」

「責任転嫁はやめろ」

「六人分は背負ってやってんじゃねえか」

アクリル板越しに、じろりと俺を睨み上げる。

「お前だって本当は、あの六人を殺そうとしていたくせに。わざわざ告発文まで作ってたんだろ。『犯行声明』だっけか。ニュースで知ったときはたまげたぜ」

「違う、あれは……」

「何が違うんだよ。迎えが来るのは八月十日の予定だった。犯行声明が九日に公開されるよう設定しておいたのは、逃げ道を絶つためだろ。お前は初めから、あいつらを殺すつもりだったんだ」

違う。思わず叫びそうになって、その衝動をどうにか抑え込んだ。

和実を前にするとどうにも駄目だ。あの日の記憶がフラッシュバックして、激しい感情の渦に呑み込まれてしまいそうになる。

俺は数度深呼吸をしてから顔を上げ、努めて落ち着いた声で言った。

「あのときの俺は、とにかく冷静じゃなかったんだよ。殺したくないと思いながらジュースにヒ素を混ぜたり、犯行声明をしたためたりした。でも殺したくないという思いだけは、本当だった。馬鹿みたいな話だろ」

「なんだそれ」

「あなたには信じてほしいんだ」

「……じゃあお前は、仮に俺が『本当は誰も殺したくなかった』と言ったとして、それを信じるのか」

「ああ。信じるよ。俺は四年前からずっと、信じてる」

長い沈黙が続いた。やがて和実は、天井を見つめながら口を開いた。

「真莉愛は、元気でやってるか」

「ああ。たぶん、あなたが想像してる百倍は元気だよ」

俺は半年前から真莉愛と、それから紀田さんと一緒に暮らしていた。

「あいつは元気なふりが上手いんだよ。大丈夫そうに見えていても、びっくりするほど弱ってるときがある。ああ見えて繊細な子なんだ。……俺が守ってやらなきゃいけなかったのに」

「これ以上、真莉愛を縛り付けるのはやめろ。真莉愛はあなたの所有物じゃない」

「わかってるよ」

「いいや、わかってない。あなたは今も昔も、妹を自分のものだと思ってる」

「知ったような口を利くな」

「偉そうに説教できる立場じゃないのは理解してる。ただ、俺も同じだったから」

俺が学生時代に所属していた運動部では、常に高圧的な指導がなされていた。健康を害するほどのメニューをこなすうちに自他の境界線が曖昧になって、自分はチームの所有物であり、チームも自分の所有物であるような感覚に陥っていた。紀田さんがリンチされたと知ったとき、俺は途轍もない喪失感を感じたのだ。自分のものが奪われたと思った。——今思えば、健全な関係ではなかったと思う。

俺は和実たちの成育環境など知らないし、想像することもできない。ただ、真莉愛が言っていたのだ。「兄ちゃんは、わたしが同じ人間だってことにまだ気づいてないみたい」と。

——兄ちゃんが九城を殺したのは、たぶん、お気に入りの玩具が汚されたような気がしてムカついたからやと思う。

「愛情を否定しているわけじゃない。でもこの機会にしっかり頭を冷やして、真莉愛との関係を見つめ直した方がいい」

和実は言った。「反省したところで、どうせ俺は死刑だ」

今年の十二月頃に、裁判員裁判が行われることが予定されている。死刑はほぼ決まったようなものだった。

「嫌な国だな、ここは。でもあなたが変わらない限り、真莉愛と対等な関係を築くことはできない。真莉愛はあなたがいなくたって勝手に幸せになる」

面会の終了時間が迫る。退出を促され、俺は杖を頼りに立ち上がった。

思えば長い一年だった。リハビリを受けながら長時間の事情聴取に協力して、俺は失った時を取り戻そうと必死だった。

真莉愛と紀田さんから同居の提案を受けたときはもちろん嬉しかった。紀田さんとの縁をもう一度結び直すチャンスを与えてもらったのだから、きちんと向き合いたい。しかし三人での思い出が増えていく度、俺のような人間が楽しい思いをしていいのだろうかと罪悪感に苛まれた。

あの海上コテージの夢を何度も見た。今でもふいに、死んだ友人たちのことを思い出す。

俺はあの日、彼らが紡いでくれた絆を引きちぎった。身勝手な暴力の連鎖に巻き込んだ。俺は笑っていいのだろうか。

二度と笑うな。誰にも頼るな。言葉を交わすな。一人で生きろ。いや、死んでしまった方がいい。死にたくないのか、意気地なしめ。ならば過去の傷には蓋をして、死人のように生きろ。逆らうな、逆らうな、逆らうな。いっそ全て壊してしまえ。——呪いの言葉が鎖となって、今でもこの身を縛り付ける。

一つずつ断ち切って、光の切れ端を拾い集めながら生きる。

扉を開けようとした俺の背中に向かって、和実がぽつりと言った。

「もう来るなよ。俺はお前の敵なんだぞ」

敵。その言葉を反芻しながら、俺は四年前の今日という日を思い出していた。

俺はまだ、この男への憎しみを腹の底に抱えていた。俺の六人の友人を殺したのは、紛れもなく横島和実なのだ。到底許せるはずがない。きっとこの恨みは永遠に消えないだろう。

しかし俺が、心の底から彼を殺したくないと思うこともまた、一つの事実だった。

振り返って笑ってみせる。

「真莉愛に伝言があるなら聞くよ」

本書は書き下ろしです。

装画　風海
装丁　bookwall

荒木あかね（あらき・あかね）

1998年福岡県生まれ。九州大学文学部卒業。2022年『此の世の果ての殺人』で第68回江戸川乱歩賞を受賞しデビュー。本格ミステリーの確かな技法に加え、心理に深く分け入った人間ドラマを描くことから「Z世代のアガサ・クリスティー」と呼ばれている。

ちぎれた鎖《くさり》と光《ひかり》の切《き》れ端《はし》

二〇二三年八月二八日　第一刷発行

著　者　荒木《あらき》あかね

発行者　髙橋明男

発行所　株式会社講談社
〒112-8001　東京都文京区音羽二-一二-二一
電話　出版　〇三-五三九五-三五〇五
　　　販売　〇三-五三九五-五八一七
　　　業務　〇三-五三九五-三六一五

本文データ制作　講談社デジタル製作

印刷所　株式会社KPSプロダクツ

製本所　株式会社若林製本工場

KODANSHA

N.D.C.913　462p　20cm
ISBN 978-4-06-532846-0
Printed in Japan